中国现代文艺学大家文库

论"文学是人学"

——钱谷融文艺论文选

钱谷融　著

山东文艺出版社

图书在版编目（CIP）数据

论"文学是人学"：钱谷融文艺论文选／钱谷融著. —济南：山东文艺出版社，2021.4

ISBN 978 – 7 – 5329 – 6351 – 5

Ⅰ. ①论… Ⅱ. ①钱… Ⅲ.①文艺学—中国—现代—文集 Ⅳ. ①I206. 6 – 53

中国版本图书馆 CIP 数据核字（2021）第 048702 号

责任编辑：董国艳

装帧设计：刘小军

论"文学是人学"
——钱谷融文艺论文选

钱谷融　著

主管单位	山东出版传媒股份有限公司	
出版发行	山东文艺出版社	
社　　址	山东省济南市英雄山路 189 号	
邮　　编	250002	
网　　址	www. sdwypress. com	

读者服务　0531 – 82098776（总编室）
　　　　　　0531 – 82098775（市场营销部）

电子邮箱　sdwy@ sdpress. com. cn

印　　刷	山东新华印务有限公司	
开　　本	890 毫米 ×1240 毫米　1/32	
印　　张	12. 125	
字　　数	292 千	
版　　次	2021 年 4 月第 1 版	
印　　次	2021 年 4 月第 1 次印刷	
书　　号	ISBN 978 – 7 – 5329 – 6351 – 5	
定　　价	95. 00 元	

中国文艺学发展百年回眸

　　为了总结文艺学诞生、发展的历史经验，推进当代具有中国特色的文艺学的建设，山东文艺出版社拟出版一套"中国现代文艺学大家文库"，选择近百年来在不同历史时期涌现出的文艺理论家的代表性成果集结的"自选集"或由学子、亲人协助选编的"文艺学文集"，公开出版发行，与国内外读者见面。这一设想是有创新性的，也是具有学术价值和现实意义的。

　　第一批被选入的学者有十位，最年长的是2019年6月25日去世、享年105岁的徐中玉先生。徐先生1915年2月15日出生于江苏江阴。这一年恰是陈独秀创办的《青年杂志》（1916年改为《新青年》）问世。在五四精神的熏陶和培育下，在新文化运动的洪流中，徐先生刻苦学习、吸纳进步思想，在极端困难的环境中，积极为深爱的祖国贡献一份力量。在《忧患深深八十年——我与中国二十世纪》一文中，徐先生说："我们这一代人的发奋图强，誓雪国耻，要求进步，坚主改革，不论在什么环境、困难下总仍抱着忧患意识与对国家民族负有自己责任的态度，是同我们从小就受到的这种国耻教育极有关系的。'天下兴亡，匹夫有责'，这不是说个人有了不起的力量，而是说每个人于国、族兴亡，都要负起自己应该并可能承当的责任。"作为一位文艺理论家，徐中玉先生继承和弘扬了中国知识分子所具有的"先天下之忧而忧，后天下之乐而乐"和"独立之人格，自由之思想"的优良传统，由于敢于直言，敢于讲真话，坚持正义，主持公平，徐先生多次被诬陷、遭攻击，被打成"右派"，但他始终默默地搜集文献资料，思考和研究文艺理论问题。他认为："具有忧患意识，有使命感和历史责任则是每一个爱国者应有、能有的。"徐先生在受迫害的艰难岁月里，"利用一切可以利用的时间，埋头积累专业研究资料。二十年间孤立监改扫地除草之余，新读七百多种书，积下数万张卡片，约计手写近一千万字。甘于寂寞，自求心安。只有自己觉得这种积累有用，即使这些卡片将始终只能塞在我的抽屉里，也有意义。也许这只是为了求得自己心理上的平衡，但到底并没有把这二十年光阴完全白过。"① 徐先生在逆境中所显示出的这种坚韧不拔、甘于寂寞、潜心研究的治学精神，堪称为学界的楷模。

对于近百年文艺理论的发展，徐中玉先生为《中国近代文学大系·第1集·第1卷·文学理论集1》作的导言中认为，"近代文学理论在新旧交替、救亡图强的大变革世运中"②

---

① 徐中玉:《忧患深深八十年——我与中国二十世纪》，载《徐中玉文存》，上海人民出版社 2019 年版，第 6 页。

② 徐中玉主编:《中国近代文学大系·第1集·第1卷·文学理论集1·导言》，上海书店 1994 年版。

　　"中国现代文艺学大家文库"精选徐中玉、钱谷融、王元化、钱中文、李衍柱、王元骧、陈伯海、陆贵山、孙绍振、童庆炳等十位著名文艺理论家的代表性著作，涵盖现代文论、古代文论、西方文论等多个领域，以期对近百年来中国文艺学的创造性成果进行总结，全面立体地展示中国现代文艺学研究的理论建树，为专业的文艺学研究者提供经典、权威的文艺学资料，从而推动新时代文艺学研究向纵深发展。

　　我们在编选过程中，除根据作者或授权编选者的意见对个别选文稍作修正外，尽量保持文章初次发表时的原貌。这是一套学术著作，我们本着严谨认真的态度进行编校，但难免会有疏漏，尚祈读者指正。

山东文艺出版社

2020 年 12 月

得到长足的发展，在这方面王国维和鲁迅作出了突出贡献。

今天我们所说的文艺理论或文艺学①，它的古老的名字称为"诗学"。最早提出"诗学"概念并把它作为独立学科进行研究的是古希腊"最伟大的思想家"亚里士多德（公元前384—前322年）。在古希腊，诗是一个广义的概念，包括抒情诗、叙事诗、悲喜剧、史诗、音乐、舞蹈等。亚里士多德的《诗学》就是古希腊这些艺术种类实践经验的总结。因此，亚里士多德的《诗学》，就其研究的对象和论述的内容来讲，可谓是世界文论史上出现的第一部文艺理论或文艺学专著。

中国古代虽无"诗学""文艺学"的概念，但对诗乐理论的研究却源远流长、新见迭出，产生过多部影响深远的理论专著。从荀子的《乐论》到后来出现的《乐记》，从《文心雕龙》《诗品》《闲情偶寄》到《人间词话》，等等。三千多年前，在《尚书·虞书·舜典》中提出"诗言志"这一中国诗论"开山的纲领"以来，不断有新的理论观点问世，诸如：缘情说、形神说、风骨说、神韵说、意象说、性格说、境界说、意境说等，并对创作实践产生过程度不同的影响。诗论在中国古代，除《文心雕龙》《诗品》等专著中有所论述外，主要是以乐论、诗话、词话、曲话、批注、笔记等文体存于历史典籍之中。

文学理论或文艺学作为一门独立的人文学科在中国出

---

① 据日本当代文艺理论家浜田正秀研究，文艺学（Literaturwissenschaft 或 science of literature）这一词据说最先是在19世纪40年代初的黑格尔学派里使用，初见于1843年麦登（Mundt, 1808—1861）的《现代文学史》一书的绪论中。见 [日] 滨田正秀《文艺学概论》，陈秋峰、杨国华译，中国戏剧出版社1987年版，第3页。

现，则是 20 世纪的事情。1902 年，文学理论先是以"文学研究法"的名义跨入了"中国文学门"，正式被列入《钦定大学章程》。1912 年，在北大馆藏的《民国元年学科设置及课程安排》中，首次将"文学概论"列为人文学科开设的课程。1916 年蔡元培任北大校长，聘任陈独秀为文科学长。1917 年在北京大学重新修订的《文科大学现行科目修正案》中，进而明确将"文学概论"定为必修课。由此开始，一百多年来"文学概论"一直是全国各大学中文专业开设的必修课。① 上世纪开始的一二十年，多是借用国外学者撰写的关于文学艺术理论的著作为教材。上世纪 50 年代，中国各高校文科，普遍用的是苏联的文艺学教材。改革开放新时期，中国恢复学位制度后，文艺学正式作为一个独立学科在全国各高校与科研单位设立博士点、硕士点，并开始招收培养专门从事文艺学教学与研究的人才。文艺学在国家教育体制上被确立，同时也被学界接受认同。

回顾文艺学在中国发展的历史，20 世纪初，在中国古代诗学理论向中国现代诗学理论的转换过程中，王国维（1877—1927）作出了重大贡献。生活、学习和成长在中西文化交流和碰撞时代大潮中的王国维，在"文学理论"概念的出现和"文学概论"成为中国大学人文学科的必修课的同时，1904 年发表《〈红楼梦〉评论》；1904—1906 年开始撰写《人间词话》甲稿、乙稿，并于 1908 年分三期连载于《国粹学报》；1909 年，写出《唐宋大曲考》《戏曲考

---

① 参见程正民、程凯主编：《中国现代文学理论知识体系的建构——文学理论教材与教学的历史沿革》，北京大学出版社 2005 年版。

源》，刊于《国粹学报》；1912 年，《宋元戏曲考》成书。
王国维运用康德、叔本华的美学观，结合中国文学和文论的
实际，具体分析和评论了《红楼梦》、宋元戏曲和古代诗
词，以境界为核心范畴，构建起一个具有中国民族特色的文
学艺术理论新体系。王国维创建的文论新体系，在总结中国
文艺创作实践的基础上，创造性地继承、创新性地发展了中
国古代诗论的优秀传统，汲取融合了西方诗学中的合理成
分。其研究和论述的方面，涵盖和扩大了亚里士多德《诗
学》的内容，更加符合中国文艺的实际。他写的《〈红楼
梦〉评论》，为中国现代文艺理论批评开了先河，投下了第
一块基石。文中振聋发聩地提出："《红楼梦》者，可谓悲
剧中之悲剧也。"① 这一理论观点，显然比胡适提出的"自
传说"和蔡元培的《〈石头记〉索引》，有更高的审美价值。
叶嘉莹说："此文在中国文学批评的历史中，实在可以说是
一部开山创始之作。"② 这一评价，是公正而又符合实际的。
王国维的《宋元戏曲考》或《宋元戏曲史》，是中国第一部戏
曲史。王国维的《人间词话》，以中国古代诗话、词话的形
式，表达出现代美学和文艺理论的丰富内容。王国维以境界
范畴作为他的现代诗学体系的逻辑起点，系统总结了中国古
代诗话、词话所蕴含的诗学理论，结合优秀古典诗词的分析，
对文艺的本体论、创作论、构成论、鉴赏论、作家论提出了

---

① 王国维：《〈红楼梦〉评论》，载《中国近代文论选》下，人民文
学出版社 1962 年版，第 754—755 页。
② 叶嘉莹：《王国维及其文学批评》，广东人民出版社 1982 年版，第
176 页。

自己的见解，并且原创地论说了优美、壮美、古雅、情与景、写实与理想、隔与不隔、有我之境与无我之境等属于他自己独有的新的诗学范畴。他吸取了19世纪以来西方兴起的"写实派"与"理想派"，即现实主义与浪漫主义理论观点，认为在艺术意境的创构过程中，现实和理想相互渗透，融为一体，二者颇难区别。"写实家亦理想家"，"理想家亦写实家"。

对于王国维在中国学术史上的贡献，陈寅恪指出：

> 自昔大师巨子，其关系于民族盛衰学术兴废者，不仅在能承续先哲将坠之业，为其托命之人，而尤在能开拓学术之区宇，补前修所未逮。故其著作可以转移一时之风气，而示来者以轨则也。先生之学博矣，精矣，几若无涯岸之可望，辙迹之可寻。然详绎遗书，其学术内容及治学方法，殆可举三目以概括之者。一曰取地下之实物与纸上之遗文互相释证。凡属于考古学及上古史之作，如《殷卜辞中所见先公先王考》及《鬼方昆夷狁狁考》等是也。二曰取异族之故书与吾国之旧籍互相补正。凡属于辽金元史事及边疆地理之作，如《萌古考》及《元朝秘史之主因亦儿坚考》等是也。三曰取外来之观念，与固有之材料互相参证。凡属于文艺批评及小说戏曲之作，如《红楼梦评论》及《宋元戏曲考》《唐宋大曲考》等是也。①

---

① 陈寅恪：《王静安先生遗书序》，载《陈寅恪史学论文选集》，上海古籍出版社1992年版，第501页。

　　陈寅恪先生总结出的王国维学术研究的三条基本经验和方法影响深远，对中国现代美学、诗学、史学的研究与发展，具有重大的学术价值和现实意义。在中国文学艺术领域，王国维既是中国古代诗话、词话的最后一位诗论家，同时又是中国现代诗学在新世纪伊始出现的最初的一位文艺理论家。中国古代诗话、词话的终结和中国现代诗学理论的开端，是以王国维创建的中国现代诗学理论（即文艺理论）为标志的。

　　王国维对中国现代诗学理论虽然作出了重大贡献，但也有明显的局限和缺失。徐中玉先生明确指出：王国维的理论虽有"精微处、透辟处，也有自相矛盾、未能自圆其说处，违反历史事实、时代要求、大众愿望处。国家民族仍在贫弱交困、急待救亡疗治的时刻，他这些理论大体只可供思考，起到免于走向极端功利而尽失文学特性的作用……王氏精微有余，正视现实生活不足，理想成分多"。徐先生认为，"王国维说：'主观之诗人不必多阅世，阅世愈浅，则性情愈真，李后主是也'，都不切合事实。李后主身受亡国之辱，阅世还浅？他的最好词作，难道不是这种阅历促成的？阅世深了，一定会使性情失真？如果真只是'赤子'，大眼界、深意境从哪里来？说李后主'俨有释伽、基督担荷人类罪恶之意'，简直把一己之所爱，拔高到天上去了。王氏有很高的艺术鉴赏力，也有把自己的学术见解大胆提出来的理论勇气。但他的不少著名观点至少仍是大可商榷的。"徐先生对王国维的批评是十分中肯的。

　　在徐先生看来，对于建设中国现代文艺学（或文艺理论）的贡献，与王国维相比，鲁迅的贡献更大、更具有现代性。徐先生对鲁迅写于1907年的《摩罗诗力说》给予很高的评价。

（《摩罗诗力说》）是这一历史时期文学理论的总结，又是这一时期文学理论发展的最贵结晶，明显地起着承前启后的作用。鲁迅在此文中不废怀古之功，但更要求审己、知人："欲扬宗邦之真大，首在审己，亦必知人，比较既周，爰生自觉，每响必中于人心，清晰昭明，不同凡响。"这就是指出：一味自我欣赏而不审视自己的阙失，前途必无光明，有了改进的自觉，才有希望。为此，他坚决主张"别求新声于异邦"。异邦有诸如"立意在反抗，指归在动作"，"争天拒俗"，争取"独立、自由、人道"，"说真理"等类新声，都还是我们自己非常缺少却极需要的。对异邦行而有效的东西，认为虽应学习，"亦非吾邦民可活剥"，应学其"内质"，即真精神才是。

鲁迅分析了过去闭关的恶果，孤立自是，精神沦亡，以致维新了二十年仍无甚成效。他呼吁文学界有志之士都要做"精神界之战士"，为国族尽最大努力。"家国荒矣，而赋最末哀歌，以诉天下贻后人之耶利米，且未之有也！"

鲁迅凭其热爱国族的赤忱和高瞻远瞩的目光，其认识达到了当时思想界文学理论界的最高峰。[1]

---

[1]　徐中玉主编：《中国近代文学大系·第1集·第1卷·文学理论集1·导言》，上海书店1994年版。

　　鲁迅（1881—1936）是一位伟大的文学家、思想家、革命家。他不仅是中国现代文学的奠基人，为中国20世纪文学竖起了第一座巍峨的文学高峰，而且是建设具有中国民族特色的文艺理论或文艺学的披荆斩棘的勇敢开拓者。鲁迅积极投入和倡导白话文运动，1918年5月发表的《狂人日记》是中国文学史上出现的第一篇白话文小说。在中国文艺理论史上，鲁迅又是第一个将西方现实主义理论的核心范畴——"典型""典型人物"引入中国文坛的。他在1921年4月5日写的《译了〈工人绥惠略夫〉之后》一文中，称阿尔志跋绥夫在1905年之前，"已经写出了一个以性欲为第一义的典型人物来。"① 在《阿Q正传》的论争中，典型逐渐成了批评家批评作品成败得失的重要审美尺度。鲁迅系统全面地研究了中国小说，撰写的《中国小说史略》《中国小说的历史的变迁》，开创性地为中国文学史研究打下了一个坚实的基础，并为中国文艺学的理论研究提供了丰厚的历史文献资源。鲁迅亲自将普列汉诺夫运用唯物史观写出的《没有地址的信》，翻译给中国读者。他对文学发生学的研究，既批判地吸取和借鉴了"游戏说""巫术说""劳动说"中的有价值成分，又紧密结合中国文艺发生的实际，提出了富有中国特色的文艺活动发生论的新观点。他的理论主张可概括为："劳动—巫术—休闲"说。② 徐中玉先生在《中国近代文艺理论的发展》中提出的中国文论史上长期争论不休的一个关

---

① 《鲁迅全集》第10卷，人民文学出版社1981年版，第167页。
② 李衍柱：《文学理想与文学活动》，人民出版社2013年版，第302—308页。

于文艺与政治的关系问题，鲁迅总结中国文学史的经验，生动而又辩证地作出回答。他在《文艺与政治的歧途》《魏晋风骨及文章与药及酒之关系》等论文中指出：世界上没有超政治、超时代的文学，鼓吹所谓文学超政治、超时代，实质是为了逃避现实，然而这又是不可能的，"这是和说自己用手提着耳朵，就可以离开地球者一样地欺人"①。

人的意识的觉醒与人的价值和尊严的被肯定，人的主体性的确立和人的独立思考能力的恢复和增强，这是一百多年来在中国学术界、思想界、文学艺术界发生的一个重大变化。如同陈伯海先生所说："现代意义上的'人'的自觉和'文'的自觉，构成'五四'文学革命对 20 世纪中国文学发展的主要贡献。"② 人学与文艺学同属人文科学。而人学又是文艺学的重要理论基础。人学既是打开文学殿堂大门的钥匙，也是打开中国古代文论、书论、画论、乐论宝库的金钥匙。文学是"人学"的理论主张，不仅对于我们研究中国古代文论传统、开展中西文论比较，有指导意义，而且对研究中国现代文艺理论，总结五四以来文学艺术领域的经验教训和存在的问题，都有现实的意义。从 1918 年 12 月 15 日刊行的《新青年》第 5 卷第 6 号上发表周作人的《人的文学》到 1957 年第 5 期《文艺月报》发表钱谷融的《论"文学是人学"》，再到 1980 年第 3 期《文艺研究》发表钱谷融的《〈论"文学是人学"〉一文的自我批判提纲》（即《我

---

① 《鲁迅全集》第 7 卷，人民文学出版社 1981 年版，第 113—114 页。
② 陈伯海主编：《近四百年中国文学思潮史》，东方出版中心 1997 年版，第 22 页。

怎样写〈论"文学是人学"〉》），时间经过了六十余年，围绕着文学与人的问题，人性、国民性与阶级性问题，人道主义与人文精神问题，展开了多次的论争，尽管一些作家、理论家因此而落难，受到批判或斗争，但是真理是批不倒、骂不掉、打不死的，相反它会在反复敲打中闪烁出它的灿烂的光辉。① 选入"中国现代文艺学大家文库"的学者，几乎每一位都在自己所选论文中从不同视角论说到"人"的自觉与"文"的自觉问题。徐中玉在《忧患深深八十年——我与中国二十世纪》一文中说："文学既是人学，更是人心民心之学。"钱中文先生指出："'文学是人学'是针对教条主义把人当作描写的工具而说的，文学应该描写活生生的人，张扬了文学的人道主义，这一很有针对性的观点，开了解放文学思想风气之先，扩大了人们对文学的认识，使文学与真实的人结合起来，有力地批判了高大全、假大空这类虚假的文学主张，功莫大焉。"② 钱先生还专门撰写了《论人性共同形态描写及其评价问题》，结合中外的理论研究与创作实际进行了评说。在新世纪伊始，钱先生提出和倡导的"新理性精神"，进一步拓展和丰富了文学人学论的内涵。王元骧先生在论说马克思对德国古典美学的继承与革新的同时，撰写出《审美自由与人的解放》。陆贵山在重读经典文本的基础上，深入研究"马克思主义的人论与文学"课题，并出版了专著。

---

① 李衍柱：《时代变革与范式转换》，人民出版社 2013 年版，第201—203 页。

② 钱中文：《三十年间》，载《理论的时空》，复旦大学出版社 2016年版，第144 页。

"主体性文学论是人性、人道主义讨论的必然继续与具体表述，与'文学是人学'也是相互呼应的。文学主体论认为过去主体在反映论中完全是消极被动因素，所以那是客体文学，是没有主体的文学，现在要重建具有首创精神的创作主体，建立新的主体文学。纠正过去创作中创作主体的缺失，强调创作主体的创造地位与巨大功能，这是文学理论的一大进步。有的作家有感于此，后来阅读了阐释文学主体论的文章，真有一种解放之感；同时这一观念对于促进文学理论框架的反思，影响很大，这都是应该肯定的。"①

"时运交移，质文代变，古今情理。"② 中国文艺学的发展变化与时代的变革相向而行。革命是推动历史前进的火车头，解放思想则是激励亿万人民从事社会变革的不竭动力。一百多年来，中国社会发生了三次伟大的革命，经历了三次伟大的思想解放运动。历史的巨变，催生和推进了中国现代文艺学的发展。

20世纪出现的第一次大革命是以孙中山领导的辛亥革命为标志。在这次大革命孕育爆发的过程中，中国社会急剧地由一个封建专制社会逐渐沦为一个半殖民地半封建社会。十月社会主义革命，给中国送来了马克思列宁主义。孙中山播下的民主革命种子，催生和发展成了新民主主义革命，爆发了五四新文化运动，出现了第一次思想大解放运动。中西文

---

① 钱中文：《三十年间》，载《理论的时空》，复旦大学出版社2016年版，第144—145页。

② 刘勰著，范文澜注：《文心雕龙注》下，人民文学出版社1961年版，第671页。

化的大碰撞、大交流、大融合，在中国文学艺术领域则呈现出可喜的百花齐放、学派林立、百家争鸣的繁荣局面。

第二次大革命和社会转型是以中华人民共和国建立和社会主义制度基本确立为标志，以打破苏联的教条主义为中心的延安整风，开启了第二次思想解放运动。从时间上说，可以从1927年井冈山建立第一块革命根据地算起，一直到1956年我国社会主义改造基本完成。这次大革命，使中国人民真正站起来了，获得了新民主主义革命的胜利，并且开始走上了社会主义的道路，取得了社会主义建设的伟大胜利。在这个将近三十年的过程中，中国社会形态发生了根本性的变化，由一个半殖民地半封建的社会转变成为一个新民主主义国家，然后又逐步确立了社会主义制度。在哲学社会科学领域，最大的成果，就是确立了马克思列宁主义普遍真理与中国革命实际相结合的毛泽东思想。在中国文艺学发展的历程中，则形成了马克思主义文艺理论与中国文艺实际相结合的毛泽东文艺思想，在革命与战争年代竖立起了一座马克思主义文艺理论中国化时代化大众化的里程碑。

第三次社会大革命和思想解放运动是以党的十一届三中全会为标志。以社会主义现代化建设为中心的改革开放，是中国大地上持续发展的又一次更为深刻和广泛的革命。四十多年的改革开放，中国人民已由站起来走向富起来，由富起来走向强起来。四十多年的伟大实践，我们已经成功地走出了一条中国特色社会主义道路。

从上世纪70年代末期开始的这次思想解放运动，使古老的中华大地重新焕发了青春，注入了无限的生机与活力。这次伟大的思想解放运动，使中国社会的各个领域，都发生了根本性的变化，文化、科学、艺术，迎来了自己发展的春天。中国现代文艺学同其他社会科学一样，挣脱了种种精神枷锁，走出了误区，打破了禁阈，回到了自己的家园。作家、艺术家、文艺理论家重新焕发出自己的艺术青春、学术青春。

今年正值五四运动发生一百年、中华人民共和国成立七十年和改革开放刚过去四十年，本文库第一批入选的学者中徐中玉先生是全程经历和参与的元老，其余诸位都是出生于上个世纪30—40年代。这些学者亲历和见证建国七十年中国社会发生的巨变，沐浴着改革开放的春风，全身心地投入到自己关注的文艺研究之中。他们的研究论著，从不同的侧面和层面，推进了现代中国文艺学的建设，为社会主义文艺事业的发展和繁荣作出了应有的贡献。从其所选文集的内容看，主要的标志性的理论贡献有以下几点：

第一，文学观念的更新和突破。十年动乱期间的闭关锁国，使中国文艺理论界中断了与世界的交流与对话。解放思想，改革开放，有力地推动了文学观念的更新和突破。改革开放四十多年，欧美和俄罗斯近代以来出现的各种哲学、美学、文学理论的代表性著作和文艺作品，相继被翻译、介绍到我国。《柏拉图全集》《亚里士多德全集》等西方古代、近代、现代的许多大家的全集相继被翻译到中国。世界各国不同的文学理论派别的倡导者的哲学观、历史观、价值观、美学观、文学观是大相径庭的。但他们的文学理论主张能够在不同民族国家出现，自有其实践的依据和现实存在的学理性。他们以不同的视角和方法，从不同的层面和方面，对文学艺术的审美特征和艺术规律的探索，他们的发现，他们的见解，甚至他们的"片面的深刻"或"深刻的片面"，都可作为中国文艺学研究的借鉴和参照系。中国学者在思考、探索如何继承古代文论、借鉴外国文论，在马克思主义世界观和方法论指导下，建设有中国特色的文艺学的历史过程中，先后出现了认识论文学观，以蔡仪主编的《文学概论》和以群主编的《文学基本原理》为代表；主体论文学观，以刘再复的《论文学的主体性》为代表；象征性文学观，以林兴宅的《文艺象征论》为代表；生产论文学观，以何国瑞的《艺术生产原理》为代表；审美意识形态文学观，以钱中文、童庆炳、王元骧为代表。1982 年，钱中文先生最早提出这一理论观点；1987 年，钱先生又补充说："文学作为审美的意识形态，以感情为中心，但它是感情和思想认识的结合；它是一种虚构，但又具有特殊形态的真实性；它是有目的，但又具有不以实利为目的的无目的性；它具有阶级性，但又是一种具有广泛的社会性以及全人类性的审美意识的形态。"① 比较集中体现审美意识形态文学观的则是童庆炳主编的《文学理论教程》和他的学术专著《文学活动的美学阐释》，王元骧的《审美反映与艺术创造》《文学原理》。文学艺术是一种审美意识形态，当下已逐渐为中国文艺理论界所接受，并成为我国文学理论教材建设的一个最基本的出发点。这一观点超越和突破了苏联文艺学教科书和我国文艺理论家蔡仪、叶以群主编的全国通用教材中所坚持的

① 钱中文：《论文学观念的系统性特征》，载《文艺研究》1987 年第 6 期。

认识论文学观。

第二，研究方法的变革。"工欲善其事，必先利其器。"观念的更新与方法的变革相伴而行。20世纪50年代以来，系统论、控制论、信息论的提出和电子计算机的发明与应用，使自然科学有了重大的突破和发展，人们对宇宙的认识也有了新的进展。在社会科学方面，20世纪以来世界各国出现了各种各样的思潮和学派，他们从不同视角和层面，提出了新的方法论问题。马克思指出："历史本身是自然史的即自然界成为人这一过程的一个现实部分。自然科学往后将包括关于人的科学，正像关于人的科学包括自然科学一样，这将是一门科学。"① 文艺学研究与自然科学结合，融合自然科学的方法和手段，这是文艺学在未来发展中的一个重要趋势。1985年，中国学界出现了"方法论"热。大家普遍注意研究如何将系统论等自然科学研究方法与传统的社会科学研究方法结合起来，如何在马克思主义世界观和方法论指导下，综合各种古今中外行之有效的研究方法，推进文艺学研究的创新。

面对着以研究浩若烟海的中外文学艺术为主要对象的文艺学，应当采取什么方法，古今中外文艺理论家作过种种探索和尝试，出现过社会历史的方法，哲学美学的方法，心理学、现象学、符号学、结构主义的方法，人类文化学的方法等。从表现形态上讲，有宏观与微观，纵向与横向，归纳综合与分析演绎，个案研究与整体把握等。选入本文库的学者

---

① 《马克思恩格斯全集》第42卷，人民出版社1979年版，第128页。

中，陆贵山先生就主张"走向宏观的文艺学"。他说观察文
艺世界需要两面镜子：显微镜和望远镜。既要提倡微观研
究，也要提倡宏观研究。像绘画一样，一幅画既需要有宏伟
的构图，也需要有精美的细部。只有宏伟的构图没有精美的
细部可能造成空泛，只有精美的细部没有宏观的构图会痴迷
于一点。建国七十年来，文学理论获得了前所未有的思想活
力和学术发展的空间，运用不同的方法，以不同视角，从不
同侧面、不同层次、不同方面研究文学艺术，百虑一致，殊
途同归，建设有中国特色的文学理论，已成为我国文学理论
界的共识。"有中国特色的当代文学理论新形态，是一种以
马克思主义为指导，以现代性的追求为动力，在全球化的语
境中充分立足于本土，在现代文论传统的基础上，不断地自
我反思与批判，广采博取中外古今思想资料中的有用成分，
鉴别创新，形成了一种具有科学的和人文精神的、开放的、
动态的、形式复合多样的形态。"①

　　在上个世纪 60 年代王元化先生就开始酝酿和关注文艺
学研究的方法论问题，先后撰写了《论诠释》《综合研究
法》《由抽象上升到具体》《知性分析方法》等论文。对于
王元化先生在古代文论研究方法上的贡献，牟世金先生在
《"龙学"七十年概观》中说：王元化先生的《文心雕龙创
作论》，"创造了一整套行之有效的综合研究法：第一是宏
观研究和微观研究相结合，第二是文史哲研究相结合，第三

---

① 钱中文：《文学理论 30 年：成就、格局与问题》，载《华中师范大
学学报》2007 年第 5 期。

是古今中外的比较、联系相结合。"① 这种"综合研究法",是将"古与今和中与外结合起来,进行比较对照,分辨同异,以便找寻出在文学发展上带有规律性的东西"②。它的特征是古今结合、中外结合、文史哲结合。

在改革开放新时期,文艺学研究特别是马克思文学理论的中国化,取得了重大的成绩,七卷本"20 世纪马克思主义文艺理论国别研究"丛书的出版就是实绩之一。而文学基础理论也得到了前所未有的发展。就学科性的著作而言,在文学文体学、文学叙事学、文学语言学、文学修辞学、文学符号学、文学心理学、文学社会学方面,出现了许多很有分量的专著,研讨问题的范围有所拓宽。2000 年到 2002 年间出版的钱中文、童庆炳主编的"新时期文艺学建设丛书",收录的 36 位学者的论著,就是一些带有标志性的成果。2016 年由复旦大学出版社推出的由朱立元、曾繁仁主编的"当代中国文艺学研究文库",已出版的第一批 12 位学者的论著,进一步显示出当代文艺学研究在千禧之年到来之际出现的新的特点和趋向。

第三,面向实践,在创作与批评互动中推进文学理论的创新。

创作与批评是驱使文学发展的不可或缺的两个轮子。世界文学史的实践表明,凡是文学艺术在大发展的历史时期,几乎都是创作与批评两个轮子同步飞转,文学巨匠与批评大

---

① 王元化:《文心雕龙讲疏》,广西师范大学出版社 2004 年版,第 381 页。

② 同上书,第 352 页。

师都同时留下了他们的足迹。文学理论只有同文学创作实践与文学鉴赏批评实践紧密相连,同步互动,才能不断找到自己的新的生长点。孙绍振先生在撰写《文学创作论》和创立文学解读学过程中深有体会地说:"文学理论的生命来自创作和阅读实践,文学理论谱系不过是把这种运动升华为理性话语的阶梯,此阶梯永无终点。脱离了创作和阅读实践,文学理论谱系必定是残缺和封闭的。问题的关键在于,文学理论对事实(实践过程)的普遍概括,其内涵不能穷尽实践的全部属性。与实践过程相比,文学理论是贫乏、不完全的,因而理论并不能自我证明,实践才是检验真理的准则。"孙绍振在对《红楼梦》和鲁迅小说的文本解读中,具体分析的《红楼梦》的八个美女之死和鲁迅所写的八种死亡,使人耳目一新,给予读者以美的享受。徐中玉先生于1946年写的《批评的伦理》中说:"20世纪是一个批评的时代。所谓'批评的',它的真实解释就是改造的——或者索性就说革命的。因为一切的改造或革命都要从批评开始,而真正的批评也不能不以改造或革命作为它的目标和结局。"① 在20世纪40年代,徐先生对巴金创作的《家》《春》《秋》的解读和评论,充分肯定巴金的"激流三部曲"的审美价值和社会历史意义。童庆炳先生作为诺贝尔文学奖得主莫言的指导教师,联系莫言的生活道路和小说创作实践,写出的《作家的童年经验及其对创作的影响》《莫言的硕士论文与高密东北乡文学王国》,从批评与创作实践紧密结合上,丰

---

① 徐中玉:《批评的伦理》,载《徐中玉文存》,上海人民出版社2019年版,第277页。

富和拓展了当代文艺学的内容。本人撰写的《第十个文艺女神的再生——关于文学批评的主体性思考》与《〈大秦帝国〉论稿——走向新世纪文艺复兴的绿色信号》，在阐明文学批评主体性的同时，显示出批评实践与创作实践、批评家与作家互动的必要性和可操作性。

第四，继承与创新，弘扬中华优秀诗学传统。

建设当代中国的文艺学，它的根，它的母体，它的基因，是中华优秀诗学传统。对于文艺学的建设与发展来说，传统和继承是它的出发点，而更新、创造则是它的目标和主导。文艺学的发展就是由多个创新的环节构成的；文艺学发展的历史，实际上就是继承传统又不断突破传统、不断创新的历史。没有突破与创新，文学也就失去了生命。"传统是一个动态的、开放的、不断发展的系统。它在时空的四维向度上不断地延伸、转化和发展。它作为社会心理、思维方式、价值观念、幻想、风俗、习惯、不同的人生观和世界观，对社会的发展产生巨大的推动作用。它肇始于过去，积淀于现在，影响着未来。一定的文化传统一旦形成，就具有相对的稳定性和惰性。优秀的文化传统，是一个民族的宝贵的精神财富，它具有强大的凝聚力、亲和力与融化力。"① 改革开放以来，中国古代文论和中华诗学传统的研究取得了空前的进展，先后出版的论著有：王运熙、顾易生编的 7 卷 8 册《中国文学批评通史》，罗宗强的多卷本《文学思想史》，黄保真、成复旺与蔡钟翔等人的《中国文学理论史》，袁行霈的《中国诗学

---

① 参见李衍柱：《时代变革与范式转换》，人民出版社 2013 年版，第 122—123 页。

通论》，陈良运的《中国诗学批评史》，张少康的《中国文学理论批评发展史》和入选本文库的学者徐中玉的《古代文艺创作论集》，童庆炳的《文心雕龙》研究，陈伯海主编的《近四百年中国文学思潮史》等。这些论著，采用不同的视角和方法，在吸收已有研究成果的基础上，以通史或断代史的方式，又以专题研究或个案研究为切入点，比较系统深入地探讨了中国古代文艺理论和中国古代诗学的创作与批评的历史发展的特点、规律、范畴，弘扬了中华诗学的优良传统，将中国现代诗学研究推进到一个崭新阶段，并为中国当代文艺学研究提供了丰厚的中国古代诗学资源和坚实的发展基础。

第五，网络思维、网络文学与信息时代文艺学建设。

思维方式的变化和网络文学艺术的兴起，是信息时代中国文学艺术领域变化最大、发展最快的一道风景线。改革开放四十多年，文学观念的更新与研究方法的变革，都与在人的头脑中发生的革命，即与人的思维方式的革命紧密相连。而人的思维方式的变化又与科学技术的革命息息相关。人类历史告诉我们，科学的重大发现和进步，总是直接影响着人的思维精神和思维方式的变化。

网络思维不仅突破了线性的思维方式，超越了一维、二维、三维的视野，它以爱因斯坦的"四维空间"理论，全方位地、立体地、动态地去研究文学活动的特点和规律；同时，又以对话思维超越了"二元对立"和"零和博弈"的思维方式。对话是两个以上主体之间进行平等自由的语言交际。它是沟通与联结我与你、学派与学派、民族与民族、国家与国家之间的桥梁。这是一座来自远古、立足现代、通往未来而又联结东西、今古，贯穿于过去、现在和未来语境中的桥梁。"对话思维不同于'是—是''否—否'二元对立的思维方式。对话的过程是一个异中求同、同中求异的双向运动过程。"① "'对话'是'把灵魂向对方敞开，使之在裸露之下加以凝视'的行为。"② 对话应当是真诚的、坦率的、自由的。对话的双方各自具有独立性，有自己的个性、尊严和价值。在中国现代美学和现代诗学研究过程中，钱中文先生积极倡导对话思维并亲自主持翻译了《巴赫金全集》在中国的出版，得到中国思想界、学术界、文艺界的赞誉，有力地推动了中外文化交流和中国当代文艺学的建设。

网络文学艺术是网络思维孕育出的奇葩。它的诞生标志着文学艺术真正迎来了一个前所未有的大普及、大发展的春天。据《文艺报》统计：截至 2017 年底，国内 45 家重点文学网站的原创作品总量高达 1646.7 万种，其中签约作品达132.7 万种，年新增原创作品 233.6 万种，年新增签约作品22 万种。出版纸质图书 6942 部，改编电影 1195 部，改编电视剧 1232 部，改编游戏 605 部，改编动漫 712 部。网络文学对外翻译影响日渐扩大，足迹已遍布亚洲主要国家以及英、美、法、俄等 20 多个国家和地区，成为中国文学"走出去"新的增长点。③ 理论来自实践。对网络思维与网络文

---

① 李衍柱：《巴赫金对话理论的现代意义》，载《文史哲》2001 年第2 期。

② ［日］池田大作：《我的人学》，铭九、潘金生、庞春兰译，北京大学出版社 1992 年版，第 155 页。

③ 参见李晓晨：《进一步激发新文学群体创作活力》，载《文艺报》2018 年 9 月 17 日。

学的研究，已引起文艺理论界的关注和研究。欧阳友权的专著《网络文学论纲》和由他主编的《网络文学新视野丛书》的出版问世，就是很好的佐证。

随着时代的推移和文学所使用的工具与手段的变换，文学的物化载体和传播媒体的变换，自然要引起文学自身的变异和发展。一些文学类型消亡了，一些文学类型出现了，批判继承，推陈出新，这是中外文学发展的一条重要规律。与文学的变化、发展相适应，文学理论研究也应以新的观念和方法向深广度发展。面对信息时代的到来，网络媒介的迅猛发展，电信技术王国的出现，解构主义大师雅克·德里达惊呼："整个的所谓文学的时代（即使不是全部）将不复存在。"必然导致文学的"终结"。作为德里达的信奉者、美国文艺理论家 J．希利斯·米勒直言不讳地宣称他是赞成德里达的"文学终结论"的。并且进一步发挥了德里达的思想，说："那么，文学研究又会怎样呢？它还会继续存在吗？文学研究的时代已经过去了。再也不会出现这样一个时代——为了文学自身的目的，撇开理论的或者政治方面的思考而单纯去研究文学。那样做不合时宜。"① 对于德里达、米勒公开宣扬的"文学终结论""文学研究过时论"，中国文艺理论界对此大不以为然，公开发文从理论上予以批评。本人与钱中文、童庆炳先生都先后发文联系中外文艺发展的实际，批评这种广为流行的"文学终结论""文学研究过时论"出现的必然性及其悲观论的实质。文学艺术作为人类诗

---

① J．希利斯·米勒：《全球化时代文学研究还会继续存在吗?》，载《文学评论》2001 年第 1 期。

意的存在的载体，永远是时代的花朵，它总会不断地给人以
美的享受。

　　建设中国特色的文艺学是一个需要一代又一代的学者不
懈地进行研究的系统工程。伴随着中华民族伟大复兴，中国
和世界文艺实践的丰富和发展，在未来的岁月，文艺学研究
也必然会不断提出一些新的问题，出现一些新的形态和新的
特点，并在不同的领域和方面，有所突破，有所创新。钱中
文、童庆炳二位先生，在《新时期文艺建设丛书·总序》
中说：一个理论创新的新世纪已经来临。不过任何一种新型
的理论形态的建立与发展，都要以前人提供的"思想资料"
为基础的。新时期的文论，作为一个良好的开端，它们无疑
可以成为有中国特色的文学理论的前期成果；而作为丰富的
思想资料，它们无疑将汇入新世纪的新的理论创造之中。山
东文艺出版社推出的"中国现代文艺学大家文库"中的第
一批学者的自选集，无疑是这些学者在建设中国特色文艺学
的大道上留下的足迹；这些学者研究的成果，也必然会在今
后的文艺创作实践和鉴赏批评实践中受到检验或弃取；他们
提出的问题和对未来的期待，深信后继者在中华民族伟大复
兴的历史征程中，一定会继续深入系统全方位地研究下去，
并在实践中不断推进文艺理论的创新，进而融入新世纪世界
文艺学研究的洪流，努力攀登学术的高峰。

李衍柱

2019 年 8 月 12 日于山东师范大学寓所

目 录

　　山东文艺出版社出版"中国现代文艺学大家文库"，嘱我编选钱谷融先生文艺理论方面的文集。钱先生是文艺理论名家，他的《论"文学是人学"》在新中国文艺理论发展史上产生过巨大影响，至今文学理论涉及"人学"的论述，一般都会提到他的观点。钱先生在文艺理论领域有不少独特的论述，像《管窥蠡测——人物创造探秘》《文艺创作的生命与动力》等，对文艺理论的基本问题，提出了自己的看法。他是围绕人的问题来展开文艺理论的思考，从文学史经验和理论分析等多方面推进文艺理论中人学问题的研究。像他这样一辈子执着于人的问题的文学研究者，在他们那一代人中，或许是不多见的。他除了在理论上关注人的问题，还在具体的作家作品研究上，强调"人学"理论的重要性。《〈雷雨〉人物谈》是他"人学"理论在作家作品研究方面的具体体现。他通过对曹禺的《雷雨》中八个主要人物的分析，让人们看到一部成功的艺术作品在人的问题上的开掘和思考。

强调文学艺术中"人学"的重要价值和意义，常常让人联想到文学艺术中的人性、人道主义传统。钱谷融先生在《且说说我自己》一文中，总结自己的学习体会和思想历程，也曾谈到这方面的思想传统的历史影响。他认为很多文学大师和思想家在人的问题上，多多少少会有一点相似的地方，这就是充满同情，对人间的悲欢冷暖持怜悯之心。钱先生举了托尔斯泰的例子，也举了中国陶渊明的例子，说明古今中外杰出的艺术家，在人的问题上，都有某种相似的情感立场。但钱先生在文艺理论上对人的问题的论述，较之一般的人道主义理论又有所不同，他是着眼于文艺问题，是把人的问题在文艺领域上升到一切艺术的根本问题的高度来论述，也就是说，如果偏离了对人的问题的关注和思考，那么，文学艺术的价值就会受到影响。他的这种看法，在一个历史时期曾引起极大的争论，像中国古代的山水诗，是不是与人的问题有直接关系？一些宣传社会冲突和阶级斗争的作品，如何理解等，持不同意见的论者有自己的立场和视角，但这些不同意见并不影响钱谷融先生对于人学问题的看法和倡导。可以说，从20世纪50年代以来，他一直坚持自己的学术观点。只要条件允许，他就要撰文发表自己的观点。这种坚持，体现出他坚守学术立场的学者本色，也赢得了文艺理论领域许多同仁的尊敬。当然，付出的代价也是巨大的。他在回忆文章中说，自己在历次政治运动中都受到冲击。讲师一做就是38年，在一些人眼里，他被归入另类，打入冷宫。但追随者也不乏其中。像20世纪50年代他的学生陈伯海先生就赞同老师的说法。小说家戴厚英经历了先批判自己的老师，后来又在小说《人啊，人!》中，呼唤人的文学，赞同"人学"理论。

钱谷融先生之所以对文学艺术中人的问题那么关注和执着，不单单是学术研究上的偏爱，还与他所接受到的家庭教育和学术思想熏陶有关。他是江苏武进人，出生于私塾家庭，从小接受的教育中，母亲的言传身教影响最大。晚年的钱谷融先生在回忆母亲时说，他母亲是属于那种非常善良的人，总教育自己的孩子要有一颗感恩和报答的心。而大学期间，钱谷融先生受到影响最大的，是西方唯美主义文艺思想和中国魏晋六朝文学所体现的魏晋风度。他在中央大学的老师伍叔傥教授，是一位颇具名士风度的人文学者，北大毕业，与俞平伯、罗家伦等都是关系密切的同学。《俞平伯日记》中还留有伍先生劝他认真读书的记录。钱先生追随伍先生，受到老师言传身教的影响。这样的教育，加之钱谷融先生自己的精神气质较偏向于抒情浪漫的一面，所以，很容易接受那种人文主义色彩很浓的文艺主张。他自己曾说，与其说他是一个文艺理论家，还不如说他是一个文艺鉴赏家。他喜欢阅读文学作品，尤其喜欢中国古代的陶渊明、诸葛亮这样的风清云白飘逸散淡的人物。一部《世说新语》他是百看不厌，甚至到了生命的最后，住院期间，他还将余嘉锡注释的《世说新语》带在身边。这从一个侧面揭示出，他的文学主张不单单来自学术研究抽象思考的结果，同时也是他人生的某种体验和经验的总结。理论研究与他的人生经验之间，某种意义上是相互关联、相互协调的。所以，对有些学者而言，观点可以随意改变，但钱谷融先生的人学观、文艺观是连在一起的，他坚持了一生，没有改变，因为这种理论主张与他的人生形态之间，是相互交融、合二为一的。

钱谷融先生一生的学术著述并不多，2013 年上海人民出版社曾出版过《钱谷融文集》，收录了他的主要文字。现在这本精选文集，收录了他的一些代表作。由于编者本人的学识水平有限，难免会有一些遗漏，望方家批评指正。

杨　扬

2020 年 6 月于沪西寓所

论“文学是人学”

高尔基曾经作过这样的建议：把文学叫作“人学”。我们在说明文学必须以人为描写的中心，必须创造出生动的典型形象时，也常常引用高尔基的这一意见。但我们的理解也就到此为止——只知道逗留在强调写人的重要一点上，再也不能向前多走一步。其实，这句话的含义是极为深广的。我们简直可以把它当作理解一切文学问题的一把总钥匙，谁要想深入文艺的堂奥，不管他是创作家也好，理论家也好，就非得掌握这把钥匙不可。理论家离开了这把钥匙，就无法解释文艺上的一系列的现象；创作家忘记了这把钥匙，就写不出激动人心的真正的艺术作品来。这句话也并不是高尔基一个人的新发明，过去许许多多的哲人，许许多多的文学大师都曾表示过类似的意见。而过去所有杰出的文学作品，也都充分证明着这一意见的正确。高尔基正是在大量地阅读了过去杰出的文学作品，和广泛地吸收了过去的哲人们、文学大师们关于文学的意见后，才能以这样明确简括的语句，说出了文学的根本特点的。

我这篇文章，就是想为高尔基的这一意见作一些必要的阐释；并根据这一意见，来观察目前文艺界所争论的一些问题。

一

文学的对象，文学的题材，应该是人，应该是时时在行动中的人，应该是处在各种各样复杂的社会关系中的人，这已经成了常识，无须再加说明了。但一般人往往把描写人仅仅看作是文学的一种手段、一种工具，如季摩菲耶夫在《文学原理》中这样说："人的描写是艺术家反映整体现实所使用的工具。"① 这就是说，艺术家的目的，艺术家的任务，是在反映"整体现实"，他之所以要描写人，不过是为了达到他要反映"整体现实"的目的，完成他要反映"整体现实"的任务罢了。这样，人在作品中，就只居于从属的地位，作家对人本身并无兴趣，他的笔下在描画着人，但心目中所想的，所注意的，却是所谓的"整体现实"，那么这个人又怎么能成为活生生的、有血有肉的、有着自己的真正个性的人呢？而且，所谓"整体现实"，这又是何等空洞、何等抽象的一个概念！假使一个作家给自己规定的任务是"反映整体的现实"，假使他是从这样一个抽象空洞的原则出发来进行创作的，那么，为了使他的人物能够适合这一原则，能够充分体现这一原则，他就只能使他的人物成为他心目中的现实现象的图解，他就只能抽去这个人物的思想感情，抽去这个人物的灵魂，把他写成一个十足的傀儡了。应该说，季摩菲耶夫还是比较重视文学艺术的特征的。在他的那本《文学原理》中，有着很多精辟的见解。那本书，在苏联虽然受到很多人的非常严厉的批评和指责，但我以为这些批评和指责未必都是正确的，然而这里所提到的一点，却是一向毫无异议地为大家所接受的。在苏联是如此，

① 季摩菲耶夫：《文学原理》，平明出版社1953年版，第24页。

在中国也是如此。正因为这种理论是一种支配性的理论，在我们的文坛上也就多的是这样的作品：就其对现实的反映来说，那是既"正确"又"全面"的，但那被当作反映现实的工具的人，却真正成了一把毫无灵性的工具，丝毫也引不起人们的兴趣了。

我这样说，是不是意味着我认为文学不能够或者不必要反映现实呢？不是的。文学当然是能够，而且也是必须反映现实的。但我反对把反映现实当作文学的直接的、首要的任务，尤其反对把描写人仅仅当作是反映现实的一种工具、一种手段。我认为这样来理解文学的任务，是把文学和一般社会科学等同起来了，是违反文学的性质、特点的。这样来对待人的描写，是决写不出真正的人来的，是会使作品流于概念化的。

那么，究竟应该怎样来理解文学的任务，怎样来对待人的描写呢？

过去的杰出的哲人、作家们，都是把文学当作影响人、教育人的利器来看待的。一切都是从人出发，一切都是为了人。鲁迅在他早年写作的《摩罗诗力说》中，以"能宣彼妙音，传其灵觉以美善吾人之性情，崇大吾人之思理者"①，为诗人之极致。他之所以推崇荷马以来的伟大的文学作品，是因为读了这些作品后，能够使人更加接近人生，"历历见其优胜缺陷之所存，更力自就于圆满"②。这种看法并不是鲁迅一个人所独有的，而可以说是过去所有杰出的、热爱人生的诗人们的一种共同的看法。车尔尼雪夫斯基在谈到文学的作用时也这样说："诗人指导人们趋向于高尚的生活概念和情感的高贵形象；我们读诗人的作品，就会厌恶那庸俗的和恶劣的事物，

---

① 《鲁迅全集》第一卷，第 201 页。
② 同上。

就会看出所有美和善的迷人的地方，爱好所有高贵的东西；他们会使我们变得更好，更善良，更高贵。"① 一切艺术，当然也包括文学在内，它的最最基本的推动力，就是改善人生、把人类生活提高到至善至美的境界的那种热切的向往和崇高的理想。伟大的诗人，都是本着这样的理想来从事写作的。要改善人的生活，必须先改善人自己，必须清除人身上的弱点和邪恶，培养和提高人的坚毅、勇敢的战斗精神。高尔基在他的一篇题名《读者》的特写中，是这样来谈文学的目的和任务的：

文学的目的是要帮助人了解他自己，提高他的自信心，并且发展他追求真理的意向，和人们身上的庸俗习气作斗争，发现他们身上好的品质，在他们心灵中激发起羞耻、愤怒、勇气，竭力使人们变为强有力的、高尚的，并且使人们能够用美的神圣的精神鼓舞自己的生活。②

而历来一切伟大的文学作品，也的确是以赞美和歌颂好人好事，鞭挞和斥责坏人坏事为其职责的。善恶邪正的斗争，成了文学的基本主题，而且善总是战胜了恶，正总是压倒了邪。即使邪恶在作品中得胜了，但人们的同情也必然是在善和正一方面的。正像高耐依在论到戏剧的作用时所说的："好人虽然遭到不幸，大家一定是爱他的，同情他的；坏人虽然得志，大家一定是恨他的，讨厌他的。"这是因为，作者在描述作品中的这些人物时，并不是把他们当作自己的一个工具，而是把他们当作和自己一样的人。他不能不爱那些他所认为善良和正直的人，而恨那些他所认为奸邪和凶恶的人。他和他笔下的好人一同欢笑，一同哭泣，为他们的高兴而高兴，为他们

---

① 季摩菲耶夫：《文学原理》，平明出版社 1953 年版，第 18 页。
② 伏尔科夫：《高尔基》，人民文学出版社 1955 年版，第 11 页。

的忧愁而忧愁。而对于那些坏人，则总是带着极大的憎恶与轻蔑，去揭露他们的虚伪，刻画他们的丑态。作者就用他的这种热烈分明的爱憎，给了他的人物以生命；又通过他的人物来感染读者，影响读者。使得读者和他一起来爱那些好人，恨那些坏人，并进而鼓舞读者积极地在现实生活中帮助好人去和邪恶战斗，去扑灭邪恶，肃清邪恶。也正是为了这个缘故，人们在提到那些为我们创造了杰出的文学作品的大师的名字时，才总是怀着无限崇敬与感激的心情的。假使作家所着眼的是所谓"整体的现实"，或者像另一些人所说的是所谓"生活的本质""生活发展的规律"，而把人仅仅当作是借以反映这些东西的一种工具的话，那么，他就再也写不出这样激动人心的作品来，再也收不到这样巨大的效果了。

我这样说，是不是会斩断了文学与现实之间的联系，取消了文学反映生活的职能呢？这种顾虑（或者简直是对我的责难），其实是不必有的。除非作家写不出真正的人来，假如写出了真正的人，就必然也写出了这个人所生活的时代、社会和当时的复杂的社会阶级关系。因为，人是不能脱离一定的时代、社会和一定的社会阶级关系而存在的；离开了这些，就没有所谓"人"，没有人的性格。我们从每一个具体的人身上，都可以看到时代、社会和阶级的烙印。这些烙印，是谁也无法给他除去的。曹雪芹难道是为了要反映封建社会的日趋崩溃的征兆，为了要反映官僚士大夫阶级的必然没落的命运而写《红楼梦》的吗？当然不是的。他是因为受到了对于贾宝玉、林黛玉等人（这里不谈这些人是怎样闯进他的心海里去的问题）的一种无法排解的、异常深厚复杂的感情的驱迫，才来写《红楼梦》的。但是我们通过这部作品所看到的，却决不是贾宝玉等人的个人生活史，而是当时的整个时代，整个社会。对于《哈姆雷特》《堂·吉诃德》《奥勃洛莫夫》以及《阿Q正传》等等，我们都可以这样说。

人和人的生活，本来是无法加以割裂的，但是，这中间有主从之分。人是生活的主人，是社会现实的主人，抓住了人，也就抓住了生活，抓住了社会现实。反过来，你假如把反映社会现实、揭示生活本质，作为你创作的目标，那么你非但写不出真正的人来，所反映的现实也将是零碎的、不完整的；而所谓生活本质，也很难揭示出来了。所以，文学要达到教育人、改善人的目的，固然必须从人出发，必须以人为注意的中心；就是要达到反映生活、揭示现实本质的目的，也还必须从人出发，必须以人为注意的中心。说文学的目的任务是在于揭示生活本质，在于反映生活发展的规律，这种说法，恰恰是抽掉了文学的核心，取消了文学与其他社会科学的区别，因而也就必然要扼杀文学的生命。

现在大家都已经知道把典型归结为一定社会历史现象的本质这种理论的错误了。然而，对于我们这里所论述的——把揭示生活的本质、反映生活发展的规律当作文学的任务，而把描写人仅仅当作为完成这一任务所使用的工具，对于这种理论的错误，却迄今还是习焉不察。其实，这两种错误是相互联系，其性质也是极为类似的。因为，既然把文学的任务确定为揭示生活的本质，反映生活发展的规律，而在文学中，这一任务又必须通过典型化，通过典型形象的塑造来完成的。那么，为了保证这一任务的完成，最好自然就莫如干脆把典型归结为一定社会历史现象的本质了。本来，这两种理论，假如只把它们当作结论来看，是并没有什么荒谬可笑之处的，事实上倒还是符合实际的。但现在却把它们当作一个前提，当作一个要求提出来，那就成了有害无益的东西了。因为，它们叫人们去注意一些本来不必注意的事情，结果就必然使人忽略了应该注意的事情。正如，假使我们说食物是从食道而不是从气管进入肠胃去的，这是完全正确的。但假如我们对一个孩子说："当心！必须使食物通过食道进入肠胃，而不能使它跑到气管里去！"结果会怎样呢？结果反而会使孩子受呛，会使孩子感到吃饭是一件苦差事，这就是这种多余的好心所招致的必然结果。上述这两种理论在文艺上所引起的后果是与此颇相类似的。

高尔基一向认为消极的任务是文学所不足取的。把文艺的意义、作用，局限在反映生活这一点上，就等于是否定了文艺的存在的必要。因为，如果我们所要求于文艺的只是在于概括地反映现实现象，揭示现实生活的本质的话，那么，科学会把这些作得更精确、更可靠的。这样，文艺就失却了它作为人类精神活动的一个特殊领域而存在的意义了。然而，人们却并不因为有了科学就不需要文艺，而文艺也并没有因为科学的日益发达而渐趋衰落，可见文艺一定是有它的特殊的、不是科学所能代替的任务的（这种任务，在高尔基看来，就是影响人，教育人，就是鼓舞人们去改造现实，改造世界，使人们生活得更好）。而且，假如我们把反映现实当作文学的首要任务，那么，对于那些杰出的抒情诗篇，以及从个人主观的热情与理想出发的伟大的浪漫主义作品之如此为人喜爱，如此受人重视，就很难解释了。① 所以，高尔基把文学叫作"人学"，就不但说明了文学的对象是什么，而且，还把文学的对象和它的性质、特点，和它的任务、作用等等相统一起来了。我觉得，在今天，对于高尔基把文学叫作"人学"的意见，是有特别加以强调的必要的。

———————

① 假如说这些作品之所以为我们所喜爱，也是因为它们通过作家心灵的折射而反映了现实，那么，这正好说明了文学作品原是必然要反映现实的；把反映现实当作文学的任务而提出来就没有什么积极的意义了。

二

前面我们说：对于人的描写，在文学中不仅是作为一种工具、一种手段，同时也是文学的目的所在、任务所在。这是有充分的根据的。整个世界文学的历史，都可以为这句话作证。全人类共有的文学宝库，是一长列的人物的画廊，把这些人物的画像（他们或者戴着诗人自己的名字，或者叫作别的什么）从宝库中抽去，这个宝库也就空无所有了。古往今来的一切伟大的诗人都把他一生的心血，交付给了他所创造的人物，他是通过他所创造的人物来为自己的祖国、为自己的人民服务的。而我们也就根据诗人在他的作品中是怎样描写人，怎样对待人，来判定诗人的作品的好坏，判定诗人的品格的高下的。我们为什么要斥责颓废派的和自然主义的作家呢？主要就是因为他们在他们的作品中歪曲了人，诬蔑了人。而我们对于所有充满着伟大的人道主义精神的作家们，则永远怀着深深的敬仰与感激的心情，因为他们在他们的作品里赞美了人，润饰了人，使得人的形象在地球上站得更高大了。高尔基把文学当作"人学"，就是意味着：不仅要把人当作文学描写的中心，而且还要把怎样描写人、怎样对待人作为评价作家和他的作品的标准。

怎样描写人，怎样对待人，这当然与作家的思想，与作家的世界观有关。但所谓世界观，是人的各种观点的总和，它本身是既统一而又有矛盾的。在对待每一个具体问题上，并不是全部世界观中的每一种观点都起着同等的作用，而是有主从轻重之分的。在文学领域内，既然一切都决定于怎样描写人、怎样对待人，那么，作家的对人的看法，作家的美学理想和人道主义精神，就是作家世界观中起决定作用的部分了。

最能用来说明这一点的，莫如巴尔扎克和托尔斯泰两人的例子。

这两个人，就他们的阶级立场、政治理想来说，都是落后的，违反历史前进的方向的。但是他们的作品，就其主要倾向来说，却是有利于人民的，却是起着进步的作用的。这应该怎样解释呢？过去，都是根据恩格斯对巴尔扎克的评论，认为是他们的先进的创作方法突破了他们的落后的世界观，把这种现象归结为现实主义的胜利。但是这种解释总不能十分令人信服。因为，这等于是说，创作方法和世界观是可以割裂的了；等于是说，一个作家对现实的理解明明是这样，但他却可以把它写成那样，而且还仍然可以是好作品，仍然可以收到影响人、教育人的效果。这即使就常识上来说，也是很难说得过去的。有一些人就抓住了恩格斯的这一说法，极力宣扬他们的否定世界观对创作方法的决定作用的那套理论。另一些人则从作家的主观思想与作品的客观思想之间的矛盾来说明这一问题，但这仍然是说不通的。因为，作家的主观思想与作品的客观思想之间，尽管确乎存在着矛盾，但这种矛盾主要也只是深度和广度方面的互有差别，而决不会是属于全然抵触的性质。因此又有一些人企图从这两位作家的世界观的本身找寻说明。他们引证了大量的材料，来证明这两个人的世界观内部原就存在着矛盾，其中既有反动的成分，也有进步的成分；并且断定，起主导作用的还是其进步的一面。于是得出结论说：他们的创作方法是和他们的世界观完全一致的。但这依然缺乏具体结论。他们还是囿于先入之见，在一个紧要关头，就匆匆地用一个已有的现成结论，结束了更进一步的探索。我这里指的是，当他们根据充分的材料，十分令人信服地分析了托尔斯泰世界观中所存在的矛盾，指出其中有哪些是反动的因素，有哪些是进步的因素，并进一步证明他的反动思想在他的作品中所占的比重，不如在他的思想中所占的比重大时，本可以自然而然地得出关于作家的世界观与其创作方法之间的具体关系的正确结论来的；本可以明白指出世界观中的哪些因素在文艺创作中起着直接的、主导的作用，而哪些因素则只起着间接的、次要的作用来的。但这时，他们的眼睛却从已经涌出来了的结论前滑过去了。因为，他们这时忽然看见了他们出发时所预先设定了的终点，尽管这个终点并不是在他们的前面，而是在旁边的什么地方，他们也就一脚跨过去了。最后，他们就立定在如上面所说的"现实主义创作方法的胜利"这一现成结论的前面了。

难道托尔斯泰的反动思想在他的创作过程中之所以常常受到排挤和压制，在他的作品中之所以占不到像在他的思想中所占的那么大的地位，真是由于他十分忠实于生活现实，由于他严格遵循着艺术规律吗？真是所谓现实主义创作方法的胜利吗？我看是不能这样说的。至少，这样说是不够充分、不够圆满的。

假如我们把这原因归结于托尔斯泰对生活的忠实，归结于生活真实的客观力量，就很难说明：为什么在他的作品中是那么忠实于现实，而且往往能从生活现实中得出正确的结论来的托尔斯泰，在他的论文（哲学的和文学的）中却常常会歪曲生活，常常会从生活中得出错误的结论来呢？难道托尔斯泰只有当他在进行创作的时候，才是忠实于生活的吗？而且，正如王智量、文美惠两位同志自己所指出的，在托尔斯泰作品中所表现出来的先进思想，并不只是存在于他的作品中，在他的思想中也是存在的。那么，可见得这里的问题，就并不是托尔斯泰为什么能有这样一些先进思想的问题，而是为什么这些先进思想能在他的作品中起主导作用，而另一些反动的思想在他的作品中却只能退居于次要的地位的问题了；而是为什么这两种思想的比重在作品中比之在思想里会起了个相反的变化的问题了。用忠实于生活这样的理由，是不能说明这一问题的。两位同志还引用了高尔基所说的、托尔斯泰在《复活》中"不能不承认，而且……几乎证实了积极斗争的正确性"，和恩格斯所说的、巴尔扎克"不得不违反他自己的阶级同情和政治偏见"这样的语句，来证明生活真实对作家的强制力量。但是，这里说的既然是托尔斯泰"不能不"，巴尔扎克"不得不"，那就不能单纯从客观生活一方面去解释，而是也应该、甚至是更应该从两位作家的主观意识一方面去找寻原因的。

王智量、文美惠两同志自己也认识到"仅仅用生活或生活经验来解说作品的客观意义压倒了作者主观偏见的原因还是不够的"，他们也知道有很多这样的作家，虽然他们的生活经验很丰富，但他们创作出的作品，却并没有能超过其世界观的限制。因此，他们在生活经验的丰富和对生活的忠实以外，又提出了对现实主义艺术法则的严格遵循一点来。关于这一点，王智量同志说得很好：

> 但是在作家的艺术创造过程（而不是手艺匠式的编造过程）中，随着作品主题和情节的展开，当艺术形象开始获得了一个真实的轮廓，逐渐具有比较明确的个性，开始和它的生活环境形成一个有机的整体，并且形象和形象之间也渐渐有了基本真实的关系的时候，这时，形象在作家的笔下形成起来的个性化了的生命就会开始产生出一种力量来，这种力量就会要求艺术家在他已经获得的这种真实性和统一性的基础上把它写下去，要求他不仅考虑自己的构思，也要考虑形象本身已经开始显示出来的这种个性的完整性，而不要任意地去破坏它。这就是一种现实主义艺术的力量。这时，如果这是一位真正伟大的艺术家，他熟悉并且尊重艺术的这种规律性，再加上他笔下跃跃欲

生的艺术形象带给他的兴奋和鼓舞，他便往往会顺乎这种形象本身的逻辑把它写下去，而不自觉地把自己的主观构思中某些不符合这种逻辑的东西排挤到次要的地位。这样是会出现我们所说的现实主义的胜利的情况。①

大家都会承认，在文艺创作中的确有这样的情形。最明显的、为大家所熟知的例子，就是托尔斯泰的《安娜·卡列尼娜》。托尔斯泰原来是想把安娜当作"有罪的妻子"而加以贬责的，但结果他却"不得不"寄予她以深深的同情，甚至还赞扬了她。然而，王智量同志对这一现象的解释，却颇有些神秘的意味。像"个性化了的生命就会开始产生出一种力量来，这种力量就会要求艺术家……要求他不仅考虑……也要考虑……"这里所说的这种力量究竟是一种什么样的力量呢？它难道是脱离作家的主观意识而存在的吗？难道是完全不受作家的思想、态度的影响的吗？当然并不是这样的。假如王智量同志肯用一种浅显明白的、人人能懂的语言来说，就一点也没有什么神秘。不过这样一来，他所作的结论，也就必须另换一个样子了。

我们说过，在文学领域内，一切都决定于怎样描写人，怎样对待人，真正的艺术家决不把他的人物当作工具，当作傀儡，而是把他当成一个人，当成一个和他自己一样的有着一定的思想感情、有着独立的个性的人来看待的。他一定是充分尊重这个人的个性的，他可以通过他自己的是非爱憎之感来描写这个人物；他可以在他的描写中表示他对这个人物的赞扬或是贬责，肯定或是否定；正像在生活中，他可以通过自己对一个人的评价来介绍这个人一样。但他

① 《文学研究集刊》第四册，第 154 页。

决不能把自己的意志强加到他的人物身上去，强使他的人物来屈从自己的意志。在生活中是如此，在作品中也是如此。这样一说，王智量同志所说的这种力量，原来就只是人物的性格的力量了，就一点没有什么神秘了。而所谓"熟悉并且尊重艺术的这种规律性"，其实是应该说作"熟悉并且尊重他的人物的个性"的！所以，这里，重要的倒是在于作家对于人物的态度，在于作家对于人物的评价。作家对于他的人物的性格是不是够尊重？作家对于他的人物所作的评价是不是公允的、正确的？假使作家并不尊重他笔下的人物，假使对他的人物作出了错误的评价，也就不会有所谓现实主义艺术的力量了。而对人物的态度问题、评价问题，就与其说是现实主义的问题，不如说是作家的美学理想问题、人道主义问题了。所以，我们与其把托尔斯泰之所以由原来的想贬责安娜，终于变成同情安娜、赞扬安娜，说成是现实主义的胜利，倒不如把它当作人道主义的胜利来得更恰当些，更容易理解些。一个真正的人道主义者，怎么能对安娜这样的女子，对安娜这样的遭遇，不深深地寄予同情反而加以贬责呢？任何人都可以看到，在《安娜·卡列尼娜》中，是托尔斯泰对不幸的安娜的人道主义的同情，战胜了他在妇女问题上和家庭问题上的反动思想的。

在《复活》中所表现出来的情形也是一样。

托尔斯泰对待人民的革命斗争一贯是采取反对态度的。虽然后来在1905年的革命中，他也曾表示过某些赞同的意见，但这些意见在他的全部观点中所占的比重是很小的。然而，在《复活》中，他却把革命家们主要描写为一群勇敢、正直的，"为了人民而牺牲自己的特权、自由的生命"的人。甚至，他还违反了他一贯主张的"勿以暴力抗恶"的教义，同情并赞扬起革命者的暴力斗争手段来，认为这"不但不是罪恶,而且是光荣的行为"。① 为什么会这样呢? 因为,这时托尔斯泰所面对的,已经不是他自己的思想,不是什么抽象的原则、教条,不是政治主张或社会理想的问题了,而是一些具体的人的具体行为。他看到这些革命者是"在损失自由、生命和一切人所宝贵的东西的危险中"才采取这样的暴力手段的;是在别人十分残忍地对待他们时,他们才"自然而然地采用别人用来对付他们的那同样的方法"的。一个真正的人道主义者能够对这些革命者的行动表示反对吗? 在这里,又是表现出作为"暴虐与奴役的敌人,被迫害者的友人"的托尔斯泰的伟大的人道主义精神,战胜了他对革命所持的反动观点的。

不但托尔斯泰的情形是如此,就是恩格斯所评论过的巴尔扎克的情形也是如此的。

巴尔扎克虽然出身平民,却钦慕着贵族,偏要在他的姓氏前加一个"德"(de)字。在政治上,他更是一个保皇党,他的同情是完全在贵族一方面的。然而,他在他的作品里,却以"最尖刻的讽刺""最辛辣的嘲弄"来对付他所同情的阶级,而带着"不可掩饰的赞赏"去描述他政治上的死敌。为什么会是这样的呢? 那就是因为:伟大的人道主义者巴尔扎克,决不能用另一种态度对待他笔下的人物。贵族,作为一个阶级来说,是他所同情的,寄以希望的;共和主义,作为一种政治主张来说,是他所仇恨的,坚决反对的。然而,他在他的作品里所描写的、所评论的,却既不是作为一个阶级的贵族,也不是作为一种政治主张的共和主义,而是一些具体的人和他的具体的行动。他

---

① 这里以及下面引号中的话,都是托尔斯泰的《复活》中的语句,我是从王智量同志的文章中转引过来的。关于托尔斯泰对待革命的态度,也多采用王智量同志的说法。因此,我就很难逃避"入室操戈"之讥。

就是根据这些人的具体的行动来确定对待他们的态度，给他们以一定的评价的。他嘲笑了应该嘲笑的人，赞扬了应该赞扬的人，而我们也因此喜爱他的作品，因此尊敬他为伟大的作家。

巴尔扎克和托尔斯泰两个人的例子，充分向我们证明：在文艺创作中，一切都是以具体的感性的形式出现的，一切都是以人来对待人，以心来接触心的。抽象空洞的信念，笼统一般的原则，在这里没有它们的用武之地。因此，在《人间喜剧》中，保皇党的巴尔扎克、天主教徒的巴尔扎克，就不得不让位于人道主义者的巴尔扎克。同样，在《战争与和平》中，在《安娜·卡列尼娜》和《复活》中，清晰地呈现在我们眼前的也是充满了对被压迫者和被剥削者的同情的托尔斯泰，而那"基督教无政府主义者"的托尔斯泰，就只能留下一个淡淡的影子了。我是不是过分推崇了人道主义，过高地估计了人道主义精神的作用呢？我以为，如果是就文艺而论，那么，人道主义精神的作用，恐怕还要远比我上面所说的大得多。

一切被我们当作宝贵的遗产而继承下来的过去的文学作品，其所以到今天还能为我们所喜爱、所珍视，原因可能是很多的，但最基本的一点，却是因为其中浸润着深厚的人道主义精神，因为它们是用一种尊重人、同情人的态度来描写人、对待人的。假如人民性、爱国主义、现实主义等等概念，并不是在每一篇古典文学作品的评价上都是适用的话，那么，人道主义这一概念，却是永远可以适用于任何一篇古典文学作品上的。人民性应该是我们评价文学作品的最高标准①，最高标准并不是任何时候都能适用的，也不是任何人都

① 季摩菲耶夫在《论人民性的概念》一文中，因为历来"提到人民性这个概念，就习惯地指作家已达到了艺术性的最高水平"，都"把这个概念归于我们最杰出的作家"，因而，他认为："从这个意义来说，人民性是艺术性的最高形式。"我是同意他这种说法的。

会运用的。而人道主义精神则是我们评价文学作品的最低标准，最低标准却是任何时候都必须坚持的，而且是任何人都在自觉地或不自觉地运用着的。够不上最低标准，就是不及格，就是坏作品。达到了最低标准，就应该基本上肯定它是一篇好作品，就一定是有其可取之处的。至于好到什么程度？可取之处究竟有多大？那就得运用人民性等标准去衡量了。

谁能够从古典文学作品中，举出一篇，不管是属于哪一个时代、哪一个国家的，缺乏人道主义精神的作品来呢？但是，我们却可以举出很多既不是用现实主义的创作方法写的，也并没有什么人民性和爱国主义精神的作品来。像不久以前我们的文艺界所争论的李后主的词，就是属于这一类。要在李后主的词中去找什么人民性和爱国主义精神是很困难的，除非我们把这两个概念的含义无限制地加以扩大。但这样做的结果，就等于是取消了这两个概念的实际作用，对我们只有坏处而不会有任何好处。那么，我们应该怎样来解释有很多人喜爱着李后主的词的现象呢？如果充分估计了人道主义精神在文学作品中以及在人民对文学作品的评价中所起的作用，这一现象就没有什么可怪了。

诚然，在李后主的诗词里，所写的都是他个人的哀乐，既没有为人民之意，也绝少为国家之心。亡国以后，更是充满了哀愁、感伤，充满了对旧日生活的追忆和怀恋，很少有什么积极的意义。但是，文学作品本来主要就是表现人的悲欢离合的感情，表现人对于幸福生活的憧憬、向往，对于不幸的遭遇的悲叹、不平的。它正是通过了这些思想感情的艺术的表现，而发挥其作为阶级斗争的武器的作用的。即使作家所要表现的是广大人民的生活，是广大人民的理想、愿望等等，也必须通过作者个人的感受而反映出来，否则就不成其为文学作品。而且，每一个人既都必有其独特的生活遭遇、独特的思想感情，为什么又不能把他个人的哀乐唱出来呢？假如他唱得很真挚，很动听，为什么又不能引起我们的喜爱，激起我们的同情呢？只要这个人不是人人痛恨的恶人！一种深厚纯真的感情，不管它是对人的，对自然的，也不管它是对个人的，还是对广大人民的，或者是对国家民族的，都是能够引起我们的赞许的。因为他使得我们对人、对自然界更加接近了；使得我们更加热爱我们的生活，更加热爱我们的国家、民族了。而李后主就是不缺乏这种感情的人。王国维非常称道李后主的赤子之心，其实，岂但王国维呢？所有喜爱李后主的诗词的人，最欣赏的，恐怕也就是他那点赤子之心。

试看如下的诗篇：

又见桐花发旧枝，一楼烟雨暮凄凄。
凭栏惆怅人谁会，不觉潸然泪眼低！
层城无复见娇姿，佳节缠哀不自持。
空有当年旧烟月，芙蓉池上哭蛾眉。

这是为怀念昭惠后而作的。又如：

一重山，两重山，山远天高烟水寒，相思枫叶丹。
菊花开，菊花残，塞雁高飞人未还，一帘风月闲。（《长相思》）
别来春半，触目愁肠断。砌下落梅如雪乱，拂了一身还满。
雁来音信无凭，路遥归梦难成。离恨恰如春草，更行更远还生。（《清平乐》）

这两首据说是为思念他留宋不归的弟弟从善而作的。所有这些，感情是这样醇厚真挚，造语是这样清新自然，怎么能够不引起我们的喜爱，不激起我们的同情呢？更不必说那些最脍炙人口的亡国以后所作的悲叹自己身世的作品了。

如果评价一切作品都要用人民性、爱国主义、现实主义等等标准，那么李后主的词，王维、孟浩然以及许多别的诗人的许多诗篇，就都只能被排除在古典作品之外。这样，不但会大大削弱我们的文学宝库，而且，还是违反人民的爱好，违反人民的感情的。反过来，我们对于那些颓废派的和自然主义者的作品，难道还需要先从里面去找寻一下，等到看出其中的确并无人民性、并无爱国主义精神才能加以否定吗？他们的作品的非人性和反人道主义性，是这样鲜明、触目，每一个正常而善良的人看了，都会立即产生极大的反感而加以唾弃的。人民可能并不懂得什么叫人民性，什么叫现实主义，但是他们却都有一定的欣赏和鉴别文学作品的能力。他们的唯一的标准（往往也是最可靠的标准），就是看作品是怎样描写人，怎样对待人的。是不是尊重人、同情人，是不是用一种积极的态度来对待人的。一句话，是不是合于人道主义的原则的。虽然他们也不一定懂得什么叫人道主义。

这里，我就难免会遭到如下的许许多多的责难：你是不是想用人道主义的原则来抹杀、推翻人民性原则和现实主义原则呢？你这种说法，是不是一种超阶级的文学观、一种近乎人性论的文学论呢？是不是等于否认了文学是阶级斗争的武器的说法呢？

为了回答这些可能发生的责难，我必须作如下的声明与辩解：第一，如我上面所说，我决不是否认人民性原则和现实主义原则的重大意义，我只是认为这两个原则不能作为评价文学作品的最根本的和普遍适用的原则。我也并不认为人道主义原则就是评价文学作品的唯一可靠的、充分有效的标准，而只是把它当作一个最基本的、最必要的标准。至于说到人道主义与人民性、人道主义与现实主义之间的关系，那么，我认为它们决不是互相对立的，而是有着异常紧密的联系的。可以这样说，人道主义是构成人民性与现实主义的必不可少的条件，哪儿没有人道主义，哪儿也就不会有人民性和现实主义。第二，真正的人道主义者，必然是同情被压迫者和被剥削者而痛恨压迫者和剥削者的，他必然会站在被压迫者和被剥削者一面来反对压迫者和剥削者。所以，人道主义和阶级观点并不矛盾，和抽象的人性论倒是格格不入的。第三，文学既是人们的思想感情的反映，在阶级社会里，就必不可免地带有阶级性，就不可能完全超脱于阶级斗争之外，完全与阶级斗争无关。不管有一些人是怎样竭力在反对这一观点，我们也不能忘记，对于大部分古典作家来说，以至对于今天在世界范围内的一些还没有消除掉超阶级的幻想的小资产阶级作家来说，是并不能认为他们是有意识地把文学当作阶级斗争的武器来使用的。我们不能混淆了我们与他们之间的区别，用我们对文学的看法，来代替了他们的看法。至于对我们的作家来说，那么，我们当然应该要求他们自觉地把文学当作无产阶级影响人、改造人的武器来使用，而且还要求他们有效地来使用这一武器。

人道主义这一名词，今天虽然已经被资产阶级糟蹋得不成样子，虽然常常被资产阶级用来作为反对无产阶级革命、反对无产阶级专政的工具，但是我们决不能因此就抛弃这一名词。正如我们决不能因为资产阶级糟蹋了自由、民主等等名词，就不再使用这些名词一样。相反，我们应该用力去揭穿资产阶级所作所为的反人道主义性质，用力来保卫真正的人道主义。

人道主义，作为一种思潮来说，虽是十六、十七世纪时在欧洲为了反对中世纪的专制主义而兴起的，但人道主义精神、人道主义理想，却是从古以来一直活在人们的心里，一直流行、传播在人们的口头、笔下的。我们无论从东方的孔子、墨子，还是从西方的苏格拉底、柏拉图等人的言论著作中，都可以发现这种精神、这种理想。虽然随着时代、社会等等条件的不同，人道主义的内容也时时有所变动，有所损益，但我们还是可以从其中找出一点共同的东西来的，那就是：把人当作人。把人当作人，对自己来说，就意味着要维护自己的独立自主的权利；对别人来说，又意味着人与人之间要互相承认、互相尊重。所以，所谓人道主义精神，从积极方面说，就是要争取自由，争取平等，争取民主；从消极方面说，就是要反对一切人压迫人、人剥削人的不合理现象，就是要反对不把劳动人民当作人的专制与奴役制度。几千年来，人民是一直在为着这种理想，为着争取实现真正的人道主义——马克思说过，真正的人道主义也就是共产主义——而斗争的。而古今中外的一切伟大的文学作品，就是人民的这种理想和斗争的最鲜明、最充分的反映。

在《我怎样学习写作》一文里，高尔基劝初学写作者必须学习文学史。不但要学习本国文学史，也要学习外国文学史。"因为"，他说，"文学的创造，从它的本质上讲起来，在所有的国家、所有的民族中都是一样的"。而这所谓一样，并不是指"形式上的外表的关联"，也不是指的"题材的一致"。这些是并不重要的。什么才是重要的呢？他说：

重要的是要使人相信，就是自古以来，到处就都张着"摄取人的心灵"的网子，而且现在还是张着的；那些在过去想把人从迷信、偏见和误解中解放出来的事情作为自己工作的人，而且现在还这样做着的人，是无论什么时候，无论什么地方都有过的，而现在还是到处都有的。重要的，就是要知道在过去想使人在愉快的琐事中得到安慰的人，而且现在还这样做着的人，是到处都有的；那些过去企图鼓起暴动来反对污秽无耻的现实的叛逆者，而且现在还这样企图着的人，是到处永远都有过，而且现在还是有着的。而最后极重要的，就是要知道这些叛逆者的工作；他们最后的目的是要向人们指出一条前进的道路，把他们推向这条大路，而且要战胜那些劝人和由阶级的国家、由资产阶级的社会所创造出的现实之丑恶平息与妥协的说教者的工作，因为这种国家和社会在过去和现在都想使得劳动的人民传染上贪婪、嫉妒、懒惰、厌恶劳动的各种最卑鄙的恶德。①

这些话，最好地说明了文学创作的动力，说明了在文学作品中一切都是从解放人、美化人的理想出发的，一切都是为了人的。同时也说明了，伟大的文学家必然也是个伟大的人道主义者。美国的进步作家马尔兹（Albert Maltz），在他的《作家——人民的良心》一文中，也指出：在文学史上占主要地位的作家，都是以"对人民的同情和热爱著称"的。他说：怎么能不是呢？作家是一个人，他被别人的苦难感动了。假如一个作者不采取人们的生活作为素材，他将采取什么呢？假如他的心充满同情，他的智力善于探索，他的眼光敏锐——他怎么能避免描绘一个不完美的世界呢？——或者死心塌地，不再向往一个更好的世界？从有作者开始写作的日子起，人类一直过着动荡的生活，世界一直在行动或者震荡中。没有一天平静过，每天都有人受难！每天都有些人在希望、梦想变更。② 而世界

---

① 高尔基：《我怎样学习写作》，三联书店 1951 年版，第 3 页。
② 马尔兹：《作家——人民的良心》，自由出版社 1954 年版，第 39—40 页。

文学中的大部分作品，他认为，就是从这种基本情势中产生的。事实的确如此。我们可以看到，世界文学中的杰出作品，大概不外如下的两类：一类是对于"不完美的世界"进行揭露与鞭挞；一类是对于"更好的世界"表示向往与憧憬的。大部分的现实主义作品属于前者，一切积极的浪漫主义作品属于后者①。而两者的出发点，则都是基于对人民的同情和热爱，都是为了改善人民的生活，为了帮助人民争取精神上的解放。世界文学史上的伟人，差不多每一个都是像俄国的工人阶级给予托尔斯泰的光荣称号一样，是"暴虐与奴役的敌人，被迫害者的友人"。如果一个作者不是这样的人道主义者，他就决写不出能够感动人、能够为人民所喜爱的作品来。不管他是个现实主义者也好，还是个浪漫主义者也好。

伟大的现实主义者巴尔扎克和狄更斯，是伟大的人道主义者。伟大的浪漫主义者拜伦与雨果也是伟大的人道主义者。我们并不是因为巴尔扎克和狄更斯是现实主义者，才喜欢他们、尊敬他们的。同样，我们之所以喜欢和尊敬拜伦、雨果，也并不是因为他们是浪漫主义者。这四个人之所以受我们的称颂，是因为他们在他们的作品里，对剥削阶级进行了严厉的抨击，对被压迫者表示了深厚的同情；是因为他们的作品渗透着尊敬人、关怀人的人道主义精神。列宁说："艺术是属于人民的。它的最深的根源，应该是出自广大劳动群众的最底层。它应该是为这些群众所了解和为他们所挚爱的。它应该将这些群众的感情、思想和意志联合起来，并把他们提高起来。"② 而把人当作人，承认人的正当的权利，尊重人的健康的感情，

---

① 这只是就其大体的倾向而言，并不是说现实主义作品就没有对于"更好的世界"的向往与憧憬，而浪漫主义作品就不会去对于"不完美的世界"进行揭露与鞭挞。

② 《马克思主义与文艺》，解放社 1950 年版，第 206 页。

这种人道主义的理想就是在人民群众中有着最深的根底、最广的基础的。

假如我们承认文学是"人学";假如我们知道文学作品的历史地位与社会意义,首先是从它描写人、对待人的态度上表现出来的;假如我们明白一切时代的进步艺术跟颓废派艺术之所以针锋相对,主要就在于它们描写人的态度的不同、对人的理想的不同,那么,我们就不会怀疑人道主义精神在文学领域内的崇高地位了。

三

不但作品的历史地位与社会意义可以从它描写人、对待人的态度上来估量,就是各种创作方法之间的区别,也可以从它们描写人、对待人的态度和方法的不同上来加以说明。

现实主义的创作方法与浪漫主义的创作方法之间的区别,是很显著的。从题材的来源,到表现的方法,以至描写人、对待人的态度,都是不相同的。要区别它们并不困难。但是,要想仅仅从题材的来源上,从表现的方法上,去说明浪漫主义与一切颓废主义的区别,说明现实主义与自然主义,以及过去的现实主义与社会主义现实主义的区别,就不是那么容易的事了。它们之间的区别,是只有从它们描述人、对待人的态度上,从它们有没有人道主义精神以及是什么样的人道主义精神上,才能找到的。

象征主义、超现实主义、存在主义等等,作为一种文学流派来说,是颓废的,是蔑视现实、远离人生的。但象征主义者的巴勃罗·聂鲁达,超现实主义者的路易·阿拉贡,存在主义者的保尔·萨特,却终于脱离了他们原来的流派,而被融合到社会主义现实主义的阵营里来了。因为,他们毕竟是一个人道主义者。他们毕竟是热爱人，热爱生活的。人道主义的火焰在他们的心头炽燃着，强烈地灼痛着他们，使他们不能不起来为保护人的尊严而与灭绝人性的法西斯主义、与反人道主义的资本主义制度斗争。就是这种斗争的热情，使他们与其他的象征主义者、超现实主义者和存在主义者区别开来了。虽然他们的创作方法，基本上并没有什么改变。

现实主义与自然主义的区别，在我们的文学理论著作中，常常说不太清楚。有许多学者甚至常常把这两个名词混用。提到一些著名的作家，如：福洛贝尔（福楼拜）、亨利·曼、易卜生、哈代、德莱塞等人时，也一会儿把他们算作现实主义作家，一会儿又说他们是自然主义作家。茅盾在1930年用方璧的名字写的《西洋文学》一书，也并没有把现实主义与自然主义明白地区别开来。他把英国的狄更斯、萨克莱和俄国的冈察洛夫、屠格涅夫等杰出的现实主义作家，都归在自然主义的总标题下。提到契诃夫时，他更用这样明白的语句说："契诃夫是俄国文学家中最近似的自然主义者。我们不妨说他是俄国的自然主义者。"① 就是在季摩菲耶夫的《文学原理》中，也有把自然主义和现实主义混为一谈的倾向。例如，他认为自然主义就是"降格的、有缺陷的现实主义"。他并且从自然主义一词的语源上来证明它是与现实主义的含义相同的。他说："拉丁文Natura是自然的意思，自然主义就是忠实于自然，在本质上也就是现实主义的意思。"他认为"文学潮流上的自然主义"，也是要"向艺术家要求忠实于生活，要求深刻地研究生活"的，因而，"它是具有现实主义的含义的"。② 在苏联，抱这样看法的，还不只是季摩菲耶夫一个人，像雕刻家凯明洛夫、艺术批评家米海伊洛夫等人，都说

---

① 方璧：《西洋文学》，世界书局1930年版，第208页。
② 季摩菲耶夫：《文学原理》，平明出版社1953年版，第289、291页。

过类似的话（参看布洛夫著：《马克思列宁主义的美学反对艺术中的自然主义》一文，"文艺理论学习小译丛"第一辑之六）。这种说法，当然是不妥当的、有害的。因为，正如布洛夫所说，这样讲，不但是"宽赦了自然主义"，而且在另一方面，还"降低了现实主义"。但这种说法却并不是全无根据的。如果单就表面上、形式上来看，自然主义与现实主义的确是很难区别的。因为两者都是从客观现实出发，都是以生活本身的形式来反映现实的。左拉甚至还称自然主义为"真正的现实主义"哩。对于有一些作家，也的确很难断然把他们划入自然主义类里，或者现实主义类里。

他们之间的区别，仍旧只能从他们描写人、对待人的态度上去找寻。

现实主义者是把人当作世界的主人来看待，当作"社会关系的总和"来理解的。他是用一种尊重的、同情的、充满人道主义精神的态度来描写人、对待人的。自然主义者则是把人当作地球上的生物之一，当作一种具有一切"原始感情"即兽性的动物来看待的。因而是用蔑视人、仇恨人的反人道主义的态度来描写人、对待人的。布洛夫说自然主义者拒绝概括、拒绝典型化，其实，不通过概括，不通过典型化，是无法进行创作的。纯粹的"事实文学""照相文学"是没有，而且也不可能有的。如果是说自然主义的方法，创造不出真正的典型来，那倒是不错的。因为，自然主义者所概括的，本来就不是人的社会关系，而是人的生物本能。他们心目中的人的典型，也并不是作为"社会关系的总和"的"人"的典型，而是作为生物学上的"人"的典型。当然也就不会有我们所说的典型意义了。

左拉、莫泊桑，都是有名的自然主义大师，他们都有一套自然主义的理论。但是，他们的许多作品，却并不能归在自然主义类里，而是具有很大的社会意义的。这又是什么道理呢？这就是因为，左拉和莫泊桑，毕竟是人道主义者，无论在生活实践中，或是在创作实践中，他们都不能不作为一个"暴虐与奴役的敌人，被迫害者的友人"而出现。只有当他们不是从生活实感出发，而是从他们的错误的理论出发时，也就是说，只有当他们面对的并不是具体的、生活中的人，而是抽象的、理论概念中的"人"时，他们的作品才是自然主义的作品。因为在这种时候，他们已不再是艺术家，而是个自然主义理论家了，而他们的人道主义精神，人道主义的火焰，也就消隐了，熄灭了。

所以，假如一个自然主义者而同时又是个人道主义者的话，那么他的作品就很难成为严格的自然主义的作品，就必然要散发出浓厚的现实主义的气息来。反过来，假如一个服膺现实主义创作原则的人，缺少人道主义的精神，他就只能成为一个自然主义者，而无法成为一个现实主义者。或者，当一个现实主义者在对待某一种人生现象，刻画某一个具体人物的时候，假如他的人道主义的热情忽然衰退下去了，那么，他的作品，也就不免要降低为自然主义的作品了。在这一意义上说，季摩菲耶夫把自然主义解释为"降格的、有缺陷的现实主义"，是有他的道理的。

因此，关于自然主义与现实主义，我们可以这样说：在它们之间，横隔着一条人道主义的鸿沟，这就标明了两者的原则性的区别。但这条鸿沟也并不是不可逾越的，例如左拉与莫泊桑，就常常跨过了它。不过，我们也应该指出，假如左拉与莫泊桑不接受自然主义的理论，没有受到实证主义哲学的有害影响，那他们的成就，一定要远较现在所达到的为大。所以自然主义仍是我们所必须反对的。

关于过去的现实主义与社会主义的现实主义之间的区别，那几乎要比现实主义与自然主义之间的区别，更难说得清楚。按照苏联作家协会章程的规定，社会主义现实主义向艺术家提出如下的两个（有机统一的）基本要求：一、要从现实的革命发展中去真实地描写现实。二、要用社会主义精神去教育劳动人民。历来，大家就是根据这两点来对社会主义现实主义进行阐释的。但是，大家也都感觉到，这前面一点，其实并不只是社会主义现实主义的要求，过去的现实主义，也是这样要求艺术家的。不这样，就写不出历史的真实来。而且，过去有很多作品，它们对现实描写所达到的高度真实性，甚至还超过了今天一般的社会主义现实主义作品的水平，这是谁都承认的事实。譬如托尔斯泰，他要不是"从现实的革命发展中真实地、历史地和具体地去描写现实"的，他怎么能成为列宁所说的"俄国革命的镜子"呢？这后面一点，应该说是社会主义现实主义的特点了，但这实际上已越出了艺术上的表现方法的范围，因而在实践上，就发生了许多流弊。正如西蒙诺夫在苏联第二次作家代表大会上所说的：

> ……这个本意是想作明确规定的第二句是不够确切的，甚至反而容许有歪曲原意的可能。这可能被了解为一种附带条件：是的，社会主义现实主义要求艺术家真实地描写现实，但是"同时"这种描写必须与用社会主义精神从思想上改造人民的任务结合起来。那就是说，好像真实性和历史具体性能够与这个任务结合。也能够不结合；换句话说，并不是任何的真实性和任何的历史具体性都能够为这个目标服务的。正是对这条定义的这种任意的了解在战后时期在一部分我们的作家和批评家的作品里特别经常地发生，他们借口现实要从发展的趋向来表现，力图"改善"现实。①

---

① 西蒙诺夫：《苏联散文发展的几个问题》，载《人民文学》1955年2月号，第7页。

在苏联一度流行过的粉饰生活的"无冲突论",以及在社会主义阵营各国较为普遍地存在着的公式化、概念化现象,不能不说就是与这定义里面的后一句的规定有联系的。

就这样,在苏联作家协会章程中所指出的社会主义现实主义的两个基本特征,真正能够成为它的特点的,其本身却是站不住脚的;能够站得住脚的,却又不能算是它的真正特点。于是,有一些人就把社会主义现实主义给根本否定了。他们不承认在过去的现实主义之外,还另有一种叫作社会主义现实主义的创作方法的存在。抱这样看法的人,在我们中国有,在人民民主国家有,甚至在苏联也有。因此,目前在我们的文艺界就发生了这样的争论:究竟还要不要社会主义现实主义?

究竟还要不要社会主义现实主义呢?我认为还是要的。但是我并不像张光年同志一样,好像为了保卫社会主义现实主义就非保卫社会主义现实主义的定义不可(虽然他也说,他并不以为这个定义就是"十全十美"的,甚至还说,"要不要一个详尽的定义,究竟是次要的问题"。但就其整个精神来看,却是竭力在为这一定义,特别是其后面一句辩护的)①。这个定义,假如说它在过去曾经是必要的、有益的话(对于这一点,我也很感怀疑),那么,它也已经完成了它的任务,今天已是它应该跟我们"含笑告别"的时候了。我也反对那种想为社会主义现实主义另外作一个"更完美的"新的定义的企图。为文学现象下定义,总是一种不聪明的徒劳之举。特别是,假如要把这种定义当作清规戒律,来要求每一个艺术家严格遵守,那

---

① 张光年同志的意见,见他所写的《社会主义现实主义存在着、发展着》一文,载《文艺报》1956年第24期。

就更会流弊百出、贻害无穷。我之所以主张还是要社会主义现实主义，不但是因为社会主义现实主义的文学的确存在着，发展着。而且还因为，这种文学正是我们的先辈所梦想的文学，正是我们的人民长时期来所要争取实现的文学。只有这种文学，才是真正自由的文学；才是能够最大限度地满足人民精神上的需要的文学；才是能够激发起人们无比的创造潜力来的文学。虽然这种文学在今天还很年轻，还远没有起到它应该起的、能够起的作用。但也正因为这样，我们更非加紧保护它，努力帮助它成长不可。

假如我们承认，在文学史上确乎有古典现实主义和批判现实主义的存在，那么我们也就不能否认今天的社会主义现实主义的存在。假如我们说，巴尔扎克、狄更斯、果戈理的现实主义与勒·萨日、斐尔亭、冯维逊的现实主义是有区别的话，那么我们也得说，高尔基、斯梯、林赛、法斯特的现实主义，与巴尔扎克等人的现实主义也是有区别的。事实上，关于这一点，大家也都是可以点头承认的。因为争论并不在这里。争论是在对于这种区别的来源的认识上。就是：这种区别，究竟是由于创作方法的不同而来的呢，还是由于时代的不同而来？不承认社会主义现实主义是一种新的创作方法的人，就认为这种区别完全是由于时代的不同而来的；因此他们才主张用"社会主义时代的现实主义"来代替"社会主义的现实主义"的。当然，谁也不能否认，社会主义现实主义是只有在有了科学的社会主义思想以后，有了社会主义的革命运动以后，才能产生的。因而它的许多特色，正像过去的古典现实主义、批判现实主义的许多特色一样，是与时代所加于它的影响不可分的。但是，除了时代的影响而外，是不是在作家的创作方法方面，也还可以找出某种本质的不同来呢？假如把这种区别都归之于时代的影响，那么，在十月革命胜利以后的苏联的现实主义作家，就都应该是社会主义现实主义作家了，但是事实上却仍有像谢尔盖耶夫·青斯基这样的批判现实主义作家的存在。萧伯纳、罗曼·罗兰、托马斯·曼这样一些杰出的与高尔基同时代的作家（他们都比高尔基死得迟），也终其身没有能成为社会主义现实主义的作家。又如，在今天的英国、美国、法国，遵循着现实主义的创作原则的作家，当然是并不在少数的，但我们却只说林赛、法斯特、斯梯等少数几个人才是社会主义现实主义作家，而其余的更多的人，仍只能算是批判现实主义的作家。可见我们是不能把这种区别的来源，完全归之于时代的不同的。

那么，我们应该怎样从创作方法上来说明社会主义现实主义与过去的现实主义的不同呢？我们知道，所谓创作方法，并不是仅仅指狭义的表现手法而言，我们是不能把它与作家的美学理想，与作家的描写人、对待人的态度分割开来的。社会主义现实主义之所以是一种新的现实主义，首先就是因为它体现了社会主义的美学理想，因为它是按照社会主义的人道主义的原则来描写人、对待人的。

社会主义现实主义的伟大奠基人——高尔基的文艺论著和创作，最足以说明这一点。

假如说，毁灭与死亡的主题是一切颓废派艺术的特色的话，那么高尔基的创作的特色，就可以说是对于人的歌颂，对于生活的赞美。《人的诞生》，这是高尔基早年所写的一篇短篇小说的题目，我们简直可以把这一题目当作高尔基的全部作品的总标题。高尔基心目中的"人"，是"生活的主人"，是"伟大的创造者"，是能够征服第一自然而创造"第二自然"的人。他一生的活动，就是在为促进这种"人"的诞生，帮助这种"人"的成长而斗争着的。他之所以要那么坚决地、充满愤怒地与自然主义的和颓废派的文艺者进行斗争，就是因为他们歪曲了人、贬低了人，就是因为他们的作品使人丧失自信力、阻碍着新人的诞生。我们从他的小说《母亲》里，就具体地看到了一个这样的新人的诞生和成长的过程。在小说开始的时候，母亲尼洛芙娜是以一个充满着奴隶式的顺从性与被动性的角色而出现的，最后她却成了一个无产阶级革命斗争的自觉的、英勇的战士了。事实上，高尔基并不是在《母亲》中才开始来描写这种新人的形象的。譬如在 1901 年写成的剧本《小市民》中，就出现了具有布尔什维克气质的革命无产者的形象——尼尔。甚至在他的更早的充满浪漫主义精神的作品里，就把这种新人的理想透露出来了。如 1892 年所写的长诗《少女与死神》，1895 年所写的《鹰之歌》《伊席吉尔老婆婆》和 1901 年所写的《海燕之歌》，在这些作品中所创造的一些形象身上，都 "充满了为人民的幸福而决心斗争和自我牺牲的精神，充满了对集体主义，对人们伟大之爱的热情"①。这些作品都充分体现了高尔基的强烈的乐观主义和积极的无产阶级人道主义精神。高尔基就是因为是第一个用这种无产阶级人道主义精神来对待他的作品中的人物的，所以他就成了社会主义现实主义文学的创始人，就使得他和过去的现实主义者区别开来了。

在过去的现实主义者的作品中，人，人民，都是作为一个被剥削、被压迫者，作为一个在物质上和精神上受到各种各样的束缚和折磨的人而被同情着的。而在高尔基以及我们今天所有的社会主义现实主义作品中，人，人民，却是作为一个剥削与奴役制度的掘墓人，作为一个美好生活的创造者而被赞美着的。这就是新旧现实主义之间的最显明同时也是根本的区别，这种区别是谁都可以清楚地看得出来的。如果把这种区别完全归之于时代的影响，那就不能回答如下的问题：为什么高尔基在无产阶级革命胜利以前，在劳动人民实际上掌握政权以前，就能够把人民作为生活的必然的主人，作

---

① 《高尔基》，苏联大百科全书选译，人民出版社 1954 年版，第 12 页。

为旧制度的掘墓人来赞美？而另外一些作家，虽然也是现实主义的作家，却在社会主义已经在全世界的六分之一的土地上取得胜利以后的今天，还只能把人民作为被侮辱、被损害者来同情呢？

所以，过去的现实主义与社会主义现实主义之间的区别，仍旧应该是从作家描写人、对待人的态度上，从作品所透露的人道主义精神的性质上去找寻的。其实，早在 1934 年，在苏联第一次作家代表大会上，高尔基就已说明了这一点。他在那一次有名的报告中这样说：

> 社会主义的现实主义认定存在是一种行动、一种创造，它的目的是为着人类之征服自然力量，为着人类的健康和长寿，为着住在大地上的伟大的幸福，而不断地发展人类的最有价值的个别的才能。人们按照自己的要求底不断增长，愿意把大地彻底改造为那联合成一家的全体人类的美妙的住宅。[1]

这十分明白地说明了社会主义现实主义文学的社会主义人道主义性质。在作这报告的前一年，即 1933 年，高尔基还在《关于社会主义现实主义》一文中，号召作家同时担当起"产婆和掘墓人"两种任务来。他认为我们的文学应该"杀掉和葬送那对于人类具有敌意的一切东西"，并且在人身上培养这样一种爱情，这种爱情应该是"从对于人类创造的活力的惊异底感情中，从对于那创造着无限的劳动的集团的社会主义的生活样式的人类相互的尊敬中"发生出来的。[2] 这更具体地说明了社会主义现实主义应该怎样来对待人；应该

---

[1] 《苏联的文学》，新华书店 1950 年版，第 58 页。
[2] 高尔基：《关于社会主义现实主义》，林林译，《高尔基选集》第 5 卷，世界文化研究社 1936 年版，第 136、142 页。

爱什么，恨什么。而这样的对待人的态度，这样的爱和恨，正是社会主义人道主义精神的表现。

西蒙诺夫在我们上面提到过的他的那个报告中，通过一个具体的例子，也很好地说明了社会主义现实主义与社会主义人道主义的不可分的关系。他举的例子是卡扎凯维奇的一篇短篇小说。这篇小说里的主人公，一个青年，由于一时的胆怯没有把一个撤退的命令送到师团去，因此把这个师团葬送了。后来这个青年被判处了死刑，但是他想活，非常地想活。作者卡扎凯维奇就在这一点上集中了他的全部才力，他想打动读者的感情，使读者相信：这个青年除了使师团覆灭这件事以外，一般地说是个非常好的青年，他还有一个疼爱他的母亲，而现在，他渴望能活下去。西蒙诺夫认为：只要想象一下，对国家说来，损失一个师团具有怎样的意义？对一万个母亲——不是对一个母亲——来说，丧失自己的儿子具有怎样的意义？我们就会明白，作者把同情给予那个青年，是怎样地违背了人民的利益，怎样地远离了人民的感情！因而，西蒙诺夫断言：在这个时期卡扎凯维奇已经完全脱离了社会主义现实主义方法的实质了。[①] 这里，西蒙诺夫虽然并没有使用社会主义的人道主义这个概念，但显然他就是因为卡扎凯维奇在他的作品中所流露出来的感情、所作出的判断，违反了社会主义人道主义的原则，这才断定他的创作方法是已经完全脱离了社会主义现实主义的实质了的。可见，西蒙诺夫是把社会主义的人道主义精神当作社会主义现实主义方法的一种实质的。

过去，我们为了要从鲁迅的作品中去找寻社会主义现实主义的因素，就出现了各种各样的穿凿附会的说法，假如我们能从鲁迅的

① 《人民文学》1955 年 2 月号，第 2—3 页。

作品中所透露出的社会主义人道主义精神上去着眼，是不是就可以比较地有眉目些呢？

四

自从《共产党人》杂志关于典型问题的专论发表以后，把典型归结为一定社会历史现象本质的理论，就遭到了大家的唾弃。近两年来，报章杂志上所发表的文艺论文，差不多每一篇都要批判一下这种理论的错误。然而，事实上，这种理论并没有就此死亡，它还拥有相当强大的潜势力（因为这种理论其实并不是在苏共十九次代表大会以后才产生的，而是早就存在了的。不过是，在那次大会以后，它就更加取得了无上的威力罢了）。

我们不是还常常看到：因为某一篇文艺作品讽刺了某一行业、某一阶级的个别的人和事，就被认为是对这整个行业、整个阶级的讽刺而受到指责的事例吗？例如，相声《买猴儿》因为讽刺了百货公司的一个工作人员，就被认为是对所有百货公司工作人员的糟蹋。《新观察》上发表了一幅讽刺言行不一致的教师的漫画，就有读者来信指责说，这是对于可敬的人民教师的侮辱。影片《新局长到来之前》上映后，又有人写文章反对把片中的牛科长写成转业军人。最近在《文艺学习》上展开的关于《组织部新来的青年人》的讨论中，有人因为这篇小说把一个老干部刘世吾写成了一个对一切都处之泰然的官僚主义者，就指责作者"这样来刻画老干部老同志，简直是对老干部的污蔑"①。这种论调，难道不是和把典型归结为一定

---

① 《文艺学习》1956年第12期，第6页。

社会历史现象的本质的理论相一致的吗①？

在关于阿Q的典型性问题的争论中，也可以看到这种错误的典型论确是余威犹存的。

关于阿Q的典型性问题，已经争论了好几十年了，但是直到现在，大家的意见仍很分歧。何其芳同志一语中的地道出了这个问题的症结所在："困难和矛盾主要在这里：阿Q是一个农民，但阿Q精神却是一个消极的可耻的现象。"许多理论家都想来解释这个矛盾，结果却都失败了。

难道这真是一个不可克服的困难，无法解决的矛盾吗？事实上一点也不是如此，对于一个没有受过错误的典型论的影响的人，是既不会感到困难，也不会觉得有什么矛盾的。为什么农民身上就不会有或者不能有消极的可耻的现象呢？是谁做过这样的规定的？你无论从实际生活中，或者从马列主义经典著作中，都找不到这种根据。这依旧是那种把典型归结为社会本质、阶级本质的观念在作祟。好像，不谈典型则已，一谈典型，就必然得是某一个特定阶级的典型。就要首先要求他必须充分体现出他所从属阶级的阶级本质，必须符合这一阶级在当时的历史条件下的客观动向。否则，那就是非典型的，就要被认为是歪曲了这一阶级，歪曲了现实。解放初期，不是就有许多人认为：说阿Q是一个农民，是一种农民的典型，是对我们勤劳英勇的农民的侮辱吗？群众之所以会提出这种指责，正是受了理论家的"熏陶"的缘故。因此，理论家就不得不自食其果了。针对这种指责，理论家赶快声明说：阿Q只是个落后农民的典型，并不是一般农民的典型（幸喜没有人肯自居于落后农民之列，

---

① 当然，造成这类现象的原因可能是很多的，不能完全归咎于上述错误理论。但这类现象之所以会如此经常地发生，那就不能不说是与这种理论的影响有关了。

不然，恐怕也会要有人出来抗议的）。同时，又特别强调阿Q的革命性，以期使他虽然有着那么多的缺点，终于还能配得上他光荣的农民身份。对艺术中的典型抱着这样机械狭隘的看法，这就无怪乎今天的漫画家和相声艺人之所以要常常陷于触处荆棘，动辄得咎的境地中了。

但把阿Q说成是落后农民的典型，问题依旧并没有解决。落后农民毕竟还是个农民，而且，他的落后决不是天生的，正是因为有了阿Q精神，他才成为一个落后农民的。那么，他身上的阿Q精神，究竟是怎样产生的呢？按照阶级本质论的典型论，农民身上是决不会有这些缺点的。即使有，那也是偶然的、个别的，因而就是非本质、非典型；就是不值得写、不应该写的。然而，我们的鲁迅先生竟然把它写了出来了，而且写得这样成功，令人无法怀疑，无法推翻。怎么办呢？理论就必须能说明这种现象。过去，冯雪峰同志是把阿Q和阿Q主义分开来看的。认为阿Q主义是属于封建统治阶级的东西，不过由《阿Q正传》的作者把它"寄植"在阿Q的身上罢了（在他后来写的一篇关于《阿Q正传》的论文中，雪峰同志并没有提到阿Q主义的形成问题，不知他是否仍持此说）。李希凡同志认为雪峰同志这种说法，实质上仍然是"把典型仅仅看作是一定社会力量的本质的体现"的观点在作祟。但是，他自己的说法，其实与雪峰同志的说法，并无多大的差别。不过他不用"寄植"的字眼，而说是受了"统治阶级的统治思想毒害的结果"。他说："鲁迅通过雇农阿Q的精神状态，不仅是为了抨击封建统治阶级的阿Q主义，更深的意义在于控诉封建统治阶级在阿Q身上所造成的这种精神病态的罪恶。"又说："鲁迅通过落后农民的阿Q来体现阿Q精神，这正表明了鲁迅对于这种腐朽的精神状态所给予人民危害性的发掘和强调，这是和他的革命民主主义的立场相关联的。"① 足见他也是把阿Q主义主要看作是封建统治阶级的东西的。何其芳同志看出了这种说法无论在理论上还是在实际上都是不大说得通的，因而又提出了另外的看法。他认为阿Q精神"并非一个阶级的特有的现象"，而是"在许多不同阶级不同时代的人物身上都可以见到的"，"似人类的普通弱点之一种"（这最后一句是三十多年前茅盾同志的话，但为何其芳同志所同意的）。何其芳同志这种说法一出来以后，就立即遭到了李希凡同志的反驳，认为这种说法和被何其芳同志自己在同一篇文章中所批评过的"某种精神的性格化和典型化"的观点，并没有什么区别。并且指责这种看法是一种超阶级的人性论的观点。在去年年底中国科学院文学研究所举办的讨论会上，有更多的人给了何其芳同志以同样的指责。

其实，何其芳同志在提出这种看法时，是十分谨慎小心的。他虽然认为典型性并不等于阶级性，但也并不否认"文学作品所描写的阶级社会的人物"是"有阶级性"的。而且，还指出了剥削阶级和劳动人民中间的主观主义和阿Q精神的差别所在。尽管如此，他还是免不了要受到"超阶级观点"的指责。原来，批评他的人，虽然不见得就在典型性与阶级性之间画"一个数学上的全等号"，然而却都认为典型性首先是体现阶级性的。如李希凡同志一再强调，典型必须是一个特定阶级的典型。罗大冈同志认为："典型是通过各种不同的角度表现一个阶级的特性"的②。钱学熙同志认为："一个典型有共性和个性，但个性是不能和共性分开的。共性是体现阶级性

---

① 《新建设》1956 年 4 月号，第 27 页。
② 《光明日报》1956 年 12 月 30 日第 2 版。

的；个性就是共性在特殊的时间和地点的条件下的具体表现。"① 而现在，何其芳同志却把阿Q典型性格中的最突出的特点精神胜利法，说成是在不同阶级的人物身上都可以见到的人类的一种普通弱点，自然就不能不被认为是一种超阶级观点了。很明显，李希凡等同志，尽管也反对把典型"归结为一定社会历史现象的本质"，然而事实上他们还是在受着这种理论的支配的。

文学作品中的典型人物，必须是一个在一定历史条件下的具体的、活生生的人。在阶级社会里，他必然要从属于一定的阶级，因而也就不能不带着他所属阶级的阶级性。这是不成问题的。譬如，阿Q是农民，就不能没有农民的特性；奥勃洛莫夫是地主，就不能没有地主的特性；福玛·高尔杰耶夫是商人，就不能没有商人的特性。但我们能不能就说，所有阿Q的特性，都是农民的共性；所有奥勃洛莫夫的特性，都是地主的共性；所有福玛·高尔杰耶夫的特性，都是商人的共性呢？把阿Q当作农民的阶级性的体现者，谁都要说是对农民的诬蔑。而把奥勃洛莫夫当作是地主的阶级性的体现者，那更是对现实的严重歪曲，地主难道都像奥勃洛莫夫那样善良仁慈吗？同样，商业资本家假如都像福玛·高尔杰耶夫那样纯洁、真诚，那样反对人压迫人、人剥削人，阶级斗争就真的可以熄灭了。阿Q、奥勃洛莫夫、福玛·高尔杰耶夫以及文学作品中的所有的典型，正像我们现实生活中的每一个人一样，他们身上，除了阶级的共性以外，难道就不能有他们各自所特有的个性吗？难道就不能有作为一个人所共有的人性吗？假如说，个性只是阶级性"在特殊时间和地点条件下的具体表现"，那么，我们也可以说，阶级性只是人性"在特殊的时间、地点和条件下的具体表现"。这样，不但否定了

---

① 《光明日报》1956年12月30日第2版。

个性，就连阶级性也给否定掉了。

　　资产阶级学者说，文学是写永恒不变的人性的。这种论调当然是荒谬的，应当反对的。但反对写抽象的人性，是不是就意味着必须强调写人的阶级性呢？我看是不应该得出这样的结论来的。所谓阶级性，是我们运用抽象的能力，从同一阶级的各个成员身上概括出来的共同性。纯粹的阶级性，只存在于人们的头脑中，在实际生活中的具体的人身上是不存在的。文学的对象，既是具体的在行动中的人，那就应该写他的活生生的、独特的个性，写出他与周围的人和事的具体联系。而不应该去写那只存在于抽象概念中的阶级性。不应该把人物的活动作为他的阶级性的图解。阶级性是从具体的人身上概括出来的，而不是具体的人按照阶级性来制造的。从每一个具体的人的身上，我们可以看到他所属阶级的阶级性，但是从一个特定阶级的阶级共性上，我们却无法看到任何具体的人。过去的杰出的古典作家，绝大多数都是不知道有阶级性这样的观念的，但是，他们却都写出了不朽的典型。而且，我们从这些典型人物身上，也可以清楚地看出这些人物所属阶级的阶级特性来。所以，在文学领域内，正像列宁所说的，一切都决定于"个别的情况"，决定于"一定典型的性格和心情的分析"。用一个抽象的阶级和阶级性的概念，是不能解决任何问题的。

　　屠格涅夫在谈到他自己的创作过程时，这样说：起初在想象里孕育的是书中人物之一。这些人物，大半都有实在人物为根据。首先使你注意的人物时常不是主角，而是副角；但没有副角作伴是不会生出主角来的。你开始对于性格、出身、学历，加以构思，在第一人身旁便渐渐地聚拢其他的人物来。在想象内孕育着，交叉着模糊的形象的那个时候——是艺术家最有趣的时间。随后才感觉到有将这些形象加以系住，给予定形的需要！

在另一个地方，他更明确地解释道：

譬如说，我在社会里遇见某费克拉·安得列夫纳，某彼得，某伊凡，忽然在这费克拉·安得列夫纳，在这彼得，在这伊凡的身上，有一点特别的东西，以前我从未在别人方面见到、听到的东西，使我发生惊讶。于是我对他注视，他或她使我引起特别的印象；我开始加以深思，然而这个费克拉，这个彼得，这个伊凡，随后渐渐地后退了，不知消失到何处去了，只有他们所引起的印象遗留着，渐渐地成熟。我将这些人物与别人对照，引他们走进不同的行动的范围内，我心里整个的小世界都是这么造成的。……随后，突然地，无从猜到地，会发生描写这小世界的需要。①

可见他的创作都是从具体的人、具体的事和具体的印象出发的。根据研究家所提供的材料，我们知道许多古典文学名著中的典型人物，在过去的现实生活中，都是有着他们的原型的。鲁迅也说，他笔下的人物大抵都有模特儿。所以，作家们都是从现实生活的感受出发，都是因为在现实生活中所看到、所接触到的具体的人具体的事打动了他，才进入创作过程的。从抽象的阶级性出发，在写作过程中处处想着这个人物的性格是不是合乎他的阶级特征，像这样的作家是很少的。——也许很多，但结果他们是决成不了作家的。

高尔基的如下一段话，时常被人们引用，差不多已成了公式化概念化作家的理论根据：

---

① 季摩菲耶夫：《怎样创造文学的形象》，见《给青年作家》一书第94、95页，生活书店1947年版。也见《文学原理》第183、184页，译文小有出入。

假如一个作家能从二十个到五十个，以至从几百个小商人、官吏、工人的每个人身上，抽出他们最特征的阶级特点、性癖、趣味、动作、信仰和谈风等等，把这些东西抽取出来，再把它们综合在一个小商人、官吏、工人的身上——那么这个作家靠了这种手法就创造出"典型"来——而这才是艺术。①

在其他地方，高尔基也曾说过类似的话。应该说，这些话是说得不顶确切的。如果从字面上来了解和接受这些话，确乎会使创作走上概念化的道路的。高尔基自己却明明并不是按照这样的方法来创造典型的；可见我们是不应该这样来理解这些话的意义的。我认为高尔基在这里是告诉初学写作的人：要创造典型，是不能专门摹写一个人的，必须有想象、推测和"虚构"。这就要求作者熟悉人、熟悉生活，要求作者多观察，多分析。所以，在这几句话下面，他紧接着说："观察的广博，生活经验的丰富，时常可以用克服艺术家对于事物的个人态度及主观主义的力量，把他武装起来。"可见，他所强调的，正是"观察要广博""生活经验要丰富"这层意思。

也许有人会说：作家的创作固然不应该从抽象的阶级性出发，但是，他在创作过程中，难道也可以不去考虑他的人物的阶级性，不去发掘他的人物的阶级本质吗？这不是等于说只要写个性，而可以不必写共性了吗？这样，人物的典型性、作品的典型意义，又从哪里来呢？

像这样发问的人，我相信一定是很多的。因为，正是在个性与共性的关系上，正是在作品的典型意义的来源上，大家的思想最为

---

① 《我怎样学习写作》，三联书店1951年版，第6页。

混乱。

在理论上，大家都知道，个性与共性是不可分割的有机统一体。但是在具体运用上，却常常把二者对立起来。例如我们常常可以听到这样的说法：典型包括个性与共性两个方面，必须同时写出人物的个性与共性，才能写出典型来。单有个性而没有共性，或者单有共性而没有个性，都不能构成典型。上面的发问者就是根据这样的理解提出问题的。其实，天下并没有脱离个性而存在的共性，也没有不体现共性的个性。因此，那种只有个性而没有共性的人，或者只有共性而没有个性的人，是不会有的。在文学创作中，也并不存在"写个性与写共性孰为重要""在写个性的时候应该怎样同时顾到他的共性"等等的问题，这些问题，是只有在理论家的笔下才会出现的。创作家所注意的，只是具体的人和他的具体的活动。差不多所有作家的创作过程都是和前面所提到过的屠格涅夫的相类似的：因为生活中的某一个人、某一件事打动了他，他对这个人、这件事形成了一定的印象、看法，丰富的生活经验又使他把这个人、这件事和其他人、其他事联系了起来，这些人和这些事碰在一起，于是发生了种种的矛盾纠葛，搅动着作家的心魂，激起了他的异常复杂的思想感情，使他无法摆脱。就是在这种思想感情的驱迫下，他才来进行创作的。他根据他的立场、观点，根据他对生活的理解和一定的美学理想，来描绘激动着他的人和事，对他们作出一定的评价。什么阶级性、阶级本质等等抽象的概念，他是很少考虑的。但是也决不会因为他的不考虑，他的人物身上就缺乏了这些东西，假如他真正写出了人物的话。《水浒传》的作者，总该是个没有阶级观点的人吧？他在描绘他的人物时，是并不知道，也并不去考虑，他们的阶级性、阶级本质等等的东西的，但是他笔下的人物，却无一不合于他们的出身、经历，无一不合于他们的阶级地位。他在有着相同的阶级本质的同一个阶层中，写出来了不是一个，而是几十个活生生的典型。假如他也接受了"写人要写阶级本质"的理论的影响，时时想着他的人物的阶级本质，那他就恐怕只能写出一个，不，甚至一个典型也写不出来了。

我这样说，并不就是认为作品中的人物可以不必在一定程度上体现出他的阶级本质的某些方面；也不是说我们在评论作品中的人物的时候，不应该从他有没有表现出他的阶级特征上去检查；相反，我认为这些都是必要的、应该的。我只是反对把"写人要写出他的阶级本质"作为一种创作原则，作为一种向作家提出的前提要求。然而，很明显，一向大家却的确是把它当作创作原则、当作向作家提出的前提要求的。一般人都把这种"写人物要写出他的阶级本质"的理论，当作是马克思主义的理论，其实却是一种反马克思主义的，尤其是反文学的理论。马克思主义没有告诉我们人的思想、性格与他所属的阶级之间永远保持着固定不变的关系；也没有告诉我们阶级的思想、阶级的客观动向就是阶级个别成员的思想，就是阶级个别成员的客观动向。福玛·高尔杰耶夫，葛利高里·麦列霍夫这样的人，并不只是在文学作品中才有，在现实生活中也是有着他们的根据的。因此，想用揭示抽象的阶级本质来代替刻画千差万别的个性的企图，实质上只是一种典型的机械论和庸俗社会学的观点。这里，根本没有什么阶级观点，有的只是成分决定论。①

那么，人物的典型性，作品的典型意义，从哪里来呢？

---

① 当然，提出这种理论的人的用意是好的。他提醒作家要注意人物的阶级本质，因为只有当我们认识了一个人的阶级本质以后，才更能了解这个人。如果意思只是这样，那我是完全同意并且竭诚拥护的。但是，这样也就不必提出什么"写人要写出他的阶级本质"这样的理论来，而只需告诉作家应该熟悉人、了解人，应该透过人的阶级本质去了解人就好了。

人物之所以有典型性，并不是因为作家揭示出了他的阶级本质①；作品的典型意义，也不是仅仅存在于典型人物本人的身上的。人物之所以有典型性，乃是因为在他的周围集结着各种各样的人和事；乃是因为通过他的活动，展开了一幅广阔的社会生活的图景，概括出那一时代的错综复杂的社会阶级关系。而作品的典型意义，也不应该仅仅从作品中的个别人物身上去找，而是应该从作品所构成的整个画面、所揭示的生活的总的动向中去找寻的。阿 Q 之所以有典型性，难道是因为鲁迅揭示了阿 Q 作为一个农民（或者说落后农民，或者说流浪雇农）的阶级本质吗？《阿 Q 正传》的典型意义，难道是仅仅存在于阿 Q 个人的身上，仅仅存在于他的精神胜利法上吗？假使离开了未庄的典型环境，离开了他与王胡、小 D、吴妈，以及赵太爷、假洋鬼子等人之间的关系，阿 Q 的典型性又从哪里产生出来呢？即使你把他的阶级本质揭露得再鲜明、再深刻些？如果《阿 Q 正传》的典型意义，仅仅在于阿 Q 的精神胜利法上，而不同时也在它对于中国半殖民地半封建时代的农村生活和阶级关系的反映上，也在它对于封建地主阶级对农民的残酷剥削和压迫的揭露上，也在它对于辛亥革命的深刻的反映和批判上（而这些，都是通过阿 Q 的具体活动来完成的），那么，这篇作品就决不会被我们这样地推崇了。

马克思主义教导我们，在观察社会现象的时候，应该运用阶级分析的方法。我们在理解和分析文学作品的时候，当然也要运用阶级分析的方法。但进行阶级分析，决不是只要简单地为作品中的人物划上个阶级就算，它要比这复杂得多，艰难得多。但是我们过去

---

① 概念化的作品的人物，他的一举一动是处处合于、处处体现出他的阶级性、阶级本质来的，然而却并不能成为典型，并没有典型性。可见关键并不在这里。

在评论作品时，却就存在着这种简单的"阶级分析"方法。这难道是种偶然的、孤立的现象吗？它是与"典型必须是某一特定阶级的典型"等等的理论密切联系着的。大家时常嘲笑那种把对某一行业的个别的人的讽刺，误认为就是对整个行业的讽刺的人。然而这样的人，却仍旧时常要涌现出来。不久前，甚至还发生了中华护士学会总会向长春电影制片厂提出抗议的事件。不过是为了"长影"拍摄的讽刺喜剧片《带刺的玫瑰》中的主角恰恰是个护士。我们难道能够过分责备中华护士学会总会吗？至少，我们在责备这个团体的时候，是不是也应该好好追寻一下根源，检查一下我们的庸俗社会学的典型论呢？资产阶级学者时常恶意地称文艺领域为马克思主义的"致命伤"，假如我们的一些自以为是马克思主义者的文艺理论家们，只知道把马克思主义关于哲学、政治、社会等等方面的理论、原则，直接转入文艺领域的话，那么，这一领域虽然不见得真会成了个"致命伤"，恐怕也就不免要成为一个多灾多难的领域了。

车尔尼雪夫斯基曾经十分明确地表达过这样的意思，他认为：艺术之所以别于历史，是在于历史讲的是人类的生活，而艺术讲的是人的生活。高尔基把文学叫作"人学"，这个"人"，当然也并不是整个人类之"人"，或者某一整个阶级之"人"，而是具体的、个别的人。记住文学是"人学"，那么，我们在文艺方面所犯的许多错误，所招致的许多不健康的现象，或者就都可以避免了。

1957 年 2 月 8 日

我怎样写《论"文学是人学"》
——当时的想法

  我在《论"文学是人学"》一文里,一共谈到了五个问题,就是:一、关于文学的任务;二、关于作家的世界观与创作方法;三、关于评价文学作品的标准;四、关于各种创作方法的区别;五、关于人物的典型性与阶级性。我认为谈文学最后必然要归结到作家对人的看法、作品对人的影响上。而上面这五个问题,也就是在这一点上统一起来了:文学的任务是在于影响人、教育人;作家对人的看法、作家的美学理想和人道主义精神,就是作家的世界观中对创作起决定作用的部分;就是我们评价文学作品的好坏的一个最基本、最必要的标准;就是区分各种不同的创作方法的主要依据;而一个作家只要写出了人物的真正的个性,写出了他与社会现实的具体联系,也就写出了典型。这就是我那篇文章的内容大要。

  下面我想分别就该文所涉及的几个问题,说明一下我当时的想法。

一、关于文学的任务

我认为文学的任务，主要应该是影响人，教育人。应该是鼓舞人们去改造现实，改造世界，使人们生活得更好，而不在于反映现实。因为，正如周扬同志在《生活与美学》译后记中所说："艺术再现现实，只说明了艺术发生的根源和内容的性质，并不能说明它在历史上的重大的作用。"① 高尔基也一向认为消极的任务是文学所不足取的。把文艺的意义、作用局限在反映生活这一点上，就等于是否定了文艺的存在的必要。② 文艺之所以对人们有益，不仅在于人们可以通过它来认识现实（这当然也是重要的），而尤在于它能够激起人们改造现实的热情和毅力，能够使人们为实现人类的美好理想而斗争。文艺反映现实，这当然是个无可争辩的唯物主义的命题。但这一命题只是说明了存在的第一性和意识的第二性，并没有多告诉人们一些什么。人们通过这一命题，并不能对文艺的性质、特点有所了解。而且，"现实"这个概念是一个包罗万象的概念，一切存在都是现实。文艺所反映的现实，是否有它的特定的范围呢？是否有与其他社会意识形态不同的对象呢？根据别林斯基的意见，是没有什么不同的。他认为文艺与其他意识形态的区别，不在于内容，而只在于创造内容的方法。当代的苏联文艺学家布洛夫不同意这个看法，他认为文艺的对象是人，是人的环境，以及人对环境的态度③。我是赞成布洛夫的意见的。我认为在文艺中，所谓现实就应该是指

---

① 《生活与美学》，群益出版社1949年版，第169页。
② 参看契同诺娃：《高尔基——社会主义美学的奠基者和苏联作家们的导师》一文。文载1948年《高尔基研究年刊》。
③ 《苏联文学艺术论文集》第116页。

的人的个性（人的思想和行动，理想和愿望）。因为，人是不能脱离一定的时代、社会和一定的社会阶级关系而存在的；离开了这些，就没有所谓"人"，就没有人的性格。所以，人，可以说就是具体的现实。而一般观念中的现实，只能是文艺的背景而非对象，只能是文艺的出发点而非目标。否则的话，像抒情诗、音乐、舞蹈、雕刻等等，怎样能反映现实呢？正因为人是社会现实的焦点，是生活的主人，所以抓住了人，也就抓住了现实，抓住了生活。你只要真正地写出了人，写出了人的个性，就必然也写出了这个人所生活的时代、社会和当代复杂的社会阶级关系，就必然也反映了整个现实。我认为今天的许多作品之所以还缺乏巨大的激动人心的力量，其重要原因之一，就在于作家是从"艺术的任务是在于反映整体的现实"这一命题出发，力求在自己的作品中全面地反映现实的各方面的动态，而又不把它们集中到主人公的个性的成长发展的过程中来描写，因此，使得主人公的形象在作品中被冲淡了，好像他只是为了反映现实的需要才被引进作品来的一个工具，而对于现实的反映也由于没有能抓住作为现实的焦点，作为把现实的各方面联系起来的枢纽的人，因而也往往是支离割裂，不能给人以一个统一完整的感觉。

二、关于作家的世界观与创作方法

我以为世界观与创作方法应该是一致的。在创作过程中，作家的世界观是起着决定性的指导作用的。我一向反对世界观与创作方法可以分裂的说法。我认为这种说法在理论上既站不住脚，在实践上也缺乏佐证。分裂论者常以巴尔扎克、托尔斯泰等人为例，认为创作方法与世界观是可以互相冲突的，并引恩格斯论巴尔扎克的话以自证。其实，巴尔扎克与托尔斯泰这两个人的情形之所以会如此，正像许多人所已经指出的那样，并不是他们的世界观与创作方法有矛盾，而是由于他们的世界观的内部本身存在着矛盾。他们的作品中，既有进步的一面，也有落后的一面，正反映出他们的世界观中既有进步的因素，也有落后的因素。但这种说法，还嫌笼统。因为我们知道巴尔扎克与托尔斯泰两个人的作品，鲜明地表现了进步的、有利于人民的倾向，它们的消极落后的一面是次要的。笼统地说它们既有进步的一面，也有落后的一面，是不分主次的说法，也是不太切合实际的，因而也就不能真正解决问题。于是，为求其与作品的实际相符起见，必须证明这两个人的世界观的主导倾向也是进步的。事实上，也的确有人在作这样的论断了。但是，狭义的世界观，主要是指哲学观而言，像托尔斯泰与巴尔扎克这两个人，他们的哲学观点是很难被说成是进步的。那么，应该怎样来解释这种现象呢？我以为这又与我上面所说的文学的特性有关了。在文学领域内，既然一切都是为了人，一切都是从人出发的，既然一切都取决于作家怎样描写人、怎样对待人，那么，作家的美学理想和人道主义精神，就应该是其世界观中对创作起决定作用的部分了。于是我把托尔斯泰与巴尔扎克的胜利，说成是人道主义的胜利。

应该说，我是很重视世界观在创作过程中的作用的。但我所重视的只是包括在世界观中的某些观点的作用，而不是整个世界观的作用。具体说来，我所重视的，只是其中的道德观点和美学观点。对于自然现象的观点之得不到我的重视，自不必说了。就是对于社会政治的观点，我也认为并不是很重要的。因为，我看到历史上许多杰出的作家，他们并没有先进的政治主张与社会理想，甚至他们的政治主张与社会理想还是反动的，然而他们仍写出了伟大的极有教育意义的作品。而且，还有一些作品，特别是一些抒情的或写景的小诗，如"春眠不觉晓，处处闻啼鸟。夜来风雨声，花落知多少"

之类，是很难看出其中有作者的什么社会政治观点在内的。可见社会政治的观点，对一个作家来说，并不是十分重要的东西了。我之所以认为文学不必以反映现实为直接的任务，所以把人道主义作为世界观中对创作起决定作用的部分，作为评价文学作品的最基本的、最低的标准，作为区别各种创作方法的主要依据，其根本的原因就在这里。当然，如果完全忽视作家的社会政治观点，那也是十分错误的。因为，世界观固然是人对世界、对周围的现实现象的各种观点的总和，固然它本身是既统一而又有矛盾的，我们为说明问题方便起见，是可以把他们加以分析的；但它们相互之间，却是有着有机的、不可分割的联系的。把它们彼此割裂、各自独立起来也是不对的。有一些并没有进步的（甚至只有反动的）政治主张与社会理想的作家，虽然也能写出进步的、有益于人类的作品。但是在他们的作品中，也一定必不可免地包含一些消极的、有害的因素。这些因素正是由于其社会政治观点的错误而来的。而且，这种作家的作品，尽管的确具有进步的意义，但这种进步意义也是有很大的局限性的。决不能与那些具有先进的社会政治观点的作家的作品的进步意义相比。同时还必须指出，我们说他们具有反动的政治主张与社会理想，主要也只是说他们对社会的前途的看法，对究竟应该建立怎样一种政治制度来代替现有的政治制度的看法是错误的，或者反动的罢了。而不是说他们对当时的社会制度、政权组织所作的评价也是错误的。假使他们对当时的社会制度、政权组织作出了错误的、与人民大众完全相反的评价，他们就决不可能写出具有进步意义的作品来，而只能写出反动的作品了。有一些作品虽然并没有明确地表现出作者的社会政治观点，但我们仍可以而且应该从社会政治的观点来予以评价。就是首先要看它是有利于社会的呢，还是不利于社会的？有利于人民群众的生活的呢，还是不利于人民群众的生活的？不过，我认为我们对作家的社会政治观点的一般要求，也只不过是如此而已，不必要求作家一定要有最先进的政治主张与社会理想。有，当然最好；否则，只要他能站在一般人民群众的立场，能关心人民的生活，同情人民的疾苦，也就行了。而关心人民的生活，同情人民的疾苦，不是别的，正是一种人道主义的态度。

三、关于评价文学作品的标准

我非常重视文学的教育作用、文学的影响人的心灵的作用。我认为文学作品的历史地位与社会意义，首先是从它描写人、对待人的态度上表现出来的。凡是能够美化人们的灵魂，引导人们向上、刺激人们起来为争取美好的生活而斗争的作品，就是好作品；反之就是坏作品。一切时代的进步艺术跟颓废派艺术之所以针锋相对，主要就在于它们描写人的态度的不同，对人的理想的不同。如果一个作家对人生抱着消极的态度，对人类的活动，对人类的理想与愿望，没有深切的关注与同情，是决写不出好作品来的。世界文学史上的伟人，虽然不一定具有先进的政治主张，与劳动人民也不一定有着深厚的联系，但他们没有一个不是伟大的人道主义者。没有一个不是反对强暴，同情弱小；憎恨诈伪，赞美正直的。在有一些古典文学作品中，我们可能不容易找到人民性、爱国主义、现实主义等等，但人道主义精神却是决不会缺少的。如果连人道主义精神都没有，那就决不可能是好作品，决不可能成为古典文学作品了。就拿人道主义与人民性、人道主义与现实主义的关系来说，我认为它们也决不是互相对立的，而是有着异常紧密的联系的。可以这样说，人道主义是构成人民性和现实主义的必不可少的条件。哪儿没有人道主义，哪儿也就不会有人民性和现实主义。所以我认为人道主义原则是评价文学作品的一个最基本、最必要，也可以说是最低的标准。符合了这个标准就基本上是个好作品，就一定有其可取之处。至于好到什么程度，可取之处究竟有多大，那就得运用人民性等等的标准去衡量了。

我也知道我这种想法是颇有人性论的倾向的，但我以为马克思主义者本来并不否定人性的存在。毛泽东在《在延安文艺座谈会上的讲话》中，说到有没有人性这东西时，也说当然是有的。文学既然是以人为对象（即使写的是动物，是自然界，也必是人化了的动物，人化了的自然界），当然非以人性为基础不可。离开了人性，不但很难引起人的兴趣，而且也是人所无法理解的。不同时代、不同民族、不同阶级所产生的伟大作品之所以能为全人类所爱好，就是由于有普遍人性作为共同的基础。马克思在《〈政治经济学批判〉导言》中关于希腊艺术的不朽魅力所说的一段话，我以为也显然指出了人性在文艺中的作用。而且我也并不像资产阶级人性论者那样，主张文学应当描写永恒不变的超阶级的人性（那样一种人性是没有的。资产阶级的文艺学家提倡这样的人性论目的无非在掩蔽阶级矛盾，麻醉被压迫阶级的阶级觉悟罢了），我认为人性是随着时代、社会等等条件的发展而发展，因阶级性、个性的不同而有其不同的表现的。但尽管如此，仍不排除纵的方面的继承性，横的方面的普遍性。没有这种继承性与普遍性，人类的一切交往便都不可能存在，也就不可能组成社会，不可能有历史。而这继承性与普遍性的基础就是共同人性。所谓人道主义，我以为就是这种人性的肯定与发扬。文学既以人为对象，既以影响人、教育人为目的，就应该发扬人性、提高人性，就应该以合于人道主义的精神为原则。我认为人道主义原则与阶级性原则是并不矛盾的，只有历史上的先进阶级才能发展人性，才能讲人道主义。而那些落后的、反动的阶级，就只能阻碍人性的发展，甚至戕害人性。譬如今天的资产阶级虽然也在空喊着人道主义，但事实上他们的所作所为是完全违反人道主义精神的。今天最讲人道的阶级就是无产阶级；无产阶级的最终目的是实现共产主义，而共产主义也就是真正的人道主义，也就是最高的人道主义。

四、关于各种创作方法之间的区别

文学上的主要流派，如高尔基所说，有现实主义与浪漫主义两个。两者的区别是很显明的，既在描写的方法上，也在对待现实的态度①上。在态度上，现实主义者忠实于现实，他的作品是从忠实地反映他所理解的现实出发，对现实尽管有所不满，有所抗争，但决不歪曲现实以求合于自己的理想，而只是寓褒贬于忠实的记述中。浪漫主义者忠于自己的主观，忠于自己的热情和理想，他轻视客观现实，特别轻视现实生活的细节，他在作品中常常可以改变现实的面貌，使之适合于自己的理想，适合于自己的感情的要求。在方法上，现实主义者以生活本身的形式反映生活，再现现实。他的题材是按照严格的生活的逻辑来安排的，他把他获得真理的过程真实地再现出来，使读者通过阅读，能够一方面认识作者所反映的现实，一方面得出与作者从现实所得到的大致相同的结论。浪漫主义者是通过一些想象出来的、甚至是离奇的情节，来表现他的热情与理想的。（当然，这种热情与理想的产生，也是有它的现实根源的。）他

---

① 这是指的作者选取题材的态度，即忠于现实，抑忠于主观的问题；从客观现实出发，抑是从主观热情出发的问题；而不是指的从一定立场出发的对现实的评价。下同。

要使读者接受的东西，也是他的热情与理想。所以，要区别这两种创作流派是很容易的。但是，要区别积极的浪漫主义与消极的浪漫主义，要区别现实主义与自然主义，过去的现实主义与社会主义的现实主义，就不能从上面所说的态度和方法两方面入手了，而必须从另外的地方着眼。

我以为浪漫主义与一切颓废主义的区别，显然并不在描写的方法上，也不在对待现实的态度上，而是在于对待人生的态度上的。对人、对生活抱着积极的态度，作品中渗透着人道主义精神的，就是浪漫主义；否则就是颓废主义。同样，现实主义与自然主义的区别，也应该从它们对待人和生活的态度上去找。现实主义者对生活抱着积极的态度，把人当作世界的主人来看待，当作"社会关系的总和"来理解。他是用一种尊重的、同情的、充满人道主义精神的态度来描写人、对待人的。自然主义者对生活抱着轻蔑的态度，把人当作地球上的生物之一，当作一种具有一种"原始感情"——即兽性——的动物来看待的。文学创作离不开对现实人生的概括，现实主义所概括的是人的社会性、社会关系，在概括中同时渗入了作者的社会政治的和美学的评价。自然主义所概括的是人的生物性、生物本能，在概括中同时作着生物学的和病理学的分析解剖。所以两者的区别，主要可以说是对待人、对待生活的态度的区别，有没有人道主义的精神的区别。一个服膺现实主义创作原则的作家，而缺乏人道主义的精神，他就无法成为现实主义者，而只能成为一个自然主义者。反过来，一个自然主义者而同时又是个人道主义者的话，那么，他就必然要突破自然主义的束缚，而使自己成为一个现实主义者的。至于过去的现实主义与社会主义的现实主义的区别，我以为主要就在于前者是按资产阶级的美学理想、资产阶级的人道主义原则来描写人、对待人的；而后者则体现了社会主义的美学理想，按照无产阶级的人道主义原则来描写人、对待人的。我们可以清楚地看到：在过去的现实主义者的作品中，人、人民，都是作为一个被剥削、被压迫者，作为一个在物质上和精神上受到各种各样的束缚和折磨的人而被同情着的。而在社会主义现实主义者的作品中，人、人民，却是作为剥削与奴役制度的掘墓人，作为美好生活的创造者而被赞美着的。这就是过去的现实主义与社会主义的现实主义之间的最显明也是最本质的区别，而这种区别的来源，就在于它们的作家的人道主义精神的性质的不同。

五、关于人物的典型性与阶级性

马克思主义认为：在阶级社会里，一切的人是作为阶级的人而存在的。人的社会本质，就由人的阶级地位来决定。在阶级社会里，所谓人的本性、本质，主要就是指的人的阶级性。文艺要描写人，不能脱离了人的阶级地位、脱离了人的阶级性来描写，这道理我是知道的。但是我认为，在现实生活中，阶级性只有通过个性才能表现出来，某一阶级的共同的阶级性，在该阶级各个成员身上的表现形式是千差万别的。而且各人身上所具有的阶级共性，无论在质的方面，还是量的方面，都是很不相同的。如果你写的是个真正的人，那么他在体现他的阶级特性时，必有他独一无二的、不同于任何其他人的方式的。而我们的一些理论家和创作家，却往往忘记了这样一个简单的、明明白白的事实，把人是有阶级性的、写人不能脱离人的阶级性来写这一原理，绝对化起来，专在抽象的（纯粹的）阶级性上用功夫，只知道把人划分成各种各样的阶级，然后按方配药地根据抽象的阶级性拼凑起他的所谓"典型人物"来，而不去从生活中，从每一个活生生的人身上，发现阶级性的各种不同的具体表现形式。这样，不但违反了文艺创作的特性，也完全违反了马克思主义了。

我认为文学中的所谓典型，应该是指的这样一种人物形象，这种人物，具有鲜明的、独一无二的个人特色。同时，通过他的活动，通过他与周围的人和事的具体联系，又能够体现出时代的和社会的面貌，体现出当时复杂的社会阶级关系来。无论从理论上或是实践上说，现实生活中的每一个人，都是独一无二的，而同时他又是社会关系的产物。从他的个性的成长发展的过程中，都可以鲜明地看到时代、社会和阶级的烙印。看到整个社会生活的面影。所以，只要能写出人物和他周围环境间的具体联系，写出他的个性的形成根源，任何一个人都是可以成为典型的。过去的杰出的大师们的艺术实践，充分证明了这个道理。所以我认为，最重要的就是要写出人物的真正个性来；只要写出了个性，也一定写出了他的阶级性，因为在阶级社会里，决不可能有不带阶级性的个性。反过来，你如果不是从具体的个性出发，而是从抽象的阶级性出发，那你就只能写出一些概念化的人物，而决写不出真正的典型来了。屠格涅夫说过这样一句话："如果被描写的人物在某一个时期来说是最具体的个人，那就是典型。"我认为这是一句非常中肯、非常扼要的名言。可以和恩格斯的"典型环境中的典型性格"的说法互相阐发。

1957 年 10 月 26 日

关于《论“文学是人学”》
——三点说明

　　许多同志谈了我最近在《文艺研究》1980 年第三期上发表的《〈论“文学是人学”〉一文的自我批判提纲》①以后，都感到很奇怪：文中明明并没有包含什么“自我批判”的内容，为什么叫作《自我批判提纲》呢？一些三十岁以下的青年同志，根本就不知道曾经有过《论“文学是人学”》这样一篇文章，现在忽然看到跑出一篇《〈论“文学是人学”〉一文的自我批判提纲》来，更弄不清是怎么一回事。特别是据最近有人考证，高尔基不但从来没有说过“文学即人学”这样的话，而且据说他还明白无误地认为“文学”是不同于“人学”的。那么，今天还要来对这样一篇原来就缺乏稳固的基础的、完全是架空的文章作什么“自我批判”，岂非多此一举吗？因此，我觉得很有就这些问题作一些简单说明的必要。我想先简单地回顾一下历史，讲一讲《论“文学是人学”》一文发表的前前后后；其次说明一下为什么在最近发表的《〈论“文学是人学”〉一文的自我批判提纲》中，却不见有“自我批判”的内容；最后再谈一

————

　　①　即《我怎样写〈论“文学是人学”〉》。

谈"文学"到底是不是"人学"以及高尔基的意见究竟怎样。

下面就是我的说明。

一、从《论"文学是人学"》到《论〈"文学是人学"〉一文的自我批判提纲》

我的《论"文学是人学"》一文，写成于1957年2月初。那年3月，我所在的学校（华东师大）要举行科学讨论会，要求教师提交论文。我一向只知道教书，很少写文章，在领导的号召下，也就不得不勉为其难了。当时正是"双百方针"提出不久，学术界思想比较活跃，我那时也不懂得什么顾虑，只求能把自己的一些想法写出来就是了。文章在同年五月号的《文艺月报》上发表以后，不久就受到广泛的批判。起初，批判还并没有超出学术范围。但渐渐地，调子越来越高，最后终于被判定为反党反社会主义的修正主义的大毒草。上海文艺出版社还专门出版了《〈论"文学是人学"〉批判集》（第一集），看样子是准备一集一集地编下去的。但后来却始终没有看到第二集出来，我也不知道是什么缘故。直到"文化大革命"中，才从批判我的大字报中得知，据说是因为周扬同志讲了话的关系。而这，大家很清楚，在当时自然也就成了我的罪证之一了。反右运动中，我虽然没有被划为右派，但此后每有运动，不管规模大小，也不管是社会上的，还是学校里的，我都逃脱不了挨批的命运。

我的文章当然是有许多缺点和错误的，发表出来会受到批评，本来是意料中事。在学术问题上，不可能没有不同意见，何况在学校举行的报告会上，早就有许多同志对我的文章提出过不少批评了。这些批评，包括后来在报刊上发表的一些批评在内，都是出于善意，不管我是否同意，能否接受，对我都是有帮助的，我对批评者也是衷心感谢的。但发展到把我的错误当作政治问题，甚至当作敌我问题来批，却实在是我始料所不及的。当我读到最初发表的一些批评文章时，我本来是想就一些问题进一步申述我的观点，提出答辩的。但后来，反右运动的浪潮愈卷愈猛，对我的批判也愈来愈凶，我也不由得愈来愈感到自己世界观方面所存在的问题的严重了。我真诚地认为我最应该做的工作是自我检查，而不是什么对别人的批判进行答辩。于是就在这一年的 10 月 26 日，写了一篇自我批判的文章——《〈论"文学人是人学"〉一文的自我批判提纲》。文章的写法是这样：按照《论"文学是人学"》一文中所涉及的五个问题，先列出"原文要点"，次说明我"当时的想法"，再谈一谈我"今天的认识"。这最后一部分也就是我所作的自我批判。而所谓"今天"，当然是指写这篇"自我批判提纲"的日子，也就是 1957 年 10 月 26 日。

二、没有"自我批判"的《自我批判提纲》

这篇"自我批判提纲"，为了征求群众意见，当时曾由系内打印过，不过我手头早已没有了。直到去年年初发还"文化大革命"中抄去的文稿时，才重又发现了这份东西。匆匆翻阅一过，就很清楚地感觉到，我在自我批判中，是极力在强使自己接受当时一些批判者的观点的，自然难免有违心的地方；有许多提法，在今天看来，更显然是不妥当的。但总的来说，我的态度还是严肃的，的确是想检查自己的错误，并认真探讨一些问题的，决不是一味地苟合取容，一味地随风倒。特别是对我当时的想法的叙述，更是经过思考的，十分真实的。并且我觉得，其中的有些意见，即使在今天，还是很值得讨论的。

　　因此，去年3月间，在《文艺报》召开的文艺理论批评工作座谈会上要我发言时，我就把这篇"自我批判提纲"中的"当时的想法"部分在会上谈了一下，与会者的反应相当强烈。孔罗荪同志曾要我就这个发言整理出一篇文章来交《文艺报》发表。我觉得这已是二十多年前的旧话。虽说其中有些意见仍不无讨论的价值，但毕竟已成了"明日黄花"，把这些残枝败叶重新拾起来，究竟有多少意义呢？想想未免有点乏味，就没有答应他。

　　后来，《文艺研究》的编者一再索稿，实在催逼得紧，我一时又写不出东西来，在万不得已中，只得拿这篇现成的"自我批判提纲"去搪塞。我本来是要他们就照原来的样子，连同"自我批判"部分全文发表的。编辑部看后，觉得自我批判部分有些提法相当"左"，当时既难免有"违心"的地方，今天究竟怎么看，应该稍加说明。我觉得这不是三言两语说得清楚的，从我目前的实际情况看，一时也无力来做这个工作。如果让它就照原来的样子去发表，又确乎是不妥当的。因此去信要他们把稿子还给我，不要发表了。他们不允，还是坚持要我改。盛情难却，我就只得采取文艺理论批评工作座谈会上的老办法，去掉原稿中自我批判部分，只把其中"当时的想法"一部分拿来发表。这样，原来的题目——《〈论"文学是人学"〉一文的自我批判提纲》，当然也就不能用了，就另拟了一个题目寄去。但编辑部认为新拟的题目不能概括全文，就仍用了原来的题目，因为发稿时间紧迫，也来不及再征求我的意见，以致这篇文章竟成了没有"自我批判"的"自我批判提纲"，使读者莫名其妙。这是我深感遗憾的，特借此机会在这里说明一下。

三、高尔基究竟有没有把"文学"当作"人学"的意思？

从《论"文学是人学"》一文的发表并受到批判以来，已经二十多年过去了。在这段漫长的岁月里，特别是在林彪、"四人帮"横行的十多年里，"文学是人学"这句话是绝对不能提的。"四人帮"被粉碎以后，党所一贯倡导的实事求是的优良作风重又得到了发扬，高尔基的这句名言，也被人们重新提了出来。从报刊的文章中和讨论会的发言中，常常可以见到和听到这句话。有的同志并且发出了这样的呼吁：应该恢复文学的"本来面目"，让它"充当活生生的人学"。（见《文学评论》1979 年第二期）

但是，新近从今年第一期的《新文学论丛》上，读到刘保端同志的一篇文章，题目是《高尔基如是说》，是考证高尔基究竟有没有说过"文学即人学"这句话的。考证的结果，可以用他文中的如下三句带结论性的话来概括：一、"'文学即人学'，这句话并不出自高尔基之口"；二、"高尔基认为'文学'……不同于'人学'"；三、"'高尔基把文学（或艺术）叫人学'这一命题是不存在的"。这就等于是说：几十年来，从苏联到中国广泛流传的"文学是人学"这句话，完全是无稽之谈；不但高尔基并未说过这样的话，而且高尔基压根儿就并无把文学当作"人学"的意思。

事情果真是如此吗？我看不见得。

这里包含两个问题：一是文学到底是不是"人学"？二是高尔基究竟有没有说过这样的话？比较起来，第一个问题比第二个问题是更为重要的。因为它关系到我们对文学的性质、特点的理解。假如我们不能很好地认识、理解文学的性质、特点，在我们的创作和理论批评工作中就会发生一系列的偏差，就会给我们的文艺事业的发展带来极大的危害。所以这确是应该搞清楚的。至于高尔基有没有说过"文学即人学"这样的话，以及他对文学的看法究竟怎样，当然我们也应该尽量搞清楚，但这毕竟是次要的问题。因为，文学的性质、特点是决不会因为高尔基个人的意见而有所改变的。刘保端同志的文章，主要在于就第二个问题作一些考证（这也是很有意义的），第一个问题并不是他探讨的对象。因此，我们不能在这个问题上向他提出过分的要求。但是，我觉得，他至少应该对这个问题有一个明确的态度；然而，他的态度却是不明确的。他所抱的，似乎是一种既不肯定、也不否定的态度。而整个地说来，人们在读过他的文章以后所得的更为强烈的印象，则是觉得他是否定"文学是人学"这一意见的。

因此，我觉得也有必要就这个问题稍说几句。

"人学"这一个词，虽然是高尔基所创造，在他以前没有人使用过。但文学作为"人学"的性质，却是客观存在，而且历来一向是为许多文人学士所公认的，今天则更成了一般文艺工作者所普遍接受的常识。文学怎么能不是"人学"呢？它所注意、关心、描写、表现的中心对象，要不是人又是什么呢？即使写的是动物，是自然界吧，也必定是人化了的动物，人化了的自然界；必定是具有人的思想感情的动物，具有人的思想感情的自然界。不错，人也是各种社会科学的研究对象。但是，社会科学所研究的只是人和人的生活的某一方面、某一特定的领域。文学却是把人和人的生活当作一个整体，多方面地、具体地来加以描写、表现的。在社会科学中所出现的人，只是一般的人，只是具有一定的阶级和阶层的共性的人。在文学作品中所出现的，却是具体的、个别的人，具有活生生的、独一无二的个性的人。文学作品中的生活，是由具体的人的具体的活动构成的，是以生活本身的形式——即是以它的综合性、整体性、流动性，以充满着生命的活力的形式出现的。我们说文学是反映现实的，但是文学作品中的现实，却决不是抽象一般的现实，它必须转化为人的具体活动，转化为人和人的具体关系；必须结晶为人的生动的思想感情，结晶为人的独特的、活生生的个性。一个作家，即使对某一时期、某一地区的现实生活非常熟悉，他心目中要是没有一个或几个使他十分激动、一刻也不能忘怀的人物，他还是不能进行创作的。一部世界文学的历史，也就是一部生动的、各种各样的人物的生活史、成长史。在历代文学家所合力建造的文学的巍峨殿堂里，陈列着的主要就是他们所塑造的许许多多各具特色的、栩栩如生的人物形象；在这些形象身上，都各各打着他们自己所生活的那个时代和社会的印记。一提起哈姆雷特、堂·吉诃德、贾宝玉、阿Q等等，我们也就仿佛看到了他们所生活的那个时代，看到了他们当时的现实。如果把这些人物形象从作品中抽去了，当时的现实生活，还剩下什么呢？剩下的只是谁都不感兴趣的，什么印象也不能给人留下的一堆杂乱。要是忘记了文学是"人学"，不把人作为表现描写的中心，不通过塑造鲜明生动的人物形象的方法来影响人们的思想感情，美化人们的灵魂，那么文学也就不能起到它为人民服务、为社会主义服务的作用。

我想，刘保端同志的本意，大概也不一定就是反对把文学当作"人学"的，但他可能是为了要使人们对高尔基并未说过"文学即人学"这句话有更深的印象吧，却竟然连高尔基这一著名意见本身也竭力加以排撇，硬是不肯承认，这就未免走得太远了。

我不懂俄文，我只知道高尔基有过把文学当作"人学"的意见，最初是从季摩菲耶夫的《文学原理》中来的。后来，我曾请教过戈宝权同志，承宝权同志把高尔基表示这一意见的出处译出并写给了我，这就是刘保端同志文中也引到的1928年6月12日当高尔基在苏联地方志学中央局的庆祝会上致答词时所说的那段话。在这段话里，高尔基一面对自己被选为"地方志学大家庭的一员"，对与会者表示感谢。但是，他又说："我还是想，我的主要工作，我毕生的工作不是地方志学，而是人学。"大家读了这段话以后，都会产生一个共同的印象。都会承认高尔基确是把文学当作"人学"的。但是刘保端同志却不肯承认。他的理由是：高尔基固然是个文学家，但他并不仅仅是个文学家，他同时还是个社会活动家，因此我们就不能把高尔基的主要工作就当作是文学，并把他所说的"人学"当作是文学的同义语。不错，高尔基的确不但是个文学家，而且还是个社会活动家，但是高尔基在人们的心目中，却毕竟主要是个文学家。正像我们的鲁迅，他不但是伟大的文学家，同时还是伟大的革命家和伟大的思想家，但鲁迅毕竟主要是个文学家，他的作为革命家和思想家的身份，都是统一于他的文学家的身份，并且是通过他的文学活动而表现出来的。同样，高尔基的社会活动家的身份也是统一于他的文学家的身份，而且是通过他的文学家的活动而表现出来的。为什么要把他的社会活动家的身份和他的文学家的身份对立起来，用前者来削弱和贬低后者，以致不承认他所从事的主要工作是文学呢？高尔基可能的确从来没有明白地说过"文学是人学"这样的话，那么指出这一点就行了，何必连众所周知的他的这一十分精辟的意见也要否定掉呢？

刘保端同志另外还引用了高尔基的两段与"人学"有关的话，并一一证明它们所指的都并不是"文学"。一段见于《谈技艺》（人民文学出版社出版的《高尔基选集》中的《文学论文选》作《谈手艺》）一文，它是这样说的：不要以为我把文学贬抑成《地方志学》，其实，《地方志学》也是十分重要的。不，我认为这种文学是《人种志学》的——即人学的——最好的文献。刘保端同志把这段话作了语法上的分析以后指出，按照高尔基的原意，并不是"文学"是"人学"，而是"人种志学"是"人学"。不错，高尔基在这里的确是把"人种志学"当作"人学"，而并不是把"文学"当作"人学"的。（至于他究竟是怎样看待"文学"和"人学"的关系的，且放在以后再说。）但从此刘保端同志就认定，凡是高尔基所说的"人学"，就都是"人种志学"的意思；反过来，凡是高尔基所说的"人种志学"，也就是"人学"的意思。"人种志学"和"人学"，仿佛成了数学上的两个全等符号，彼此可以任意互相替代，这就不对了。他就不想一想，假如高尔基真是把他所说的"人学"，当作"人种志学"的同义语，那么当他说，他的主要工作，毕生的工作是"人学"的时候，按照刘保端同志的逻辑，我们岂不是应该把高尔基当作是个"人种志学"家了吗？

这同一段话，在高尔基《文学论文选》中是这样译的：不要以为我把文学贬低成了《方志学》，（顺便说一句，《方志学》也是非常重要的事情。）不，我认为这种文学是《民学》，即人学的最好的源泉。① 这两种译文，有两处不同：一处是刘保端同志译作《人种志学》的，在《文学论文选》中译作《民学》；另一处是前者译作"最好的文献"，后者则译作"最好的源泉"。两种译文究竟哪一种更准确，应该由懂俄文的同志来评判，我不配插嘴。但刘保端同志在分析高尔基的"这种文学是《人种志学》的——即人学的——最好的文献"一语时，把"这种"这个定语略去了，却是个不应有的疏忽。高尔基说的"这种文学"，指的是《地方志学》式的文学，严格说来，《地方志学》还并不能算是文学，只能作为文学的素材和原料，从这一意义上来说，我觉得下面的"最好的文献"，就似乎不

---

① 见该书 165 页。书名号《 》，原作" "。

如"最好的源泉"贴切。

另一段见于高尔基在 1930 年写的《论文学》一文。在这段话里，高尔基说他并不想强使文学担负地方志学、人种志学的任务。刘保端同志在这里又是根据他前面所用的逻辑，把"人种志学"看作就是"人学"的同义语，因而得出结论说，可见：

> 高尔基并没有说文学是"人种志学"（也可以理解为"人学"）……高尔基并未企图让文学担负"人种志学"（或者叫它"人学"）的任务。因此，显然，高尔基认为"文学"不同于"人种志学"，当然，也不同于"人学"。

文学当然不同于"人种志学"，这是不消说的。高尔基也决没有如刘保端同志那样把"人学"完全当作"人种志学"的同义语。这里就有必要再回到上面所引的高尔基在《谈手艺》（刘译《谈技艺》）一文中所说的那段话去。在那段话里，刘保端同志译作"人种志学"的那个词，在《文学论文选》中是译作"民学"的。它的原文是 народоведние，这与《论文学》一文中，刘译也作"人种志学"，而《文学论文选》中译作"人种学"的那个词的原文 этнография 是不同的。这两个词的意义究竟有什么区别？中文以怎样翻译为好？应该留待懂俄文的专家去讨论。我这里不过是想指出，刘保端同志硬把"人学"完全当作"人种志学"的同义语，是未必妥当的。

刘保端同志文中最后还有一段话说："高尔基所说的'人学'应当包括作家观察生活、研究生活、认识生活直到在文字上再现生活的各个环节。所以高尔基所说的'人学'的范围要比'文学'广阔得多。"这也是使人感到很奇怪的。"作家观察生活、研究生活、认识生活直到在文字上再现生活的各个环节",难道不也都是包括在"文学"的范围之内的吗?怎么说包括这些内容的"人学",其范围要比同样也包括这些内容的"文学"广阔得多呢?刘保端同志该不见得会认为"文学"的范围只限于"在文字上再现生活"吧?当然,假如这最后一个论断并不跟上文所提到的具体内容联系在一起,而只是一般地说"人学"的范围要比"文学"广阔得多,这大家是可以同意的。因为,一切社会科学都是研究人和人的生活的,在一定的意义上也都可以叫作"人学",这样,"人学"的范围就确乎要比"文学"广阔。但同时,我们也必须指出,一般社会科学的"人学"(假如它们也可以称作"人学"的话),毕竟是与"文学"这种"人学"很不相同的(其间的区别我在上面已经简单地说过了,这里不再重复。)严格说来,只有文学才是真正的名副其实的"人学"。

总起来说,我觉得刘保端同志为了考证"文学即人学"这句话的出处,把高尔基所说过的有关言论原原本本地介绍给我国读者,不但使我们知道了高尔基并未以明确的语言说过"文学即人学"这样的话,也使我们了解到高尔基究竟是怎样提出他的把文学当作人学这一意见的,并且还使我们进一步认识到高尔基关于文学的理解是如何广阔。这对我们都是很有帮助的,大家是感谢的。但他因为高尔基并未明确说过"文学即人学"这句话,从而就得出了根本否定文学是人学的结论,却未免太轻率了,而且也是并不符合高尔基的本意的。这就不能不使人感到遗憾。

我的意见不一定对,敬请刘保端同志和读者同志们指教。

1980 年 10 月

《论"文学是人学"》发表的前前后后

　　《书林》编者要我谈谈《论"文学是人学"》一文的写作及其发表前后的有关情况。我一向认为关于自己的事总以不谈或少谈为宜，尤其像这一类事。无非是写了一篇文章，受到了大规模的批判，如此而已。这样的事，过去多的是，有什么值得谈的？但却之不恭，就只好随便谈一些自己知道的和记得的情况了。

　　那已经是将近二十六年以前的事了。我一向在华东师范大学教书。1957 年 3 月，学校要举行一次较大规模的学术讨论会，邀请全国各地的兄弟院校代表参加。校、系各级领导早就郑重地向教师们发出了号召，要求他们提交论文。《论"文学是人学"》一文就是我响应号召，为参加这次学术讨论会而写的，时间是那年的 2 月初。当然，如果不是在刚宣布不久的"双百方针"的精神的鼓舞下，如果没有当时那种活泼的学术空气的推动，我也不一定会写。即使写，文章的面貌恐怕也将大大地不同了。后来，许多批判我的人都在这个写作的时机问题上大做文章，尽管他们不免有用政治批判来代替学术争论的偏向，但在当时那种形势下，也是很自然的事。

　　在那次讨论会上，许多发言的同志都对我的文章提出了不少批评意见，几乎没有一个人表示同意我的观点，只有一个毕业班的学生（他就是陈伯海同志）最后站出来为我辩护了几句。在学术问题上，总免不了会有不同的意见。受批评，遭反对，也是常有的事。但看到自己的观点竟如此地得不到支持，却也不免有点懊丧。

讨论会后不久，《文艺月报》的一位编辑，由校内一同事陪同来访，我不知道他访问的目的是否与这篇文章有关。在谈话中，我这位同事向他提起我有这样一篇论文，我随即告诉他们，我这篇论文已在讨论会上受到了许多人的批评。也许是出于通常的礼貌关系吧，他要我把文章给他看看，我就给了他一份打印稿。没过几天，这个杂志的另一位编辑跑来找我，说那篇文章编辑部理论组的同志看过了，并且经过讨论，认为它"既不是教条主义的，也不是修正主义的"（这是他的原话。我不知道这话究竟是否真是编辑部的意见，或者仅仅是他个人的一种随口而出的说法），编辑部准备发表，要我再仔细校阅一遍后尽快给他们寄去。我也就依言照办了。本来，一个稍有点自知之明的人，或者一个处世比较谨慎的人，在讨论会上听了那么多批评意见以后，是不会轻率地同意把文章公开发表的。个别同志知道《文艺月报》将要发表这篇文章后，就警告我说："别是钓鱼呵！"但我既缺少自知之明，又一向不甚懂得处世要谨慎的道理。何况，我还满以为自己的意见并不错，正希望能有更多的人来评断。能够公开发表，当然是很欢迎的。至于"钓鱼"之说，我是不相信的，甚至还有些反感。

后来，《文艺月报》正式刊出了这篇文章，出版日期是1957年的5月5日。就在这同一天，《文汇报》在《学术动态》栏里特地发了一则消息介绍了这篇文章，并冠以"一篇见解新鲜的文学论文"的标题。校内同事见了，有的为我高兴，有的则认为这是为了引起人们的注意，号召大家起来批判。实际上，5月5日这一天，《文艺月报》还没有送到读者手中，书店里也并无出售，《文汇报》这则消息的来源以及作此报道的背景究竟如何，是难免要引起人们猜测的。但我自己对此也一无所知。因此，对周围的人的种种不同反应，只能一概抱着将信将疑，姑妄听之的态度。我也知道，文章发表后免不了会受到很多的批评、指责的，但根据"双百方针"，我也完全可以进一步申述观点，为自己辩护，并提出反批评。真理总是愈辩愈明，最后服从真理就是了。本着这样的认识，所以我对《文汇报》的报道（说我在文中"否定了文学反映现实的理论"，这与我原意不符的）也不想急于更正，认为尽可留到以后的答辩文章中再加以说明。谁知事情的发展，完全出于意料之外。反右运动扩大化的偏向愈演愈烈，对我的批判也逐渐从学术转向政治，我已没有机会进行申辩了。

对于《文艺月报》竟会发表我这篇文章，当时也有种种传说。有的说发表的目的就是为了批判；有的说是因为想展开一些讨论。在此文受到公开批判以后，一位同事告诉我，他在一个会上亲自听姚文元说，是他竭力主张发表这篇文章的。因为他认为这是一篇典型的修正主义文章，公开发表出来，就是为了便于让大家来批判。这一说法，在"四人帮"粉碎以前一直是广泛流传着，并为人们所普遍接受的。但"四人帮"粉碎以后，我却又听到了另外一种说法，说是姚文元当时是真心赞成发表这篇文章的，但后来政治形势变了，他就又转过来，以批判我的急先锋的姿态出现了。我不知道这两种说法究竟哪一种更可靠。尽管前一种说法是当时就有的，而且是有人亲自听到姚文元本人说的，似乎不容怀疑。但后一种说法，却也并非全然不可信。因为像姚文元那样的人，一会儿这样，一会儿那样，是完全可能的。尤其是在当时那种政治形势下，翻手为云，覆手为雨之类的事情真是司空见惯，毫不足怪的。就像《文汇报》那则消息，当初有些人就认定那是为了要对我进行批判而预先发出的信号。等到《文汇报》被指责是代表资产阶级方向以后，这些人又把这则消息说成是对我的吹捧，并以此作为我的文章思想反动的一项证据了。

大约是在那年的八九月间，即文章发表的三四个月之后吧，上海文艺界曾由叶以群同志主持召开过一个小型座谈会，针对我这篇文章作了初步批判。那时《文艺月报》大概已经接连发表过好几篇批判文章了。记得那天上海文艺出版社（当时也许还叫新文艺出版社）的代表曾在会上说，他们准备把有关文章汇编成集公开出版，这就是后来大家看到的《〈论"文学是人学"〉批判集》（第一集）了。以群同志虽然不赞成我文章的观点，但他是坚持把它作为学术问题来处理的。当会上有同志在发言中说到我的某些观点与胡风很相类似这样的话时，以群同志连忙叮嘱各报记者在报道中不要提这句话，说这太可怕了。第二天《解放日报》在头版右上角以醒目地位报道这次座谈会的情况时，措词也是极平允的，事情虽然已过去了二十五年，我对以群同志这句话和《解放日报》记者（黎家健同志）的实事求是的报道，却始终记得。

顺便还要在这里提到一位我一向尊敬的比我年长的同志。这位同志在那次学术讨论会上也对我的某些观点作了批评。后来《文艺月报》向他组稿时，他就把这些意见整理成文，在这个刊物上发表了。他对我的批评，都没有超出学术论争的范围，有许多意见是很值得我去作进一步思考的。态度和措词，也许从今天看来，也可能会有某些略嫌过火的地方吧，但在当时真是平常得很，一点也不觉得有什么突出。"四人帮"粉碎以后，常同这位同志一起开会，每当在会上谈起这段往事时，他曾屡次当众对我表示他的歉意，这是很使我惶愧而感动的。我一向拙于言辞，不知道该怎样向他表达我的复杂的心情，愿借此机会，在这里向这位同志郑重致意。在那一段时期以及以后相当长的年月里，全国各地报刊经常有批判我的文章发表，这些文章对我都是程度不同地有所启发，有所帮助的。虽然在态度上不免有点剑拔弩张，个别措词也或失之尖刻，但在当时那种气氛下，这些都是很自然而正常的，不这样倒觉得奇怪了。在华东师范大学内部的批判中，过火的现象当然要突出一些，但批判者大都是一些青年学生，他们年轻，对当时"左"倾路线下所宣扬的一套东西，深信不疑。他们是抱着满腔热情来进行反对资产阶级右派、反对修正主义的。回顾这一段历史，对我们今后继续前进也未始没有好处。今天，绝大多数人总算已经认识到决不能让这种违反人民意愿的形势再出现了。还有一些情况，我在《论"文学是人学"》一书的后记中、在《关于〈论"文学是人学"〉》（载《新文学论丛》1981 年第一期）一文中，已经提到过了，这里就不再重复。

最后，关于那篇文章的题目，再稍为说几句。我原来在题目上是既未加引号，也没有"论"字的，就叫作：文学是人学。我虽然知道高尔基有把文学叫作"人学"的意思，却未见他曾说过"文学是人学"这样的话。所以在我三万多字的文章中，也通篇看不到曾经出现过高尔基说"文学是人学"这样的说法。引号也只打在"人学"上，从来没有打在"文学是人学"上过。那么，后来题目怎么会变成《论"文学是人学"》的呢？那是因为接受了许杰先生的意见而改的。许杰先生是当时华东师范大学中文系主任，我的文章写成后第一个就是给他看的。他看后很鼓励了我一番，并建议我为了使标题更能吸引人，不如索性改为《论"文学是人学"》。我虽然并没有看到高尔基曾明确说过"文学是人学"这样的话，但认为他显然是有这样的意思的；而且我的文章主要就是为他的这一意见作一些阐释和发挥，把题目写成《论"文学是人学"》，不但更醒目，立论的根据也更明确了。因此，就接受许先生的意见照改了。

前年，在《新文学论丛》第一期上，读到刘保端同志一篇文章，他认为高尔基并没有说过"文学是人学"这样的话，甚至也没有把文学当作"人学"的意思。我想，高尔基可能没有说过"文学是人学"这样的话，但要说他连把文学当作"人学"的意思也没有，这却恐怕未必。我已在《关于〈论"文学是人学"〉》一文中谈了我的意见。刘保端同志又在今年《文学评论》第三期上写了《关于"文学是人学"》一文，主要意见同我并无分歧，只是认为高尔基既然并未明确说过"文学是人学"这样的话，那么，在引用高尔基的意见时，引号只应该打在"人学"上，而不应该打在"文学是人学"上，他的这一意见当然是对的。尽管在我自己的文章里从来没有出现过高尔基说"文学是人学"这种说法，但这几年来报刊上却把这作为高尔基的原话来引用，这很可能是受了我的文章的题目的影响，我是不能辞其咎的。我曾想写文章说明，并准备在《论"文学是人学"》重印时，把题目改成《论文学是"人学"》。但继而一想，文学是人学这一观点已经流传开了，并已为文艺界的许多同志所接受；而且，正像我在《论"文学是人学"》一文中所说，这一意见"也并不是高尔基一个人的新发明，过去许许多多的哲人，许许多多的文学大师，都曾表示过类似的意见。"那么，只要不把这句话当作高尔基的原话，而只作为对过去许多哲人、许多文学大师们（其中也包括高尔基）的意见的概括，我想也并无不可。因此，我决定不去修改这个题目了。原想写一篇文章讲讲此事，又觉得意义不大，终于没有写。现在乘这个机会顺便说明一下。

时间过得也真快，一转眼间那已是二十五六年以前的事了。一个人的一生能够有几个二十五六年呢？回首往事，真不胜"感慨系之"了！

【附记】"文学是人学"这句话的始创权，其实应该是泰纳（傅雷译作丹纳），他是法国人，著有《艺术哲学》《英国文学史》等书。在其为《英国文学史》一书所写的序言中，有"Literature, it is the study of man,"这样的话，这是我所知道的"文学是人学"这句话的最早出处。20 世纪 90 年代末，我曾在《以简代文——致李岭同志的一封信》中说起过，此信曾在《文艺理论研究》上刊发过，已忘记了是哪一期，故未找到。

2008 年 4 月 28 日

管窥蠡测
——人物创造探秘

　　艺术家的奇思妙想，艺术家的创造才能，常常引起我无限的惊奇和不尽的赞叹。

　　也许两百多年前，真有过一个和《红楼梦》中的贾宝玉的身世大致相同的人吧，但这个人和我是不相干的，我对他也并无兴趣。然而曹雪芹笔下的贾宝玉，对于我却是这样亲近，他的遭际强烈地感动着我，使我不由得要和他一同分担他的欢喜和悲哀。那个被曹雪芹当作贾宝玉的原型的人，是早已死去了，一点也没有留下什么给我们；就连他的姓名，也还有待于红学家们的考证。而贾宝玉却依旧活着，依旧活在今天的舞台上，活在今天人们的心里。而且在今后很长的一段时期里，还将永远活下去，不断地给人们以各种不同的影响。历史上确实有过一个名叫张飞的人，《三国志》中有他的传记。对于这个张飞，真是遐哉遥哉，于我万分疏远，甚至引不起我一点想象。可是，那另一个张飞——《三国演义》中的张飞，今天舞台上的张飞，他的音容笑貌，却时时在我的脑际萦绕，只要我一合上眼，他那粗犷而又妩媚的形象便仿佛矗立在我面前，惹我注意，逗我喜爱。这两个张飞，实际上本是一个，却又分明是两个。

前一个是真实的、确乎生存过的张飞，不过如今他早已死了。后一个是在前一个基础上虚构出来的、实际上从未存在过的张飞，然而他却至今还活着。前一个张飞是有父母生养的，后一个张飞却只是艺术家的创造。真实的张飞不能不遵循自然规律而死亡，虚构的张飞却可以超越新陈代谢的原则而永存。这样看来，那被称为第二造物主的莎士比亚以及他的杰出的同行们，比起宗教家所信奉的第一造物主上帝来，应该是更为伟大的。上帝造人之说，不过是这么一句话，谁也没有真见过。莎士比亚和他的杰出的同行们，却确实用他们的笔创造了许许多多栩栩如生的人物，而且这些人物至今还活着。对于那些创造了不朽的艺术珍品的大师们，我真是有说不尽的感激与敬佩。

但是，这些大师们是怎样塑造他们的人物的呢？是怎样赋予他们的人物以生命的呢？陆机说他"每观才士之所作"，而能"有以得其用心"，我面对着这些大师们的巧夺天工的铸造品，于惊叹之余，不禁也动了寻幽探奇之思，亟欲一窥他们炉中的奥秘。然而，大师们的才能是那样浩瀚无极，大师们的匠心是那样变化无穷，叫我从何处着眼，哪里入手呢？似乎人物形象与其周围环境的关系问题，还比较是有迹可循的，那么让我就先从这里来试探一下吧。我所能做的恐怕主要只能是谈一谈自己平素在阅读中所得的一点理解和体会，要说这也算是对大师们的用心的探索与揣摩，那么，就譬如是以管窥天，以蠡测海，实在不足尽其万一的。

屠格涅夫曾经说过这样一句话："如果被描写的人物，在某一个时期来说，是最具体的个人，那就是典型。"[1] 这真是要言不烦，一语道出了典型塑造的关键。"某一个时期来说"，"最具体的个人"，

---

[1] 转引自《译文》1956 年 1 月号，第 154 页。

这意味着：典型不但须是最具体的个人，而且须是某一特定时期下的最具体的个人；就是说，它既要有个人的具体性，又要有时代环境的具体性。这与恩格斯的名言"典型环境中的典型性格"之说就很相接近。车尔尼雪夫斯基在谈到艺术的任务时，也把它确定为：揭示"环境怎样影响人"，而"人又怎样影响他周围的世界"。这与上引的屠格涅夫的话，显然也是有相通之处的。这三个人在世界观上尽管有着质的区别，他们所说的也并不完全是同一回事：一个说的是典型塑造的原则，一个说的是现实主义的特征，第三个则是说的艺术的任务。但由于这三者之间原是脉络相通的，因而他们的话里也就有了一个明显的共同点，即都十分强调人和环境之间的联系。这个共同点不能不引起我们的重视。

事实上，我们的文艺工作者对于这一点，也的确是十分重视的。恩格斯的那句经典性的名言更是屡被引用，大家早都耳熟能详了。不管是创作家也好，评论家也好，今天已经没有人不知道人物形象与其周围环境的关系问题的重要，已经没有人不注意这一问题了。但我觉得对这一问题的认识和理解，似乎还有一些不够周到深细的地方，所以还想在这里谈谈我对这一问题的一些想法。

人和环境之间的联系，本是一种必然的有机的联系。在什么样的环境下，就会有什么样的人；而从一定的人的身上，也可以看出他周围的一定的时代环境来。然而在大家的认识和理解中，这两者的关系，却有被割裂的迹象。譬如，我们常常可以听到这样一种说法：因为人是不能脱离他的时代环境而存在的，所以写人也必须写出他的时代环境来。这样的说法，本来也不能算错，然而，这里同时就潜伏着很大的误解的可能性。仿佛写人本来也可以不写环境，但因为人总是生活在一定的时代环境下的，所以你也不能不给你的人物装上一个时代环境的框子。这样，写环境就成了是在写人物以外的事，人和环境之间的联系，就成了一种外加的、机械的联系了。即如恩格斯的那句名言吧，大家联系到他对《城市姑娘》这部小说的具体意见，往往特别强调典型环境的重要性，这本来也并不错。但是，如果脱离了具体作品中的具体的人物，脱离了作家为一定的作品所设立的一定的思想主题，而孤立地抽象地强调典型环境的重要性，那就不对了。应该引起我们注意的是，恩格斯之指责《城市姑娘》中的环境不够典型，又是从哪一点着眼的呢？难道不正是为了这部小说里所写的"工人阶级显得是消极的群众"，一点也不想起来进行革命的反抗，不想为解放自己而进行必要的斗争的缘故吗？他正是从作品中的人物的性格着眼，正是从作品所应有的思想倾向着眼，才提出这种指责来的。而因为性格是受环境的包围和驱使的，只有在一定的环境的包围和驱使下，才会形成一定的性格，才能作出一定的行动；而作品的思想倾向则是必须"从场面和情节中流露出来"，必须从人物的具体活动中表现出来的；所以他决不丢开环绕人物和驱使人物活动的环境而孤立地要求人物的性格应该如何如何，也决不脱离作品中的人物的具体活动，脱离作品所描绘的具体的场面和情节，而抽象地要求作品应该有怎样怎样的思想倾向。恩格斯总是把性格和环境，把作品的思想倾向和现实内容，统一起来加以考察的，他的"典型环境中的典型性格"这句名言的精义，正是在这里。我觉得我们是应该首先从这里来领会这句话对我们的伟大的指导意义的。

我们把恩格斯所说的"典型环境"规定为一定历史时期的社会生活和阶级关系的总形势，这当然是不错的。但对于从事文艺创作的人来说，问题是在于如何使这个总形势成为驱使你的人物活动的具体的积极的因素，要在这个总形势与人物的个性之间建立起一种交互影响、彼此渗透的关系，而不能使它们各自孤立，两相游离。

应该让人们感觉到，只有在那样的时代环境的总形势下，才能出现你所写的那样的人物；而从你所写的人物的具体活动中，人们也就自然地看到了那个时代的社会生活和阶级关系的总形势。而不能是先勾勒出了一个"典型"的环境，然后再来刻画"典型"的个性；也不能是一面刻画个性，一面勾勒说明这个个性所处的时代环境。所以我很赞赏屠格涅夫的"某一个时期"的"最具体的个人"的说法，觉得他的"最具体的"几个字说得真好。所谓"最具体的个人"，意味着不但他的活动要是具体的，思想感情要是具体的，就是驱使他活动，驱使他产生这样的思想感情的环境，也要是具体的。只有把这个人安放在一定的、具体的环境中，显示出他和环境之间的必然的、具体的联系来，这个人才是真实可信的、具体的、有生命力的人，才有可能成为文学上的典型。

在文艺创作中，人物与环境之间的关系，确实是个关键性的问题。一个作家的艺术匠心的高下，创造人物形象的才能的大小，在我看来，主要就要看他所创造的人物的个性与其周围环境融合到何种程度而定。

在杰出的大师们的笔下，每一个人物都是充分可信的"如此相"，不可重复的"这一个"，而同时却又都体现出了远远超出于他们本身之外的某种普遍的意义。其所以是充分可信的，乃是因为，人们觉得，在这样的环境下，是会产生出这样的人物来的；其所以是不可重复的，是因为，人们觉得，又只有这样的人物，在这样的环境下，才会作出这样的行动来的。而通过这种人物和环境之间的具体的、有机的联系，人们所看到的，又不止是个别的人物、个别的生活场景、个别的现象，而同时也看到了围绕在这一人物周围的许多其他的人和其他的生活现象，看到了他们之间的相互联系和联系的规律，看到了一定社会历史现象的本质。所以，这里的关键，就是说，能不能写出既具有不可重复的个人特色，又具有广泛的社会意义的典型人物来的关键，就在于能不能真实地、具体地写出人物与环境之间的深刻的、有机的联系来；就在于能不能使他笔下的人物与其周围的环境处在一种相互依存、相互影响的统一而不可分割的关系中。

许多作家的创作经验都告诉我们，当作家的头脑中有了某一个人物的胚胎而要想把他具体化时，首先碰到的一个问题常常是：怎样为这个人物布置一个合适的活动圈子，就是说，究竟把这个人物放在什么样的具体环境下去加以刻画？梁山上的一百零八位好汉，都生活在同一个时代、同一个社会里，都处在同一种社会生活和阶级关系的总形势下，然而在他们上山以前，所碰到的人和事——他们的具体的环境，却是各个不同的。鲁智深所碰到的是这样一些人和这样一些事，武松所碰到的是那样一些人和那样一些事，宋江和李逵所碰到的又是另一些人和另一些事。而《水浒传》的作者的高明处，就在于他在这些人周围所布置的人和事，他为这些人所安排的活动圈子，都是很合适的，都能成为推动他们的个性发展的一种积极的动力：或是鼓励他们、助长他们，或是限制他们、束缚他们；或是给他们以启发、诱导，或是给他们以阻碍、挫折；其目的则都是为了使他们的个性能够最充分、最鲜明地表现出来。而同时，这些人和事，这些活动圈子，又都是笼罩在当时的社会生活和阶级关系的总形势下的，又都清楚地体现出、说明着当时的社会生活和阶级关系的总形势。他没有把李逵和阎婆惜扯在一起，也不使宋江和浪里白条张顺发生像李逵和张顺之间那样的纠葛。因为洞明世事、熟谙人情的作者，不但知道只有在什么样的生活圈子里才会有什么样的人，而且也知道什么样的人到了什么样的生活圈子里才会有什么样的行动。在实际生活中，李逵当然也可能遇到像阎婆惜那样的女人，但他决不可能跟她建立起像宋江和阎婆惜之间的那种关系来；宋江在浔阳江边和李逵一样地遇到了张顺，但他就不可能像李逵那样为了抢鱼而和张顺互相厮打起来。在《水浒传》中，阎婆惜是为了刻画宋江的个性的需要而创造的，而浔阳江边的张顺则主要是为了刻画李逵的个性的需要而出现的（当然，反过来我们也可以说，宋江同时也为阎婆惜的性格描写服务，李逵在抢鱼的一场中同时也为张顺而存在）。所以阎婆惜不出现在李逵的生活圈子里，而浔阳江边的张顺虽也出现在宋江的生活圈子里，主要却只是李逵的对象，只和李逵发生互相映衬、互相烘托的关系。可见，在文艺作品中，每一个具体的个性，必有他具体的不同于任何其他人的环境与社会关系，而作家就要善于为他的人物找到这种独特的，与他的个性互相制约、互相影响、经常扭结在一起而不可分割的环境和社会关系。

曾经有过这样一种争论：有些人认为作家应该让他的主人公处在极端突出的情势中，应该让他在特别紧张的场合下去表现自己；而另一些人则认为作家应该把他的主人公放在日常生活中，让他通过一些普通的随时可能发生的事件来展示自己的性格。这种争论，不但是把性格与环境割裂开来并使它们各自绝对化了，而且也把突出的非常情势与普通的日常生活对立起来了。

我们无法按照一个统一的标准，把各个不同的人的不同的生活划分成寻常的与非常的两类。同样一件事情，发生在你身上，也许是普通的寻常事件，发生在他身上，就可能是突出的非常事件了。甚至同一件事发生在同一个人的身上，也可能有时是普通的寻常事件，有时就成了突出的非常事件了。例如，《三国演义》中煮酒论英雄一节，就曹操来说，无非因见枝头梅子青青，想起征张绣时的"望梅止渴"的佳话，不禁意兴勃然，就邀约刘备来一同饮酒闲谈，以助雅兴，这实在是一件很普通很平常的事。但对刘备来说，却因他不久前刚参与了董承等的密谋，共立了讨伐曹操的义状，现在曹操忽然邀他一同喝酒，就难免战战兢兢，心怀畏惧，就成了一件突出的不同寻常的事件了。又如，《红楼梦》第五回中本说薛宝钗平日心情宽和，"便是那些小丫头们，亦多与宝钗顽笑"①。但是在第三十回里，当小丫头靓儿因不见了扇子，以为是宝钗和她开玩笑把它藏起来了，因向宝钗笑着说："必是宝姑娘藏了我的，好姑娘，赏我吧。"这应该说是很普通很平常的事，靓儿的话也说得很婉转，很恭顺。不料却被宝钗用手指着骂道："你要仔细，我和谁顽过，你来疑我？和你素日嬉皮笑脸的那些姑娘们，你该问她们去！"这就完全是一种与宝钗平日为人不合的不同寻常的举动了。为什么同一个薛宝钗在举止态度上前后会这样的不同呢？原来是因为宝钗刚被宝玉比作杨贵妃，心中非常恼怒，又不便发作，靓儿正撞在这个当口，因此，一句本来很平常的话，就引起了很不平常的后果，一桩本来很普通的寻常事件，就变成了很突出的非常事件了。这一转变，对刻画宝钗的性格，揭示宝钗与宝玉、黛玉等人之间的关系，是极为有力的。这种把一桩本来是极平常的、常常会发生的事件，在特定的情势、特定的场合下，转变成一桩突出的、非常的事件，以便更充分地揭示人物性格的才能，是许多天才作家所同具的；特别是《红楼梦》的作者曹雪芹，更擅长于此。

当然，的确也有一些作家是善于把他们的人物放在一种极端紧张、尖锐而又复杂的矛盾斗争中来刻画的。这些作家常常使他们的人物遭遇到一些最意外的，但同时又几乎是不可避免的事件，常常使他们的人物在一种对那人物来说是最难应付的场合下出现，这种场合是最能够表现出人物的性格、品质以及他的智慧才能来的。例

---

① 一作"就是小丫头们，亦多和宝钗亲近"。此据《金玉缘》本。

如，《水浒传》写石秀奉了宋江之命，去北京打听卢俊义的消息，等他到了北京城里，听到的第一个消息，却是卢俊义就要在当天开斩。这时他独自一个，不但没个帮手，就连可共商量的人都没有。便只有踱上一家酒楼喝闷酒。不想这酒楼下面就是法场，卢俊义正被刽子手们押着跪在这酒楼下。一会儿午时三刻已到，当案孔目读罢犯由牌，行刑的人已经做好了准备动作，只消一刀下去，眼看卢俊义的头颅就要落地。正在这千钧一发的当儿，忽听得一声大喊："梁山泊好汉全伙在此！"楼上的石秀手执钢刀跳了下来。石秀这一跳，该要有多少的胆气！同时又是跳得何等鲁莽、欠思虑？然而，处在石秀当时的情况下，他除了这鲁莽的一跳，还能有什么别的办法呢？妙的是作者此时全不写他的心理活动，假如石秀在这个时候，运用一下思想的话，他恐怕就跳不下去了。因为这明明是白白地去送死，于事情丝毫不会有什么补益的。但他居然跳了下去，而我们也竟相信他这一跳，因为我们体会到，像石秀这样一个英雄人物，处在这样一种间不容发、纵有满腹智谋也全无施展处的情况下，他的一个最强烈的冲动，就只会是不能眼看卢员外身首异处，此外更不会有别的考虑，他就是在这种冲动的状态中跳下去的。但这种冲动，又只是石秀那样的英雄人物才会有的，这是一种英雄性的冲动，在一般人身上，是不可能出现这样的冲动的。所以作者写出这冲动性的一跳，就使我们看到了真正的石秀。如果作者在他跳下去以前，为了着力地刻画这个英雄人物的内心活动，先要给他来上一大段心理描写，以显示他是如何英勇、如何奋不顾身，那么，石秀虽然跳下去了，读者却会怀疑这一跳，因为真实感被破坏了，他跳得不合乎情理，而石秀的英勇行为也将反而被冲淡了，降低了。施耐庵之所以称得上是高手、大师，正在这种地方。在他的笔下，人物的行动与他周围的环境，与他所处的规定情境，总是严丝密缝、契合无间的。又如,《悲惨世界》中,苦役犯冉阿让变成了海滨蒙特猗市长马德兰先生,又为探长沙威识破,被重新投入了狱中。冉阿让为了要赶办一些未了之事,又越狱出来回到了自己的住所。当他正在自己房间里整理着东西时,沙威已经追踪而至了。这时,这所房子里除了冉阿让外,还有两个人,一个是冉阿让的守门妇人,一个则是修女散普丽斯嬷嬷。这个散普丽斯嬷嬷,是个从不说谎的人,哪怕是好心的、于人有益无损的谎,她也决不肯说。这,作者在前面,已经通过好几件突出的事例,生动地证明给我们看过了。这样,你看当时的情况该是多么紧张,形势该是多么危急,谁都会以为冉阿让是完了。所以,当沙威询问着散普丽斯嬷嬷时,那个守门妇人简直吓得魂不附体。然而,出人意料,那个从不说谎的嬷嬷,却说了谎话,而且一连两次,一句接着一句。她毫不踌躇,直截了当地告诉沙威房间里没有别的人,她没有看见有男人进来,没有看见冉阿让。沙威是很知道这位嬷嬷的诚实的德行的,于是就退出去了。这样,冉阿让就化险为夷,一桩极端紧张的非常事件,终于平安地渡过去了。雨果在这种场合让散普丽斯嬷嬷出场,人们起初一定担心会因她而毁了冉阿让的,结果却是因她而救了冉阿让。这样的安排,真是既出人意想之外,而又无不在情理之中。而通过这一场面,作者不但歌颂了散普丽斯嬷嬷(他赞叹道:"呵,圣女!……愿你这次的谎话上达天堂!"),而且再一次有力地突出了冉阿让的为人,显示出他平素的受人爱戴之深。这样的表现方法,是很值得我们仔细揣摩的。这种把人物放在一种意外的、最难应付的场合下来刻画的办法,除了能十分鲜明地突出他的性格、品质以及智慧才能以外,还有一个好处,就是故事情节非常生动紧张,具有很大的吸引人的魅力。我国的许多古典小说,如《水浒传》《三国演义》等,就是如此。在现代小说中,则《林海雪原》和《红岩》是颇能继承这个传统的。

可见，不论是普通的寻常事件，还是突出的非常事件；不论是把人物放在日常的平静的情势下，还是放在意外的危急的情势下，都是可以表现人物的性格的。问题是在于这样的事件、这样的情势，是否与你所要刻画的人物的性格相适合，在于你是否能使两者融合在一起并发生相互映衬、相得益彰的作用。而不管是哪一种情形，作家都必须非常熟悉人，熟悉生活，必须有丰富的生活经验和社会知识。一个生活面狭窄的人，一个不善于了解人的人，就不可能为他的主人公提供多种多样的活动场所，不可能为他的主人公找到最足以表现他的性格的生活圈子和特定的事件、特定的情势。生活知识不仅应该丰富，而且还必须深刻、透彻，假如作家对生活了解得不深刻、不透彻，他就决写不具体、真切，而主人公的性格也就不能跟他的环境水乳交融、契合无间，也就不能令人信服了。

艺术家究竟是怎样创造他们的人物、怎样赋予他们的人物以生命的，对于我始终是一个秘密，是一个时时强烈地打动着我的好奇心的秘密。上面我虽然企图从性格与环境的关系上着眼去窥探一下这个秘密，但心余力绌，所见甚少。而且说不定由于自己的视力不济，所看到的都不过是些靠不住的假象，那么，我以上所说，不但是管窥蠡测之论，简直就只能算是妄谈臆测了。

1962 年 9 月 15 日

文艺创作的生命与动力

在《人民文学》编辑部召开的一次"短篇小说创作座谈会"上，沙汀同志曾经说过这样的话："找故事容易，找零件难。"李准同志引用了这句话，并解释说："'零件'，就是细节。"我觉得沙汀同志这句话，看似寻常，却很有深意，不是深知创作甘苦的人是说不出来的。一般人也许会想，文学作品固然少不了细节描写，但细节毕竟只是细节，决不能把它同贯串整个作品的故事情节相提并论。沙汀同志这句话，却不仅给人以细节描写在文学作品中很重要的印象，还明白地表示了好的细节比好的故事更为难得的意思。而且，他在这样说的时候，语调中还颇含感叹的意味："找故事容易，找零件难!"隐隐地透露出了他在创作过程中所经历的苦恼。人们可能会问：这样的苦恼是不是必要？把精力耗费在这种细枝末节上，岂不是舍本逐末吗？不，完全不是。我并且要说，这样的苦恼，是一个真正的艺术家的苦恼，谁要是不愿意尝味这种苦恼，他就休想走进艺术的堂奥。不错，细节之于故事，犹如枝叶之于树干，它只是从属的、次要的东西。但是，树干的生气，不就是靠枝叶来体现的吗？我们种树栽花，虽然意在花果，但正如鲁迅所说："删夷枝叶的人，决定得不到花果"①，枝叶又哪能轻视！何况，在艺术领域里，由于一切都必须以个别的具体的形式来显现，细节的作用，细节的重要性，更远不是树干上的枝叶所能比拟的。砍去了树干上的枝叶，树干仍旧可以存活，仍不失其为树干。砍去了艺术作品中的细节，纵然基本情节还在，故事轮廓依旧，这部作品也就不成其为艺术作品了。

"那么，找细节难道就真比找故事更困难吗？"人们不免又会有这样的疑问。我说，是的，是更困难。岂止更困难而已，事实是，细节是根本找不到的，它只能靠你自己去发现，靠你自己去创造。果戈理可以从普希金那里得到关于《死魂灵》和《钦差大臣》的故事传说，但是，这两部作品中的许多生动逼真、引人入胜的细节，却都是果戈理自己、也只有果戈理自己才能创造的。在王实甫写出他的《西厢记》以前，在莎士比亚写出他的《哈姆雷特》以前，关于崔莺莺的爱情故事和那个丹麦王子的复仇传说，早已流传了好几百年了。就故事情节来说，这两部作品同过去的传说，同他们前人的作品，大体上还是轮廓依旧的，然而却又是大为改观，面目一新了。不同在哪里呢？首先，当然是作品的思想精神的不同。但这种不同，又是（而且只能是）通过一系列具体的细节来体现的。这些栩栩如生、千姿百态的细节，都是由王实甫和莎士比亚两个人，各自根据他们对生活的理解，对作品中人物性格的把握，匠心独运地创造出来的。有一些细节，则是在过去的传说中，在他们前人的作品中，已透露出了一些根苗，他们发现了这些根苗，再经过自己的一番加工陶铸，辛勤培育，才从他们手里开出灿烂的花朵来的。

说细节根本找不到，只能去发现，只能去创造，那么，"找到"

---

① 《"这也是生活……"》，见《且介亭杂文末编》。

与"发现"的区别在哪里呢?

区别是在这里:有时,你所需要的细节,具体的、生动的、富有说服力而又发人深省的细节,可能本来就是客观存在着的。而且,它可能就展现在你的面前,你已经亲自接触到它了。可是,由于你自己的心灵之门并未打开,你却并不理解它,不知道这个细节的意义何在,不懂得它同你所要反映的生活之间有什么具体联系。这样,你虽然已经接触到它了,"找到"它了,然而,对你来说,它还是陌生的,你还并不认识它,就还不能算是已经"发现"了它。你就还是没有能力来描写它。即使写了,也是写不真切,写不活的。常常有这样的情形:有的作者花了不少笔墨,不厌其烦地描写一个人的衣着服色,容貌特点,甚至也没有少写他的言论行动,但就是不能给人留下什么印象。这个人对于我们还是陌生的,他一点也不能打动我们。有的作者却只消三言两语,寥寥几笔,就使得描写对象跃然纸上,紧紧地抓住我们,引起了我们极大的兴趣。这是什么道理呢?大家都会说,这是因为前者只写出了这个人的一些表面现象,没有能够揭示他的内在本质;而后者却能一下子抓住了描写对象的性格特点,深入他的内心世界。这个回答当然是不错的。不过,问题并没有解决。人们会进一步问:那么,为什么前者只能写出一些表面现象,而后者却能够一下子抓住人物的性格特点,深入他的内心世界呢?关键究竟在哪里呢?

关键就在于能不能以及是不是已经有所"发现"上。

科学告诉我们,要认识一个事物,重要的是要抓住它的本质,不能只停留在表面现象上。这是一个有普遍意义的原则,在文艺领域里,在人物形象的塑造上,当然也要遵循这个原则。可是,要把握事物的本质,到底应该从哪里入手呢?能不能离开事物的现象去把握呢?显然是不能够的。只有通过事物的现象,通过事物的外在表现，我们才能够去把握事物的内在本质，去认识事物的客观意义。本质和现象是紧紧联系在一起的，统一而不可分的，正如列宁在《哲学笔记》里所说："本质现象着，现象本质的。"（一译："本质要表现出来，现象是本质的。"）外在的现象是我们理解内在本质的唯一可靠的凭借，正因为有了这种凭借，世界才是可知的，歌德才把宇宙的奥秘称作"公开的秘密"。文艺要用生活本身的形式来反映生活，而在生活中，现象与本质是一个不可分割的整体，因此，凡是不能从现象与本质的有机统一中来把握事物，不能把事物当作一个活的整体来感知、来认识的人，就决不能成为一个艺术家，就决创造不出生动的艺术形象来。譬如，青年男女的一颦一笑，在不相干的人的眼里，无非是一颦一笑而已。但在他（或她）的情人眼里，这一颦一笑之中该是包含着多少丰富深厚的情意呵！如果只把这一颦一笑作为简单的面部变化——如眼帘的开合，嘴角的牵动——来写，而看不出这一颦一笑之中所包含的丰富深厚的情意，看不出"颦笑"这种外部表现与"情意"这种内在本质之间的具体联系，那就决写不好这一颦一笑。这样的描写，甚至根本不能算艺术描写，它还没有跨进艺术的门槛。而且，现象与本质虽是经常密切地联系着，但它们联系的形式却是千变万化的，甚至它们之间还常常会有不一致的情形发生，并不总是直接符合的。将哭而反笑，因爱而生嗔的复杂场面，在生活中并不少见。一个粗心的人面对这种情景，就不免要感到惘然失措了，他当然就无法来反映这些场景。只有那些能够"发现"现象与本质之间的这种具体的独特的联系形式的人，才能来进行描写。也就是说，要能描写它，先要"发现"它。

至于"创造"，那就比"发现"更要进一步了。"发现"，还只是一种对客观上实际存在的事物能够有所理解、有所认识的能力；"创造"，则除了能够正确理解和认识客观上实际存在的事物以外，还必须能够在这个客观上实际存在的事物之中，加上一点别的什么。这一点"别的什么"加进去以后，就会使这个事物大为改观，面貌一新；甚至发生质的变化，成为一个新的事物。在一切真正的艺术家那里，在"发现"与"创造"之间，是很难有什么界线的。他通过"发现"之门，必然要踏入"创造"之境，想要阻挡也阻挡不住。这里就存在着艺术家与科学家的根本区别。假如说，一个科学家在透过事物的现象而认识了事物的本质以后，就把这本质从现象中抽取了出来，而制定出一定的概念、原理的话，那么，一个艺术家通过事物的现象把握了事物的本质以后，在发现了事物的现象与本质之间的具体联系以后，他决不把这本质从现象中抽出来，而是对这一事物的整体理解得更深刻了，这一事物在他的眼里、心里就真正活起来了；他对这一事物，就会产生一定的是非爱憎之感，就会形成一种明确的思想感情。而当他动手来描写这一事物的时候，他就再也无法把这种既经形成的思想感情排除开去，他就一定要把他这种思想感情熔铸到对这一事物的描写中去了。这就是创作的真正的秘密，就是艺术思维不同于科学思维的地方。而我上面所说的"创造"必须能在客观上实际存在的事物中加进一点别的什么去，这一点"别的什么"，无非就是这种作家艺术家在生活实践中所形成的独特的思想感情。

思想与感情，当然不是一回事，它们是有区别的。但真正的思想与真正的感情，又常常是融合在一起的。特别是在艺术领域里，由于思想和感情都是包含在艺术形象之中，都是通过艺术形象的形式来表现的，两者更是互相渗透，彼此交织，简直无法加以分拆。可以说，在艺术作品中，思想就是感情的升华与结晶，而感情，则就是渗透灵魂的思想。两者是一而二、二而一的东西。这样的思想感情，只有通过劳动，通过斗争，通过踏踏实实的生活实践才能获得。而一些缺乏艺术价值的艺术作品，一些公式化概念化作品中的所谓思想感情，却往往是通过借贷、剽窃或者人云亦云得来的。在那里，思想归思想，感情归感情，彼此脱节，互不相干。被作者生硬地插到作品中去的思想，正像在生活中它本来是游离在作者的实践经验之外，并没有跟他的感情相结合一样，在作品中，它也是游离在形象组织之外，是一种抽象的、空洞的东西，完全缺乏艺术所应有的具体性。而那里的感情，则或者是虚假的、矫揉造作的，或者是琐碎的、杂乱无章的，丝毫也不能打动人。这样的思想感情，就决不是真正的思想感情。它们就像小孩子玩弄的肥皂泡一样，是一种虚幻、空洞的东西，只要空气稍一振荡，它就会立刻破灭，化为乌有的。艺术创作中所需要的那一点十分可贵的"别的什么"，就决不能是这样的东西。

王愿坚同志在谈到他读过的一些好小说时说："读着作品，立时就被引进了所描写的那个天地，环境实实在在，是真的；形象结结实实，是活的。仿佛作者正和自己的描写对象在一起生活和斗争着，干着干着，随手掰下了一块来，连根带土，甚至露水珠儿也没抖掉，就放进刊物，送到我的面前。"① 这是说得很好的。为什么这些作者，能够把环境写得实实在在，令人信以为真；能够把形象写得结结实实，使人读之觉活呢？这当然首先是因为，这些作品都是直接从生活中来，而不是出自作者的主观臆造。但更重要的，我觉得还是在于"仿佛作者正和自己的描写对象在一起生活和斗争着"，作者不是生活的旁观者，他从思想感情上参与进去了。他是亲见亲闻，亲身感受、体验了这段生活，同自己的对象一同品尝了生活中所有的悲苦与欢笑，并且是带着自己强烈的爱憎感情来写这些的。艺术形象

---

① 《人民文学》1977 年第 12 期，第 87 页。

之所以能够使我们觉得真、觉得活,所以能够具有感染人的力量,正是靠着作家艺术家的思想感情的孕育。正是作家艺术家用自己的整个心灵,给了他所创造的形象以生命、以感染人的力量的。许多伟大的作品之所以往往带有作者的自叙传的性质,其故也就在此。科学家在对他观察、研究的对象进行分析、解剖,进行概括的时候,他的态度愈是冷静、愈是客观,愈少掺杂主观感情,他将愈容易得出正确的、令人信服的结论。所以,从科学家的著作中,我们很难看到科学家本人的面貌、特色。但是,对于艺术家和艺术作品,情形就完全不同。艺术家对现实的认识愈是透彻,他的感情就愈是强烈,爱憎就愈是分明,他就愈有可能对生活现象作出广泛而深入的概括,他的作品也就愈有力量。透过每一部伟大的艺术作品,我们总可以清楚地看到作品背后的艺术家本人,看到他的灵魂,他的思想、品德。这就是因为,艺术创作不能缺乏由艺术家的思想感情所点燃起来的火焰。没有这种火焰,就无法对生活现象进行陶铸熔炼的工作,就只能拼拼凑凑,缝缝补补,就决创造不出巧夺天工的完美的艺术作品来的。列宁强调地指出:在文学事业中,"绝对必须保证有个人创造性和个人爱好的广阔天地,有思想和幻想、形式和内容的广阔天地"。这就是因为文学创作的特殊规律,决定了它离不开作家的个人特色,离不开作家的是非好恶和爱憎感情。取消了作家的个人特色,排除了作家的爱憎感情,也就无所谓创作,也就没有文学。果戈理在谈到他的剧本《钦差大臣》的创作过程时,曾这样说:"在《钦差大臣》中,我决定把当时所知道的俄罗斯的一切丑恶的东西,一切非正义的行为都集中在一起加以嘲笑,而那些非正义的行为恰恰是在最需要人们表示正义的地方和场合下干出来的。"①

---

① 转引自《论情节的典型化与提炼》,作家出版社1956年版,第19页。

为什么他要把那些非正义的行为摆在最需要人们表示正义的地方和场合下来表现呢？是什么力量驱使他这样做的呢？那就是他对于一切丑恶的非正义的行为的烈火一样的憎恨，就是他对于人民命运，对于祖国前途的深切的关怀与忧虑。换句话说，也就是伟大的作家在生活实践中所形成的一种真挚而强烈的思想感情。没有这种思想感情，他就不会有创作的冲动；他的思想感情如果没有这样强烈，他也就不能作出这样广泛而深刻的概括，他的作品就不会写得这样尖锐有力。"朱门酒肉臭，路有冻死骨。"这是杜甫的名句。在现实生活中，酒肉的臭味和冻死的骸骨，不见得真的就同时同地出现在同一个人的眼前，它们之所以会紧紧地联系在一起，组合成这样一幅震撼人心的画面，是出于诗人的创造，是诗人对生活现象所作的艺术概括。通过这种概括，我们看到的不仅是残酷的人吃人的社会现实，同时也看到了诗人杜甫的强烈的爱憎和深广的忧愤，才使得杜甫能够孕育铸炼出这样惊心动魄的诗句来的。

　　刚才提到果戈理，不禁又使我想起多宾那两篇颇获好评的研究论文来。我指的就是 1956 年我国曾作过翻译介绍的《论情节的典型化》和《论情节的提炼》两篇文章①。我以为，从这两篇文章的论证过程中，我们可以进一步看清作家在生活实践中所形成的思想认识，特别是他的强烈的爱憎感情——审美感情，在艺术创作中所起的特殊作用。可以说，这种审美感情就是艺术创作的生命与动力。在作者心头要是还没有形成这种审美感情，他就不会有创作的冲动；在他的作品中要是没有灌注进这种审美感情，这作品就不会有什么生命。虽然这种说法并不符合多宾原文的意思。因为他所着重强调

---

　　① 　两文均由黄大峰译，作家出版社把它们合印在一起，总称《论情节的典型化与提炼》。

的完全是另外的东西。

多宾在他的这两篇文章中，通过一些具体而生动的例子，说明一些古典作家是怎样从现实生活中选取他的题材，又怎样加以提炼，使之更加典型化的。他谈得非常细致，而且娓娓动听，引人入胜，很有启发性。例如，他根据安年科夫的回忆录所提供的材料，提出果戈理的《外套》是根据当时流传的一件官场逸闻写成的①。不过果戈理改变了事件的原来的结尾，从而也改变了那个当事人的命运。在那个官场逸闻中，那个丢失了猎枪的小公务员的结局是顺利的——由同事们凑钱为他买了一支新的贵重的猎枪。在果戈理的小说中，结局却是悲惨的——阿卡基·阿卡基耶维奇不但丢掉了他的外套，而且也丢掉了他的生命。为什么果戈理要把情节作这样的改动呢？多宾认为，这是因为这个顺利的结局是"虚假的"，没有根据的，从"典型性"的观点看来是不恰当的②。整个地来说，我认为多宾这两篇文章是写得很好的，其中确有不少精辟的意见。但是这里所提到的这几句关键性的话，却大可争论。譬如，如我们上面所说，在那个官场逸闻中，那个小公务员的结局事实上确乎是顺利的——他虽丢失了一支猎枪，却由他的同事们凑钱为他另买了一支。这明明是实际情况，怎么说是"虚假的"，没有根据的呢？这样的指责倒显然是没有根据的，说不通的。其实，我也懂得，他的着重点主要在下面一句，意思无非是说，这种顺利的结局，虽然是事实，但它只是生活中偶然发生的极个别的现象，不能显示社会的本质真

---

① 安年科夫在他的《文坛回忆录》里所提到的这则故事，在魏列萨耶夫的《果戈理怎样写作的》和多宾的《论情节的典型化》中，都曾加以引用。前者有孟十还译义，文化生活出版社1953年版；后者有黄大峰译文，作家出版社1956年版，可以参看。

② 《论情节的典型化与提炼》，作家出版社1956年版，第7页。

实。因此，从"典型化"的观点来看是不恰当的。这种说法当然是有道理的。假使果戈理真把这个官场逸闻不加改动地照原来的样子写下来了，那就除了可以供人作为茶余饭后的谈话资料以外，还有什么意义呢？然而，我们现在讨论的问题是果戈理为什么要作这样的改动，重点应该放在作家主观世界的研究上。多宾的回答却完全脱离了艺术家果戈理的内心感受、内在要求，脱离了作家的创作冲动，而完全是从外面，从作品的客观意义上来立论，仿佛把艺术创作完全当作纯理智的事情来看待了。艺术创作自然决不是与理智无关的事，相反，它总是要受思想的指导，要受世界观的约束的。所以我也坚决反对把艺术创作完全当作只是属于感情领域的事。如果这样，就有陷入神秘主义泥坑的危险。但是，应该承认，一个作家总是从他的内在要求出发来进行创作的，他的创作冲动首先总是来自社会现实在他内心所激起的感情的波澜上。这种感情的波澜，不但激动着他，逼迫着他，使他不能不提起笔来；而且他的作品的倾向，就决定于这种感情的波澜是朝哪个方向奔涌的；他的作品的音调和力量，就决定于这种感情的波澜具有怎样的气势和多大的规模。这就是艺术创作的动力学原则。离开这个原则来谈艺术创作，只能是隔靴搔痒，触不着实处。

就拿果戈理的《外套》来说吧，那个官场逸闻最使果戈理激动的，显然并不是猎枪的忽得忽失，也不是那个有头有尾的故事本身，而是那个小公务员在丢失猎枪时所感受到的剧烈痛苦。据安年科夫说，当时一同听这个故事的，除了果戈理外，还有很多其他人。所有在场的人，都把这事当作一则有趣的奇闻，听完以后都哈哈大笑。只有果戈理一个人默默地倾听着，并且低下了头，陷入悲哀的沉思中。他在想些什么呢？究竟是什么东西打动了他呢？很清楚，正是这个小公务员生活中的这段插曲，正是这个小公务员丢失猎枪时所感受到的剧烈震动，在猛烈地冲击着艺术家果戈理的心灵，使他看到了许许多多卑微的小公务员的辛酸的遭遇和可怜的处境。也许，就在这一刹那间，像《外套》中的主人公那样的一个"被侮辱与损害的人"的面影，一个"谁也不可怜的人"的面影，就已经清晰地浮现在他的脑海里了。再联系到他平日对沙皇官僚集团的残暴统治的强烈憎恨，对劳动人民的悲惨生活的深切同情，他心海里所掀起的波澜就再也无法平静，他就不得不提起笔来把他这种真切的感受，把他心头所蓄积的爱和恨，通过艺术形象的创造尽情倾吐出来。《外套》的主题就是在这样一种感情的火焰的烧灼下孕育陶铸出来的。他的阿卡基·阿卡基耶维奇的面貌之所以会是现在这个样子而不是别的样子，原因也应该从这里去找。

当然，多宾的这样的说法也是完全正确的：假如阿卡基·阿卡基耶维奇的外套也失而复得，或者他所失掉的并不是外套而是如原来的轶事中那样的猎枪，那么，这个作品就失去了"典型性"，就不会有这样大的意义了。不过，我总觉得，从艺术家果戈理来说，他首先考虑的恐怕不会是作品的"典型性"的问题，而是怎样才能写出他的真切感受的问题，怎样才能恰当地表达他对现实的理解，充分地抒发那在他心头激荡着的强烈的思想感情的问题。他之所以要对故事情节做这样一些改动，正是为了要突出那个出现在他心目中的可怜的小人物的形象。我这种说法同多宾的那种说法，尽管殊途同归，要达到的是同一目的，都是为了说明《外套》这一作品写得这样成功，具有这样深刻的思想意义的原因。但是，这中间却也有着关系重大的区别：一是以人物形象的创造为核心；一是以"典型性"的要求为枢纽。一是从作家本身的感受，从他对现实的理解、认识，从他在生活实践中所形成的思想感情出发；一是从作品对现实反映的深广程度，从作品的思想意义的要求出发。从前一说来看，人物形象的胚胎是在作家的心灵中孕育出来的。从后一说来看，则人物形象仿佛是可以根据作品的典型性的需要而随心所欲地加以捏制的。显然，前者是符合文学艺术的特点和规律的，后者则有导致公式化概念化的危险。我并不是说作品的典型意义不重要。并不是说作家不必考虑作品的典型性的问题。作家为了使他的作品能够更深刻、更全面地反映现实，是应该不断地对他的题材，对他作品中的故事情节进行提炼的。而且这种提炼工作，做得愈深入、愈细致，愈好。但是，这种提炼决不能离开作品中人物形象的塑造来进行，决不能脱离他对作品中的人物的是非爱憎、审美感情来进行。作家提炼他的题材，提炼他的故事情节，其实也就是提炼他对生活的认识，提炼他对人物性格的理解。一句话，也就是提炼他自己的思想感情。所以，决不应该撇开作家的思想感情，特别是撇开他对作品主人公的审美感情，而单纯从典型性的要求去谈题材和故事情节的提炼。即使是从作品对现实的反映这一方面来说，我们在要求作家能够对现实作出深刻、全面的反映以前，也必须首先要求他能对现实作出深刻、全面的认识。只有有了这种认识，才能作出这种反映；没有这种认识，那就随便你怎么要求他，怎么不断地提醒他，也是枉然。应该公平地说一句，我所强调的那一面，多宾并不是没有看到，他也看到了，而且也指出来了。但显然并不受他的重视，他主要是从作品的典型性的要求这一观点来立论的。这当然也与他设定的题目有关，他的论文的任务本来就在于研究创作的典型化问题的。但他至少应该花一些笔墨把这两者的关系点清楚，像现在这样子，未免有点本末倒置，而且是容易驱使作家去走公式化概念化之路的。

假使多宾只是在谈果戈理的《外套》时偶然表现了这一倾向，我也许就不会想到要向他提出异议了。他在谈屠格涅夫的《木木》时，同样也表示了类似的意见。屠格涅夫的中篇小说《木木》，也是根据一件实际发生过的事件写成的。据屠格涅夫母亲的养女席托娃在一篇回忆文章中指出，作品中的加拉新就是按照屠格涅夫母亲的农奴、看门的哑巴安德烈的原样，不差分毫地刻画出来的。这个安德烈有一只十分心爱的小狗，屠格涅夫的母亲尽管一向对安德烈很好，但是有一次，在她脾气发作的时候，竟十分残酷地强迫安德烈亲手把自己的爱犬溺死。一切经过情形，就像屠格涅夫的《木木》中所写的一样。所不同的是，安德烈在把小狗溺死之后，并没有离开他的女东家，他"对于女主人的忠心依然如故。不管安德烈心里有多么痛苦，他对女主人还是忠心耿耿，替她效劳，直到她去世之日"①。而《木木》中的加拉新却头也不回地抛开了他的女主人连同她的慷慨的赠予物永远出走了。

屠格涅夫为什么要把情节的结局做这样的改动呢？据多宾的意见，是因为："他看得很清楚，如果认为艺术不是偶然事物的体现，而是合乎规律的事物的体现，那么，这个中篇小说采用同样一团和气的结局，就是不真实的。屠格涅夫描写加拉新离开女地主出走——沉默地但是有力地表示了自己的顽强不屈，这就是反映出农民对贵族的放肆行为是越来越愤慨了。"② 就是说，多宾认为：假如作品中的加拉新也像生活中的安德烈那样逆来顺受了，仍旧服服帖帖地为女地主效劳，那就不合乎事物的规律，就是不真实的。只有写加拉新离开女主人出走，才能反映出农民对贵族的愤慨，才是真实的，有典型性的。单从结论来说，多宾的意见是不错的。但他的这种说法，听起来总觉得不大顺当，而且也太空泛，并不切合实际。

---

① 席托娃：《回忆屠格涅夫及其家庭》，转引自《论情节的典型化与提炼》，第68页。
② 《论情节的典型化与提炼》，第68—89页。

说到事物的规律，人们不免要问，在沙皇俄国的农奴制专制政体的统治下，农奴对地主的日常的压迫和欺凌，究竟是采取逆来顺受的态度，还是采取直接的、激烈的反抗态度，更合乎事物的规律？农奴对地主的压迫和欺凌，当然是愤怒的、要反抗的。但是，在专制政体的残酷统治下，他们清楚地知道，个人的反抗通常会带来什么样的结果。因此，在一般情况下，采取像安德烈那样的逆来顺受的态度，不能认为它不合乎事物的规律。以合不合乎事物的规律来说明屠格涅失笔下的加拉新之应该走还是留，是不能令人信服的。但是，如果屠格涅夫真的也把作品中的加拉新写成像生活中的安德烈一样留下来了，而且同安德烈一样仍旧对女主人忠心耿耿，那么，不但这个作品将失去它的典型意义，而且也将的确使我们感到不真实。不过，这并不是事实上的不真实，而是感情上的不真实。因为，我们会觉得，加拉新既然这样爱他的小狗，既然对木木有那样深厚的感情，怎么还能同那个如此残酷地强迫他溺死木木的女主人平安地相处在一起呢？更不要说仍对她"忠心耿耿"了。假如屠格涅夫真这样写了，只会引起我们的不满，我们一定会鄙弃这样的作家的。但屠格涅夫并不是这样的作家。他在实际生活中深切地体察到了安德烈的巨大痛苦，对他母亲的残暴行为产生了强烈的不满。他面对这样的生活现象，决不能漠然置之。在他心头有一股汹涌的感情的激流，迫使他提起笔来，迫使他不得不写下安德烈的痛苦，不能不对他母亲的那种残暴行为进行揭露。而且他是带着自己的强烈的痛苦和愤懑之情来加以描写，加以揭露的。在加拉新这个形象身上所表现出来的，不只是属于安德烈的东西，屠格涅夫把他自己在生活实践中所形成的思想感情，也凝注、渗透到加拉新的形象里去了。而且，正因为有了屠格涅夫的东西，加拉新这个形象才活起来了，才使人感到真实、可信，比安德烈更真实、更可信；才具有这样强烈的激动人心的力量。所以，我觉得，屠格涅夫之所以要让《木木》中的加拉新出走，而不是像生活中的安德烈那样留下来，原因首先应该从现实生活在屠格涅夫的内心所激起的强烈的思想感情中去找，决不能脱离了安德烈的痛苦遭遇给予屠格涅夫心灵上的冲击，而单纯从典型性的客观要求方面去谈加拉新的塑造。

在多宾所引述的席托娃的回忆中，对于安德烈所感受的内心痛苦，以及屠格涅夫对安德烈的痛苦的深切的了解和同情，都是有所涉及的，多宾不可能不注意到这一点，在他的文章中也是指出来了的。但这些，在多宾所持的典型化理论看来，都只是次要的东西，因此就被他轻轻带过，并没有受到足够的重视。但在我看来，这些却正是创作过程中的最重要的东西，是决不应该轻忽的。

在艺术领域里，不管是创作，还是鉴赏，人们总是带着自己的情绪色彩来观察对象的，总是要将观察对象跟自己的生活、兴趣，跟自己的整个个性联系起来。那种冷冰冰的、漠不关心的态度是同艺术创作、同审美感受水火不相容的。如果脱离了人物性格的刻画而去追求对社会本质的更全面的揭示，脱离了作者的审美态度而去追求作品的更深刻的典型意义，那就必然会使作品流于概念化的说教，而不会有什么艺术的魅力了。

总之，艺术离不开感情。在艺术领域里所出现的，被作为艺术对象来加以描写的事物，在艺术家的心目中，都是有生命的，都是要激起人们的一定的爱憎感情的。譬如，单是一张桌子，一张普通的单有实用价值的桌子，在文学作品里虽然也可以作为房间的陈设而被提到，但它本身并不是艺术描写的对象，并不能进入艺术的领域。如果这张桌子是一个自己十分亲近的人所使用过的，而现在这个人已经溘然长逝了，如今睹物思人，不禁勾起了万千往事的回忆，激起他对这个亲人的难以排解的无限深情。这时这张桌子就超出了实用关系而进入了感情领域，就作为一种艺术对象而出现了。据说，许广平同志以后到绍兴去，当人们把鲁迅在三味书屋读书时所使用过、并亲自刻了个"早"字的那张桌子指给她看时，她抚摸着这张桌子，一时激动得几乎不能自持。这张桌子在许广平同志的眼里，就决不是一张普通的桌子，而是一张有生命有情意的桌子了，它就进入了艺术的领域了。所谓艺术地把握现实，所谓对现实抱着审美态度，对现实作出美学评价，其根本之点，就在于是把现实当作和自己一样的有生命有情意的东西来对待，就在于是用一种充满爱憎好恶的感情态度来加以对待的。就说形象思维吧，又何尝能离得开感情？前一个时期，我们的报纸杂志上出现了不少关于形象思维问题的研究论文，这些文章虽然提出了许多很好的意见，但我觉得它们有一个共同的缺点，就是太抽象了，太"理论化"了，尽在概念里兜圈子，联系艺术实践太少。在我看来，形象思维作为一种艺术的特殊思维方式，它的特点正像艺术的特点一样，就在于它是饱含着感情色彩的，就在于它是一点也不能离开感情的，我们简直可以给它另起一个名字，可以把它就叫作"有情思维"。其实，形象思维也就是我们通常所说的想象。想象的运转，要有动力。而感情，可以说就是想象的发条。没有感情的推动，想象是不会奔驰的。是感情给了想象以翅膀，是感情使得想象飞腾起来的。关于这个问题，当然还需要作进一步的论证，但这篇文章已经写得够长了，只能留待以后再说了。

在结束这篇文章以前，我还想说明一点，就是，强调感情对于艺术的重要性，决不是什么新鲜意见，相反，它真是陈旧得不能再陈旧了。从有文学艺术以来，古今中外不知道有多少人都曾说过类似的话，特别是托尔斯泰说得最有系统。我们决不能因为这些人都是属于封建阶级和资产阶级队伍里的人物，都是些唯心主义者，就把他们的意见一脚踢开。应该用实践来检验一下，如果其中确有合理的东西，为什么不能加以吸收呢？高尔基以及我们的鲁迅、郭沫若，不都是十分重视文学艺术领域里的感情问题的吗？不要把感情只跟地主阶级资产阶级联系在一起，更不要把感情同人性论混为一谈。强调感情也决不是否定思想、否定世界观的作用，前面早已说过，感情总是要受思想的约束，要受世界观的指导的。我们也并不是不加区别地、一视同仁地对待无论什么样的感情的。我们尊重、歌颂无产阶级的、人民大众的感情，高尚的共产主义感情；而反对封建阶级的、资产阶级的腐朽感情，反对一切没落倒退的反动感情。而且，感情决不是凭空产生的。正像毛泽东所说："世上决没有无缘无故的爱，也没有无缘无故的恨。"爱和恨都是从社会实践中来的。作家、艺术家要形成无产阶级的和人民大众的感情，必须使自己深深扎根于无产阶级和人民大众之中，和他们打成一片，同时努力学习马克思列宁主义，在世界观方面起一个根本的、彻底的变化。除此之外，没有什么仙丹灵药，更不是随心所欲地自己说变就能变的。所以，强调感情问题，其实也就是强调立场、世界观的问题，是决不会堕入唯心主义和神秘主义的泥坑的。不过，既然感情问题是文学艺术和形象思维的一个最根本的核心问题，而感情又是最难作假的，因此，对于作家、艺术家来说，立场世界观的转变，必须鲜明地从感情上体现出来。也只有真正从感情上体现出来了，立场、世界观的问题才算真正解决了，才能创造出真正为人民大众所欢迎的艺术作品来，才能成为一个名副其实的无产阶级的作家。

1979 年 3 月 6 日

关于文艺特征的断想

艺术与社会科学都是反映生活的。所不同的是，在艺术作品中生活是以它本身的形式——即是以它的综合性、整体性、流动性，以充满着生命的活力的形式出现的。在科学中所出现的生活，却只是从生活中抽取出来的某一特定的方面，某一孤立的部分。它是被局限的、经过特殊处理的生活。它仿佛是被肢解了似的，不再生气勃勃了。

艺术和社会科学都有教育作用，但它们完成教育作用的方法是不同的。科学是晓之以理，艺术是动之以情。科学家用分析、解释、证明等等方法，告诉人们应该怎样行动才是正确的、合理的。艺术家用再现丰富多彩的生活图景，创造鲜明生动的典型形象的方法，在人们内心激起强烈的是非爱憎之感，从潜移默化中来改善人们的品质，美化人们的灵魂。科学家是冷静的，物是物，我是我，在物象面前，决不丧失理智的清明。而艺术家则是多情的，他把物也看作是一个同自己一样的生命，因而对它就产生了一定的爱憎感情。他在观察它、研究它、分析它的时候，就不能摆脱这种爱憎感情的影响，就不能采取一种纯理智的态度。艺术作品的感染力，就是来源于作者的这种感情态度，就是由作者灌注进去的强烈的感情中产生出来的。

对于艺术来说，任何现象都是一种生命存在的形式，它的意义与价值是多方面的。当某一事物或生活现象出现在艺术作品里的时候，在一定的场合、一定的条件下，人们所注意的可能只是它的全部意义与价值的某一或某些方面，但它作为一种有独立生命的客观存在，并不因此就丧失了它的其他方面的意义。例如一片绿荫浓密的树林，可以是旅人避风息凉的地方，也可以是情侣散步幽会的去处。而在另外一个时候，另外一种场合，它又可以成为决斗仇杀的场所，或者作战时的埋伏掩蔽地带；当然，有时它也可以成为买卖或争夺的对象。又如房间里的一张桌子，它本是供主人写字、读书或工作之用的，但它也可以成为这个房间里所发生的事件的见证人，而当主人悄然远去，或者溘然长逝以后，它也会表示它深沉的怀念。总之，艺术作品里的事物、现象，都是有生命的。它们不但有知觉，而且也有感情——人的感情。

科学则不然。对于某一特定的科学来说，任何现象都只有某一方面的意义，它本身并没有独立的生命。科学家把一切的个别现象都当作他进行研究工作的材料，他只着眼于对他的研究有实际意义的那一面，其他一切就不在他的考虑之中，因而，对他来说，就是不存在的。例如，同是一片树林，生物学家、地理学家、经济学家都只看到了它与自己的研究有关的某一特定方面的意义。因此，树林在科学著作里丧失了它本身的独立意义，它的生命被肢解了，它不再是一个有生命的独立自主的整体，它除了科学家所着眼的特定方面以外，不再有任何其他方面的意义。

艺术与科学都要求真。科学的真愈少主观色彩愈好。艺术的真离开主观色彩就像走了气的陈酒，淡乎寡味了。逻辑思维与形象思维的区别，就应该从这里去求。逻辑思维与形象思维，前者从具体到抽象，从现象到本质，从感性到理性，最后丢弃一切具体感性的表面现象，形成抽象的理性概念，使事物的本质以最鲜明的形式展现出来。如果把本质比作事物的灵魂，那么，现象就是其躯壳，没有躯壳的灵魂，只能是幽灵，也就失去生气了。后者则是在接触到事物的表面的感性特征的同时，也接触到了包孕在感性特征内部的本质，现象与本质在那里是有机地结合在一起的，是个完整统一的生动整体。因此这个事物是有躯体有灵魂的，是活的，有生命力的。理论工作者、哲学社会科学家，仿佛是在实验室里研究生活，研究社会现象的。他要寻求的是生活和社会现象的最一般的规律。对他来说，愈能排除偶然现象的干扰，愈能显示稳定性和普遍性愈好。他是把生活和社会现象当作一种现成的、已经存在的东西来研究、来对待的。当他进行研究的时候，生活和社会现象已经定型，不再活动了、不再前进了。作家、艺术家则不然，他们笔下的生活和社会现象，是正在发展前进中的生活和社会现象，是在不断活动着的。他们所把握的也许只是一刹那间的情景，但这一刹那是前有所承、后有所启的一刹那，是流动中的一刹那，并非凝固着的一刹那。他们不是抽象地揭示生活和社会现象的本质，冷静地总结生活和社会现象之间的相互关系的规律，而是具体地通过人的活动来表现生活，反映社会现象的。而且他们还总是带着他们各自所特有的情绪色彩，热烈地全身心地参与到这种表现、反映中去的。生活和社会现象包围着人，不断影响着、刺激着人，有时阻碍他，有时帮助他，而人也不断地在生活和各种各样的社会现象的包围中挣扎着、斗争着，努力想按照他自己的愿望来影响生活，改造生活。而作家、艺术家对他们笔下所描写的这些人，也决不会抱着冷冰冰的、漠不关心的态度，他们热烈地同情着这些人的遭遇，真诚地关怀着这些人的命运，他们为这些人担惊受怕，跟这些人一同欢喜和忧伤。他们在这些人身上倾注了全部的感情，耗尽了所有的心血。这些被描写的人，虽然是从现实生活中来的，却仿佛是在他们的怀中孕育的，是由他们的精血凝成的他们自己的亲生儿女。因此，在这些人物身上，我们也清楚地看到了他们自己的面影，他们自己的个性色彩。而在理论工作者、哲学社会科学家的产品上，是看不到这样的印记的。

黑格尔把人类思维的发展分为艺术、宗教、哲学三个阶段。艺术阶段是与人类的幼年相联系的。从孩子眼里看来，一切都是有生命的：一根竹竿可以当作一匹马，在地上画一条线，就成为一条河。艺术家有时就像孩子那样天真、轻信。花花草草，山山水水，在他眼里都是有生命有灵性的（所谓有生命有灵性，在艺术家看来，也就是有感情——人的感情——的意思），同自己平等的。理论家则是以一种高傲的态度对待周围的一切，他仿佛居高临下地俯视万物，分析研究万物。万物同他不是处在平等的地位，而是被当作无生命无灵性的东西来被对待、被摆弄的。对于艺术家来说，他的感情愈真挚，愈强烈，愈能把周围的万事万物当作与自己一样的有生命的东西来看待，他的作品就愈能把握客观真实，愈能打动人。对于理论家来说，只有当他的态度愈客观、愈少掺杂个人的主观感情，他对周围事物的把握、理解，他所总结出的理论才愈深刻、愈可靠、愈能令人信服。

艺术家以尊重、信赖的态度来对待生活，生活对艺术家也常常报以善意的微笑。哲学家、理论家以傲慢的态度来对待生活，生活仿佛只是他手中任意摆弄的筹码。这样生活有时就跟他开个小小的玩笑，来给以报复，有时甚至对他进行严厉惩罚。历史上，这类事倒是不少的。

在《歌德谈话录》中记着，1824 年 2 月 24 日，歌德指着一块宝石雕刻问艾克曼：“喂，你喜欢它吗？我们近代人对这样一派自然朴素的作品也会感到它极美；对它是怎样造成的，我们也有些认识和概念，可是自己却造不出来；因为我们靠的主要是理智，总是缺乏这样迷人的魅力。"创作当然不是与理智无关的事，但歌德的这番话告诉我们，如果全凭理智，或以理智为主，那就决不会有迷人的魅力。因为理智的态度使我们"超然物外"，把我们同描写对象隔开了，我们只是冷静地观察着对象的一般的品性，研究着对象与其他事物间的抽象的关系。艺术家却必须把对象当作有生命的东西，要使自己能为它所吸引，能钻到它里面去，把它作为一个完整的、有生命的个体来对待，要能运用你那门艺术所特有的媒介、手段，把它的一切具体性生动地表现出来。而假如你不能带着它在你身上所激起的鲜明的情感来写，是决写不具体、写不真切的，当然也就不会有迷人的魅力了。

文学艺术是通过形象来反映现实的，形象是具体的生活画面，具有感性特征。这在绘画、雕塑、舞蹈等造型艺术来说，是很容易理解的，它们主要是以艺术形象本身的色彩、线条和形体的美来打动人的。对于文学这种借助于语言来描绘的艺术来说，它的形象的感性特征，主要就不是表现在形象的外貌和形体上，更重要的是要通过揭示人物的精神面貌、揭示人物的性格特征来表现的。要把人物的精神面貌和性格特征展示得这样具体、清晰，使人读后能产生一种仿佛这个人物就像矗立在你眼前一样，使你有如见其人、如闻其声那样的真切感觉。高尔基在谈到托尔斯泰时曾这样说："托尔斯泰描写出来的人物多么生动，多么真实，以致'想用手指去碰'他们一下。"① 这就决不是用静止的工笔画式的肖像描写方法所能做到的，一定要通过人物的多方面的活动，把他放在错综复杂的社会关

---

① 转引自《论托尔斯泰创作》，上海文艺出版社 1958 年版，第 64 页。

系中，从行动中来展现他的生动、丰富的内心面貌，他的独一无二的个性。即使是写人物的容貌的美吧，你与其去惟妙惟肖地刻画这美丽的容貌本身，还不如去表现这美丽的容貌在周围人物身上所引起的效果。汉乐府《陌上桑》写罗敷的美，虽也具体地描绘了她的服饰打扮，但给人印象最深、表现力最强的却是下面这几句："行者见罗敷，下担捋髭须。少年见罗敷，脱帽著帩头。耕者忘其犁，锄者忘其锄，来归相怨怒，但坐观罗敷。"荷马的史诗《伊利亚特》写海伦的美，只用特洛亚老将们的一声轻轻的赞叹："唉，无怪希腊人和我们特洛亚人要打了这么多年的仗呀！"就写尽了海伦的倾国倾城之美，其表现力是赛过千言万语的，是再细致逼真的肖像描写也无法与之相比的。

艺术形象的力量，首先当然是在于它是现实的正确反映，在于它的客观真实性；但同时也来源于作者对他所反映的客观生活的评价，来源于作者的是非爱憎感情。客观真实性的程度和作者主观感情的强度都是参差不一的，两者相结合，更会形成千差万别的变化，有的作品真实性的程度并不高，但由于作者感情的真挚强烈，也有相当大的感染力。甚至也有这样的作品，论它对客观生活的反映，从某些方面来说，部分地来说，是符合实际的，但就其主要方面来说，就整体来说，却是不符合实际的，是歪曲现实的。但由于作者赋予他的作品以强烈的感情色彩，也由于描写表现的技巧的高超，这作品就也可以有一定的艺术力量。这就是毛泽东所谓思想反动的作品也可以有某种艺术性的例子。

艺术家必须注意描写对象的感性特征，但并不是任何特征的忠实记录，都可以成为成功的艺术品的。感性特征之所以值得重视，是因为它是显示对象本质的有效途径。如果作者没有看出特征与本质之间的联系，没有懂得描写对象的社会意义（也即这一对象与整个社会现实的关系），不能对它形成一定的是非爱憎观念，不能作出评价，那是写不好的，写了也不会打动人，不会有什么艺术力量。如自然主义的细节描写就是如此。

高尔基在《论文学》一文中说："事实，还不是全部真实。事实，这只是原料，应该从这个原料中提炼、抽出真正的艺术真实……必须善于从事实中抽取意义。"但是，要能抽取它，先要认识它。天下决没有脱离艺术家的主观意识而独立存在的纯客观的艺术真实。艺术真实呀，美呀，总是主观与客观，心灵与自然相结合的产物，总是两者的对立统一，任何想在艺术活动中贬低主观作用的企图，都是直接违反艺术本性的。

艺术容许夸张和突出刻画。夸张什么，突出刻画什么，取决于作家对现实的理解、认识，取决于作家的立场、态度。夸张和突出刻画得是否令人信服，是否能打动人，以及其力量如何，则不但取决于描写表现的技巧，还取决于作家的是非爱憎感情。

写人要使人如见其人，如闻其声，要使读者感到同作品中的人物痛痒相关、休戚与共，为他们的悲哀而悲哀，欢喜而欢喜，这主要需由作者先在人物身上注入了这样的感情，然后才能在读者身上产生这样的效果。这就是感染作用。

歌德的下面三段话，可以联系起来理解：

> 一件真正的艺术作品，像一件真正的大自然的作品一样，能够在心目中不停地扩展，永无止境。我们观察，——我们被深深地感动，——它产生了它的效果；然而，它永远不能为人完全理解，它的本质、它的价值，更不能用文字来说明。①

---

① 《论拉奥孔》，《古典文艺理论译丛》（八），第 105 页。

当自然开始把它的公开的秘密给人显示出来的时候，人就对自然的最称职的解释者——艺术，感到情不自禁的思念。①

在艺术中，无论艺术家体会到什么，自然都回答"是的"和"阿门！"②

这三段话说明了：一、真正的艺术作品和真正的大自然的作品一样，都是有生命的，时时在发展变化着的，而且也像真正的大自然的作品一样，它是意蕴无穷、情味无限的。它的真谛发掘不尽，它的价值不可估量。随着时间的推移，条件的变化，它的内容在人们的心目中也时时更新，不断扩展，因而它正同生活之树一样是长青的。二、只有艺术才是自然的最称职的解释者，因为只有艺术才能把捉住自然的生命，才能把自然景色生气勃勃地呈现在我们面前，毫无保留地向我们展露它含蕴的无限的美。三、自然对于艺术家常常报以善意的微笑，不管艺术家从它那儿体会到什么，它都可以默许首肯。这不但因为自然是无比的博大与宽容，如同一个母亲，不管自己的孩子怎样对待她，她都会给以拥抱和抚爱。而且也因为自然与艺术，原是一对欢喜冤家。它们是你中有我，我中有你，心心相印，息息相通，经常难解难分地纠缠在一起的。艺术家从自然那里所得到的体会，原是艺术家自己灌注到自然身上去的；自然从艺术家那里赢得的赞美，原是自然本身从艺术家心底唤召起来的。譬如李白的诗句："相看两不厌，只有敬亭山。"从诗人看来，自然也

① 《歌德文学语录选》，《古典文艺理论译丛》（八），第118页。
② 转引自季摩菲耶夫：《文学原理》，平明出版社1953年版，第26页。

同自己一样，是有生命，有知觉，有情趣的。不但我在看敬亭山，敬亭山必定也在看我。而且，"我见青山多妩媚，料青山见我应如是"（辛弃疾）。敬亭山作为一座山来说，虽是相对稳定，始终如一的。但作为一片自然风景来说，它却是随着时间的推移，光影的变化，在阴阳风雨晦明各种不同的条件下，有其各不相同的姿容，甚至可以说是瞬息万变的，当然它也就是光景常新、久看不厌的了。我看敬亭山，敬亭山是如此千姿万态，变化无穷。山色的变化，必定也引起了我的情绪的变化。敬亭山看我，我的情绪的变化，必定也要在它身上产生反应，这就又进一步促成了它的景色的变化。这样我看它，它看我，彼此目注心赏，递相酬答，欣悦之情，可以了无穷期。一位瑞士哲学家曾经说过："一片自然风景就是一种心情。"当然，这句话在我们这里，恐怕应该被说作"一种心情是一片自然风景的反映"才算正确的。但我不想来讨论这个问题。不管怎样说吧，反正自然风景与我们的心情是互为影响、交相作用的，彼此都是变动不居、气象常新的。那么物我两方都只会唯恐看之不尽，看不胜看，哪会有互相厌倦的时候呢？艺术家要能用这样的眼光来看待自然，艺术与自然之间要能保持这样一种生动活泼、互相酬答的关系，那么，两者就能相得益彰，不但我们的自然景色将愈益显得美好，我们的文艺园地也将更加丰富多彩，而我们的人民生活也将日见其灿烂辉煌了。

1979 年 8 月

文学的魅力

文学的魅力这是我在一次会上的讲演，根据记录稿整理。

一、艺术使人入迷

文艺作品的确有一种吸引人的魅力。不是有这样一句俗话吗："演戏的是疯子，看戏的是傻子。"但奇怪的是不但总有一些人愿意当疯子，而且差不多所有的人都喜欢争着去当傻子，还常常要为买不到戏票当不成傻子而感到懊恼。有幸拿到戏票进入剧场以后，台上的幕布一揭开，就屏息凝神，一心贯注在舞台上，并且在不知不觉间自己也仿佛进入了戏中，亲自参加到剧中人的斗争中去了。据说有一次在美国的一个城市里演出《哈姆雷特》，演到哈姆雷特跟奥菲丽娅的哥哥比剑的那一场时，因为哈姆雷特的叔父，那个杀兄夺嫂的丹麦国王，一心想除掉哈姆雷特，事先曾叫人把他们的剑放在毒药里浸过。这时，观众席上的一位老太太，不由得紧张地站起来大声警告哈姆雷特说："当心，那剑是上过毒的！"有一次，安徽一个剧场演出京剧《秦香莲》，演到包公起先因为挡不住皇太后一再施加的压力，为求息事宁人计，只得包了二百两银子送给秦香莲，劝她放弃惩处陈世美的念头，还是带了孩子回乡好好度日时，也是一位老太太气愤地站起来大声喊道："香莲，俺们不要他的臭钱！"看戏竟能使人忘情到这种程度，戏剧的魅力该有多大！

小说的魅力又何尝小呢？而且小说还有一个方便处，只要一卷在手，便随时可以阅读享受。没有买票进剧场之烦，而又可领受与看戏同样之乐。因此，人们常把小说书称作"袖珍剧场"（Pocket Theater）。当我们读到一本好的小说时，那种如醉如痴、废寝忘食的劲儿，甚至连看戏都难与相比。作品中人物的遭遇命运深深地吸引着我们，使我们与他们同喜忧、共哀乐。他们悲伤，我们掉泪；他们欢笑，我们高兴。小时候看《三国演义》，看到诸葛亮之死，不知掉了多少眼泪，下面就简直没有心思再看下去了。

文艺当然没有旋乾转坤的力量，但是伟大的作品却的确如契诃夫所说，能够激发起人们的热情，叫人跟着它走的。不过，却也并不是所有被称为文艺的作品都能具有这样大的魅力。有的小说叫人看不下去，即使硬着头皮看下去了，看过也就忘记了，留不下什么印象。看戏看电影也是如此。有时进了剧场，看着看着忽然打起瞌睡来了；或者演员演他的戏，观众只管自己谈天，台上台下是两个世界，各不相干。

为什么会出现这样的现象呢？原因多半是在于这些作品的创作违反了文艺的特点、规律，作者不是从生活出发，不是用形象思维的方法，而是出于主观臆造，流于公式化概念化。那么，什么是文艺的特点、规律？所谓形象思维的方法又是怎么一回事呢？这就不是一下子说得清楚的，我尤其没有能力来从理论上作科学的说明。这里只能东拉西扯地谈一点个人在阅读过程中的粗浅的体会和想法。

二、魅力从何而来

我想从清人焦循的一段话说起。焦循在一篇文章中用三句话来解释作为“诗教”的“温柔敦厚”四个字，即：“不质直言之而比兴言之，不言理而言情，不务胜人而务感人。”其实，他这几句话也正说明了他对诗（文学）的特点的看法，而且我觉得是说得很有道理的。下面我们不妨略作一些说明。

先说“不质直言之而比兴言之”。诗的确常常是通过比兴的办法而不是用平铺直叙的办法来刻画人物、抒写思想感情的。比如白居易在《琵琶行》中，用“间关莺语花底滑，幽咽泉流冰下难”这样的比喻来描写琵琶声。王昌龄在《长信秋怨》中用“玉颜不及寒鸦色，犹带昭阳日影来”来为失宠的妃子抒发其怨望自伤之情。汉乐府《陌上桑》在形容罗敷的美时，虽然也直接描写了她的服饰和容貌，但最有力的却是这样几句：“行者见罗敷，下担捋髭须。少年见罗敷，脱帽著帩头。耕者忘其犁，锄者忘其锄，来归相怨怒，但坐观罗敷！”荷马在他的著名史诗中写到海伦的美时，给人印象最深的，也只是特洛亚老将们在战争结束后看到海伦在城楼上走过时发出的一句情不自禁的赞叹：“唉，无怪希腊人和我们特洛亚人要打了这么多年仗呀！”他们写罗敷或海伦的美，都不是从罗敷或海伦本身着笔，而是写她们在旁人身上所引起的影响、效果。这都证明了诗确乎常常是“不质直言之而比兴言之”的。

再说“不言理而言情”。譬如你到杭州西湖的岳坟去游览，就会看到坟前有秦桧夫妇和张俊、万俟卨四个奸佞的铁铸像跪在那里，还有一副对联写着：“青山有幸埋忠骨，白铁无辜铸佞臣。”对联的意思是要告诉人们：忠良是人人敬仰的，奸佞则是人人痛恨的。但它不用讲道理的办法，而是把人们的爱憎感情渗透进去，仿佛青山都因为能埋葬岳飞而感到光彩，白铁则因自己竟被用来浇铸秦桧等人的形象而不免抱屈含愤。通过这种抒发人们的爱憎感情的方法，就充分地说明了忠良当受尊敬，奸佞必遭唾骂的道理。虽不言理，理也就因情而显了。

第三句话"不务胜人而务感人"。譬如《红楼梦》写贾宝玉被他父亲打了，伤势很重，许多人都来探望他。后来薛宝钗来了，她是很爱慕贾宝玉，希望能和贾宝玉婚配的。她来了，不但说了很多劝慰的话，还给他带来了治伤的药，曹雪芹花了很多笔墨来写薛宝钗对贾宝玉的殷勤的情意。最后林黛玉来了，林黛玉跟贾宝玉的关系又不同于薛宝钗，在贾宝玉的心上，林黛玉的分量远远地超过了薛宝钗。曹雪芹又是怎么写的呢？他却写林黛玉只说了一句话："你从此可都改了吧？"而且来了就走，不肯久留。可这一句话，却以少许胜人多许，其分量、浓度都远过于薛宝钗的千言万语。当然，前面也写了她正在低泣，眼睛肿得像核桃那么大，显然哭得很厉害。曹雪芹就用这样的办法来写林黛玉，把她感情的浓度、强度表现出来，而不是写她讲的话胜过薛宝钗、送的礼多于薛宝钗。这就是"不务胜人而务感人"。

焦循这三句话，如果用科学的眼光来看，当然是未必精当的，我们不能把它绝对化。但这三句话却的确抓住了文学艺术的一个根本特点，那就是：文学艺术主要是从感情上去打动人的。这和托尔斯泰认为艺术的作用主要是感染的作用的说法是一致的，也同我们自己在观赏和阅读文艺作品时所得的感受完全相符。艺术作品是诉诸人的整个心灵的，不是单纯诉诸理智。在艺术作品中，作者的思想、感情是渗透在艺术形象中，与艺术形象凝为一体的，它们不是各自游离，不是可以互相分割的。那种脱离了形象、缺乏热情，一味抽象地讲道理的作品，不会有艺术的生命力，也算不得艺术作品。

三、作家、艺术家必须有强烈真挚的感情

要从感情上去打动别人，必须自己先有强烈真挚的感情，一个冷漠无情的人，对什么都不感兴趣、都漠不关心的人，不可能成为作家、艺术家。张定璜在他所写的《鲁迅先生》一文里，曾经说鲁迅有三个特色：第一个，冷静；第二个，还是冷静；第三个，还是冷静。他就强调鲁迅的冷静。鲁迅当然有他冷静的一面，但你说他就只有冷静，这即使是单从他的表现手法上来讲，也是皮相之论。其实鲁迅是最热情不过的。他的冷是冷峻，是热之至。正因为他热到了极点，到了白热化的程度，人们所看到的就只是从他那里外射出来的白色的光芒，而看不见在他内心炽燃着的红色的火焰了。他无论是写祥林嫂，写闰土，还是写魏连殳，写涓生、子君，甚至是写那个既可怜又可笑的阿Q，内心都无一不是充满着强烈的悲愤和难忍的痛苦的，哪里是什么一味的冷静呢？总之，作家、艺术家必须具有强烈真挚的感情，缺少了这一个条件，他就成不了作家、艺术家。

譬如音乐都有一定的曲调，无论弹钢琴、吹笛子，都是按谱演奏的。为什么一样的曲调，不同的人演奏会有不同的效果呢？有人弹起来很好听，有人却弹得毫无味道。这里当然有个技巧问题，但主要决不仅仅是个技巧问题。有的人弹琴弹了一辈子，练习也不算不勤奋，但他终于成不了钢琴家，只能是一个会弹钢琴的人，充其量只是一个琴弹得相当不错的人。原因在哪里呢？原因可能是多方面的。但其中很重要的一点恐怕是在于他不能很好地领会乐曲的思想感情，乐曲对于他，就像过去小孩练字的描红板，他只能依样画

葫芦地步步紧跟曲谱的规定。曲谱同他是对立的，是从外面加于他的东西，他完全是被动的。而艺术则必须是创造性的、自由的劳动。真正的钢琴家则不然。曲谱虽是别人作的，他却能很好地领会它的思想感情，掌握它的神理气韵，他演奏起来，曲调仿佛就是从他的内心流泻出来似的。而且，还不只是他的思想感情与作曲者的思想感情十分谐和、合拍而已，艺术贵在独创，总要有自己的特色，除了作曲者的东西以外，演奏者还要能在其中加进一点别的什么，加进他个人的音调、个人的感情色彩，使这作品在他手里能另有一种不同于他人的特别的风味，这才是艺术。

演戏也是如此。同一个剧本，这个剧团演，那个剧团演，味道就不同。甚至有的可以演得很好，有的可以演得很糟。譬如契诃夫的名剧《海鸥》，第一次在皇家剧院上演时，遭到了极其悲惨的失败。契诃夫的富有诗意的台词，只能引起观众的哄堂大笑，评论家甚至毫不客气地说："这出戏是坏到无可再坏的了。"契诃夫在受到这次的打击以后，痛苦万分，他写信给朋友说："即或我活到七百岁，我也永远不再写戏，永远不再叫这些戏上演了。"① 可是后来，这同一个剧本，由斯坦尼斯拉夫斯基和丹钦柯领导的剧团演出时，却取得了巨大的成功，成为莫斯科艺术剧院的胜利的标志。尽管皇家剧院的导演、演员也都是第一流的，但因为他们并没有真正理解这个剧本，自己的思想感情与这个剧本并不合拍，没有能找到恰当的节奏、色调，所以演出失败了。艺术这东西，差不得一点点。演员念台词，同一个字，早出来一秒钟、半秒钟同迟出来一秒钟、半秒钟，效果就不同；说得高一点、低一点，效果也不一样。俄国画家勃留洛夫曾经说过："艺术起于至微。"就是说，艺术常常是从最

---

① 丹钦柯：《文芦·戏剧·毕活》，文化生活出版社 1946 年版，第 84 页。

微细的地方显示出来的。艺术要求具体而精细,有时就不能差那么一点点。"失之毫厘,谬以千里。"这在艺术上表现得尤其明显。

艺术上也没有什么唯一正确的表现方法,因此也不可能有什么固定的"样板"。大师一写出来,我们就好像以为这是唯一正确的写法了。其实呢,真正的高手还是可以找到别的写法的。因为生活丰富得很、复杂得很,真是千变万化,无有穷极。作为生活的形象反映的艺术,应该也是异常丰富复杂、变化多端的,没有一样东西可以说是到了头了,不能再前进了。因此,作家、艺术家在艺术上精益求精、永无止境。

但是,如果作家、艺术家缺乏热情,如果对艺术没有深厚的爱,他就不会肯劳神焦思地去作精益求精的琢磨探索。王国维在《人间词话》里关于要成大学问大事业必须经过三种境界的说法是很有道理的。首先是什么东西(这可以是一桩事业、一门学问,或者是一个人)打动了你,吸引了你,使你有了一个目标。目标确定之后就要专精致诚,念兹在兹地向着这个目标去努力,去不断地追求探索,甚至为之而食不甘味、寝不安席,也毫无尤悔。这样,你在历尽艰险、备尝辛苦以后,就必能有所成就,必能品尝胜利的嘉果。这里面的一个关键问题,就在于你对你所追求的那个目标,有没有足够的热情,有没有真正的爱。如果没有,那你就很难始终坚持下去,就很可能半途而废,当然也就难以获得成功。

王国维所说的第三种境界:"众里寻他千百度。蓦然回首,那人却在,灯火阑珊处。"大有"踏破铁鞋无觅处,得来全不费工夫"的意味,仿佛灵感来了,就会出现所谓神来之笔一样。据说法国作曲家柏辽兹为贝朗瑞的一首诗谱曲,前面都已谱好,只剩最后两句总是找不到合适的音调,只得搁下了。直到两年以后,他去罗马游览,有一次失足落水,在被人们救上岸来的时候,他嘴里忽然哼出了两句，这两句就是他长期以来所要找寻的。过去百思不得，这时却自动跑来了。真是其来无迹，仿佛全出意外，纯属偶然。其实呢？他先前虽然是好像把它放下了，而在他的内心深处，在他的潜意识里，却仍始终记挂着它，仍在不断地探索、搜寻。这会儿突然涌出来，正是他长期潜思冥搜的结果。所谓灵感，大抵就是这么一回事。譬如在我们身上，就决不可能有柏辽兹这样的灵感光临。"文章本天成，妙手偶得之。"也只有"妙手"才能"偶得"，"妙手"决不是天生的，而是长期艰苦地磨炼出来的。所以重要的还是要有坚持不懈的刻苦的努力。

四、强烈真挚的感情从哪里来？

要能坚持不懈，得有热情、有兴趣。做事情当然不能专讲兴趣，兴趣主义是我们所反对的。但是兴趣还是需要的，没有兴趣，做起事来就不会有劲，更难持久。而且兴趣是可以培养的。马克思说一切与人有关的东西他都有兴趣。对我们来说，则只要是跟人民、跟社会主义事业有关的事物，我们都会感兴趣。有了兴趣，你就能够把你的全部精力扑上去，工作就一定能够做好。同样，感情也不是天生的，它来源于现实生活，来源于社会实践，也是可以培养的。伯牙的《水仙操》的创作就是一个例子。相传伯牙跟成连学琴，学了三年都学会了，就是不能动人，因为他缺少感情。成连说，我只能教你弹琴，却不能使你有感情。不过我有一个老师叫方子春，住在东海，他也许可以帮你的忙。于是他们就驾了一只小船去东海找他去了。船到了蓬莱山下，成连对伯牙说："你在这里等着，我上山去迎请我的老师。"谁知成连一去，竟好几天不见回来。伯牙一个人被丢在船上，周围只有海水汩没，波涛汹涌。遥望蓬莱山，但见树木葱茏，山林杳冥，野兽出没，群鸟悲号。伯牙心头有一种说不出的悲怆寂寥的感觉，他恍然大悟地叹息着说："我的老师引我到此，原来是为了要移动我的感情！"就在这种感情激动之中，他拿起琴来一弹，就弹出了名曲《水仙操》。这虽然只是一个传说，它却说明了艺术创作必须有真切的感受，以及作家、艺术家必须深入生活的道理。司马迁的下面一段话大家都是记得很熟的："盖文王拘而演周易，仲尼厄而作春秋，屈原放逐，乃赋离骚；左丘失明，厥有国语；孙子膑脚，兵法修列；不韦迁蜀，世传吕览；韩非囚秦，说难孤愤；诗三百篇，大抵圣贤发愤之所为作也。"这都说明了创作必须有生活，必须有激情的道理。清末民国初的王闿运谈到作诗，曾经说："无所感则不能诗，有所感而不能微妙则亦不能诗。"什么叫"微妙"呢？我想，这恐怕就是要有独创性的意思。艺术贵在独创，总要有点新鲜的味道，总要有个人特色，那种人云亦云的陈词滥调是没有人要看的。要有独创性，首先就必须是你确实有话要说，而不能是无病呻吟。而且不但是有话要说，还得有独特的话要说，这种话，只有你才说得出，别人是见不到、说不出的。这就要求你是个眼光敏锐的人，思想深刻的人，要能对生活现象、万事万物有真知灼见。真知灼见的获得，也不能没有感情的帮助，不然你的观察就深入不下去。感情真、观察细、所见深，也就有了诗。如鲁迅在《我们现在怎样做父亲》一文中的下面几句话："自己背着因袭的重担、肩住了黑暗的闸门，放他们到宽阔光明的地方去；此后幸福的度日，合理的做人。"这虽是用散文写的，却是真正的诗，这里面包含着多么深厚的感情呵。要是没有对祖国、对下一代的深切的爱，是决说不出这样美好、这样动人的深刻的话来的。

　　不过，对文学艺术来说，"说什么"固然非常重要，而"怎么说"却也几乎是同样重要的。文学艺术不但要求你能有独特的话要说，而且还要求你能够独特地说。即使是同样意思的话，在你嘴里说出来，也应有不同的味道。因为你有你独特的说话方式，只有你才能那样说，任何其他人是不会这样说的。这样，你所说的虽是意思大致相同的话，就也能给人以一定的新鲜感。譬如六朝时谢庄（希逸）的《月赋》里有这样两句："美人迈兮音尘阙，隔千里兮共明月。"创造了一个很好的意境：美人去了，她的音容笑貌、衣香尘迹，眼前就不再能见到，这是很叫人思念的。可是今夜月色很好，我在这里赏月，遥想我所思念的那个美人，一定也在她那里赏月。那么，我们虽然相隔千里之遥，却共赏着同一轮明月，通过这轮明月，我们也就两情相牵，两心相印，如同见面一般了。这的确写得很好，而且这样的经验、感受，是任何人都可能会有的。但你在抒写自己的感受时，一定得有自己独特的方式，决不能照搬别人的说法。唐朝张九龄的《望月怀远》的头四句："海上生明月，天涯共此时，情人怨遥夜，竟夕起相思。"意境与谢庄那两句相通，说不定就是从那两句化生出来的，但表达的方式却完全不同。苏东坡那首为中秋欢饮并怀念他弟弟苏辙而写的《水调歌头》的最后两句："但愿人长久，千里共婵娟"，意思恐怕也是从谢庄那里来的，但感情是自己的，语言也是自己的，这就是创造，这就是艺术。还有，陈子昂那首《登幽州台歌》："前不见古人，后不见来者，念天地之悠悠，独怆然而涕下！"是千古名篇，当你登高望远时，心头就难免会产生同样的感慨。但大家如果读过屈原的《远游》就会记得其中有这样的几句："惟天地之无穷兮，哀人生之长勤；往者余弗及兮，来者余弗闻。"这不是跟陈子昂那首诗完全是一样的意思吗？不过句子的次序颠倒了一下而已。陈子昂想来一定是读过《远游》的，但当他脱口而出地吟出这几句诗来时，他也许根本就没有想到《远游》中的那几句，因为像这样的感慨，原是谁都可能会有的。即便他曾想到

过，甚至确乎是在屈原诗句的启发影响下写出这几句来的，我们还
是要赞美他、欣赏他，因为这里有他自己的独特的感情、独特的色
调，是一种新的创造，是真正的诗。"说什么"是个内容问题，"怎
么说"则是形式问题，文学艺术必须讲究形式，假使对形式没有兴
趣，不愿意在形式上多花功夫，那就干脆不必搞文学艺术。尽管文
艺作品的价值，主要是由内容来决定的，但这种内容如果没有得到
充分的表现，没有被包容在完美的形式里，它的价值也就无由得到
人们的承认，就起不了什么作用。形式主义当然应该反对，但讲究
形式并不是形式主义，只有脱离了内容去玩弄形式的才叫形式主义。
我们讲究形式却正是为了对内容的重视，希望内容能得到完满的表
现，使它的价值能充分得到人们的承认，从而对社会发挥它最大的
作用。为了在艺术上精益求精，我们都应该学习杜甫那种"语不惊
人死不休"的精神。

五、作家要在实践中磨炼

要能出语惊人，这首先当然要求你的思想、见解，你作品的内
容确有不同凡响、确有出众的地方才成。但这里也有个艺术上的问
题。同样的内容，表达方式不同，所产生的效果也会不同。不是有
很多作品，内容尽管很不错，就是一点也引不起人们的兴趣吗？表
达方式决不仅仅是个技巧问题，这是与作家的生活基础，与他对世
态人情的熟悉、了解的程度直接有关的。有些作品写英雄人物，就
让这些人物塞满了一嘴巴的豪言壮语，随时随地喷吐不休。不知英
雄人物也并不是一天到晚、不管什么时候、什么场合都是讲豪言壮
语的。作品要使人相信，总要写得合情合理，总要有生活实感。只
有这样的人，在这样的时候，这样的场合，才会说这样的话，一切

要看具体的情景。做事、说话、写文章，要效果好必须掌握适当的
时机，俗话说：烧菜要看火候，说话要说在刀口上。记得陆机的
《豪士赋序》中有这样两句："落叶俟微风以殒，而风之力盖寡；孟
尝遭雍门而泣，而琴之感以末。"就是讲时机的重要，这对我们的写
作是很有启发意义的。秋天的黄叶，虽然要有微风的振荡才会掉下
来，但风所起的作用其实是很小的；要是在夏天，即使刮六七级的
大风，树叶也不见得会掉。同样，孟尝君虽然听了雍门周的弹琴而
掉泪，但琴声所起的作用其实也是很微薄的。后面这一句是引用了
桓谭的《新论》里的这样一则故事：善于鼓琴的雍门周去见孟尝君，
孟尝君问他，你弹琴能使我悲伤吗？雍门周说：我弹琴是想使你愉
悦，怎能使你悲伤？但我替你想想，确也很有可以悲伤的事。譬如
百年以后，你的坟上长满了荆棘，放牛的、砍柴的在上面跳跳蹦蹦
地唱起歌来，他们将唱道："唉，像孟尝君那样尊贵的人，竟也会这
样呵？"孟尝君听了，不禁悲从中来，眼泪已涌到了睫毛边，不过还
没有掉下来，这时，雍门周拨动弦子，轻轻地一弹，孟尝君睫毛边
的眼泪就不由得噗嗒一声落下来了。陆机这两句话使我们体会到，
写文章要注意气氛情调的渲染，要做好铺垫。铺垫工作做好了，到
时候只要轻轻一点，效果就出来了。

　　这，当然也可以说是个技巧问题。但这样的技巧是由对生活的
熟悉，对世态人情的了解而来的，所谓"世事洞明皆学问，人情练
达即文章"。对作家来说，确是一句最应记取的至理名言。我们都爱
读鲁迅的文章，因为鲁迅的文章写得实在好。不说别的，单就他行
文的从容一点上来说，就令人钦羡不已。他似乎只是随随便便地信
手写来，却总能吸引着我们兴味盎然地读下去。他无论谈什么问题，
总是挥洒自如，游刃有余，丝毫没有忙迫、吃力之感。而我们自己
写起文章来，就常常有一种生硬局促、捉襟见肘之感，显得非常吃

力。这原因就在于我们的生活底子太薄，知识太贫乏，对中国的历史和社会缺乏了解，而语言修养又太差。不从这些方面去努力，只是就技巧论技巧地单纯从技巧方面去考虑，要想提高自己的艺术技巧，往往是不能奏效的。

纯技巧性的问题，当然也是应该重视的。但这除了苦练以外没有别的办法，不经过长期的刻苦的磨炼，是不可能掌握高超的技巧的。法国一个画家（不记得是柯罗，还是米勒）有一次去野外写生，看到两头牛在相斗，就拿起笔来画了一幅速写，只寥寥几笔，两头牛的神态就跃然纸上了。旁边那个放牛孩子看了，非常佩服。晚上，他回到家里，就也伏案铺纸，认认真真地来画牛了。不想画来画去总是不像。后来他又遇到了那位画家，就向他请教说："先生，那天我看你画牛，只花了几分钟，就画得十分生动，逼真，可我为什么足足画了一个晚上，还是一点也画不像呢？"那位画家听了，就拍着孩子的肩膀对他说："孩子，我虽然只画了几分钟，可我二十年的功夫全用在这几分钟上面了。你没有我那二十年，自然也就不会有那几分钟了！"还有关于俄国画家费特托夫的一则故事。据说有一次几个画家到费特托夫的画室参观，在一幅名叫《小寡妇》的画像前，这几位画家不由得都立定了，他们异口同声地称赞这幅画用笔的简洁。费特托夫听了，微笑着说：你只要画上一百次，自然也会简洁的呀！意思就是告诉人们：他的成功是从不断琢磨、反复修改中得来的。艺术一定要舍得花功夫，一定要求得内容与形式的完美统一，那种只注意内容不讲究形式，以为形式是无关紧要的想法，是非常错误的。

六、形象思维是有情思维

艺术创作当然应该用形象思维的方法，但什么叫形象思维呢？我实在讲不清楚。不过我以为，形象思维作为艺术方法，它的一个根本特点正像艺术的根本特点一样，应该是在于它是饱含着感情色彩、一刻也离不开感情的。形象思维，既是形象又是思维，形象怎么能够思维呢？关键就在于形象的联系与组合上，看这一形象与哪些现象联系、组合在一起，又是如何联系与组合的？在这联系与组合的过程中，以及从这联系与组合所构成的完整的画面上，我们就可以感知到一种事理、意境和情态，一种经过艺术家心灵折射的、意识形态化了的现实关系。因此也就是说，它是一种思维。这种联系和组合都是通过想象和联想的作用来实现的。所以形象思维其实就是想象。想象的运转要靠感情的推动。好比钟表的走动要靠发条、鸟类的飞翔要靠翅膀，感情就是想象的发条，感情就是想象的翅膀。无论是艺术，无论是形象思维，都是离不开感情的。所谓艺术地把握现实，所谓对现实的审美态度、美学评价，其根本的一点就在于是带着爱憎好恶的态度来对待现实，就在于要对现实作出感情上的评价。

艺术形象我觉得应该有三个特点：一是具体性；二是独特性；第三个更重要，它应是有生命的。

什么叫具体性呢？马克思在《政治经济学批判》"导言"中说："具体之所以为具体，因为它是许多规定的总结，因而是复杂物的统一（Einheit des Mannigfa tigen）。"① 艺术形象主要是人物形象，写人

---

① 马克思：《政治经济学批判》，人民出版社 1955 年版，第 163 页。

必须写出他的性格，而人的性格是复杂的，在不同的场合，不同的条件下会有不同的表现。但表现尽管多种多样，其间又必然有着内在的统一。因为人，也是个马克思所说的"复杂物的统一"。你要具体地描写一个人，必须多方面地来表现他，写出他所面临的种种复杂的现实关系，以及他在这些复杂关系中的复杂表现，而且还要从他的种种复杂表现中显示出它们的内在的统一性来。譬如《子夜》写吴荪甫，不但写他在厂里的情况，也写他在家里的情况；不但写他跟几个实力比他小的资本家的关系，也写他跟赵伯韬这样的买办资本家的关系；不但写他办事顺利时候的态度，也写他在遭受挫折时候的态度。而不管他是处在什么样的关系中，面临着什么样的情况，他的表现，又是如何的各个不同，吴荪甫总还是吴荪甫，他总有着性格上的统一。这就使我们感到这个人物写得很具体、仿佛可以触摸得到一样。凡是不能多方面地来描写一个人，不能把人作为一个整体写出他的完整的性格来的，都不能认为是具体的。

至于独特性，那就是说，成功的艺术形象都是独一无二的，不可重复的。只有他这个人才会是这样的，其他任何人都不会像他这样来思想、说话、行事，都不会同他一模一样。譬如《水浒传》写了那么多英雄好汉，论他们的阶级出身和社会地位，有许多人都是差不多的，但他们的性格却是各式各样，决不雷同。即使同样是粗犷鲁莽的人吧，鲁智深与李逵也决不相同。鲁智深的粗多半出于豪气，李逵的粗却只是一种蛮气。譬如拳打镇关西那场戏，鲁达为了要打郑屠，就先去找郑屠的岔子，挑动郑屠发火，然后再动手打他。这事要落在李逵手里，想打他就去打呗，哪用得着这么啰嗦？施耐庵抓住了人物性格的独特性，他笔下的人物，各有各的特点，写一个是一个，决不含糊，这才是高手。又如《红楼梦》里那些丫头、小姐们，虽然同住在一个大观园里，她们性格的差别是多么明显，林黛玉是一个样子，薛宝钗又是一个样子，晴雯、袭人乃至探春、王熙凤都各是各的样子，作者不用先说出她们的姓名，只要她们开出口来，我们就知道这是林黛玉，这是薛宝钗，这是王熙凤……决不会认错，因为曹雪芹真正写出了人物的独特的个性。我认为，成功的艺术形象就必须能写出人物的独特的个性来。

但具体性、独特性还不是一个艺术形象的最重要之点，艺术形象的最重要之点在于他是有生命的，活的，他能够使我们要用像对待一个同我们一样的人那种态度来对待他。我们读《红楼梦》，能够对大观园里的一些女子的命运漠不关心吗？林黛玉、晴雯的不幸夭折，不知道激起过人们的多少眼泪。一直到今天，尽管已经到了社会主义时代，人们依旧在为她们的悲惨遭遇而伤心落泪，而且我们相信，以后的人面对她们的悲剧命运，也会同我们一样地为她们而感到伤心的。因为她们虽然是虚构出来的人物，但在作者的笔下，她们却取得了生命，就像一个真的活人一样，我们就不能不像对待一个活人那样来对待她们。真正的文艺作品之所以能够紧紧抓住我们的心灵，使我们忽悲忽喜，如醉如痴，就因为我们真切地感觉到作品中的人物都是有血有肉有生命的人，他们跟我们是那样亲近，我们不能不对他们的遭遇、命运感到关切，不能不为他们而焦虑、激动。而一些公式化、概念化的作品，由于写不出成功的艺术形象，只能让一些没有生命的傀儡式的人物在里面跳来跳去，自然也就不能吸引我们，打动我们了。

七、艺术形象的生命从何而来？

那么，艺术形象的生命是从哪里来的呢？正像我们现实生活中的人都是有父母生养的一样，艺术形象同样也有他的双亲，他是客观现实界（自然和社会）同主观心灵界（艺术家的思想感情）之间所发生的交感作用的结晶。首先是现实的社会生活吸引了作家，作家被生活中的一些人物的命运、遭遇深深地激动了，他对这些人物无限关切，产生了要用自己的笔墨来描写、表现这些人物的强烈冲动，他设想着这些人物在不同的情况下可能有的种种不同的遭遇、不同的命运变化，他在对这些人物的描写表现中，在展现这些人物同他们所处的社会的具体关系中，渗透着自己的爱和恨，自己的欢喜和悲哀，自己对社会和人生的看法。这就是说，作家、艺术家笔下的人物形象，首先都是从社会生活中来的，但他又是经过了作者心灵的陶铸、感情的孕育。缺乏生活基础，违反生活的客观真实，以及不经过作家、艺术家的意匠经营、感情冶炼，是创造不出成功的艺术形象来的，即使写了，也决不会有生命。

所以，艺术形象是主客观的统一。单是生活现象的罗列，或是人物、景色的纯客观的描绘，都构不成艺术形象。艺术形象必须是灌注着作者的感情，渗透着作者的爱憎态度，包含着作者的美学评价的。譬如马致远的《天净沙》："枯藤老树昏鸦，小桥流水人家，古道西风瘦马。夕阳西下，断肠人在天涯。"一上来写了一系列的景物，要是没有最后一句，就真不知道他把这些众多的现象堆砌在一起有什么意思。但有了最后一句，前面的种种景物，也就——活起来了。原来，所有这一切，都是一个他乡游子、旅途征人的眼中所见。这个人长途跋涉路过此地，举目所见，尽是些凄凉的景色：藤是枯的，树是老的，鸦是昏黑的。当然这里也有幽静、恬适的所在，有小桥，有清浅的流水，也有安乐的人家，一家人可能正在共叙天伦之乐。可自己呢，却正骑着瘦马，在西风的吹拂下，独自奔波在这苍凉的古道上，今夜还不知将在何处投宿。何况现在又是夕阳西下的时候了，叫这个天涯游子怎能不为之肠断呢？这样，前面出现的各种各样的景物，本来仿佛只是随便堆积在一起的，现在就构成了一个统一的画面，一种完整的意境，就是可以理解的了。因为这里出现了人，而且这个人是有着强烈、真切的感情的，而他的感情又是与他眼前的景色，与他所处的现实情境，十分和谐一致的——景色和情境激起了他的感情，他的感情又给这景色和他所处的情境，涂抹上一种特别的色调，渲染起一种特别的气氛。所谓"物以动情，情以寄物"，客观现实界与主观心灵界密切结合，凝为一体，就构成了一个生动的艺术意境，一个具体而独特的充满生命力的艺术形象。

苏东坡有一首《琴诗》说："若言琴上有琴声，放在匣中何不鸣？若言声在指头上，何不于君指上听？"就是说明艺术必须有客观与主观两方面因素的结合，任何强调一面而忽略另一面的理论都是难免失之偏颇的。

不过，说到艺术创作，我觉得我们是不是应该在作家、艺术家的主观一方面更多留意一些？因为尽管作家、艺术家如果没有生活，没有客观现实的触发，他就不能进入创作；而且生活底子的厚薄，客观现实触发程度的深浅，也直接影响着他的创作的质量；但是创作毕竟是作家、艺术家的心灵的事业，所说的生活底子，是他（作家、艺术家）的生活底子，客观现实的触发程度，也是对他的触发程度。对作家、艺术家来说，生活、客观现实都不仅是外在的纯客观之物，而是必须经过他的心灵观照的，与他的心灵凝化在一起的东西。我们常说，文艺作品是现实生活的形象反映。其实，文艺作品中所出现的现实生活，与客观上存在着的现实生活并不是一回事，它并不是现实生活的机械反映，而是经过作家、艺术家的心灵的折射的，是作家、艺术家本人所认识所理解的现实生活，而且其中还渗透着作家、艺术家的爱憎感情，包含着作家艺术家的理想和愿望在内的。所以列宁的《哲学笔记》中记录着这样的话："艺术并不要求把它的作品当作现实。"假如艺术作品中的现实同客观生活中的现实完全一样,那么,我们既然已经有了现实生活,还要艺术干什么呢?艺术作品中的现实,不但是经过了作家艺术家的选择的,而且是被加进了一些作家艺术家的个人的东西进去的。艺术之所以使我们感到可贵,不正是因为有了这些作家艺术家的个人的东西吗?当然,这些作家、艺术家的个人的东西,决不能是游离在作品所反映的生活现实之外,而是必须与这生活现实结合在一起的;它不但是从这生活现实中滋生出来,而且是与这生活现实凝为一体的。但它毕竟是属于作家、艺术家个人的东西,它振响着只属于这一个作家或艺术家的特有的音调,涂抹着只属于这一个作家或艺术家的特有的色彩,它是这一个作家或艺术家的心血——思想感情的结晶。

艺术作品之所以具有打动我们的力量,不正是因为在艺术形象中渗透着作者的强烈而真挚的思想感情吗?作者在创作过程中,把他从生活中得来的思想感情,凝铸到艺术形象中去,我们在接触到他所创造的艺术形象时,便也接触到了他的思想感情,感受到了他所经历到的激动,他所尝味的欢喜和悲哀。当我们读着杜甫的"剑外忽传收蓟北,初闻涕泪满衣裳。却看妻子愁何在?漫卷诗书喜欲狂。白日放歌须纵酒,青春作伴好还乡。即从巴峡穿巫峡,便下襄阳向洛阳。"(《闻官军收河南河北》)这样的诗句时,能够不为他那种激动、喜悦和轻快的心情所深深地感染吗?而李白的《蜀道难》,一上来就嗟叹着:"噫吁嚱,危乎高哉,蜀道之难难于上青天!"出言吐语是这样艰难、沉重,又使我们仿佛有一种自己正在一步步地攀登着四川险峻的高山的感觉。托尔斯泰所说的艺术的感染作用,就是以作家、艺术家的思想感情来感染读者、观众的意思。当你接触到的是一部真正的艺术作品时,你是不可能不受到它的感染的,它几乎有一种强制的力量,使你的心脏要不由自主地应和着作者的情绪节奏而一起跳动。《吕氏春秋》里记载着这样一件事，说管仲早年曾为鲁国所得，鲁君把他用槛车载了送还齐国。送回齐国，管仲倒并不怕，他怕鲁君忽然改变主意要把他留在鲁国，所以只想能赶快跑出鲁国的国境，早一点回到齐国。可是那位车夫却一点也不着急，一面拉车，一面还唱起歌来，这歌的曲调又是十分舒缓，因此走得很慢。管仲心里很焦急，可又不敢催他。就对他说："你又要拉车，又要唱歌，太辛苦了。你看，我给你唱歌，你给我拉车，好不好呢？"车夫当然说："那很好。"于是管仲就唱起来了，他唱的是一支节奏急速的曲调，车夫一面听着，一面两只脚就自然而然地应和着曲调的节奏而加快起速度来了。这当然是一个极端的例子。艺术对人的影响，一般不见得会像这样地直接而明显，但道理是一样的，影响的力量甚至还可以远比这个更巨大更经久，因为真正的艺术作品，里面灌注着更多的属于作者自己的东西——作者的思想感情，作者的心血。

尼采说，一切书籍中他最爱读的是用血写的那一类，伟大的艺术作品就都是作家艺术家的呕心沥血之作。艺术大师把他们心灵中的最美好的东西都倾注到了他的作品中，他在写作的时候是整个身心都扑在他的作品上的。托尔斯泰曾经说过："只有当你每一次浸下了笔，像把一块肉留在墨水瓶里的时候，那时你才应该写作。"①艺术家在创作过程中所经历的感愤愁苦，他的劳神焦思、惨淡经营，局外人是不大能体会的。汤显祖在写《牡丹亭》时，有一次家里人找他吃饭，找来找去找不到，后来才发现他一个人正坐在一间堆柴的屋子里哭泣。因为他写到《忆女》那一出中，春香悼念杜丽娘的唱词"赏春香还是你旧罗裙"一句时，也情不自禁地十分伤心起来

①　古德济：《托尔斯泰评传》，时代出版社1950年版，第160—161页。

了。霍桑在给他朋友的信中曾谈到,他在《红字》的写作过程中,心海里多次经历过剧烈的震荡,他深深同情着女主人公赫斯脱(Htester)的不幸遭遇,总想能使她逃出这清教徒统治的地方,但是他不能够,经常为此而感到非常痛苦。[①] 唐代诗人李贺整天像着了魔似的沉湎在寻诗觅句之中,他母亲曾十分心痛地责怪说:"这孩子一定要呕出心来才完!"曹雪芹的《红楼梦》,我们相信,那确是他"十年辛苦不寻常",用自己的血泪凝铸成的。好像是某一个英国人吧,他曾说过这样的话:有才能的作家写他所能够写的,而天才作家则写他所不得不写的。意思就是说,一切伟大的作品都是作家、艺术家内心经历过强烈的震动,感情受到了巨大的驱迫以后的产物。托尔斯泰在他的《艺术论》中,把艺术家的感情的真挚程度看作是决定艺术感染力的大小的一个最重要的条件,在我看来是很有道理的。艺术的魅力,我觉得主要就是从作家、艺术家灌注到艺术形象中去的他的强烈真挚的感情中来的。这里只说感情而不提思想,似乎有轻视思想性之嫌。其实,在艺术作品中,思想与感情是不能分离的。在那里,思想是感情的升华,感情则是思想的结晶,两者是一而二、二而一的东西,我们是无法把它们分开的。如果可以分开,那就不是具体的思想感情,而只是抽象空洞的思想感情,就不会有什么力量。

我们强调作家、艺术家的思想感情的重要性,而思想感情当然不会是凭空产生的,它只能是从社会实践中来。对作家、艺术家来说,他的思想感情更必须是经过自己的认真观察、深入体验,在长期切实的生活实践中形成的。只有这样的思想感情,才能有打动人

---

① Clayton Hamilton, A Manual of the Art of Fiction (New York: Doubleday, Page & Company, 1920), p. 15.

的力量。还有，不消说，作家主要当然并不是写自己的思想感情，而是写的社会生活。他的思想感情也只能寄寓在艺术形象中，通过对他所描写的社会生活的是非爱憎之感而表现出来。所以不能把强调思想感情的重要性同重视社会实践的观点，同艺术必须真实地反映客观生活的理论对立起来，它们不但是紧密地联系在一起的，而且是互相统一、完全一致的。我们也决不是只要求作家、艺术家有强烈真挚的感情就行，而不去管他们所有的究竟是什么样的感情。我们当然希望他们能有美好的感情、高尚的感情，并能用这种美好、高尚的感情去感染人们，去引导人们前进，促使人们幸福。而在今天来说，一个作家、艺术家，只有真正热爱祖国、热爱人民、热爱社会主义，愿意把自己的一切毫无保留地贡献给祖国、给人民、给社会主义时，才能在他的生活实践中切实树立起这种美好、高尚的感情，才能使他的作品具有强大的艺术魅力，为祖国，为人民，为社会主义事业作出巨大的贡献！愿我们的作家、艺术家都能向着这一目标去努力！

1978 年 6 月

曹禺戏剧语言艺术的成就

我每次读曹禺同志的剧本，总有一种既亲切而又新鲜的感觉，他那色彩明丽而又精炼生动的语言，常常很巧妙地把我带进一个艺术的世界，给予我无限的喜悦。我常常想：在人类所有的创造物中，语言恐怕要算是最神奇的一种了。它捉不住，摸不着，什么也不是，然而却能幻化为一切。正像俄罗斯民族的一句谚语所说，语言"不是蜜，却可以粘住一切东西"。特别是到了语言艺术家的手里，语言的作用，更是奇妙到不可思议。它简直可以被用来建造起整个的世界来，而且可以建造得比我们的现实世界更加光怪陆离，更加惊心动魄。在《我怎样学习写作》中，高尔基说，当他第一次读到福洛培尔（福楼拜）的《素朴的心》① 时，完全被这本小说所惊愕住了。他当时很不容易了解：为什么这些朴素的而且是他所听惯了的话，被一位作家放到一个厨娘的"毫无趣味"的小说里面去，就会这样地激动了他的心？他以为"这里面一定隐藏着一种玄秘的魔术"，于是他就"好多次机械地、并且像野蛮人一样地，把书页放在太阳光

① 有李健吾译文，名《一颗简单的心》，见《福楼拜短篇小说集》，商务印书馆1936年版。

里面照着看一看，想从字里行间找到这个魔术的谜"。① 类似的惊奇感，我们每一个人恐怕也都程度不同地经验过，当我读着曹禺同志的作品时，就不能不为他的语言的魔力所魅惑住。

然而，语言尽管可以有这样大的魔力，要能充分驾驭它，得心应手地运用它，却实在不是件容易的事。我们就常常苦于找不到恰当的语句来表达我们的思想感情。不但我们是如此，就是一些语言艺术家也常常为此而苦恼。有一位诗人就曾发出过这样的悲叹："在世界上没有一种痛苦是比语言的痛苦更强烈的了。"② 狄德罗也抱怨着："没有语言的帮助，你几乎什么都记不住，而要准确地表达出我们感觉到的东西，语言几乎永远不够使。"③ 我国唐代诗人刘禹锡也慨叹着："常限言语浅，不如人意深。"在古今中外的许多大作家的创作经验谈中，诸如此类的说法，多到举不胜举。正因为语言是这样难于驾驭，杰出的语言艺术家才格外值得我们崇敬。

在语言艺术的各个门类里，各自存在着特殊的语言结构法则；为了追求语言的完美，诗人、小说家、剧作家，都各有他们具体的困难需要克服。但一般说来，剧作家面前的困难似乎要更多一些。这是因为："剧本要求每个剧中人物用自己的语言和行动来表现自己的特征，而不用作者提示。"就是说，"剧中人物之被创造出来，仅仅是依靠他们的台词，即纯粹的口语，而不是叙述的语言。"所以高尔基明白地指出："剧本（悲剧和喜剧）是最难运用的一种文学形式。"④ 这从上面这个简单的事实里也可以得到证明：在任何一个民

---

① 《我怎样学习写作》，三联书店1951年版，第44页。
② 同上，第54页。
③ 见《论画断想》，《光明日报》1962年8月4日。
④ 以上引号均为高尔基语，见《文学论文选》，第243、244页。

族里，优秀的剧作家总要比优秀的诗人、优秀的小说家来得少些，①
而一些兼具诗人或小说家身份的剧作家，也往往是先成为诗人或小
说家，而后才成为剧作家的。②

剧本是为演出、为被搬上舞台而写，它要求把已经发生过的事，
当成正在发生的事，通过演员——也就是剧中人——的活动，具体
地在舞台上、在观众的眼前展现出来。剧中人既是各种各样的，他
们的语言就也应该是各种各样的。剧作家应该根据剧中人的性别、
年龄的不同，出身、教养的不同，以及他们具体的生活经历、思想
性格的不同，而赋予他们的语言以各种不同的特色。决不能让各种
不同的人都刻板地说着同一种干巴巴的毫无个性色彩的语言。同时，
这些人既然凑到一块来了，就不能各说各的话，像井水不犯河水地
互不干扰；他们不是为了和平共处，而是为了斗争才由剧作者把他
们招集拢来的。那就应该让他们发生冲突——性格的冲突，让他们
进行搏斗——意志的搏斗（这种性格与意志的冲突与搏斗，必须而
且也必然要表现为社会的、阶级的冲突与搏斗）。在他们的对话中，
应该或者直接而明显地或者间接而隐秘地体现出这种冲突、搏斗的
情况，应该充满着动作性。也只有当剧中人的对话中是充满着冲突
和搏斗，充满着动作性的时候，才能够吸引住观众的兴趣和注意，
观众才肯在剧场中坐上两三个钟点而不想中途退出。再有，观众坐
在剧场中看戏，不同于在自己家里看小说。小说有几行一时看不懂，
可以重新看过；遇到不认识的字眼、不熟悉的名词术语，还可以向
工具书请教。在剧场里就没有这样的自由，一句台词一经说出以后，

---

① 总起来看，往往如此。如果单就某一时期来说，那就可能有例外：如公元前
5世纪的希腊，情形就相反。

② 大仲马又是一个例外。

就再也追不回来；而且前一句刚了，后一句接着就到，既不能要求演员重说一遍，也不容你有从容思索的余闲。因此在台词中，就切忌出现抽象的议论、冗长的语句和冷僻的字眼，它应该干净利落，决不能拖泥带水。总括起来说，剧本中的语言必须是既富有个性色彩，而又充满着动作性，能把冲突一步步地推向前进的，而且还需要力求精练生动，使演员容易说，观众容易懂。

当然，在小说中也有对话，而且我们对小说中的对话也同样要求它们既能表现人物的个性，又能推动事件的发展。至于精练生动，那更是文学语言的一般要求，不但对话需要如此，就是叙述的语言，也应该是如此的。然而，在小说中，作者主要是通过自己的叙述和描绘来刻画人物、反映现实的，对话只居于次要的、从属的地位，离开了作者的叙述和描绘，人物的对话便会失去它的生动丰富的内容，我们便不容易察觉包含在对话中的人物的隐秘的动机。剧本却除了极少量的舞台指示以外，全部是由人物的对话组成的，一切都必须通过人物的对话表现出来，作者没有插嘴的余地。所以，一个小说家而不善于写对话，他仍旧有可能成为一个好的小说家；如果一个从事于剧本创作的人而只能写出一些拙劣的对话，那就什么都完了，他根本不能成为一个剧作家。

剧作家如果不是写诗剧，他当然可以不受诗的格律的束缚。但他的台词却仍必须具有诗意——一种真正的、内在的诗意，而不是虚假的、表面的诗意。这种诗意是由于最集中地展现了生活中的矛盾冲突，最深刻地揭示了处在斗争中的人们的意志、情绪和愿望而来的，决不是仅仅依靠一些华丽的辞藻、铿锵的音调所能达到的。它需要一种真正的诗的才能。正是在这样的意义上，别林斯基才把戏剧类的诗称为"最高一类的诗"，称为"艺术的冠冕"的。① 所

---

① 见《别林斯基论文学》，第 168 页。

以，一个真正的剧作家，他应该同时也是一个真正的诗人；而一个不是诗人的剧作家，正如约翰·霍华德·劳逊所说，就只能算是半个剧作家①。

总之，在戏剧作品中，对语言的要求特别严，剧作家所面临的困难也特别多，不能战胜这些困难，满足这些要求，剧作家是难望有所成就的。

真正的才能是任何限制都束缚不住，任何困难也阻遏不了的。在真正的才能面前，一切限制、困难，都成了促使它进一步成长发展的有利因素，都只是为它提供了充分展示自己身手的大好机会。戏剧的苛刻的限制，戏剧的特殊的困难，对于曹禺来说，就是如此。在他的创作过程中，曹禺不但巧妙地战胜了这些限制，顽强地克服了这些困难，并且使它们反过来成了自己的驯服的工具，从而加强了他的作品的艺术效果。我们上面所说的对于戏剧语言的要求，在曹禺的作品中，全都很好地实现了，全都得到了满足。他所写下的台词，都是既有鲜明的动作性，又有浓厚的抒情性，而且是充分个性化了的；同时又十分精炼含蓄，意蕴深厚，充满诗的意味。真正做到了戏剧的因素与诗的因素的统一，使他的剧作得以跻于最上乘的戏剧文学之列。

下面，我们试来具体地看一看曹禺的戏剧语言艺术的成就和特色。

戏剧的才能的一个最基本的特征，就在于善于发现现实生活中的戏剧性，善于把生活现象戏剧化。体现在语言上，就是要使对话具有动作性——要从对话中来表现矛盾冲突，推动事件发展，并揭示出人物的性格。曹禺的戏剧语言的最突出的优点，就在于对话的

---

① 见《戏剧与电影的剧作理论与技巧》，第 373 页。

鲜明的动作性。他所写下的对话，总能够紧紧地抓住我们的注意力，使我们的心脏伴随着剧情发展的节奏而一起跳动。因为他的对话，都是人物与事件、性格与冲突的统一，都是既能表现人物的性格，又能推动事件的发展，而且是通过人物性格的冲突来推动事件的发展，在事件的发展中来揭示人物的性格的。读着曹禺的剧本，我们的心头总离不开紧张与激动，总很难有平静的时候。原因就在于他的对话都是从行动着的人物的嘴里说出来的，都是贯串着强烈的动作性的。这些人物之所以说出这些话来，都是基于行动的需要，斗争的需要。他们是为了应付他们所面临的迫切的情势——或者为了进攻，或者为了防御，才说出这些话来的。所以在这些对话中，就充分反映出了这些人物在他们所面临的矛盾冲突中进行斗争的紧张情况，就富有吸引人们的注意、扣动人们的心弦的魅力。

例如，《北京人》中，曾家一家子为愫方的婚事而向愫方"征询意见"的那一场，每一个人的说话就都鲜明地反映着他们各自在当前的斗争中所处的地位，揭示着他们各自的意向、各自的内心活动，同时相互之间又构成了尖锐的冲突。

愫方是曾老太爷曾皓的姨侄女，父母早已亡故，一直寄居在姨父家里，成了风烛残年的姨父的不可缺少的拐杖。姨父到东到西，都要靠她扶持；饮食起居，都要靠她照料。她已有三十来岁了，还没有出嫁。由于她和表兄曾文清之间存在着对诗文的共同爱好，以及他们精神上的互相爱慕互相怜惜，自然就很遭表嫂思懿的嫉恨。现在就由思懿和曾家姑老爷江泰（他倒真是为愫方的终身着想的）提议，要把她说给曾家的房客、人类学者袁仁敢为妻。那天是八月节，一家人都聚集在曾家的小客厅里，刚给曾老太爷拜过节，就由大奶奶思懿提出了这个问题：

曾思懿 （提出正事）媳妇听说袁先生不几天就要走了，不知道愫妹妹的婚事爹觉得——

曾　皓 （摇头，轻蔑地）这个人，我看——（江泰早猜中曾皓的心思，异常不满地由鼻孔"哼"了一声。）

曾　皓 （回头望江泰一眼，气愤地立刻对那正要走开的愫方）好，愫方，你先别走。趁你在这儿，我们大家谈谈。

愫　方 我要给姨父煎药去。

江　泰 （善意地嘲讽）咳，我的愫小姐，这药您还没有煎够？（迭连快说）坐下，坐下，坐下，坐下。

（愫方又勉强坐下。）

曾　皓 愫方，你觉得怎么样？

（愫方低头不语。）

这四个人才一张口，他们各自的心理、神态，就都清晰地呈现出来了。思懿是单刀直入，提出愫方的婚事问题来请老太爷做主。她似乎只是把这问题客观地提了出来，自己并没有表示意见。然而，她有意当着众人的面，并且当愫方本人也在场的时候提出这个问题来，就是要使曾皓不便拒绝。曾皓为了好让愫方永远侍候他，自然不愿愫方出嫁，所以思懿的话还没有说完，他就连摇头，表示这个对象不合适。他还没有来得及说出他认为不合适的理由，却就招来了深知他的用心的江泰的嗤笑之声。私心重的人往往是特别敏感的，他不禁又羞又恼，为了表明他并不是不愿让愫方出嫁，就气愤地喊住了愫方，要她当着大家一起谈这个问题。"好，愫方，你先别走。趁你在这儿，我们大家谈谈。"这话虽是对愫方说的，却是说给江泰听的。愫方一听到要谈自己的婚事，自然很不好意思，就急着要走开了。当曾皓叫住她时，她只得推说要去煎药，江泰却非要她留下不可。"咳，我的愫小姐，这药您还没有煎够？"言外之意是：您难道就准备一辈子替人家这样煎药煎下去吗？这对愫方当然是种语重心长的善意的嘲讽，然而对曾皓却不能不又是当胸的一拳。就这样，每一个人都只说了这么一两句话，然而这一两句话听来却是这么充实、有味，因为这里面包含着说话者的紧张的内心活动过程，比起某些剧本中的脱离性格、脱离冲突的长篇大论来，不知要有力多少倍。

接下去的对话，就更加精彩了：

> 曾　皓　愫方，你自己觉得怎么样？不要想到我，你应该替你自己想，我这个当姨父的，恐怕也照拂不了你几天了，不过照我看，袁先生这个人哪——
>
> 曾思懿　（连忙）是呀，愫妹妹，你要多想想，不要屡次辜负姨父的好意。以后真是耽误了自己——
>
> 曾　皓　（也抢着说）思懿，你让她自己想想。这是她一辈子的事情，答应不答应都在她自己，（假笑）我们最好只做个参谋。愫方，你自己说。你以为如何？

曾皓先问愫方"你觉得怎么样？"愫方低头不语。这时又问："你自己觉得怎么样？"他很清楚愫方的为人，即使她心上真是愿意，也不会当众表示出来的。他希望愫方开出口来，他便可以乘机堵住江泰乃至思懿的嘴。下面的："不要想到我，你应该替你自己想，我这个当姨父的，恐怕也照拂不了你几天了"，表面上都是为愫方着想，仿佛他是一片至诚，简直到了无私、忘我的地步似的。其实，他的真正的意思是要从另外一面去看的。他说"不要想到我"，实际上是在提醒愫方：你应当想到我。"我这个当姨父的，恐怕也照拂不了你几天了",其实是说:"我已经活不了几天了,不需要你再照顾我多少日子了,你何必这样急于丢下我去呢!"而且他知道愫方平日最少自私自利之心,总是替人家想的时候多,替自己想的时候少,她甚至有些羞于替自己着想。所以他的"不要想到我,你应该替你自己想"的话,到了愫方的耳朵里,就能起相反的效果。假如愫方真有一点为自己打算的心思,听了他这话,也会被打消掉的,也会使她产生"我应该替姨父想想,不能只替自己想"这样的想法的。曾皓这样说了还不算,他还要明白地向愫方表示:至于他自己,乃是不赞成这头亲事的,因为他觉得袁先生这个人……

思懿却竭力地想促成这件事,以便去掉愫方这眼中钉。她生怕曾皓对袁仁敢的意见会影响愫方的决定,特别是怕曾皓不赞成的话明白说出来以后,就很难转圜。所以连忙打断了曾皓下面的话,却接着他上面的话说下去,要愫方不要辜负姨父的好意,以致耽误了自己。她这番话,譬如治水,对曾皓采取的是鲧的办法——堵,对愫方采取的是禹的办法——导。她明明知道曾皓是一片私心而假作好意,她就顺水推舟地装作真以为曾皓是好意,使他以后不便说出与此相抵触的话来。至于对愫方,那她这句话真是含意丰富,很够愫方去仔细寻味的。"你要多想想,不要屡次辜负姨父的好意。以后真是耽误了自己——"意思是:你不要再错过这一次的机会了,不要为了别人(姨父、文清)而耽误了自己,以后(譬如说,姨父死后)追悔就来不及了。愫方对于下面这一点应该是清楚的:姨父一死,她的这位表嫂是绝容不了她的。所以,思懿这句听来是一片好心,而且说得也非常婉转的话,其实里面不但有劝导,还包含着威胁,是很够愫方消受的。曾皓当然听得出思懿这句话的意向及其分量。唯恐愫方为她的话所动,所以也连忙打断思懿的话头,说是应该让愫方自己想想,答应不答应都在她自己,我们(他和思懿)顶多只能做个参谋。他也怕思懿明白说出劝愫方答应的话来以后，自己再要阻拦就不大方便了。这时却惹恼了旁边的莽姑爷江泰：

> **江　泰**　（忍不住）这有什么问题？袁先生并不是个可怕的怪物！他是研究人类学的学者，第一人好，第二有学问，第三有进款，这，这自然是——
>
> **曾　皓**　（带着那种"稍安勿躁"的神色）不，不，你让她自己考虑。（转对愫方，焦急地）愫方，你要知道，我就有你这么一个姨侄女，我一直把你当我的亲女儿一样看，不肯嫁的女儿，我不是也一样养么？——

江泰说话可不像思懿那样转弯抹角，隐约其词，他是直来直往，心里怎么想，嘴上就怎么说。一个思懿，已经够曾皓麻烦的了，半路上又杀出了这个程咬金，就不免更使他着慌了。所以，表面上他虽仍力持镇定，说是让愫方自己考虑，但他的声音听起来却近于是在向愫方哀求了。"我就有你这么一个姨侄女，我一直把你当我的亲女儿一样看，"言外之意是：你能忍心撇下我这个乏人扶持的老姨父去嫁人吗？而"不肯嫁的女儿，我不是也一样养么？"则是在暗示愫方，你何不表示你不肯嫁呀！

可是心狠嘴尖的思懿却真是一位移柱换弦的能手，紧接着曾皓这句话，她就：

> **曾思懿**　（抢说）就是啊，我的愫妹妹，嫁不了的女儿也不是——

曾皓嘴里的"不肯嫁的女儿"，到了她嘴里就成了"嫁不了的女儿"了。只消轻轻这么一拨,她就弹出了完全不同的音调。当时愫方听了,真不知何以为情。直到此刻在旁未发一语的文清,听了思懿这样阴毒的话,实在忍不下去了,只好拔脚就向书斋走去。可是我们这位大奶奶,也不能容忍文清这种公然叛逆的举动,于是"斜睨着文清",一迭连声地说:"咦,走什么?走什么?"当曾皓问她"文清怎么?"时,她就:

> **曾思懿** (冷笑)大概他也是想给爹煎药呢!(回头对愫方又万分亲热地)愫妹妹,你放心,大家提这件事也是为你着想。你就在曾家住一辈子谁也不能说半句闲话。(阴毒地)嫁不出去的女儿不也是一样得养么?何况愫妹妹你父母不在,家里原底就没有一个亲人——

"大概他也是想给爹煎药呢!"这是种机带双敲、一石两鸟的说法。意思是:"文清害的是跟愫方同样的病。"这分明是暗讽愫方:你说什么要为姨父煎药,要侍候姨父,谁不知道你其实不过是因为恋着文清,所以硬赖在曾家罢了。转过来,她嘴上又万分亲热地喊着"愫妹妹",可是话却极端狠毒地讥刺她嫁不出去,讥刺她只有一辈子赖在曾家。这种口蜜腹剑、笑里藏刀的本领,简直可与《红楼梦》中的王熙凤相媲美。

试看这一场戏写的完全是家人间的谈叙,而所谈的又是婚嫁的喜事,可是这里面却是危机四伏,紧张万分。而通过这一个短短的场面,诸如曾皓的自私、思懿的狠毒、愫方的忠厚软弱、江泰的心直口快,以及曾皓与思懿之间的钩心斗角、文清与愫方之问的同病相怜,无不跃然纸上,历历如在目前。作者运用语言的能力,实在不能不令人叹服。特别值得称道的是,这些语言尽管是那么意味深长，既含蓄而又锋利，既委婉而又尖刻，然而，它们却仿佛都是由人物脱口而出的，一点看不出作者的斧凿痕迹。而作者之所以能做到这一点，就是由于他深刻理解人物所处的实际情势，能够紧紧扣住人物所面临的矛盾冲突。

又如，在《日出》中的潘月亭和李石清之间的几次对话中，我们就仿佛听到了他们的唇枪舌剑的叮当之声，那种针锋相对、睚眦必报的情况，真是紧张到了极点。

李石清原来是大丰银行的一个小职员，靠着他的狡黠和逢迎的本领，被提升为该行经理潘月亭的秘书。接着又因为偷看到了潘月亭的机密文件，知道了银行的房地产已全部抵押出去了的秘密，他就以此为要挟，取得了银行襄理的位置。对于这，潘月亭自然是非常恼火的，但由于利害关系，只得暂时隐忍下来了。李石清做了襄理以后，尽心竭力地、连儿子害了重病都不顾地替潘月亭奔走买公债，打听消息。当他打听到了公债的行市真要大涨特涨，眼看着他们所买下的公债，可以有三十万元的赚头时，便兴冲冲地跑来找潘月亭，预备把这个好消息告诉他。潘月亭其实早已知道这个消息，并且正以为自己的脚跟已经站稳，已在盘算着如何对李石清进行报复了。于是在这两个人之间，就发生了如下的对话：

潘月亭　请坐吧。有什么事么？

李石清　（坐下，很得意地）自然有。

潘月亭　你说是什么？

李石清　月亭——（仿佛不大顺口）经理知道了市面上怎么回事么？

潘月亭　（故意地）不大清楚，你说说看。

李石清　（低声密语）我这是从一个极秘密的地方打听出

来的。现在您可以放心，我们这一次的公债算买对了，金八这次真是向里收，谣言说他故意造空气，好向外甩，完全是神经过敏，假的。这一次我们算拿准了，我刚才一算，我们现在一共是四百五十万，这一"倒腾"说不定有三十万的赚头。

潘月亭　（唯唯诺诺地）是……是……是。（但是没有等李石清说完，忽然插嘴）哦，我听福升说你太太——

李石清　（不屑于听这些琐碎的事）那我知道，我知道。——我跟你说，我们说不定有三十万的赚头。这还是说行市就照这样涨。要是一两天这个看涨的消息越看越真，空户们再忍痛补进，跟着一抢，凑个热闹，我跟你说，不出十天，再多赚个十万二十万，随随便便地就是一说。

潘月亭　是的，是的，是你的太太催你回去么？

李石清　不要管她，先不管她。我提议，月亭，这次行里这点公债现在我们是绝对不卖了。我告诉你，这个行市还要大涨特涨，不会涨到这一点就完事。并且（非常兴奋地）我现在劝你，月亭，我们最好明天看情形再补进，明天的行市还可以买，还是吃不了亏。

李石清这时真有点得意忘形，开口"月亭"，闭门"我们"，他以为自己做了襄理，就已经和潘月亭处在平等地位，和潘月亭真是如潘月亭所说的"一个船上的人"了。他并且已经想好了一整套整顿银行的计划，在他的脑海里正浮现出一片光辉灿烂的前景。然而潘月亭的态度却正和他成了一个尖锐的对照。他是那么兴冲冲，潘月亭却是这样懒洋洋；他像是怀中藏着一块价值连城的宝玉正预备要奉献给潘月亭，潘月亭却对那块宝玉连看都不想看一看。这实在不能不使李石清感到煞风景，感到扫兴了。而潘月亭的目的，却正是要煞李石清的风景，扫李石清的兴致，让李石清的头脑能够冷静下来，以便更好地来尝味他将要发出的一击，更清醒地感受到这一击所给予他的痛楚。所以他一再用李石清的孩子病了，太太催他回去的消息来打断李石清的叙述。等李石清的兴致在一瓢瓢冷水的浇泼下渐渐冷却时，于是潘月亭就亮出了他的用语言所铸炼成的利剑，直向李石清的心头刺去。

当李石清还在兴高采烈地劝潘月亭继续买进，并且建议要整顿一下行里的信用时，想不到潘月亭却又是：

石清！你还是先回家看看吧，你知道你的儿子病得很重么？

这一下，李石清不能不开始觉察出空气有点不对，不能不逐渐冷静下来了。于是：

> **李石清**　你何必老提这个？
>
> **潘月亭**　我看你太高兴了。
>
> **李石清**　不错，这次事我帮您做得相当漂亮。我的确高兴！
>
> **潘月亭**　（冷冷一笑）对不起，我忘了你这两天做了襄理了。
>
> **李石清**　经理，您这句话是什么意思？
>
> **潘月亭**　（不答理他）李襄理，现在我手里这点公债是一笔钱了？
>
> **李石清**　自然。
>
> **潘月亭**　这一点赚头已经足够还金八的款子了吧。
>
> **李石清**　我计算着还有富余。
>
> **潘月亭**　好极了。有这点富余再加上我潘四这点活动劲儿，你想我还怕不怕人跟我捣乱？
>
> **李石清**　我不大明白经理的话。

潘月亭　也许有人说不定要宣传我银行的准备金不够——

李石清　哦？

潘月亭　或者说我把银行房产都抵押出去。

李石清　（谄笑）经理，何必提这个？这不——

潘月亭　我不愿意提。不过说不定有人偏要提。

李石清　经理，这话说得太远了。

潘月亭　（冷冷地看着他）就在前六七天，李襄理，你还跟我当面说过。

李石清　经理，您这是何苦呢？圣人说过："小不忍则乱大谋。"

潘月亭　（棱他一眼）我想我这两天很忍了一阵。不过，我要跟你说一句实在话：我很讨厌一个自作聪明的人在我的面前多插嘴，我也不大愿意叫旁人看我好欺负，以为我甘心叫人要挟。最可恶是行里的同人背后骂我是个老糊涂，瞎了眼，叫一个不学无术的三等货来做我的襄理。

李石清平生最怕被人瞧不起，最爱装腔作势，而现在潘月亭却口口声声说他是个"自作聪明的人"，是个"不学无术的三等货"，这些话就像在毒药里浸过的匕首一样，直捣李石清的心窝，使李石清痛彻骨髓。然而潘月亭却还不肯就此罢休。在继续狠狠地挖苦了李石清几句以后，他忽然又：

潘月亭　你的少爷病得快要死了，李太太催你快回家。

李石清　（怒目向潘月亭）我就要回去。

潘月亭　那好极了。你的汽车在门口等着你。（刻薄地）坐汽车回家是很快的，回家之后，你无妨在家里多多练习自己的聪明，你这样精明强干的人不会没有事的。有机会你还可以常常开开人家的抽屉，譬如说看看人家的房产是不是已经抵押出去了，调查调查人家的存款究竟有多少。……不过我可以顺便声明一下，省得你替我再多操心，我那抽屉里的文件现在都存到保险库去了。

　　李石清　　（目瞪口呆）嗯。

　　潘月亭　　（由身上取出一个封套）李先生，这是你的薪水清单。我跟你算一算。襄理的薪水一月一共是二百七十五元。你做了三天，会计告诉我你已经预支了二百五十元，不过我想我们还是客气点好，我支给你一个月的全薪。现在剩下的二十五块钱，请你收下，不过你今天坐的汽车账，行里是不能再替你付的。

　　李石清　　可是，潘经理——（忽然他不再多说了，狠狠地盯了潘月亭一眼，伸出手）好，你拿来吧。（接下钱。）

　　潘月亭　　（点起雪茄）好，我先走了，你以后没事可以常到这儿来玩玩，以后你爱称呼我什么就称呼我什么，你叫我月亭也可以；称兄道弟，跟我"你呀我呀"地说话也可以；现在我们是平等了！再见。

　　你看，潘月亭连一两声称呼上的事也不肯轻易放过，真可说是睚眦之怨必报的了。这两个人的对话，我一抄抄了这么多，实在是因为它太精彩了，舍不得割爱；同时，也由于作者是写得这样地严密紧凑，叫我简直无法删节。不说别的，就单说他们各自对对方所用的称呼吧，李石清是一会儿"月亭"，一会儿"经理"；一会儿称"你"，一会儿称"您"。潘月亭则是从"石清"到"李襄理"，再到"李先生"，不但更改不得，甚至不能互相挪移。什么时候说什么话，什么情形下用什么口吻，对方怎么来我怎么去，都不是由作者随便乱凑，而是根据人物当时所处的实际情势，从他们相互斗争的需要中做出来的。他们所说的话，都有明显的目的、意向，都是从他们的内心发出，而又必然要引起对方的一系列的反应来的。这就是充满着动作性的语言。曹禺剧作中的对话，差不多都是这样富于动作性的。他的剧本之所以能那样吸引人，而且经得起推敲、咀嚼，首先就是因为他的台词有着鲜明的动作性。

我们上面说："戏剧的才能的一个最基本的特征，就在于善于发现现实生活中的戏剧性，善于把生活现象戏剧化。体现在语言上，就是要使对话具有动作性，……"既然说是最基本的特征，那就意味着，这种才能应该是所有能够被称为戏剧家的人，都多少具备的；否则就还不足以显示出一般的戏剧家与杰出的戏剧家之间的区别来，尤其不能显示出这一位戏剧家与其他的戏剧家之间的区别来。那么，一般的戏剧家与杰出的戏剧家之间的差别，究竟在哪里呢？是不是可以这样说：杰出的戏剧家不但要善于把生活现象戏剧化，善于写出富有动作性的台词，而且要进一步能够使他的台词充满诗的意味，能够把他的作品提高到诗的境界（这只是就作品的艺术质量方面说的，我们衡量一个作家的才能的高下，首先，当然还是要依据他的作品的思想质量。像"杰出的戏剧家"这样的称号，不消说，我们是只能给予那些与人民群众有深刻的联系，能体现人民群众的愿望和理想的戏剧家的）。这样的戏剧家，古往今来，为数就不能说是很多了。而在这为数不多的剧作家的行列里，我以为曹禺应该是可以占一席之地的。曹禺的剧作，数量虽不多，却都有很高的思想艺术水平。他在新中国成立前的几个剧作，不但狠狠地鞭挞了封建地主、官僚买办、流氓地痞的罪恶，宣告了他们的末日就要到来，而且现实主义地揭示了资产阶级、小资产阶级民主思想的空洞无力、不合时宜，并热切地表现出一种朦胧的社会主义理想（顺便说说，我觉得国内评论界对曹禺新中国成立前的剧作的思想意义，颇有为一些表面现象所惑而估计不足的地方；这不但对于《雷雨》《北京人》为然，就是对于《日出》这样的作品，同样也可以这么说）。新中国成立后的剧作，则更是有意识地为无产阶级的政治服务，响彻着嘹亮的社会主义、共产主义的呼声的。尤其难得的是，他的剧作都洋溢着浓厚的诗意，都像诗篇一样完整和谐。他的台词的动作性，也不同于那些仅仅依附于事件的进展上的表面的动作性，而是建立在性格与冲突的统一的基础上，有深刻的内在依据的（我们上面举的例子就充分证明了这一点）。这就使他与一般的剧作家区别开来而与杰出的剧作家比肩而立了。

在过去的杰出的剧作家之中，最吸引我、最惹我喜爱的有两个人，一个是莎士比亚，另一个则是契诃夫。虽然，说来也奇怪，这两个人的风格是这样不同，他们的作品无论在内容上还是形式上，几乎都有着难以渡越的距离。然而同样奇怪的是，曹禺的作品在风格上，却与这两位有着显著差别的大师，都有许多很相接近的地方。要为曹禺的作品找寻精神上的近亲，人们是很有理由提出莎士比亚和契诃夫两个来的。也许这也可以部分地说明我之所以也很喜欢曹禺的缘故吧。当然，某些方面的接近，总归掩盖不住总的方面的差异。曹禺的作品的风格，还是与他们的很不相同的，他自有他区别于这两个人的他个人的特色。而曹禺的作品的魅力，也主要不在于他接近于莎士比亚或契诃夫的地方，而正是在于与他们不同的地方，正是在于曹禺之所以为曹禺。

正像莎士比亚和契诃夫的剧作都是最好的戏剧，又是最高的诗一样，曹禺的剧作同样也可以说是最高的、戏剧类的诗。然而在总的风格上，这三个人又是各不相同的。莎士比亚是鲜艳而奔放的，契诃夫是朴素而深沉的，曹禺则是清丽而含蓄的（他的清丽的一面，使他与莎士比亚接近；而使他接近于契诃夫的，则是他的含蓄的一面）。莎士比亚长于谱声，他的剧作很像乐曲，如管弦齐奏，八音协作，而嘹亮悦耳，自然和谐。契诃夫善于设色，他的剧作有如水墨丹青，但见烟云缭绕，气象蓊郁，而山幽林深，慨寄无穷。曹禺则以人物刻画为其擅长，他的剧作仿佛精塑浮雕，无不轮廓分明，神情宛然，宜嗔宜笑，呼之欲出。莎士比亚的戏剧，最吸引我们的是它的明朗的音调和鲜丽的色彩；契诃夫的则是其幽远的情调和深邃的意境；而曹禺则以其紧张的戏剧场面、活生生的处于斗争中的现实人物，而紧紧地攫住了我们的心灵。

即以台词的动作性来说，三个人也有显著的不同。莎士比亚的台词中，充满了华丽的辞藻和生动的比喻，音响悦耳，光彩耀眼，简直使人穷于应接。其中虽然也有着明显的动作性，虽然也是围绕着一个共同目标（戏剧冲突）而向前推进着的，但它是四处奔突、闪烁不定，跳跃式地、冲击式地前进的；它与戏剧冲突间的关系，也是若即若离、忽近忽远的。契诃夫的台词，虽然也有着很强烈的动作性，但这种动作性，粗粗一看是不明显的、不易察觉的。因为他的人物的意志，似乎并没有为共同的事件所牵引住，他们有时似乎只是在各说各的话，只有当我们注意到了人物对待当前环境的不同态度，对待他们周围同一的情调、气氛的不同反应的时候，也就是说，只有当我们注意到了他们的人生观、社会观的不同，注意到了他们的心情、气质的不同的时候，我们才发现冲突的存在、动作性的存在。它的冲突，它的动作性，原来是表现在人物的内心的伏流上，表现在光影的明暗、色泽的浓淡上的，因而是隐潜的，是比较深藏的。曹禺的台词的动作性，却是既鲜明而又强烈。他的人物都有明确而执着的自觉意志，而且相互之间有着一个共同的焦点，他们大家都在围绕着这个焦点而进行斗争。因此，他们的对话与戏剧冲突扣得很紧，它的动作性不但是明显的，而且是紧张的。所以曹禺的剧作，是最符合于黑格尔、勃吕纳谛耶等人的戏剧概念的，他的剧作的最大的特色，就是矛盾冲突的尖锐、紧张；体现在对话上，则是动作性的鲜明与强烈。这可以说是曹禺戏剧语言的第一个优点，同时也是它的第一个特点。

二

真正富于动作性的台词，必然同时也是富于抒情性的。因为，只有从真正的戏剧冲突的基础上产生的，发自人物内心深处，能够揭示人物潜藏的情欲和意向的台词，才是真正富于动作性的。那种靠用人物的大喊大叫来表现一种虚假的冲突的台词，那种脱离了人物的性格、缺乏人物性格上的内在依据的台词，严格说来，是说不上有动作性的。在曹禺的作品中，他的台词的强烈的动作性，是与他的台词的浓厚的抒情性结合在一起的。譬如以上面所举的《北京人》和《日出》中的几段台词来说，那里的每一个人都处在尖锐的矛盾冲突中，都在为自己的利益而进行着紧张的斗争。曾皓、思懿、潘月亭、李石清等人，都想用自己的语言去压倒对方，争取优势，去损伤对方的自尊感，触痛对方心灵中的脆弱的部分，而他们的语言也的确起到了这样的作用，产生了这样的效果，有着鲜明的动作性。但同时，这些语言也充分显示了他们自己的心情、处境，泄露了他们自己内心的秘密和隐私，把他们自己的精神面貌和道德品质清楚地展现了出来。所以，它们又是有浓厚的抒情性的。

提到曹禺同志戏剧语言的抒情性，大家就很自然地会想到《家》中的那些美丽的诗白。那是觉新与瑞珏的新婚之夜，里里外外的人们都是热热闹闹、欢欢喜喜，偏偏这一对新婚夫妇却是冷冷清清、落落寞寞的。彼此都感到自己是多么孤独，多么凄凉。新郎站在窗边，望着月光和湖水，满心想着的是另一个女子——他的梅表妹。新娘坐在床沿，耳中传来湖滨寂寞而低切的杜鹃的呼唤。她在等待着新郎的第一句话。然而她听到的却只是一声深沉的、饱含酸辛的叹息。啊，多么难堪的静寂，多么折磨人的静寂！这样的场面，即使他们不开口，我们也仿佛听到了他们的灵魂的低诉、内心的战栗。而如果开出口来，那么从灵魂的最深处，从内心的最隐秘的角落发出来的、充满感情的语言，就必然要转化为诗句。因而，紧接着，我们就听到了大段大段的像珠玉般圆润的诗白：

> **瑞　珏**　（……）好静哪！
>
> 哭了多少天，可怜的妈，
>
> 把你的孩子送到
>
> 这么一个陌生的地方，
>
> 说这就是女儿的家。
>
> 这些人，女儿都不认识啊。
>
> 一脸的酒肉，
>
> 尽说些难入耳的话。
>
> 妈说那一个人好。
>
> 他就在眼前了，妈！
>
> 妈要女儿爱，顺从，
>
> 吃苦，受难，
>
> 永远为着他。
>
> 我知道，我也肯，
>
> 可我也要看，值得不值得？

> 只要他真，真是好！
>
> 女儿会交给他
>
> 整个的人，
>
> 一点也不留下。
>
> 哦，这真像押着宝啊，
>
> 不知他是美，是丑，
>
> 是浇薄，是温厚，
>
> 也不管日后是苦是甜，
>
> 是快乐，是辛酸，
>
> 就再也不许悔改，
>
> 就从今天，
>
> 这一晚！

这个十七岁的少女，骤然离开了家，离开了疼爱自己的妈，到了这样一个完全陌生的地方，那种寂寞与孤单的感觉，那种恐惧与惊慌的心情，真是很难用言语来表达的。然而，通过作者这几句台词，这个少女的尴尬的处境、复杂的情怀，就仿佛转化成了一片轻盈而缠绵的气氛，升腾成了一派凄迷而哀婉的音调，荡漾在我们的心头，萦绕在我们的耳际。这就使我们恍如亲身进入了这个少女的世界，不由得要用我们自己的整个心灵去感受着这个少女所感受到的一切。这样的艺术效果，是只有最高的抒情诗才能达到的。

然而，曹禺写的是戏剧，戏剧作品虽是应该贯串着浓厚的抒情性，却毕竟不同于抒情诗。抒情诗，只消停留在诗人自己身上，它只是诗人在吐露着自己的心曲，诉说着自己的欢喜和悲哀，不需管外界的回响。而戏剧，却需要有动作，需要能展开冲突，需要有对手之间的思想感情上的交流。所以，在这一场里，瑞珏和觉新两个

人，尽管都只是在作着灵魂的独语、内心的低诉，除了轻微的叹息，
谁也没有听到对方的声音，谁也不知道另一个人在想些什么；然而，
这里却仍旧存在着戏剧性的冲突，他们心情跳动的节奏，是互为起
伏，交相应答的。在他们各自的抒情独白中，仍贯串着明显的相互
间的对应动作。当瑞珏在期待着抚慰，企盼着温存的时候，那个新
郎官觉新却是——

> 觉　新　（缓缓摇首）唉，——梅呀，为甚么这个人不
> 是你？

他想着的是另一个人！瑞珏虽与他同处一室，他却视同陌路。
这自然不能不更增加了瑞珏的焦急与惶惑：

> 瑞　珏　（翘盼）他——他想些甚么？
> 这样一声长叹！
> 天多冷，靠着窗
> 还望些甚么啊？
> 夜已过了大半！

多么可怜的女孩子，处在这样一种难堪的境地，自己满心浸透
了哀愁，却还在顾念着别人的忧思，顾念着别人的寒冷。这样的女
孩子，该有多么温厚的性格！这样的女孩子，怎么能不唤起人们的
同情？

> 觉　新　（同情地）这个人也，也可怜，
> 刚进了门

就尝着了冷淡！
就是对一个路人，
都不该这样，
我该回头看看她，
哪怕是敷衍。

对，你真应该回头看看她，她并不是你的仇人，何况她现在的处境是这样惹人哀怜！然而，另一个念头却又立刻阻绝了他。不，他不能回头，哪怕仅仅是敷衍：

可就在这间屋，
这间屋，我哪忍？
我不愿回头，
为着你，梅，
我情愿一生，
蒙上我的眼！

他对她竟是这样无情！然而，唯其因为他对眼前人是这样无情，才更其显出他对旧时人的情重，才更其显出他是个有至性有深情的人。这三个人（他和他的梅表妹以及眼前的这个新娘）的遭遇，也才愈益搅动我们的心魂，愈益激起我们对封建礼教、封建婚姻制度的仇恨。

到这里我们已经可以看出，尽管他们每一个人都只是在心里转着念头，但这些念头，却都是为另一个人而起，都与另一个人有关。而且这两个人的念头之间，又是息息相通、隐隐交织，互相扭结着向前推进的。经过了多少次的踌躇、犹疑和感情上的波折，这两个人终于渐渐地接近了。他们是怎么接近起来的呢？（是因为替躲在床下想听"天上的牛郎织女打喳喳"的五弟穿鞋吗？是因为窗外的杜鹃的叫声带来了春天的信息吗？不，这只是他们接近的一个引线，而接近的根苗则在这以前，早就在暗暗地滋长着了。）谁也无法用确切的语言来回答这个问题。但我们却的确相信他们真是逐渐地接近起来了，没有丝毫的怀疑。因为我们的作者已让他们用抒情的语言，向我们打开了他们的心灵的窗户，使我们亲眼看到了他们内心的起伏变化的过程，尽管他们未交一言，未通一问，我们却知道他们早已是"心有灵犀一点通"了。

像这样的抒情味极浓的语言，在《家》里面几乎随处可以碰到。就是一些用散文写的对话，简直也像抒情诗一样情味深长。试看下面这一段对话。

因为避难而随着她母亲重又住到高家来的钱梅芬——就是觉新在新婚之夜那样念念不忘的梅表妹，就要动身回去了。正当她独自一个以无限凄楚和万分哀伤的心情，在房间里徘徊四顾，追忆着往日的一切，不胜今昔之感的时候，忽然觉新跑了进来：

> 觉　新　梅！
> （她抬起头，望见觉新正立在侧门门口，怆然注视着。她愣在屋中。半天，二人说不出一句话。）
> 觉　新　（低声）轿都快预备好了。
> 梅小姐　（缓缓）那么，就要走了。
> 觉　新　（依依不舍）外面还落着小雨呢。
> 梅小姐　（沉滞地）妈说要走就得走的。
> 觉　新　（半晌，又——）天气忽然变凉了，你……你们的衣服带够了么？

梅小姐　　够了，表嫂借给我衣服了。

觉　新　　（微叹）唉！快得很，到底还是要走了。

梅小姐　　（望着觉新）嗯，住了也有十几天了。

觉　新　　（悄切地凝望着）回到乡下，每天干些什么呢？

梅小姐　　（摇摇头，恽恽地）乡下没有什么事情。夜晚睡不着呢，躺着等天亮；天亮起来了，就坐着等天黑。

觉　新　　（愀然）你，你也许还要回到他们家里①去吧？

梅小姐　　（片刻，才——）也许不必去了，人②既然是不在了。——他们家里的人，并不喜欢我。（微微咳起来，捶着胸口。）

觉　新　　（疚痛）身体要紧呀，梅，你不能老这样地病，病下去。

梅小姐　　（凄笑）也许幸而有这一点病陪着我，不然，日子会觉得更长了。

觉新的"梅！"的一声，抵得过千言万语。这一声里面所包含的丰富而复杂的内容，没有人能用其他的语言把它表达出来。作者虽然仅仅用了这么一个字，然而它却最准确、最有力地传达出了觉新当时那种难以言宣的心情。从这一个字的运用上，我们就可以看出作者对他的人物的透彻的了解，就可以看到作者在锤炼语言上的独到的功夫。

觉新跑来，看到只有梅一个人在房间里，十多天来，恐怕他们还很少有过这样单独相对的机会，而现在梅就要离去了，这一分别

---

①　指梅芬的婆家。

②　指梅芬嫁过去不到半年就死了的丈夫。

又不知何时才能重见，他此时真不知道有多少情愫要向梅倾吐，有多少话语要向梅诉说。然而挣扎了半天，却只说出"轿都快预备好了"这么一句无关紧要的、全不是他所想说的话。接下去的"外面还落着小雨呢"，"天气忽然变凉了，你……你们的衣服带够了么？"等等，同样也并不是他所急于想说的话。但在礼教的大防下，在社会堆砌起的高墙前，他也委实无法说出他想说的话来的。所以，这些看来尽管是那么空泛而不切实际的说话，却又正好是曲折地、异常深细地传达出了他当时的复杂的处境和心情，所以是很耐得住人们的咀嚼和寻味的。如果这时作者竟让他滔滔不绝地向梅芬诉说起他的悔恨和痛苦来，那就反而显得不真实，反而要使人觉得索然寡味了。而这里梅芬所说的每一句话，连同她那低缓而轻悄的语调，也都十分切合她的性格和身份，特别是"乡下没有什么事情。夜晚睡不着呢，躺着等天亮；天亮起来了，就坐着等天黑。""也许幸而有这一点病陪着我，不然，日子会觉得更长了。"等话，更把一个伤心人的欲哭无泪的哀婉心境，异常细致地传达出来了。读到这里，心头真禁不住一阵战栗，要为这个不幸的女子而感到凄然欲绝。他们两个人的这一段对话，含义是那么深长，情味是那么隽永，简直已进入了诗的境界了。

又如《北京人》中，当文清的儿媳瑞贞急切地追问愫方为什么跟她一起出走，一再要愫方回答为什么不出去找文清，而还要留在这个闷死人的曾家时，作者这样写：

　　愫　方　我，我说——（脸上逐渐闪耀着美丽的光彩，苍白的面颊，泛起一层红晕。她的声音都有些颤抖）——他①走

————————

　　① 指文清。

了，他的父亲我可以替他侍候；他的孩子我可以替他照料；他爱的字画我管；他爱的鸽子我喂；连他所不喜欢的人我都觉得该体贴，该喜欢，该爱，为着——

曾瑞贞　（插进，逼问）为什么？

愫　方　（话略顿，但语气并未停止——感动地）为着他所不爱的也都还是亲近过他的！

这虽是用散文，用日常的口语说出来的，然而却是真正的诗，这里面不但有着只有诗句才能容纳得下的浓厚的感情成分，就连它的音调和节奏，听起来也像诗句一样圆润、有韵味。

我们再从作者在新中国成立后写的，反映另一种生活，刻画另一类人物的作品《明朗的天》中，举个例子。

志愿军庄政委在知道了由于经验不足的小凌大夫的手术上的疏忽，他的一只眼睛将要失明时，对待在一旁万分懊恨地嘤嘤啜泣的小凌大夫，他说了这样一番话：

不要哭了，凌大夫，不要着急了。我没有立刻说话，不是因为我气，也不是因为我难过。从昨天起，我就觉得可能发生毛病了。刚才我说不出话来，我是在想，我要用什么话来安慰你，才能使你不难过。凌大夫，我觉得出来，虽然我不太认识你，我知道你是个年轻的大夫，你是在用心为我治病；如果这是因为你个人的疏忽，只要你记住这是个错误，你就不会在别人身上再犯了。一个人一生要做很多的事情，想做事情的人总免不了偶尔犯错误。你很年轻，不能失掉自信。你要把技术学好，你要经过很多困难。只要你一心为人民，为病人，你是会成功的。我们要坚强，以后祖国需要我们做的事情太多了。……

自己的眼睛被治坏了，但首先想到的却是怎样来安慰这位年轻的医生，怎样才能使她不难过。从他的那番话里，充分体现出这位共产主义战士的高贵品质，他那颗像宝石一样灿烂的心灵，总是照射在广大人民的身上，照射在祖国的未来身上，他对凌木兰的关心和爱护，都是从对广大人民的关怀上、对祖国的未来的关怀上来的。而他的语调是那样平稳沉着，词句是那样朴素干净，正跟他内心的真挚的感情以及他的坚定、乐观的情绪，是十分贴切，十分合拍的。在这里，作者就用庄政委自己的有浓厚抒情味的语言，把这位英雄人物的高贵心灵清晰地展现出来了。

以上只是随便举出的几个例子，但已很可以看出曹禺的戏剧语言具有怎样浓厚的抒情性了。曹禺本质上是一个诗人，所以他的剧作都有浓郁的诗意，都可以说是诗，而且是最高意义上的诗。不但《家》里觉新和瑞珏的独白是诗，不但《北京人》中洋溢着缠绵而淡远的诗意，就是一切其他的剧本、其他的对话，都有深刻的抒情诗的意味。而这种诗的意味，是从他的敏锐而深刻的艺术感受能力中，从他善于深入人物的灵魂，善于用艺术的语言揭开人物内心奥秘的能力中来的。

也许，最使我们感觉到曹禺同莎士比亚和契诃夫相接近的地方，就在他的台词的这种浓厚的抒情性上，就在他的剧作的这种深刻的诗的意味上了。读着《家》里觉新和瑞珏在洞房中说的大段诗白，我们不禁要惊呼："这简直是莎士比亚！"而他的《北京人》，也很自然地会使我们想起契诃夫的《樱桃园》来。但其实，如我们上面所说，曹禺与莎士比亚，曹禺与契诃夫，还是很不同的。这不同，不但表现在总的风格上，表现在台词的动作性上，而且也从台词的抒情性上表现出来。

莎士比亚是一个才情横溢的诗人，他写戏有时就像在写诗。他的台词，简直是辞藻的海洋，比喻的森林，使你目眩神迷，应接不暇。而且他是不知道节制的，他一任着他的热情与想象的驱使，不断地使他的人物（不管是什么样的人物）从嘴里滔滔不绝地迸发出美丽的诗句来，仿佛他的这些人物也都是像他一样的才情富溢的人似的。泰纳曾说：莎士比亚有一种感应的天才，他知道怎样忘却自己而全神贯注到他所设想的对象身上去。① 然而实际上，对象在他不过是一些可以借以显示他的诗才的凭借罢了，他其实一刻也没有忘记过自己，离开过自己。我们从他的人物身上，总可以看到他自己的影子。当他的人物在抒发他们的感情时，不管是欢喜还是悲哀，快乐还是忧伤，猜疑还是嫉妒，希望还是失望，一切全都是那么强烈，那么趋于极端，仿佛他的人物都是一些带着某种程度的狂热的人。他们的体温似乎要比我们的高好几度，而这几度高出的体温，其实是属于莎士比亚本人的，是莎士比亚感染到他们，是莎士比亚把它灌输到他们身上去的。所以，他的这些抒情味很浓的台词，其实是不完全切合他的人物所处的规定情境的，同他的人物所面临的矛盾冲突有时是有些游离的。在这种地方，莎士比亚主要是以他的瑰奇的想象和富丽的文采，来吸引我们、打动我们的。这时，他的诗的才能，不是融合在他的戏剧的才能之内，而是突出于戏剧的才能之外，他的浪漫主义的诗人的身份，就盖过了他的现实主义的戏剧家的身份了。

曹禺的诗的才能，却始终是融合在他的戏剧的才能之内的。他的台词的抒情性，从不脱离台词的动作性，而且根本就是从他的台

---

① 见其所著《英国文学史》第 2 卷第 4 章《莎士比亚》第 1 节。

词的动作性中派生出来的。曹禺才真是如泰纳所说，具有忘却自己而全神贯注到对象身上去的才能的人。他能十分真切而具体地感受到他的对象所感受到的一切。他在写作时，仿佛整个地进入了他的人物所处的环境、气氛之中，有着和他的人物所有的一样的完整的、现实的感觉。他所写的台词，都是切合人物的处境和心情的；他决不让他的人物说一句他们所不可能说或是并不想说的话。而且，他的分寸感是那样敏锐，他决不肯为了追求台词的机智、动人，为了追求表面的戏剧效果而使他的人物的语言夸张失度，以致破坏了真实感。他的台词的抒情性，就是从深入人物的心灵，细致而委曲地传达出了人物在当前的矛盾冲突中的所思所感而来的；它总渗透着人物的鲜明的目的、意向，决不停留在单纯的铺陈感情、描绘感情上。所以他的台词的抒情性，总是与他的台词的动作性结合在一起，统一而不可分拆的。

那么，曹禺与契诃夫的区别又在哪里呢？就他们表现在台词的抒情性一方面的特点来说，曹禺与契诃夫确有许多很相接近的地方。譬如，契诃夫也决不让他的人物毫无节制地去当众铺陈他的感情、描绘他的感情；他的人物也都是比较含蓄的，倾向于自我克制的；他的台词的抒情性，也主要是由于作者有着和他的人物一样的对于他们周围现实的完整而具体的感觉，由于作者深入了他的人物的心灵，委曲入微地传达出了人物的内心感觉而来的。这些都是两个人比较接近的地方。但是，如果联系到台词的抒情性与动作性之间的相互关系来看，两个人就显出不同来了。契诃夫的台词的抒情性和它的动作性之间，当然也是结合得很好的。但对比起来，显得更鲜明、更突出、更惹人注目的则是它的抒情性。它的动作性就要轻淡得多、朦胧得多，它仿佛只是渗透、交织在抒情性之中的一种配色似的；它是透过抒情性而表现出来的，是从属于、统一于抒情性的。

曹禺的台词却恰恰相反，是动作性盖过了抒情性，他的台词的抒情性，是通过他的台词的动作性而表现出来的，它是从属于、统一于动作性的。所以，总的看来，契诃夫的剧作的诗意要更加深厚一些，更加浓重一些。不过，他的诗意是那样含蓄、蕴藉，似乎更近于画中有诗的诗意；而曹禺的剧作的诗意，却是流动的，活泼的，是更加接近于戏剧类的诗的本色的。

台词的鲜明的动作性，给曹禺的剧作带来一种生动紧张的气势，能紧紧地扣住读者和观众的心弦；台词的浓厚的抒情性，又使得曹禺的剧作具有深长隽永的情味，使读者和观众徘徊萦思，久久不能去怀。而这种台词的浓厚的抒情性，这种与动作性相结合、从属和统一于动作性的浓厚的抒情性，可以说就是曹禺戏剧语言的第二个优点，同时也是它的第二个特点。

三

我们在上面曾经说过，曹禺剧作中的对话都是从行动着的人物的嘴里说出来的；它是为人物所处的客观情势所规定，又服从着人物的主观意图，始终跟人物的积极的意向和愿望、跟人物所追求的贯串的目的紧密地联系在一起的。这样，就决定了他的对话必然是既有动作性，又有抒情性，同时又是充分个性化了的。在曹禺的戏剧语言中，这三者是紧密联系而不可分拆的。上面我们为了说明的方便，也为了对曹禺同志戏剧语言艺术的成就能有更具体的了解，分别从动作性和抒情性两个方面作了一些考察，现在再试从个性化一方面来继续作一些探讨。但由于这三者在曹禺作品中本是浑然一体而难以割裂的，所以在谈这一方面的时候，仍不能不时时涉及其他两个方面。在这里所举的一些例子，也可以放到前面两节中去，正像前面两节中的所有的例子，差不多也都可以被移到这里来用一样。

例如，《家》中的钱大姨妈——就是觉新的梅表妹的母亲，出场的机会虽不多，所说的话也往往只有三言两语，但大家对这个人物的印象却异常深刻、鲜明，主要就是由于她的语言有着鲜明的个人特色，是充分个性化了。她初出场时（和她在一起的有觉新的继母周氏、四婶王氏、五婶沈氏等），正看到那个孔学会会长、假正经的老头子冯乐山从另一个门走出去，于是：

> **钱太太**　（指着，一字一字地）方才出去的是谁？（大家等着看笑话，除了周氏，都在幽默地互相望着。）
>
> **王　氏**　冯……冯乐山、冯老太爷！
>
> **钱太太**　（厌恶地）哦，那个老混账！
>
> **沈　氏**　（笑问）怎么？
>
> **钱太太**　（翻翻白眼）干干净净的屋子，不提这种人！（回首四面打量洞房，不理沈氏。）

她才一开口，一个性情怪僻，却又异常耿直、真率的老太太的形象，就像浮雕一样清晰地矗立在人们面前了。而一旁的王氏、沈氏等人，在和她的相互映衬下，也神情如画。

在另一个地方，我们又遇到了这位老太太，当她正和觉新的继母周氏、五婶沈氏在一起时，瑞珏替她改好了一件坎肩，拿来让她试试，于是我们又听到了她那爽朗、直率而又真挚的声音：

> **瑞　珏**　（微笑着）大姨妈，改好了。（持起夹坎肩）您穿上试试吧？

　　钱太太　　（快慰地）好快呀。（一面穿一面喜爱地望着珏。珏低头为她系着纽扣。）好，好。

　　沈　氏　　我们少奶奶的针线怎么样？

　　钱太太　　（满意）好。好！你看，正合适！（望周氏，夸赞瑞珏）改得多巧啊。（不觉拉起瑞珏的手，握在自己手内）四妹，我可喜欢你这个儿媳妇！（抚摸着，笑着）你看，她的手多"肉头"（"丰满"的意思）啊！

　　周　氏　　（说笑话）那就给你做干女儿好不好？

　　钱太太　　（爽快）好，自然好。（对瑞珏）你愿意不？

　　瑞　珏　　（羞涩地点点头）愿意。

　　钱太太　　（不由摸摸她的丰润的面颊）哎，这哪像生过孩子的母亲哪！（和悦地）你自己都是个孩子嘿！（忽然眨眨眼）怪，那一天是你吗？

　　沈　氏　　哪一天？

　　钱太太　　（嫌她记性坏，不耐烦的口气）就那天，他们结婚那天。我在新房里碰见的（望周）是她么？

　　周　氏　　（笑着）不是少奶奶，是哪个？

　　钱太太　　（回头又端相瑞珏，十分正经地）怎么看着，比那一天倒小了呢？（指着瑞珏笑）你呀，好，好，胖胖答答的，是个有福的相。（对周，忽然板起面孔说）我可不喜欢我那个女儿，脾气古怪，这第一就不像我。

　　一声声是这样干脆爽快，决没有一点敷衍做作。她嘴上如果说是欢喜一个人，那她就真是从心底里欢喜了这个人；而如果她在心里讨厌着某一个人，那么，她的嘴也决不会轻易放过这个人。这里，最使人感到有趣的是她说到她女儿的话。她自己素来是以"脾气古怪"出名的，她却说她女儿"脾气古怪，这第一就不像我"。这真是只有她才会有那种想法，也只有她才说得出这种话来。不论是当时在场的人，还是我们今天的读者和观众，看到这里，谁都禁不住要哑然失笑。但在她，这却是一句极自然、极平常的话，在她看来，她的性格当然是最正常、最合情理的，而她女儿那种多愁善感的脾气，就不免有些古怪了。作者在刻画这个人物时，能创造出这样高度个性化的语言来，真是非常值得称道的。

同这位钱大姨妈形成一个尖锐的对照的，就是那个假道学冯乐山。他的性格正好跟心直口快的钱大姨妈相反，是极端虚伪做作、阴险刻毒的，他的语言也就另有一种特色。下面是他在高老太爷（简称高）和他的第五个儿子克定（简称定）陪伴下出场时的情况：

　　冯乐山　　（似乎沉浸在崇高的冥想中，握着诗稿，连连作声，像在自语）嗯，嗯，我就爱它一片潇洒，一片灵气，一种神清骨寒的气息，不见一点肉，而温柔尽致，绝代销魂！

　　高克定　　（不知为什么连连应声）是，是，是！（忽然忍不住搔首弄耳）您说这是——

　　冯乐山　　（目光忽然冷澈如水）你们令尊大人的诗！

　　高老太爷　　（望了克定一眼，转对冯乐山）评价太高了，评价太高了！

　　冯乐山　　（十分端重而含蓄地）真是"公诗如美色，未嫁已倾城"。（四面观望）

　　他的谈吐属别有一种风调，仿佛真是超尘拔俗脱尽了人间烟火气似的。

　　高老太爷　　（对冯乐山）这次承冯乐老为舍下长孙作伐，又拜领这么重的厚礼，真是——

　　冯乐山 （十分豁达）你我多年友好，总是应该的，应该的。——（微笑）人老了，万事都看得淡，独有为人忙儿女的心，老而弥切。

　　高老太爷 （笑着）这也是一种积功积德的事。（忽然想起）哦，前些天听说冯乐老又收下一个女弟子，呃，呃，是么？

　　冯乐山 （似乎在支吾）啊？——哦，是的，不错，有这么一件。（稍停，庄重起来）还算有慧根的。还好，还好，一个女孩子最难得有灵性。（见高老太爷点头，又非常字斟句酌地）遇见一个有慧根的孩子，我不忍看她堕入污泥。佛说"慈悲"，孟子曰"不忍"，都是一片爱惜好生的心肠。世上断没有眼看着人要落水而不肯援之以手的道理。

　　你看，他的辞气是这样雍容舒徐，声调是这样抑扬顿挫，真不愧是孔学会会长！然而，当高老太爷一提到他的"女弟子"时，他就不免要露出一些慌张之态，他的内心的丑恶的一面，就不由自主地被泄露出来了。这里，作者让他用"啊？——哦，是的，不错，有这么一件"这样的语调，来传达他那由惊慌而逐渐镇定过来的内心过程，是十分准确而传神的。

　　就是这个老头子，害死了高家的婢女、三少爷觉慧所爱的鸣凤，又把高家另一个婢女、四太太王氏身边的婉儿，要过去糟蹋了。在高老太爷庆寿的日子，婉儿回到高家给他的老主人拜寿。当她正在向王氏诉说着在冯家所受的蹂躏时，忽然这个老头子从阁门后缓缓地出现了，他只是轻轻地而且还是"和蔼可亲地"喊了一声"婉姑"，就把个婉儿吓得面无人色，立刻站了起来。他当然知道，在王氏面前，婉儿是不会有什么好话说到他的，但他却丝毫不动声色，仍是一副温文尔雅、从容不迫的神气。紧接着"和蔼可亲"的"婉姑"一声以后，便是"婉姑在这儿跟旧主人叙家常了吗?"这样的一句见面时的极普通的问询话。在我们听来，这声音一定也是同样"和蔼可亲"的，然而在婉儿听来，这里面却分明有着警告与恐吓的意味，他的意思其实是："你在向她诉苦吗? 你在把在我那里的真实情况告诉她了吧?"果然，后来当王氏一走，只剩下他和婉儿两个人的时候，他就立刻责问婉儿："谁叫你出门的?""你方才对他们说了些什么?"在这一前一后两种断然不同的声音语调里，这个假貌伪善的老头子就原形毕露了。

最能见出作者语言艺术的勾魂摄魄、传神写真的功夫的，是这一段对话。这就是发生在当婉儿的诉说被冯乐山的出现打断以后，王氏想叫婉儿到她屋里去坐坐，以便把话头继续下去的时候。冯听到王氏要留住婉儿，就说:

　　冯乐山　　(不便拦阻) 也好，也好，去谈谈去吧。不过现在又是老太太要烧香的时候了吧? 你是否该回去了呢?

　　王　氏　　(机警地) 别，好容易才来一趟。就多说一会儿话，老太太那么个慈悲人，也不会见罪的。走吧，婉姑! (拉着她就走。)

　　(婉姑一直恐惧地望着他。)

　　冯乐山　　(一面是峻厉可怖的目光恶狠狠地盯着她，示意要她留下，一面又说——) 去吧，去玩去吧。平日也真是太苦了婉姑了，(非常温和的声音) 去吧!

　　婉　儿　　(不由得止步) 太太!

　　王　氏　　(回头) 怎么?

　　婉　儿　　(颤抖地) 我——

　　冯乐山　　(和颜悦色) 去吧，去吧。

　婉　儿　（怯怯地）那我去了？（与王氏一同转身。）

　冯乐山　（又是冷峻森森的目光）去吧，去谈谈去吧。

　婉　儿　（回首望着他，只得又——）太太！

　王　氏　（笑着）怎么啦，这孩子？

　冯乐山　（慈祥地）是啊，真是个孩子，去吧，快去吧！

　婉　儿　（晓得不能走，对王氏）我不去了。

　王　氏　来吧！

　婉　儿　您先去，我就来。

　冯乐山　（洒脱地）也好，你先给我到楼上研研墨，我索性把那副长条写了吧？

　婉　儿　（点头，衷恳地）太太，您去吧。

这简直是一幅绝妙的图画！不用搬上舞台，这三个人的举动神情，就已十分清晰地在纸面上站立起来了。我们看，这个像恶魔一样的老头子，在人前总是那么彬彬有礼，从来看不到他有疾言厉色的时候，然而他却能用他的温和慈祥的语调，叫像婉儿这样的女孩子怕成这个样子，作者的这样的刻画，真说得上是入木三分了。

《北京人》里的江泰的语言，也有着特别鲜明的个性色彩。试看下面这一个场面。那是一个深秋的傍晚，姑奶奶文彩正坐在一张靠椅上织着毛线坎肩，我们的这位姑老爷江泰则靠在一张旧沙发上，右手拿着一本《麻衣神相》，左手拿着一面破镜子，一面看看书，一面照照镜子。他是那样专心致志，文彩好几次想跟他说话，都叫他不耐烦地顶撞回去了。隔了一会，文彩又打起精神，重新提起话头，向江泰温和地发问道："泰，你在干什么？"于是：

　江　泰　（翻翻眼）你看我在干什么？

    曾文彩　（勉强地微笑）我说你一个人照什么？

    江　泰　（早已不耐烦，立起来）我在照我鼻子！你听清楚。我在照我的鼻子！鼻子！鼻子！（拿起镜子和书到一个更远的椅子上坐下。）曾文彩你不要再叫了吧，爹这次性命是拣来的。

    江　泰　（总觉文彩故意跟他为难，心里又似恼怒却又似毫无办法的样子。连连指着她）你看你！你看你！你每次说话的口气，言外之意总像是我那天把你父亲气病了似的。你问问现在谁不知道是你那位令兄、令嫂——

    曾文彩　（只好极力辩解）谁这么疑心哪？（又低声下气，温婉地）我说，爹今天刚从医院回来，你就当着给他老人家拜寿，到上屋看看他，好吧？

    江　泰　（还是气鼓鼓的）我不懂，他既然不愿意见我，你为什么非要我见他不可？就算那天我喝醉啦，说错了话得罪了他，上个月到医院也望了他一趟，他都不见我，不见我——

    曾文彩　（解释）唉，老人家现在心绪不好！

    江　泰　那我心绪就好？

    曾文彩　（困难地）可现在爹回了家，你难道就一辈子不见他？就当作客人吧，主人回来了，我们也该去问声好，何况你——

    江　泰　（理屈却气壮，走到她的面前又指又点）你，你，你的嘴怎么现在学得这么习？这么习？我，我躲开你！好不好？（赌气拿着镜子从书斋小门走出去。）

    翻翻相书，照照镜子，江泰真是穷愁潦倒，落魄无聊之极。而他这里所说的话，都是那么简短、急促而又好重复，也活是一个脾气急躁而又心情恶劣的人的口吻。特别是最后，明明因为的确是自己礼数欠缺，没有话好回答文彩，他却居然还能那么声粗气壮地指责文彩嘴刁，仿佛倒是他自己受了委屈似的。这倒也不一定是因为他不肯认错而故意装腔作势，他心里多半的确是这样想的。他没有曾皓、思懿等人的把无理说成有理的本领，但在他，无理也是有理的。因为他向来是习惯于只从自己那一面看，而不知道设身处地地替人家着想的。只从自己那一面看，他自己的所作所为，就自然总是有理的。所以他说起话来，总是那么理直气壮，总有"自反而缩，虽千万人吾往矣"的气概。而这里文彩所说的每一句话，也都符合于她的温厚懦弱的性格，也活画出了一个对丈夫百依百顺、屈意承迎的妇女的形象。

再从《明朗的天》中举一个例子看看。凌士湘为了找寻田鼠，居然整天未进实验室，不知跑到哪儿去了。这叫他的学生和助教、那十分敬爱他的何昌荃，非常担心。何刚生过盲肠炎，也顾不得休息，就跑去找教务长江道宗，要他设法解决实验用的田鼠问题。正在这时，凌士湘从外面跑了进来。于是：

> 何昌荃　凌大夫，你可回来了！你到哪儿去了？大家真着急了，你这么晚才回来！
>
> 凌士湘　（对何昌荃，不满意地）你又到这儿来了！我昨天还嘱咐你好好养病，可是你今天乘我出门，又跑去做实验了！你去干什么？
>
> 何昌荃　（关心地）田鼠找到了吗？
>
> 凌士湘　你不要管。你开了刀，还没拆线呢。回到病房去！我要叫他们把你这身衣服没收。
>
> 何昌荃　（笑嘻嘻地）我在实验室看见你的饭盒子又冷了，

别忘了叫他们给你热一下再吃。

凌士湘 走！走！走！不要啰嗦了。

　　这一对师生之间的那种互相关心、互相爱护的真挚感情，在这一段短短的对话中，表现得多么深刻、动人！"凌大夫，你可回来了！"这一声里，该是蕴藏着多少的关切与欣慰之情！仿佛何昌荃心里挂着的一块石头，这时总算放下来了。但他又止不住要对这位心爱的老师微露责怪之意："你这么晚才回来！"（多叫人不放心啊）接下去，这两个人的对话真妙，各人都只管说着他自己的话，完全不答理对方所发出的询问或埋怨，仿佛谁也没有听到对方说些什么似的。然而他们每一个人所说的话，却又都是关于另一个人的，他们每一个人的心，却又都放在另一个人的身上。这样的师生关系，真是多么令人称羡！而这两个人的性格，从这一段对话中，也十分鲜明、十分生动地被表现出来了。

　　人物的语言，透露出他的特殊的生活经验、教养和心理，每个人都各以他自己所特有的方式来讲话，我们从人物的独特的语言中，就可以推知这个人的性格形成的社会历史背景。所以，作家们都非常重视人物语言个性化的工作，都竭力想为他的人物找到适合于他们的个性的独特的说话方式——独特的语汇、独特的语句结构、独特的语调节奏，等等。也只有在把握住了人物的独特的说话方式以后，作家才有可能借助于对话而创造出鲜明生动的人物形象来。特别是剧作家，他除了通过对话来塑造人物以外，没有其他的路可走，因此，人物语言的个性化，对于剧作家来说，就更是一件头等重要的事。奥斯特洛夫斯基就曾这样说过："我们认为，塑造典型的第一个必要的艺术条件便是忠实地给出典型人物的传达方式，就是说，他的语言甚至口语的癖性。"① 曹禺剧作中的人物之所以能显得那样鲜明生动，在很大的程度上，就是由于他的每一个人物的语言，都是有着与众不同的个人特色。不过，应该指出的是，曹禺的人物语言的个性化，并不仅仅是由于他把握住了人物的独特的语汇、独特的语句结构、独特的语调节奏等语言癖性而来，更主要的是由于他能时时扣紧戏剧冲突，对人物所处的规定情境以及他们的内心动态，有着十分深刻而真切的体会。台词的强烈的动作性，使曹禺的剧作生动紧张，扣人心弦；台词的浓厚的抒情性，使曹禺的剧作情味隽永，发人深思；而台词的鲜明的个性化，又使曹禺剧作中的人物，显得那样具体、真切，仿佛就是在纸面上也可以触摸得到似的，给他的剧作带来了无限的艺术的魅力。

台词的鲜明的个性化，可以说就是曹禺戏剧语言的第三个优点，同时也是它的第三个特点。

四

强烈的动作性、浓厚的抒情性和鲜明的个性化，以及以强烈的动作性为主的这三者的密切结合，构成了曹禺戏剧语言艺术的总的特色。此外曹禺同志在戏剧语言艺术方面还有一些其他的优点，尽管是比较次要的，却也值得提一提。

在曹禺同志的剧作中，我们找不到生冷怪僻的字眼和冗长别扭的句子。他的台词，都写得简短而响亮，演员容易说，观众容易听，完全符合舞台演出的要求。同时他的台词虽然简短，却不贫乏，不干枯；虽然易说易听，却不单薄，不浅露；而是凝练含蓄，意蕴深

---

① 转引自季摩菲耶夫：《文学原理》，平明出版社 1953 年版，第 228 页。

厚，充满着潜台词的。如我们上面所举到的许多例子中，有许多对话都有好几层、好几方面的意思，或者言在此而意在彼，或者言有尽而意无穷，给予导演、演员以许多挖掘与再创造的机会，而使观众和读者也大有咀嚼回味的余地。他的有一些台词，还写得十分机智，有风趣，而同时又非常紧凑、传神。例如《家》里面，冯乐山正在用烟蒂头烫婉儿的手腕，不料被觉慧当场捉住，痛骂了一顿。冯恐吓着说回头要告诉觉慧的祖父来管教他。恰巧这时高老太爷由克明陪着进来了，于是觉慧对冯说，你现在就可以跟我祖父讲了。高老太爷问是什么事，冯当然不敢提适才的事，他就一面十分愠怒，一面狞笑着支吾道：“哦，没什么，没什么，一两个，一两个字句间的斟酌。”这样说，既显出冯乐山的搪塞的巧妙，而同时，在语气间也充分泄露出了他的心情的慌乱，确是非常紧凑、传神的。又如《北京人》中，正当杜家吵着要抬曾皓的漆了一百多道的棺材，一家人一筹莫展，只好眼看着棺材让杜家抬走的时候，江泰忽然说他有办法，他可以找朋友想法去，而且说是决无问题。这一举动是这样出人意料，曾皓也不禁给他弄糊涂了，似信非信地问文彩：“江泰这个东西是怎么回事？”文彩却满有把握地回答说：“爹，您放心吧，他平时不怎么乱说话的。他现在说有办法，就一定有办法。”大家知道，江泰这个人素来是好大言而少成事的，有一次文清在说到他时，就曾这样说过：“他也是跟我一样，我不说话，一辈子没有做什么；他吵得凶，一辈子也没有做什么。”而现在文彩却说他“平时不怎么乱说话的”，这与实际情况相去该有多远！这句话，随便出诸任何其他人之口，都会是一句明显的谎话，或是有意的挖苦、讥嘲，但在文彩嘴里说出来，却是十分真诚的。通过这句话，就把一个对自己丈夫十分崇拜的女子的心理神情活画出来了，同时又给人一种滑稽之感，读到这里，谁都不免要忍俊不禁。又如《雷雨》中，鲁妈一心想要见一见自己近三十年不见的儿子周萍，想不到竟亲眼看到他动手打了自己的另一个儿子鲁大海两个巴掌，她心头真有说不出的沉痛与悲愤，不禁大哭着走到周萍的面前责问他说："你是萍，……凭——凭什么打我的儿子？"这一转口，非常贴切地传达出了鲁妈当时的万分悲痛而又复杂的感情，同时，也显出了作者语言的机智。像这样的例子，如果要举的话是还可以举出好多来的。总而言之，曹禺同志的戏剧语言除了动作性、抒情性、个性化之外，还有：一、简短响亮、易说易听；二、凝练含蓄、意蕴深厚；三、机智明快、传神紧凑等优点。

此外，曹禺剧作中的舞台指示，特别是人物的出场介绍，写得也极有特色。

本来，戏剧主要是通过人物自身的台词和动作来塑造性格、发展冲突、表现主题的。在舞台上，既没有作者插嘴的余地，在剧本中自也无须作者多作不必要的说明；说明过多，反会束缚了导演、演员对人物性格的发掘和创造。所以，一般剧作在人物出场时，通常只对他的外形服饰略作介绍（有时，甚至连这些也不需要）。至于思想、性格则绝少涉及。曹禺同志的做法，却颇违常例。他的出场介绍，不但清晰地描画了人物的外貌，而且还直入他的内心世界，把他灵魂中的最隐秘的东西也给掏了出来，而字数也有长达几百字甚至上千字的。他这样做，可能有人会不以为然，认为这已经超出了剧作家的职责范围，而更像是一个小说家在越俎代庖了。我却不这么想。也许是出于个人的偏爱吧，我有时甚至嫌他写得过于简短了。而对于他在1959年出的《雷雨》新版本中对繁漪的介绍所作的删削，更是深深地感到惋惜。这样的删削，一面固然汰除了一些不必要的杂质，使文字显得更纯净了。但同时，却也被洗去了不少光泽，从色调上看，就不免远不如原来那样的绚烂耀眼了。固然，"戏剧只活在舞台上"（果戈理语），剧本应该是为演出而写，估量一个剧本的成败，主要也应该根据演出，根据舞台实践。但是，如果把剧本作为一种独立的存在来看，就是说，如果把它作为一部文学作品来看，那么，只要这些出场介绍是写得符合文学特征的，艺术价值高的，而且是同从台词中所体现出来的人物性格相一致的，那么，尽管它对于舞台演出来说是不必要的、可有可无的，仍应该认为是好的，仍应该从文学的角度来加以肯定。而曹禺同志剧作中的这些出场介绍，则的确是写得非常出色的。往往着墨不多而人物的精神尽出。他用的不是贴标签式的为人物做鉴定的办法，而是用的形象塑造的办法。他似乎是把将要通过戏剧对话的形式表现出来的东西，先就在文学特写的形式中把它完成了。作为一个真正的艺术家，曹禺总是形象地把握现实的，他对现实的理解和主张，也总是以形象的形式出现在他的作品中的。出场介绍也不例外。所以，这里决没有会不会限制导演、演员对人物性格的发掘和创造的问题；相反，只有提供了他们以更丰富的素材，才更便于他们对人物性格的揣摩体会，更有利于他们进行再创造的活动了。

剧本通常也不需要描写环境，只需标明故事发生的地点，如果事件是在室内进行的，顶多再简单地说明一下室内的陈设布置就行。在曹禺同志的剧作中，特别是在《北京人》和《家》中，却常常有大段大段的环境描写。这些描写，对于剧本来说，也似乎完全是多余的、不必要的。其实不然，因为这些描写，不但清晰地勾勒出了人物活动的环境，而且还十分生动逼真地渲染出了一种和故事的进展、和人物的精神状态息息相通的情调气氛。通过这些描写，我们一下子就进入了人物活动的世界，对剧中将要发生的一切，预先就在内心准备好一种迎接它们的适宜的情绪节奏。这样，就使我们更能感受这个剧作的妙处，更能领会这个剧作的思想意义。对于读者能产生这样的效果，对于导演和演员难道就会没有帮助吗？毫无疑问，这些描写也一定会使导演和演员能够更加具体地看清人物活动的背景，更加深入地把握人物行动的内心依据，而有助于演出质量的进一步的提高的。

还有，作者为帮助演员掌握人物说话时的动作和语调而写的一些舞台指示，也极为出色。这些指示是和人物的台词不可分割的，它们本身就是台词的延伸，是台词的一部分。有时，要没有这些指示，我们就很难领会人物台词的含义和情味。譬如，我们前面引过的《家》里面钱大姨妈出场那一段的台词中，要是删去了括弧中的文字，虽然仍不失为一段好台词，但味道就要差远了。而冯乐山和婉儿、王氏三个人的那一场戏（就是冯乐山嘴上叫婉儿"去吧，去吧"，而眼睛却示意要她留下的一场戏），如果没有舞台指示，那我们就简直不知道他们三个是怎么回事了。试看作者在瑞珏开始说出她的大段独白以前所写的舞台指示：

> 缓缓地抬起头，漆黑的眸子怯怯地向四面觑视，闪露出期待抚慰的神色。一种孤单单的感觉袭进她的心里，使这离开了家的少女，初次感觉复杂到不可言状的情怀。她低声叹了一口气，一时眼前的恐惧，希望，悲哀，喜悦，慌乱，都纷杂地汇涌在心底，终于变成了语言，低低地诉说出来。她的声音亲切温婉，十分动听，如湖边一只小鸟突在夜半醒来，先还凄迷地缓缓低啭，逐渐畅快而悲痛地哀歌起来。

这该是写得多么美丽。它不但把这个少女当时的神情举止，像电影镜头一样清晰地展现在我们眼前，而且还渲染出了一种充满诗意的气氛情调，为她的大段诗白的自然涌现事先做好准备。

在曹禺同志的这些出场介绍、环境描写和舞台指示中，也像在他的台词中一样，我们感到最突出的一点，就是作者的内心视像的鲜明。仿佛他所写到的这一切，真的栩栩如生地在他眼前矗立着似的，所以他才能那样逼真地用文字把它们描画下来，又让它们同样清晰地在我们的眼前再现出来。曹禺同志十分强调剧作家要有对生活的"真感受"，要对他所写的东西"真知道"，这确是非常正确、非常重要的。一个剧作家，只有在对他所要创造的人物有了生活实感以后，才能引起创作过程中所不可缺少的内心的热力和内在的沸腾，才能把人物写活。在生活中，我们说的是我们在自己周围确实见到或在心里见到的东西，是我们真正感到、真正想到的东西，是确乎存在于现实中的东西；我们是在这些东西的影响下说话。而剧本中的人物所说的话，却是出于剧作者的虚构，是从剧作者的创造性的想象中产生出来的。剧作者一定要在想象中真的看到了他的人物所处的现实情境，一定要知道了人物的情欲、意向和心理状态以后，才写得出真实有力的、确是人物自己所要说的话来。剧作家对于生活的观察愈敏锐，对人物的理解愈深刻，在生活中，在人物身上所看到、所摄取到的东西愈多，他的内心视像就愈鲜明，在他的语言中就能包括更多生动的现实内容，更富于潜台词，而他也才更能写出真实、生动的人物形象来。曹禺同志剧作中的语言之所以能这样鲜明生动，这样富于魅力，就是跟他对现实生活的真实的感受和丰富的体验分不开的。

曹禺同志的戏剧语言的成就和优点，是历数不尽的，而且恐怕也不是像我这样水平低、能力差的人所能充分说清楚的。我国传统的戏曲，一直是跟歌舞结合在一起的，脱离歌舞而专靠对话来刻画性格、表现冲突、反映现实斗争的话剧，是本世纪初才从国外移植进来的①，所以它在我国还是一种后起的、比较年轻的艺术形式。几十年来，特别是新中国成立以来，我国的话剧事业有了很大的发展，出现了许多优秀的、深受广大人民群众欢迎的剧本。我们把 Drama 译作"话剧"，也许是要突出它的区别于传统戏曲的歌舞性的缘故，但也不免因此产生了一些误解。在欧洲，Drama 一词原意指的是"动作"（在舞台上的动作），戏剧总是应该以动作为主的。称作"话剧"，就不免使一些人以为只要写上一些对话就可以构成一个剧本了，因此我们的有些剧本，常常流于空洞乏味的议论和一般性的叙述介绍，而缺乏戏剧应有的动作性，这恐怕是与这种误解有关的。而曹禺同志剧本中的对话，却是充满着强烈而紧张的动作性的，这一点，我觉得是特别值得我们年轻的戏剧工作者学习的地方。

1962 年 9 月

------

① 当然，我国传统戏曲中，也未尝不包含着可以作为话剧发展的基础的东西，譬如传统戏曲讲究唱、做、念、打，其中的"做"与"念"，就是属于话剧的要素。所以，也有人认为话剧并不完全是舶来品。

关于《雷雨》的命运观念问题
——答胡炳光同志

胡炳光同志在他写给《文学评论》编辑部的信中①，指出我在《〈雷雨〉人物谈》中把繁漪当作"雷雨"的化身，当作被作者漏掉的第九个角色，是不符合作者的原意的。就事论事地说，这一指正当然是对的，而且绝无争辩的余地。《雷雨》的作者曹禺自己说，他在《雷雨》中把那位名叫"雷雨"的好汉给漏掉了，我却偏偏要说他没有漏掉，倒像是我比作者自己更清楚似的。而且曹禺明明说被漏掉的是第九个角色，既然现在连繁漪本人在内，《雷雨》的全部出场人物只有八个，那么这个被漏掉的人，怎么可能就是繁漪呢？这岂不是个明显的错误？错得岂非有些出乎情理之外？显然，我这样说的意思，无非是在于强调繁漪的"雷雨的"性格，在于突出她在剧情冲突中的地位与作用。这种"取其一点而不顾其余"的说法，虽然未免牵强，却也应该是可邀谅解的。其实，严格说来，曹禺的"漏掉"云云的话，也是不够恰切的。如他自己所说，他之所以不把那个名叫"雷雨"的好汉写出来，并不是因为他在无意中"漏掉"

①　见《文学评论》1962 年第 6 期。

了这个角色，而是由于"技巧上的不允许"。我甚至以为，就连"技巧上的不允许"这样的话，也还只是一种并无任何实际意义的说辞。事实上，在这个作品中，根本就不需要有这个角色（这后面还要谈到）。他之所以要这样说，也还是为了行文的方便。他是为了要引出下面的话来，为了要说明他在《日出》中没有能够把那个最重要的角色写进去的那番苦衷才这样说的。

想来，胡炳光同志也并不是不知道，或者不能够体谅我的这番用意。如果，在他看来，我的错误仅只是停留在这一理解本身上，他也许就不一定肯浪费笔墨来指正我了。他是因为我的这一误解还"关系到对作者的创作思想、创作意图"，关系到"对作品的整个思想内容的认识问题"，才觉得有必要把这个问题提出来同我讨论的。而在我这一方面呢，也正因为这个问题关系重大，而且自己觉得在这上面的确还有许多不很明确的地方，所以也愿意趁这个机会把我的一点粗浅的、很可能是错误的理解简略地说一说，以进一步就教于胡炳光同志和读者同志们。

胡炳光同志认为，由于我把蘩漪当作了"雷雨"的化身，而不知道"雷雨"实际上所代表的是"在冥冥之中主宰着人们命运的一种力量"，因而也就不能全面地理解曹禺当时的世界观，也就忽视了曹禺"从书本上得来的命运观念"对创作的影响。的确，无论从《日出》的跋文中，或是从《雷雨》的序文中，曹禺都是把"雷雨"当作一种神秘的力量，当作一个或许存在的不可测知的主宰的。那么，我为什么在我的那篇文章中，完全丢开了曹禺的这种说法，而不去指出——像许多研究家所做过的那样——在《雷雨》中存在着命运观念呢？我这样做，有下面三点原因。

第一，我觉得曹禺的这种说法，是事后追加上去的，而并非在创作构思中就已存在的认识；对于我们分析剧作的思想，虽有参考价值，却不一定就是最好的凭证。即使这种认识确乎在构思中就已产生，但作者的主观意图还不等于就是作品的客观思想；分析作品的思想，还是应该从作品本身出发，还是应该根据作品所描绘的整个生活画面、所提供的人物相互间的全部复杂关系，而作出实事求是的论断的。何况，曹禺的这种说法，本身就是很含混的，我们并不能够肯定那就是意味着"命运观念"；他自己就始终没有把那个神秘的力量，那个或有的主宰称作"命运"过。在《雷雨》的序文中，原来还有如下的一段话，在现在的版本中已被删去了，现在为了大家讨论、研究的方便起见，不妨把它抄录出来：

　　《雷雨》对我是个诱惑。与《雷雨》俱来的情绪蕴成我对宇宙间许多神秘的事物一种不可言喻的憧憬。《雷雨》可以说是我的"蛮性的遗留"，我如原始的祖先们对那些不可理解的现象睁大了惊奇的眼。我不能断定《雷雨》的推动是由于神鬼，起于命运或源于哪种显明的力量。情感上《雷雨》所象征的对我是一种神秘的吸引，一种抓牢我心灵的魔。《雷雨》所显示的，并不是因果，并不是报应，而是我所觉得的天地间的"残忍"，（这种自然的"冷酷"，四凤与周冲的遭际最足以代表。他们的死亡，自己并无过咎。）如若读者肯细心体会这番心意，这篇戏虽然有时为几段较紧张的场面或一两个性格吸引了注意，但连绵不断地若有若无地闪示这一点隐秘——这种种宇宙里斗争的"残忍"和"冷酷"。在这斗争的背后或有一个主宰来使用它的管辖。这主宰，希伯来的先知们赞它为"上帝"，希腊的戏剧家们称它为"命运"，近代的人撇弃了这些迷离恍惚的观念，直截了当地叫它为"自然的法则"。而我始终不能给它以适当的命名，也没有能力来形容它的真实相。因为它太大，太复杂。我的情感强要我表现的，只是对宇宙这一方面的憧憬。

可见他自己对于"雷雨"所象征的究竟是什么，也并没有一个明确的观念。他只觉得那是一种神秘的吸引，一种抓牢他心灵的"魔"。它对于他是不可理解的，因而他也不能给它以适当的名称。"上帝""命运"之类的说法固然不能被他接受，就是近代人的"自然的法则"这样的解释，他也不见得赞同。他并且明白地指出《雷雨》所显示的，并不是因果，并不是报应。我们怎么能够就把他的这些话作为他有"命运观念"的证据呢？不错，他的这些话的确在读者心目中引起了某种神秘主义的感觉，但反映在青年曹禺身上的这种神秘主义倾向，也还不能说就是一种哲学信念，而只能说是由于认识与理解的能力的不足而来的一种惊奇与惶惑。他能够既不安于"上帝""命运"之类的迷信的说法，又不接受"自然的法则"这种机械论的解释，这显示出他的理智的清明，也是他终于能抵御住神秘主义的吸引，而没有成为它的俘虏的原因。我想，当年的曹禺所不能理解和说明的道理，今天我们有了马克思列宁主义的思想指导，应该是可以作出合理的、科学的解释的了。他在《雷雨·序》和《日出·跋》中所说的一些话，只能作为我们研究他的这些作品时的参考，它们本身也同那些作品一样，应该是我们分析解剖的对象，而不应该把它们当作分析作品时的指导性的依据，更不能就用它们来代替对作品的分析、研究。

第二，我的那篇文章的任务，只在于分析周朴园和繁漪两个人物，而不在于全面论述作者的思想。单从这两个人物身上，是并不能够证明在作者当时的思想中有命运观念存在的。周朴园可能是个有命运观念和相信因果报应之说的人。譬如第四幕中，他背着繁漪告诉周萍要小心防范她，说："有些事简直是想不到的。世界上的事真是奇怪。"在最初的版本里,这后面的一句本来是写作"天意很——有点古怪"的。此外大概还可以找到一些其他的证据。在那样的时代、那样的社会里,在一些人的头脑中有命运观念,本是不足为怪的事,侍萍就更是一个突出的例子。但是这也顶多只能说是周朴园或鲁侍萍有命运观念,而不能据此就说作者有命运观念。至于蘩漪,那就恐怕很难说她一定也有命运观念了。单是喊一声"天哪!"或是对别人的"更不幸"的命运有所感受,是不足以证明她就真的相信有"天"有"命"的。即使我们承认这些可以作为蘩漪也有命运观念的证据,但依旧并不能作为作者也有命运观念的证据。要论定作者有命运观念,不能仅仅根据周朴园或蘩漪的这些台词,而必须有更为充足、更令人信服的理由才行。至于体现在这两个人物身上的作者当时世界观中的消极面,则是完全可以从别的方面去加以说明的。我在我的那篇文章中,已经试着作了说明,尽管说得不一定正确。

第三,虽然整个地来考察这个作品的思想时,确乎有某些根据要使我们怀疑到命运观念的存在,但我又终于不敢就作这样的论断;因为我觉得,这里依旧是容许作别样的解释的。

什么是我所谓的可以使我们怀疑到《雷雨》中有命运观念的存在的根据呢?

《雷雨》这个剧作在艺术上的一个突出的优点,就是它的矛盾冲突的高度的集中。别林斯基在谈到戏剧的特点时,曾这样说:在这里"每个人物都追求自己的目的,并且只为自己而行动,从而不自觉地促成这出戏的整个事件"①。《雷雨》中所表现出来的人物与事件、性格与冲突以及人物相互之间的关系,的确是符合于别林斯基

---

① 《别林斯基论文学》,第 191 页。

的这种说法的。剧中的八个人物，每一个人都各有他自己的强烈的意向和情欲，各有他自己所追求的目的，而且都在为着他自己的目的而行动着。譬如，周朴园所追求的是维持自己的尊严和家庭的秩序；蘩漪所追求的是要留住周萍，让周萍永远陪伴自己；周萍则想避开蘩漪，逃出周公馆；四凤又想跟周萍一起走，想跟周萍结合；周冲在追求着四凤的爱；而侍萍却要把四凤带出周公馆，使她脱离险地；鲁贵想的是能够永远保住周公馆的饭碗；而鲁大海则要为工人阶级的利益而向周朴园进行坚决的斗争。在这许多相互矛盾着的目的和行动之间，就形成了极端复杂、极端紧张的冲突。那么，这场冲突的结果怎样呢？结果却是，这八个人中的每一个都失败了！蘩漪留不住周萍，周萍也走不出去；侍萍带不走四凤，四凤也不能跟周萍结合；周冲得不到四凤的爱，鲁贵也不能重回周家；鲁大海的罢工斗争失败了，而周朴园也完全失去了家庭的秩序和自己的尊严。谁是胜利者呢？谁实现了自己的目的和愿望呢？谁也不是，谁也没有。真要是有的话，那就只能是作者在序文中所说的天地间的"残忍"和自然界的"冷酷"，或者是那被希伯来的先知们赞为"上帝"、被希腊的戏剧家们称为"命运"的宇宙的或有的主宰。这就很自然地要使我们相信《雷雨》中确有宿命论思想的存在了。再联系到作者在《日出·跋》中所说的那番话（即胡炳光同志的信中引用过的，把"雷雨"当作被漏掉的第九个角色，而且是最重要的角色，说他几乎总是在场，其余八个人物都受着他的操纵，仿佛是他手下的傀儡一样的那一段），就更要使人觉得作者通过对作品中人物的关系和他们的命运的安排，似乎的确主要就在于阐明一种神秘的宿命论的思想了。所以，我对于许多评论家和文学史家在指出《雷雨》中有宿命论思想时所提出的论据，虽不尽同意，但对他们的这一结论，则是并不想加以反对的。然而，要我自己也明白地来主张这种说法，却又总觉得心有未安，意有未惬，总觉得这不一定就是最恰当、最合乎作品和作者的思想实际的说法。

我们知道，曹禺之写作《雷雨》，并不是从观念出发的。当他初次有了《雷雨》一个模糊的印象的时候，逗起他的兴趣的，"只是一两段情节，几个人物"，以及"一种复杂而又原始的情绪"。① 而在这许多人物中，他最早想出的，而且较觉真切的便是繁漪与周冲。对于这两个人物，他是带着极大的同情，以一种又怜又爱，并且混杂着某种程度的尊敬的感情来写他们的；不但在他的序文中作了这样的自白，我们通过作品所得到的感受也证实了这一点。《雷雨》中所表达出来的正面的、积极的思想，主要是同繁漪和周冲这两个人物的要求和愿望联系在一起的；无论作者的主观意图，或是作品的客观思想，都是如此。这种思想的实质是什么呢？那就是在他当时的世界观中占主导地位的民主主义思想和人道主义思想。而他所谓的"复杂而又原始的情绪"，无非是由于眼看他所同情的善良而无辜的周冲、四凤等人，在那样的社会里，却偏偏遭到这样残酷的命运，而产生的一种强烈的愤懑之情罢了。这种愤懑之情，当然并不是仅仅由于目击了繁漪、周冲这类人的不合理的遭遇而来，这是生活在当时的黑暗社会里的曹禺的心头所早已积压着的一种情绪。又因为他"不惯于在思想上用工夫"，没有认真去追究过这罪恶的根源究竟来自哪里，而且在他当时的思想水平下，恐怕也不见得能完全搞清楚这个问题，因而他的这种愤懑之情，就显得是无法排解甚至简直是不可言喻的了；他就只能称之为"一种复杂而又原始的情绪了"。至于《日出·跋》中的那段话，虽然似乎是说明了《雷雨》全剧的动力，都是来自"雷雨"所象征的那种力量，或者说都是"命

① 《雷雨·序》。"原始的"，在现在的版本中作"不可言喻的"。

运"——我们就姑且把那种力量称作"命运"——在操纵着一切。但是如果我们仔细地考察一下作品的实际情况，就会看出作品的动力，其实是来自作品本身所提供的冲突，是来自人物之间的相互关系的——而繁漪在这里面又扮演着一个特别重要的角色。这里，一点也不需要有什么冲突以外的、人物相互关系以外的力量的推动。我们能不能指出作品中有哪一点是不合乎生活的逻辑，或者是神秘而不可理解的呢？人物的每一个行动，情节的每一个发展，都有性格和冲突的内在的依据，根本无须乎"雷雨"这位好汉的插手。所以，我觉得，如果说《雷雨》中的极端复杂而又紧张的冲突所造成的这样一种不可避免的悲惨的结局，在客观上不免有容易使人产生神秘的宿命论思想的消极倾向，这是完全有根据的，我同意这种说法。但如果说，作者在这个作品中，就是有意要来表现这种宿命论思想的（哪怕持这种说法的同志也说这并不是主要的），我就总觉得不能毫无怀疑。或者，如果比这走得更远，说作者在创作构思中，就已预先把"命运"作为全剧的动力，让它来操纵全剧，剧中人的一切活动都在说明着它的存在，显示着它的不可抗拒的威力，那我就更加期期以为不可。不管这样的说法可以从作者自己的话中找到怎样有利的论据。

以上就是我所以没有在《〈雷雨〉人物谈》中指出《雷雨》的作者有命运观念的原因。我虽然对作者主观上有没有宿命论思想的问题，采取一种保留的态度，但我并不否认《雷雨》这一作品在客观上的确显示了这样的消极倾向；并且肯定地认为这种消极倾向也应该到作者当时的世界观中去找寻说明。只是在如何来具体地说明这一问题上，我和胡炳光同志以及别的一些同志们，还有不尽相同的看法。

1963 年 1 月 8 日

【**附记**】我的《〈雷雨〉人物谈》一文发表以后，曾读到胡炳光同志给《文学评论》编辑部的一封信，提出了一些不同的看法。我曾写此文作答。当时未能刊出。现把它发表出来，恳切地希望胡炳光同志和读者同志们指正。

1978 年 11 月 25 日

“你忘了你自己是怎样一个人啦！”

——谈周朴园

周朴园出身于封建家庭而又到德国去留过学，是一个当时所谓“有教养”的人。但他从青年时代起，就干了不少伤天害理的事。他为了迎娶一位有钱有门第的小姐，就逼着和他刚生了孩子才三天的女人冒着大风雪去跳河；为了自己发财，就故意让承包的江堤出险，淹死了两千二百名小工；为了镇压工人运动，他就叫警察开枪打死了几十名工人……而他个人的“事业”“地位”，就在这伤天害理的过程中蒸蒸日上。他如今是一家煤矿公司的董事长，受到社会上一般人的尊敬，是一个非常“有体面”的人物。他虽受着资产阶级的教养，却同封建地主阶级的思想感情有着深厚的血缘关系。他不但冷酷、自私，具有专横的统治心理，而且还十分虚伪，深谙假道德。这样一个人，和他周围的人之间自然要发生着尖锐的矛盾。而他，也终于在这些重重的矛盾中，陷入了难以自拔的境地。

周朴园第一次出场，恰好繁漪、周萍、周冲三个人正在一起，在自己妻儿面前，他的威严、专横就更能给人一个深刻的印象。剧作者安排他在这时与读者、观众见面，是很具匠心的。在介绍他入场时，作者对他作了这样的描绘：

　　……他约莫有五六十上下，鬓发已经斑白，带着椭圆形的金边眼镜。一对沉鸷的眼在底下闪烁着。像一切起家立业的人物，他的威严在儿孙面前格外显得峻厉。……他有些胖，背微微地伛偻，腮肉松弛地垂下来。眼眶下陷，眸子却闪闪地放着光彩。他的脸带着多年的世故和劳碌，一种冷峭的目光和偶然在嘴角上逼出的冷笑，看出他平日的专横，自是和倔强。……①

　　这寥寥的几笔，就把周朴园的形象非常鲜明地勾勒出来了。专横、自是和倔强，确是周朴园性格中的一个非常突出的方面。

　　蘩漪和周萍本来正在客厅里进行着一番微妙的口角，周冲虽然不懂得他们话中的含意，但也感觉到了他们之间的不协调，表示很不愿意听他们这样说话。所以，在这三个人之间，空气是很不平静的。特别是蘩漪和周萍之间，更在进行着一场激烈的心对心的战斗。然而，就在这个时候，书房门打开了，周朴园出现在门口。客厅里的这三个人就立刻变得肃静。周朴园缓缓地踱进来，弟兄两个异口同声地喊着"爸"，周冲并且问了一句："客走了?"做父亲的对这些热情而恭敬的招呼，只稍微点了一下头，却转过来用如下的问话招呼了他回来后才第一次见面的妻子——蘩漪："你怎么今天下楼来了，完全好了吗?"这虽然显示出他对蘩漪的关切，但口吻远不是很热情的。接着，在他用同样缺乏热情的"还好"二字回答了蘩漪对他的问候以后，就要蘩漪回到楼上去。他是这样说的："你应当再到楼上去休息。"我们听得出他这句话的意思，他并不是怕蘩漪在楼下

――――――――――

　　① 《雷雨》，中国戏剧出版社1957年版，第38页。本书所有的《雷雨》引文，如不注明出处，皆引自《曹禺选集》，人民文学出版社1961年。

待久了累,才劝她上去休息一会,而是认为她根本应当在楼上休息,不应该下来。他的逼人的威严,他的专横、冷酷,在他初出场的这一刹那间,就充分表现出来了。而紧接着来的他对周冲的斥责,对繁漪的威逼(逼她喝药),更把他这种性格刻画得淋漓尽致。他就用这种冷酷、专横,维持着他的威严,建立起他引以为自豪的家庭的"平静"而"圆满"的秩序。

当然,周朴园也并不是一味冷酷、专横,他对待妻儿是恩威并施的。他甚至还给他的妻儿以这样一种印象:仿佛他的冷酷、专横,只是对他们的"关心"和"爱护"的一种富有个性色彩的独特的表现形式。因此,他们对他是不能有过多的不满的,而他的冷酷和专横,在他们看来也只应该是威严,而不应该把它当作残暴。这里就显示出了周朴园性格中的另一个突出的方面——伪善。

他对待侍萍的态度,最深刻地暴露了他的伪善的一面。

据他自己向侍萍表白,他三十年来一直没有忘记过她。每年四月十八日,都不忘记为她做生日,一切都照着她是正式嫁过周家的人看待。我们也的确看到他屋子里的家具都还是从前侍萍所喜欢的旧物,他到东到西总都带着,而且陈设布置仍按照三十年前侍萍动用时的样子。甚至因为侍萍在生周萍时受了病,总要关窗户,因此他到现在,即使在夏天,这个房间的窗户还是不许人打开。他穿衣服,不管是雨衣还是衬衫,都爱穿旧的而不爱穿新的。他一听到侍萍的无锡口音,便很有深情地急着打听起所谓"梅小姐"的事来,并说想把她的坟墓修一修……这些,似乎的确都证明他三十年来一直没有忘记侍萍,而且还是深情缱绻,朝夕怀念着她的。然而,很奇怪,当他知道他所怀念的这个人并没有死,而且现在就站立在他面前,就在跟他面对面地晤谈着时,他却忽然严厉地喝问对方:"你来干什么?"这样极端矛盾的态度,这样前后判若两人的声气,实在令人吃惊。不过,只待稍稍惊定,我们也就恍然大悟了。这"你来干什么?"的一声,含义是无比丰富的,它说明了许多问题。它虽然并没有把周朴园三十多年来对侍萍的种种怀念一笔勾销,却也赋予了这些怀念以一种新的含义。或者,更确切些说,是揭示了这些怀念的一种不易为人察觉的、甚至连周朴园自己也不一定意识到的隐秘的意义(他之所以不一定意识到这一点,乃是因为他不愿意承认这一点;因为不愿意承认它,久而久之,他自己就真以为它并不存在了)。这层意义一揭露,我们对周朴园的灵魂、周朴园的本质,也就看得更清楚,有了更深的理解了。

周朴园三十年来对侍萍的种种怀念,是不是全是假的、虚伪的呢?从他居然能严厉地喝问侍萍"你来干什么?"里,从他前后一贯的为人处世的态度里,以及从他作为一个资产阶级的阶级本性里,我们都可以毫无疑问地作出肯定的回答,说他是假的,虚伪的。但是,我们却不能因此就认为周朴园对侍萍真的一点感情也没有。认为他对侍萍的种种怀念的表示都是故意装出来的,都是有意识地做给别人看的。这样想就把一个人的复杂的心理面貌简单化了,就将阻碍我们对周朴园的资产阶级本质作更深入一步的了解。阶级本质是渗透在具体的个性中,而且只有通过具体的个性才能表现出来的东西。而个性,则总是比较复杂的,总是充满着各种各样的矛盾,而且还常常是带有各种各样的涂饰物的。吝啬汉可以慷慨于一时,杀人不眨眼的人有时也会大发善心。因为吝啬汉的一时的慷慨,就不承认他是吝啬汉;因为残暴的人的偶发的善心,就说他并不残暴:当然是不对的。但如果以为吝啬汉有的只是吝啬,残暴的人任何时候都是残暴的,也是一种简单化的看法。在一个人的身上,可能有某一种品质是比较突出的,但这一种品质并不能够完全决定这个人的性格。处在复杂的阶级斗争环境中的人,特别是处在社会关系高度复杂化了的现实社会中的人,他们的个性总是比较复杂的。个性的复杂性并不否定或削弱个性的阶级性,而恰恰是更生动、更丰富地体现了他的阶级性,更充分、更深刻地揭示了他的阶级性。如果我们不估计到个性的这种复杂性,不去具体地观察研究这种复杂性,那么,我们对他的阶级本质即使也可能有正确的了解,但这种了解必然是抽象的而不是具体的,是肤浅的而不是深刻的。因为这种了解,只是搬用了一个无可争辩的现成结论的结果,而并非自己实地观察的结果。我们说周朴园是虚伪的,乃是因为整个地来看他时,归根到底地来说时,他只能是虚伪的。但这并不等于完全否认周朴园具有任何真正的感情,也决不排斥周朴园对侍萍可以有某种程度的真正的怀念。周朴园对侍萍的某种程度的怀念,不但丝毫不能动摇我们认为周朴园是极端虚伪的看法,而恰恰是——从他的怀念的性质及其具体表现中——只有更其加深了我们的这一看法。我们说周朴园对侍萍是可以有某种程度的真正的怀念的,这也很容易理解:侍萍年轻时是很美的。他确曾喜欢过她,何况她又是周萍的母亲,怎能不常常想起她呢? 一个人对于已经失去的东西,总是特别觉得可贵,特别感到恋念的。尤其是他做了那样一件伤天害理的事(我们记得,他是为了赶娶一位有钱有门第的小姐,逼着刚生下孩子才三天的侍萍,在年三十夜冒着大风雪去跳河的),总不能毫无内疚。现在,侍萍既已死去(他一直以为她已经死了),对他就不再有什么威胁、不利,他就更容易想到她的种种可爱处而不胜怀念起来。这种怀念,又因他的灵魂的内疚,又因他的补过赎罪之心而愈益增加了它的重量,以至他自己都为这种“真诚的”怀念所感动了。他觉得自己虽然“荒唐”于前,却能“补过”于后,就仿佛也是个“道德高尚”的人了。这样,他对侍萍的怀念就做得愈益认真起来,并且还以此自豪,以此来教育周萍,来树立家庭的榜样。这样做,在他主观上可能的确是很"真诚"的,并无故意骗人的存心。但是,作为剥削阶级中的一员,他是不可能有什么真正高尚的感情的。他首先考虑的,总是自己的名誉、地位,自己的实际利益。在并不损害他的利益时,他是可以有一点感情的,但当他一发觉这种感情与他的利益相抵触,将要危及他的名誉、地位时,他就会立刻翻脸不认人,把这种感情一脚踢开。"你来干什么?"这一声就充分说明了这一点。在紧接着这一声以后的一长串的对话中,剧作者更进一步地揭露了周朴园的这种丑恶的阶级本质。我们不妨在这里稍停片刻,听一听他们的对话:

> 周朴园　　（忽然严厉地）你来干什么？
>
> 鲁侍萍　　不是我要来的。
>
> 周朴园　　谁指使你来的？
>
> 鲁侍萍　　（悲愤）命,不公平的命指使我来的！
>
> 周朴园　　（冷冷地）三十年的工夫你还是找到这儿来了。

我们听得出,周朴园在说前两句话时,一定是声色俱厉的,而后一句话又是多么冷酷无情。

"你来干什么?"他的内心的语言（潜台词）其实是说:"你想来敲诈我吗?"侍萍说"不是我要来的"。他一定想:不是你自己要来敲诈我,那么准是有人指使你来敲诈我的了,所以他接着问:"谁指使你来的?"这一问一答不过是二二秒钟的时间,但是,我们可以想象得到,周朴园的内心变化却是异常剧烈的,他的思想却是经历了很长的路程的。他一定会想到这个人多半是鲁贵,而鲁贵又是那样狡猾难对付,他就更感到事态的严重。等到听侍萍说了是"不公平的命指使我来的"后,他才觉得还好,还只是她自个儿找来的,总算并没有别人夹在里头，因而他就不像原先那么紧张了。但他还是认定侍萍是有意找上门来的，要摆脱她，解除这个麻烦，他想是总得费些周折，花些钱财的了。但不知她此来的意图究竟如何，且先听听她的口风再说吧。因而他才冷冷地说了一句"三十年的工夫你还是找到这儿来了"。他的潜台词，他的内心的真正意思，其实是："那么你究竟想怎样呢？"但是，侍萍的思想、心情，却完全走着另一条路，并不是沿着他的内心线索前进的。她这一次到四凤的东家来，想不到竟遇到了三十年前那样毫无心肝地抛弃了自己的那个人。在与这个人的短短的接触中，她发现这个人似乎并不像他过去那样无情，从他房间里的陈设布置，从他依旧保留着的夏天关窗的习惯，从他对旧衣物的偏爱，特别是从他对"梅小姐"事件所流露出的兴趣与关心里，她知道这个人还是一直在怀念着自己的。本来，她从这个人那里所受到的凌辱、迫害，是说不尽、诉不完，无论如何也忘不了的。但毕竟事情已过去了三十年了，何况这个人还是她的大海和她另一个儿子的爸爸，而他如今又显得这样多情。像侍萍这样一个心地纯洁而善良的女子，又受着封建伦理观念的严重影响，自然不免又一时"犯糊涂"，心软起来。因而，她刹那间几乎已经忘记了这个人过去对自己的种种不情不义、种种灭绝人性的行径，开始想用另外一种眼光来看他了。① 而忽然，这个人重又露出了他的本相，而且把自己看得那样卑鄙、下贱，以为是有意来敲诈他

---

① 譬如，她在周朴园的面前，有意透露了一些她自己的消息，目的当然是在于试探——良心的试探，一种多少带有谴责意味的试探——周朴园。但这种试探本身，就是一种软弱、动摇的表示，就是她对周朴园的仇恨已有所冲淡的表示。更明显的是，当周朴园对她说了"好，你先下去吧"以后，她竟有些不忍就走。她这时，不但不像先前，急于想避开周朴园，反而问周朴园："老爷，没有事了？"而且"望着周朴园，泪要涌出"。

的。这才使她重又清醒过来，她三十年来的悲愤、郁积，三十年来的血泪痛苦，一下子就像开了闸门的洪水一样奔涌出来了。她的这种感情的爆发，使得周朴园有些害怕，怕张扬开去，有损自己的体面。因此，自此以下，他的语调就变了。起先是竭力地想稳住她，想使她的感情平静下来，所以他一则曰："你可以冷静点。现在你我都是有子女的人。如果你觉得心里有委屈，这么大年纪，我们先可以不必哭哭啼啼的。"再则曰："从前的旧恩怨，过了几十年，又何必再提呢？"三则曰："我看过去的事不必再提了吧。"但是，侍萍并没有平静下来，她还是要提，她闷了三十年了，非提不可。于是周朴园又采取了另一种办法，想用感情来软化她。这样，我们就听到了他的如下的话：

> 你静一静。把脑子放清醒点。你不要以为我的心是死了，你以为一个人做了一件于心不忍的事就会忘了么？你看这些家具都是你从前顶喜欢的东西，多少年我总是留着，为着纪念你。

果然，他这番话立刻生了效。侍萍听到这里，低下了头，开始有些平静了。于是他就以更加恳挚而悔罪的声调接下去说：

> 你的生日——四月十八日——每年我总记得。一切都照着你是正式嫁过周家的人看，甚至于你因为生萍儿，受了病，总要关窗户，这些习惯我都保留着，为的是不忘你，弥补我的罪过。

这一下他的目的完全达到了，现在是侍萍反过来请他不必再提这些了。把侍萍的感情稳住以后，他想这就可以谈到正题了。因而他说:"那更好了。那么我们可以明明白白地谈一谈。"意思是说:既然你也认为过去的事可以无须再提,那么你就把你此来的目的、意图、要求直截了当地提出来吧。但是,侍萍完全不理解他话中的意思,因为她从来就不曾有过这一类的心思、打算。因而她说:"不过我觉得没有什么可谈的。"从她的这句话里,周朴园才想起了过去侍萍的高傲倔强的性格。再联系到刚才一连串的对话,他就发现侍萍的性情原来并没有什么大改变。这发现叫他安心。但他又想到,她现在是鲁贵的妻子,而鲁贵却是个很不老实的人,假使他夹在中间,事情就麻烦了。所以他就说出了"话很多。我看你的性情好像没有大改,——鲁贵像是个很不老实的人"这样几句看来似乎不大连贯的话来。这一次,侍萍懂了他的意思了,叫他不用怕,满怀轻蔑地告诉他,她决不会让鲁贵知道这件事的。这下,他就完全放心了。在打听过被侍萍带走的他的另一个儿子的消息以后,他要问的都问了,要知道的都知道了,他已解除了一切的恐惧与顾虑。于是他就剥去了一切的伪装,赤裸裸地露出了他的本相。所以他又忽然说:"好!痛痛快快的!你现在要多少钱吧!"在这句话里,充满着令人恶心的铜臭气息,而这个资产阶级的卑鄙丑恶的灵魂,通过这句话也就被揭露无遗了。

不能不令人感到惊异的是,作者曹禺这时才不过二十三岁,他竟能把周朴园这样一个老奸巨猾、深藏不露的伪善者的灵魂,如此清晰、如此细致入微地勾勒出来。这样深刻的观察力,这样高超的艺术才能,真叫人叹赏不止。不过,最后一场中对周朴园的描写、处理,却不能说是同样成功的。在这一场里(其实,前面也或多或少地存在着这种情况),作者思想上的不成熟以及他世界观中的严重弱点,和他的作为一个天才艺术家所特有的感受与表现的能力,同样清晰地呈现在我们眼前。

在周萍与四凤已经取得侍萍的同意，即将一同出走的当儿，周朴园被繁漪叫了下来。他一下来，忽然又看到了已经说过再也不上周家的门的侍萍、四凤，而且她们还与繁漪、周萍、周冲在一起，他当时的惊骇是可想而知的。作者这样写：

> **周朴园** （见鲁侍萍，鲁四凤在一起，惊），啊，你，你们这是做什么？

头上那个"你"字，可能是对着侍萍说的。他可能是一看到侍萍，在万分吃惊的当儿，就几乎脱口而出地说出"你怎么又来了？"这句话来。但他究竟是个老练而深沉的人，所以他终于竭力压住了惊慌，并且强作镇定地、不失他的威严本色地改问了一句："你们这是做什么？"这时，繁漪就拉着四凤告诉他："这是你的媳妇，你见见。"又叫四凤"叫他爸爸"。并且指着侍萍，叫周朴园"也认识认识这位老太太"。接着，她又转过来向周萍说："萍，过来！当着你的父亲，过来，给这个妈叩头。"周朴园看见侍萍重又回来，本来就已经是说不出地慌乱，如今繁漪又不怀好意地一会儿叫他认这个，一会儿叫他认那个，而他又完全不知道周萍与四凤之间的事，所以繁漪一上来说四凤是他的媳妇，他可能没有听清楚；即使听清楚了，在极度的慌乱中，在一心只想着他跟侍萍的关系时，也可能完全不理解"媳妇"两个字的意义。而繁漪叫周萍给侍萍叩头，——"给这个妈叩头"这句话，在他的耳中却特别响亮清晰。他既然并不知道周萍跟四凤的恋爱关系，当然也就不会想到繁漪嘴里的这个"妈"字，并不是他心里所想的那个"妈"字的意思。于是，他就一心以为他跟侍萍的关系已被大家知道了（后来繁漪的"什么，她是侍萍？"这样由衷的惊奇，不是也被他认为是故意的嘲弄吗？），他当然也就无法再隐瞒了。所以，他之承认侍萍，起先原是被迫的，并非出于自动。这些描写，都是十分真实而深刻的，是符合周朴园这样一个人的性格特色的。然而就在这里，作者却给了周朴园以过多的悔恨沉痛的感情，仿佛他真像所谓“天良发现”似的忽然真正忏悔起过去的罪恶来了。作者写他始而悔恨地对侍萍说：“侍萍，我想你也会回来的。”在这句话里，我们听得出，有的不仅是对自己的行为的悔恨，而且还含有对侍萍终于还是回来了的一种欣慰的感情。继而又沉痛地唤着周萍：“萍儿，你过来。你的生母并没有死，她还在世上。”（着重号为引者所加）这样的口吻，也不像是因为隐瞒不了而只得假意敷衍的人的口吻了。紧接在这句话的后面是：

> **周　萍**　（半狂地）不是她！爸，不是她！
>
> **周朴园**　（严厉地）混账！不许胡说！她没有什么好身世，也是你的母亲。
>
> **周　萍**　（痛苦万分）哦，爸！
>
> **周朴园**　（尊重地）不要以为你跟四凤同母，觉得脸上不好看，你就忘了人伦天性。
>
> **鲁四凤**　（痛苦地）哦，妈！
>
> **周朴园**　（沉重地）萍儿，你原谅我。我一生就做错了这一件事。我万没有想到她今天还在。今天找到这儿。我想这只能说是天命。（向鲁侍萍叹口气）我老了，刚才我叫你走，我很后悔，我预备寄给你两万块钱。现在你既然来了，我想萍儿是个孝顺孩子，他会好好地侍奉你。我对不起你的地方，他会补上的。①

---

①　《雷雨》，中国戏剧出版社 1957 年版，第 165、166 页。

这样的一番话，不但很能迷惑侍萍以及所有其他在场的人，而且也会冲淡读者和观众对周朴园的憎恨，而使整个作品的思想意义受到损害。当然，我们并不是说，周朴园决不会说这样的话，也并不是说，这样一番话就与周朴园的性格存在着怎样的抵牾。像周朴园这样一个人，在眼看真相已万难再行掩盖时，为了维持他的伪善面貌，维持他一向极力装扮的假道德，为了给他的儿子以"良好"榜样，为了维护他的家庭的"平静"而"圆满"的秩序，是完全有可能说出类似的话来的。问题是在于他说这些话时的态度与口吻。像上面这样的态度与口吻，恐怕是很难使人不受到迷惑的。作者应该使这些话成为对周朴园的伪善本质的更深一层的揭露，而这里却似乎是在肯定周朴园的忏悔心情了。这应该说是作者的一些弱笔。而这些弱笔的出现，并不是由于作者艺术表现能力方面的欠缺，而是与作者当时思想上的弱点直接联系着的。

在作者当时的世界观中，占主导地位的是民主主义与人道主义的思想。这种思想有它的进步性，也有它的局限性。在这种思想指导之下，他对当时那种人压迫人、人剥削人的现象，感到极大的愤怒和不平，所以他在作品里能够对充满这种现象的当时的社会，作出深刻的揭露与尖锐的抨击。但是，停留在这样的思想水平上，对造成这种现象的原因，是不可能有深刻而明确的认识的。因而，他虽然对社会的真实情况，有敏锐的感觉和强烈的爱憎，但究竟应该怎样正确地对待、批判这种现实，就有些茫然了。因为，正确地对待和批判的能力，是只有在正确的思想指导下才能具备的。他对周朴园这个人物，应该说是了解得相当深的，他洞察他的肺腑，在他的笔下，这一人物的精神面貌可以说是展示得非常清晰了。但究竟应该怎样来评价这个人物呢？这个人当然决不是什么值得同情的好人，而是一个应该被批判、被否定的人物，这一点对曹禺来说，也是不成问题的。但批判应该掌握什么样的分寸？否定应该达到什么样的程度？这在曹禺，恐怕就不是很明确的了。而且，在他当时的世界观中，或多或少还存在有资产阶级的人性论思想，他就自然更加不能彻底否定周朴园这样一个人物了。在鞭打他的时候，他就免不了有一些手软，甚至给他以某种程度的"曲宥"，像他在《日出》的跋文（初版本）中提到潘月亭、李石清时所说过的那样。而周朴园这种"天良发现"式的悔罪的声调，正是作者手软的表现，正是作者对他作了某种程度的"曲宥"的表现。

1959 年 9 月写
1961 年 9 月改

"最残酷的爱和最不忍的恨"
——谈蘩漪

　　在《日出》的跋文中，曹禺说，他在写《雷雨》时，把剧中的一个最主要的人物，就是那被称为"雷雨"的好汉，漏掉了，其实，我认为他并没有漏掉，还是写进去了。那个人就是蘩漪。在《雷雨》初版本的序言中，曹禺曾说蘩漪是一个最"雷雨的"性格。其实，照我看来，蘩漪不但有"雷雨的"性格，她本人简直就是"雷雨"的化身，她操纵着全剧，她是整个剧本的动力。不是吗？死命地拖住周萍不让他离去的是她，把侍萍（她好比是个定时炸弹）招到周公馆来的是她，关住四凤的窗户使周萍被鲁大海与侍萍发现的也是她，最后在周萍与四凤将要一同出走时，又是她叫来了周朴园，打乱了原来的局面，完成了这出悲剧。这样重要的一个人物，在她出场时，自然是应该特别郑重地介绍一番的。而作者的这段介绍，也真是光彩夺日，奇妙绝伦，实在舍不得不加引录：

　　　　……她一望就知道是个果敢阴鸷的女人。她的脸色苍白，只有嘴唇微红，她的大而灰暗的眼睛同高高的鼻梁令人觉得很美，但是有些可怕。在眉目间，在那静静的长的睫毛下面，看出来她是忧郁的。有时为心中的郁积的火燃烧着，她的眼光会充满了一个年轻妇人失望后的痛苦与怨望。她的嘴角向后略弯，显出一个受抑制的女人在管制着自己。她那雪白细长的手，时常在她轻轻咳嗽的时候，按着自己瘦弱的胸。直等自己喘出一口气来，她才摸摸自己涨得红红的面颊。她是一个中国旧式女人，有她的文弱，她的哀静，她的明慧，——她对诗文的爱好，但她也有更原始的一点野性：在她的心里，她的胆量里，她的狂热的思想里，在她莫名其妙的决断时忽然来的力量里。整个地来看她，她似乎是一个水晶，只能给男人精神的安慰，她的明亮的前额表现出深沉的理解；但是当她陷于情感的冥想中，忽然愉快地笑着；当她见着她所爱的，快乐的红晕散布在脸上，两颊的笑涡也显露出来的时节，你才觉得出她是能被人爱的，应当被人爱的，你才知道她到底是一个女人，跟一切年轻的女人一样。她爱起你来像一团火，那样热烈，恨起你来也会像一团火，把你烧毁的。然而她的外形是沉静的，忧烦的，她像秋天傍晚的树叶轻轻落在你的身旁，她觉得自己的夏天已经过去，生命的晚霞早暗下来了。①

就是这样一个女人，落进了周朴园的魔掌，被他软禁在这个仿佛是与世隔绝的周公馆里，已经一十八年了。寂寞枯淡的生活，沉重窒息的空气，把她闷得气都透不过来，本来她已经不存什么希望，只安安静静地等待着死亡的到来了。忽然，三年前，周萍从乡间跑来了。他对她表示了爱慕。这虽是一株苍白无力、弱不禁风的小草，但因为他如今是出现在荒凉而阴冷的周公馆里，又是刚从乡间来，

---

① 《雷雨》，中国戏剧出版社 1957 年版，第 23、24 页。

身上多少总还保留着一些年轻人应有的纯朴清新之气；而且，这个人他有时也会燃烧、发光，正如作者在他的出场介绍中所写的，当他冲动起来的时候，他的热情，他的欲望，也会像潮水般地涌上来。就是在他这种热情奔涌的时候，他赢得了繁漪的心。而繁漪犹如一株行将枯死的奇花，得到了点滴雨露的滋润，又逐渐有了些生气。她就按照她自己的性格把她的生命、名誉，整个地交给了周萍。然而周萍毕竟是周朴园的儿子，他犹疑怯弱，胆小怕事，决不是值得繁漪爱，值得繁漪为他牺牲的人。后来，他又爱上了四凤，尽量回避着繁漪，并且想离开周公馆，撇下繁漪，一走了事。这样，繁漪的"雷雨"般的性格，就爆发出来了。而《雷雨》这出悲剧，也就在她的性格力量的爆发下，在她的一手导演下完成了。

繁漪在剧中的贯串动作，她的种种作为的直接目的，虽然是在于想留住周萍，但其结果，却往往是对周朴园的一种揭露。而且，她的揭露是那样辛辣锋利，那样痛快彻底。请看下面这一段对话：

周繁漪 你最对不起的是我，是你曾经引诱过的后母！

周　萍 （有些怕她）你疯了。

周繁漪 你欠了我一笔债，你对我负着责任，你不能丢下我，就一个人跑。

周　萍 我认为你用的这些字眼，简直可怕。这种话不是在父亲这样——这样体面的家庭里说的。

周繁漪 （气极）父亲，父亲，你撇开你的父亲吧！体面？你也说体面？（冷笑）我在你们这样体面的家庭已经十八年啦。周家的罪恶，我听过，我见过，我做过。我始终不是你们周家的人。我做的事，我自己负责任。不像你们的祖父，叔祖，同你们的好父亲，背地做出许多可怕的事情，外表还是一副道德面孔，是慈善家，是社会上的好人物。

周　　萍　大家庭里自然不能个个都是好人。不过我们这一房……

周蘩漪　都一样，你父亲是第一个伪君子……

在《雷雨》中，周朴园是个罪魁祸首，许多条生命的疯狂和死亡，都是种因在他身上。那么，在这个剧本里，是谁最无情地揭露了他，给他以最有力的打击，让他当众出丑的呢？显然这个人就是蘩漪。蘩漪之所以要那样死命地拖住周萍，与其说是出于对周萍的爱，还不如说是出于对她自己的地位、处境的一种反抗，出于对周朴园所加给她的种种束缚限制、对周朴园的专横统治的一种反抗（这就是《雷雨》这一剧作的冲突的基础，也就是它的思想主题的基础。从这里，我们就可以清楚地看到蘩漪这个人物的积极意义和局限性。同时，这里也显示出作者当时的世界观的实际水平）。在这个作品里，作为周朴园的一个主要的对立形象的，并不是鲁大海，也不是鲁侍萍，而是蘩漪。蘩漪是周家悲剧的导演者，是使得埋藏在周公馆下面的火药爆炸起来的引火人。为什么作者不以鲁大海或者侍萍作为周朴园的主要对立形象呢？鲁大海当然要比蘩漪站的高得多，他和周朴园之间的矛盾，也更能反映当时社会的本质的矛盾。就是侍萍，她所受的迫害也远较蘩漪为重，她的身世也更易得到人们的同情。而曹禺却偏偏选择了蘩漪作为向周朴园进攻的主将。这究竟是什么道理呢？我想，这应该是与他所要表达的思想，与他为作品所确立的思想主题有关的。

我们知道，矛盾冲突是剧情发展的基础，没有冲突，也就不会有戏剧。而一个剧作的艺术深度，也往往要看作者所选择的冲突和他通过作品所要表达的思想之间符合到什么程度而定。曹禺在这个剧本里，主要只是想揭露周家这样一个带着很浓厚的封建色彩的资产阶级家庭，以及这个家庭所赖以存在的社会的罪恶，并表达他的一种被压抑的、无法排解的愤懑。其所以是无法排解的，乃是因为他并未认真追究过这罪恶的最后的根源究竟来自哪里。他从他当时的认识水平出发，把批判的重点特别放在对周朴园的冷酷、专横和伪善的本质的揭露上。剧作的主要冲突的设立，人物关系的配置，都是以此为基准的。我们看，如果以侍萍作为周朴园的主要对立形象，能不能很完满地表达这种思想呢？显然这是不很合适的。因为侍萍所受的迫害，主要是地主阶级对在他奴役下的使女的迫害。而作者在这作品中所要表现的，如我们上面所说，已经不单纯是而且主要并不是这样一种意义上的反封建思想了。假如以侍萍与周朴园的矛盾作为主要矛盾，那就应该把它放在另外一种背景下来处理；而作品的主题思想，也要与现在有所不同了。那么鲁大海怎样呢？鲁大海与周朴园之间的矛盾，完全是另外一种性质的矛盾，这种矛盾是不可调和的你死我活的矛盾，它最终必然要以周朴园这一阶级的彻底败亡作结束。作者在这个剧本里，显然主要也并不是要来表现这样一种矛盾的。所以他也决不会以鲁大海作为周朴园的主要对立形象。只有繁漪，才能够全面地揭露周家的罪恶，才能够把周朴园的冷酷、自私、专横和伪善的本质充分地揭示出来。我们觉得，《雷雨》的内容和形式之间是很和谐的，艺术上是很完整、很有深度的，这在很大的程度上应该说就是取决于其思想与冲突的一致（当然，如果就这个剧本的思想深度来说，就它对社会矛盾的反映与批判的深刻性来说，那是有很大的局限性的。而这种局限性，又是与作者当时世界观的水平相适应的。作为一个民主主义者和人道主义者，曹禺还只能够把他的注意力首先集中在上面这样一种性质的问题上，而还不能够站得更高，还不能够着眼于一些更重大、更根本的问题)。

从作品的具体表现来看,情况也确是如此。鲁大海与周朴园的
冲突,侍萍与周朴园的冲突,都只在第二幕中稍稍接触了一下,侍
萍甚至很少有要与周朴园斗争的意思。繁漪与周朴园的冲突则不然。
它是贯串全剧,始终存在的。单是面对面的正面冲突,在四幕之中
就有四次之多。而且每一次的冲突的结果,都使他们的关系发生了
变化,都加速了剧情的发展。我们看到他们两方面的力量对比关系,
在不断地消长转化。繁漪对周朴园的反抗,由消极逐渐转到积极,
而且愈来愈激烈,愈来愈不可遏制,最后终于完全撕毁了周朴园的
"尊严",彻底破坏了周家的"平静"而"圆满"的秩序。这四次正
面冲突就是:一、周朴园逼繁漪吃药(第一幕);二、周朴园催繁漪
去看病(第二幕);三、繁漪从鲁家回来后遇到周朴园(第四幕
初);四、繁漪在周萍与四凤将要一同出走的当儿把周朴园叫来(第
四幕末)。在第一次冲突中,繁漪的反抗性虽然也表现出来了,但那
多半是抵御招架,属于消极的防守性质的。这从她所说的一些话里
完全可以看出来。如:"我不愿意喝这种苦东西。""我不想喝。"
"留着我晚上喝不成么?"等等。而最后,她终于还是屈从了,虽然
是带着极大的愤怒,而且主要并不是为了周朴园。第二次,繁漪的
态度就不同了,她就已经是以一种挑战的姿态出现了。周朴园早就
两次派人催过繁漪去看病了,繁漪都没去。于是周朴园亲自跑来了:

周朴园　你怎么还不去?

周繁漪　(故意地)上哪儿?

周朴园　克大夫还在等着,你不知道么?

周繁漪　克大夫?谁是克大夫?

你看，她岂但不知道克大夫在等着，她甚至连克大夫这名字仿佛还是第一次听到呢！然而事实上，我们知道，克大夫过去曾经给她看过病，几分钟前鲁贵又两次告诉过她克大夫已经来了，她自己也说过周冲也已向她提过要请克大夫来替她看病的事了。周朴园没有办法，只得再向她说明，克大夫就是"从前给你看病的克大夫"，她却说她根本没有病，就是有病，也不是医生治得好的。说着，她就自管向饭厅门走去。周朴园还想用他那家长的威严来喝住她，但是完全没有用。

> 周朴园　（大声喊）站住！你上哪儿去？
> 周蘩漪　（不在意地）到楼上去。
> 周朴园　（命令地）你应当听话。
> 周蘩漪　你！（不经意地打量他）你忘了你自己是怎样一个人啦！（径自由饭厅门下）

在这最后的"你！"的一声里，该是包含着多少的轻蔑和嘲弄之意！她的态度与上一次已经很不相同了。但是，在这一次冲突中，周朴园仍还保持着他的优势，尽管蘩漪回到了楼上，他还是让周萍陪着克大夫去替她看了病。到了第三次，优势就转到了蘩漪一方面，蘩漪已经从防御者的地位转变成一个进攻者了。

这是一个凄凉的雨夜，已经是半夜两点钟左右了。周朴园在寂寞地拿起了侍萍的相片，注目遐想，悄然出神。这时，蘩漪一声不响地从中门走了进来（她刚从鲁家回来），雨衣上的水还在往下滴，颜色惨白，鬓发也是湿漉漉的。她在这样的时候，突然以这样的姿态出现在周朴园的面前，周朴园的惊愕骇异之状是不难想象的。然而蘩漪却满不在乎。我们甚至可以想象得到，周朴园愈是惊愕，她就会愈显得镇定，愈加感到一种满足的快意。我们看：

　　　周蘩漪　　（看见周朴园惊愕地望着她，冷漠地）还没有睡？
（立在门前。）

　　　周朴园　　你？（走近她）你上哪儿去了？冲儿找你一晚上。

　　　周蘩漪　　（平常地）我出去走走。

　　　周朴园　　这样大的雨，你出去走？

　　　周蘩漪　　嗯，——（忽然报复地）我有神经病。

　　　周朴园　　我问你，你刚才在哪儿？

　　　周蘩漪　　（厌恶地）你不用管。

　　　周朴园　　（打量她）你的衣服都湿了，还不脱了它？

　　　周蘩漪　　我心里发热，我要到外面冰一冰。

　　　周朴园　　（不耐烦地）不要胡言乱语的，你刚才究竟上哪
儿去了？

　　　周蘩漪　　（望着他，一字一字地）在你的家里！

　　　周朴园　　（烦恶地）在我的家里？

　　　周蘩漪　　（微笑）嗯，在花园里赏雨。

　　　周朴园　　一夜晚？

　　　周蘩漪　　（快意地）嗯，淋了一夜晚。

　　这真够使周朴园狼狈的了。所以他惊疑地望着她，半晌说不出
一句话来。而蘩漪则如一座石像般地矗立在他面前，一动不动。接
着她又从周朴园的手里把侍萍的照片拿了过来，并且像逗小孩似的
逗弄着周朴园。周朴园实在拿她没有办法，只好摆出家主的威严，
命令她走开。然而，立刻就被蘩漪挡了回去。

> 周朴园 （愠怒）好，你上楼去吧，我要一个人在这儿歇
> 一歇。
>
> 周蘩漪 不，我要一个人在这儿歇一歇，你给我出去。
>
> 周朴园 （严肃）蘩漪，我叫你上楼去！
>
> 周蘩漪 （轻蔑）我不愿意，告诉你，我不愿意。

可见这时两个人的力量对比关系，两个人的优劣地位，已经翻了一个身了。到了最后一场，蘩漪更以一个审判者的姿态，把周朴园叫了出来，当着众人的面，不但是当着剧中人物，而且也是当着广大观众的面，无情地撕毁了周朴园的庄严的外衣，剥落了他的道德的面具，而周朴园此时则已完全处于一个消极的、被动的地位了。

（值得注意的是，蘩漪的力量的不断增强，并不是由于她的斗争更有把握，更有获胜的希望，恰恰相反，倒是由于她愈来愈意识到自己的前途的无望，愈来愈感觉到自己的命运的黯淡。她的斗争一开始就带有一种悲剧的性质，因为，在那样的时代，单纯从个性解放的要求出发，而不把自己的斗争与整个人民大众的解放斗争结合起来，是决不可能有成功的希望的。她自己后来也渐渐地认识到，她所作的种种努力不过是一种徒劳的挣扎。但是，像她这样的性格，是决不能忍受别人的欺侮玩弄，决不能安于失败的命运的。她一定要反抗，要报复。她曾几次三番地对周萍下过警告："一个女子，你记着，不能受两代的欺侮，你可以想一想。""小心，小心！你不要把一个失望的女人逼得太狠了，她是什么事都做得出来的。""小心，现在风暴就要起来了。"这些就像暴风雨来临前的轰雷闪电，一声紧似一声，一声更比一声震撼人心。但是，我们也听得出，其中固然包藏着咄咄逼人的威势，同时却也蕴含有深沉的绝望的悲哀。）

这四次冲突，不但每一次都深刻地揭示了周朴园和蘩漪两个人

的性格，而且也进一步影响了两个人此后的行动，更加推动了事件的发展，把情节一步步地引向高潮。这是真正的戏剧性的冲突。正因为周朴园在威逼蘩漪喝药中，露出了那么狰狞的面目，所以才激起了她后来的更大的反抗。而且使她觉得这种生活实在无法忍受，更非死命地拖住周萍不可。她愈是要拖住周萍，又愈使周萍恐惧、厌恶，愈要迅速摆脱她。而在周朴园一面呢，看到她居然当着儿子的面也露出了反抗的意思，就觉得只有用更大的压力来对待她，只有更加防范着她点。而不知道他的压力、防范的每一次的加强，都只是促使她的反抗和“越轨”的行为愈益变本加厉，都只是促使她更要千方百计地甚至是不择手段地拖住周萍。这样，结果就反而只有使他的家庭更失平静，使他自己更失尊严。最后终于在众人面前完全暴露了自己丑恶的原形。

在这个作品里，周朴园是一个带着浓厚的封建色彩的资本家，他这种身份、地位，最足以代表半封建半殖民地社会里的统治势力，而他在剧中的贯串动作，他所一心追求的目标——维护家庭的秩序，保持自己的尊严——也正是那个社会里的统治势力所最关心，最要竭力撑持的。蘩漪的一言一动，所作所为，则无不在破坏这种秩序，撕毁这种尊严，因而蘩漪就是那个家庭和那个社会里的叛逆，是值得我们寄予同情，给以支持的。

当然，蘩漪毕竟还只是地主资产阶级队伍中的一员，譬如她对四凤就有着许多“上等人”的偏见。她所反对的，也只是周朴园的家长式的统治，只是对她个人的种种束缚限制，种种她所感到的个人的不自由，而并没有比这更高一些的要求，更进一步的内容；而且，只要周萍能陪伴她，这“闷死人”的屋子也会使她留恋，她也会安于虚伪和欺骗的不自然的关系而不起来反抗。同时，不消说，她当然是个个人主义者，她为达到她的目的可以不择手段，最后甚至把自己的儿子拉出来借以破坏周萍和四凤的结合。这许多地方都是我们所不能不看到，因而不能给她以过高的评价、过多的赞扬的。不过，话又得说回来，在《雷雨》这一作品中，蘩漪的斗争性总算是很强的了，她对周朴园的揭露，也总算是很辛辣、很无情的了。如果我们因为在她身上存在着以上所说的一些缺点和局限性，因而就鄙弃她，否定她，那也是很不对的。

1959 年 9 月写
1961 年 9 月改

“哦，你是你的父亲的儿子”

——谈周萍

　　在周朴园的三个儿子中，周萍是唯一有可能传他的衣钵的一个。这位周公馆的大少爷，第一步就跨得很有父风。当我们初次和他见面的时候，他不但早已和他的后母发生了乱伦关系，而且还和他家里的使女（其实是他的异父妹）有了暧昧行为。并且正要撇下她们，独自一个到矿上去，进一步学习他父亲的“英雄榜样”。不过，为了对他公平，我们愿意对上面的话作一些修正。他要撇下繁漪到矿上去是确实的；想独自一个去，也是确实的。但是否存心连四凤也要撇下——假如这撇下就是意味着永久的丢弃，我们认为是应该作一些保留的。

　　作为周朴园的儿子，周萍自然是很难博得人们的好感或者同情的。而他所做的一些事情，譬如上面所提到的同繁漪乃至四凤的关系，譬如在自己家里恶狠狠地仗势打了鲁大海两个嘴巴，以及他的纵酒放荡、精神颓丧等等，也确乎只能引起人们的憎恶。然而，他又不是那种滥恶而浅薄的、一眼就能看煞的坏人，在他身上甚至还并不缺少足以令人迷惑的地方。要不然，不但四凤居然会倾心于他，有些不大近情；就是繁漪竟要那样苦苦纠缠，死不放手，也觉得不易使人信服；除非这两个人的性格并不像作品中所表现的那样。在这个剧本里，周萍的性格恐怕是最复杂的一个了。作者在序文中，曾把《雷雨》中人物的性格分做三类：一类是一切都走向极端，中间不容易有一条折中的路；一类是与此相反，遇事希望妥协、缓冲与敷衍；再有一类则是介乎这两者之间，仿佛是两者间的阶梯。在过去的版本里，作者一直把周萍归入第一类的，但在1959年出的版本里，却把他归入第二类了。可见这个人物的性格，原是可此可彼，不是那么容易固定的。因而作者认为，这个人物是最难演的，演他的人需要能够化开他性格上的一层云翳，使他轮廓分明，虽复杂而仍简单。他并且提示演他的人要设法替他找同情，不然到后来就会搁了浅，演不下去。要替周萍找同情，这说法也许容易引起误解，所以在新本中，作者就删去了这两句话。其实，大家是不难体会作者的用意的。他无非是要演员不要简单地对待这一个人物，不要把他的性格脸谱化了，把他演成一个传统戏曲中的花花公子式的人物。假如这样，剧中人物间的关系，就会显得牵强而不合情理，就会破坏了剧作的完整性。作者没有把周萍写成这样的人物，正是作者的高明处。这样，就使得这一剧作更加耐人寻味，使得大家不是把憎恨仅仅停留在周萍个人身上，而是要去进一步思考与探索。换句话说，也就是更加深化了剧作的主题思想。

对待像周萍这样的人物，常常容易出现两种简单化的态度。一种是眼光只停留在一些表面的现象上，对他的所谓"真诚"，所谓"不得已的苦衷"，表现出过分的轻信，因而不适当地原谅他，同情他。还有一种是从他的思想本质出发，对他深恶而痛绝之，认为他的所言所行，无一不是可鄙而可恨的，因此把他臭骂一顿了事，而不去进一步探索这个人物的性格形成的社会根源，发掘这一形象的深刻的典型意义。这当然都不是正确的态度。但要使抱这两种态度的人改变他们的看法，却并不是很容易的事。因为，他们之所以会持有这种或那种看法，并不是毫无根据，在他们看来，似乎还是满有理由的。

就拿前一种看法来说吧，粗粗一看，周萍这个人物，确也好像是大可同情的。他年轻时因为一时的冲动，和自己的后母发生了乱伦关系，铸下了大错。这使他时时追悔，懊恨莫名（作品中关于他的悔恨的描写，给人的印象是很深的。特别是他初出场时，同繁漪重又在人前晤面时的那种坐立不安，正眼都不敢觑她一觑的神情，更表现出他的苦痛之深、悔恨之切，更为他赚取着人们的同情）。因而他竭力回避着繁漪，并且想离开周公馆，到远处的矿上去，以便把这"最后悔的事情"永远埋葬掉。他和繁漪的关系，当然不能认为是种正当的关系。他如今厌恶这种关系，要想摆脱这种关系，总该是可以得到人们的谅解的。他之又爱上四凤，正是当他沉溺在这种悔恨的深渊而不能自拔的时候。他是把四凤当作自己的救星，当作能拯救他跳出这深渊的力量而爱上她的。他既然并不知道四凤就是他的妹妹，这也很难对他有所指责。何况他又是真心地爱着四凤，并不是存心玩弄。就是在他和繁漪的冲突中，起初他也是一再忍让，竭力抱着息事宁人、委曲求全的态度的。后来之所以会说出一些恶狠狠的绝情弃义的话来，乃是被繁漪逼出来的。这又怎能过多地责备他呢？何况，想一想吧，他又是有着怎样一个父亲啊！这个父亲说一是一，必须绝对服从。在这个家庭里，周萍同样是处在他父亲的威压之下的。他不但受着他父亲的威压，同时还受着繁漪的胁逼，受着命运的播弄（四凤竟会是他的同胞妹妹）。最后他终于只能走上自杀之一途，不是大可悲悯、弥足同情的吗？在持第二种看法的人看来，则会以为上面所说种种，都只是些细枝末节，表面现象。看人论事，应该从大处着眼，应该抓住关键问题。评价周萍，首先要看他对待周朴园的态度怎样，看他对待鲁大海的态度怎样。只有在这种地方，他的基本立场、他的思想本质，才被鲜明地揭示了出来。周萍是周朴园的肖子，他对周朴园是奉命唯谨，无限恭顺的。周朴园的一言一动，他几乎都无条件地赞成。周朴园的意志，他从不违抗；周朴园的命令，他一定执行。这如果把他和比他年轻得多的弟弟周冲的态度对照，就格外分明。譬如，当周冲听到周朴园说已经把鲁大海开除了时，他就提出了抗议，认为"代表罢工的工人并不见得就该开除"；对于矿上不给受伤的工人以抚恤金，他也表示了很大的不满。而这时也在一旁的周萍，对于这些却一声不作。譬如，在周朴园逼蘩漪喝药时，周冲就抗议说："爸，妈不愿意，您何必这样强迫呢？"周朴园命令他端着碗去劝他母亲喝，他也表示了反抗。周萍则非但不支持周冲，反而劝令周冲服从。后来，周朴园要周萍自己跪在蘩漪面前劝她喝，他虽然很觉难堪，但要不是这时蘩漪一口气把药喝完了，他真会跪下去的。又譬如，周朴园要辞掉鲁贵和四凤，这对于周萍来说，该是怎样的一个晴天霹雳，怎样的关系重大的事，可他也只是说了一句："爸爸，不过四凤同鲁贵在家里都很好，很忠诚的。"算是为他们求情，就再也没有别的举动了。他甚至连第二句求情的话都不敢说。周冲知道了这个消息，则表现了极大的气愤，认为他父亲"太不讲理"了，就立刻要去找父亲评理去。最突出的当然是在对待作为工人代表的鲁大海的态度上。在周朴园和鲁大海谈判的一场里，周萍的态度甚至比周朴园的都更为狰狞可怕。他在旁听了鲁大海对周朴园的理直气壮的指责以后，就冲出来盛气凌人地责问鲁大海："你是谁？敢在这儿胡说？"后来，当鲁大海揭周朴园的老底，数说他罪恶的发家史的时候，他竟恶狠狠地冲向鲁大海打了他两个嘴巴，并且还喝令仆人们一起打他。这就充分表明他是个十足的工人阶级的敌人，他的资本家的儿子的立场是站得很稳的。对于这样一个人，我们怎么能给他以任何的同情呢？我们也决不能指望这样的人会有什么纯真的感情。他对繁漪既说不上有什么爱情，对四凤也只是存心玩弄。一个资本家的儿子，是决不会爱上一个"底下人的女儿"的。他们真像鲁大海所说："……都是吃饭太容易，有劲儿不知道怎样使，就拿着穷人家的女儿开开心，完了事可以不负一点儿责任。"他们的一些貌似真诚的话，都是骗人的玩意儿，如果信以为真，那就未免太天真了。只要看他当初对繁漪不也曾经是海誓山盟过来的吗？如今又怎样！所以，无论从哪一方面说，周萍都是个卑鄙的、丑恶的人，是应该被狠狠鞭打，彻底否定的。

应该承认，这两种看法，的确都各有他们所见到的一面，都可以说是言之成理，持之有故的。但是，如果各执一端，自以为是就不免有失偏颇了。就大体而论，后面这种看法能从大处着眼，是比较正确的。但前一种看法指出，在周萍和周朴园之间也有矛盾，并不完全协调，这是应受重视的。此外，在体会人物的心情、处境方面，也有它比较细致比较近情的地方，也值得我们加以考虑。譬如，周萍之于四凤，无论是直接从他和四凤相处时的言行举止，或者间接从他在繁漪和鲁大海面前所说的一些话看来，都应该承认确是诚恳的，真心相爱的。不看到这一点，而笼统地根据周萍的思想本质推断出他对四凤决不会有真正的爱情，这是一种脱离作品实际的主观主义的态度，是不能令人信服的。有的同志看到了这一点，却同样从周萍的思想本质出发，不承认这种描写是真实的，而把它归之于作者写作上的缺点，认为这正是有损于作品的思想性和艺术性的地方。这，我觉得，也并非确论，殊有待于做进一步的探讨。

评价周萍，当然首先要看他的思想立场，看他在阶级对立形势中所持的态度如何。从他的某些言论和行动看来，他确也是竭力想做周朴园所代表的那个社会和阶级的忠臣孝子的，我们基本上也只能把他当作那样的人。这样的人，决不值得我们的同情。这一点是没有问题的。问题在于：这样的人是不是就不能与那个社会、那个阶级有一点不协调的地方，是不是就不能对四凤这样的姑娘有一点真正的爱情？如果作者这样写了，是不是就有损于作品的思想性和艺术性？我认为并不是这样。如果结合具体作品来看，结论毋宁倒是相反的。

我们试想：假如周萍也像周朴园那样虚伪卑鄙，极端的自私自利，假使他在那个社会里，也像周朴园那样心安理得，圆融自在，那么，不但如我们前面所已经指出过的，四凤和繁漪等人的行为逻辑就失去了真实的依据，作品中人物的关系就会显得牵强而不合情理，而且，这种形象上的重复，不将是意味着作者艺术创造能力的贫乏吗？它除了使我们也像痛恨周朴园一样地痛恨着周萍以外，能给我们什么更多的东西呢？一个典型形象，必须具有丰富的社会内容，必须能揭示出一定社会力量的本质（当然，同时它还必须是具有独特的、不可重复的个人特色的）。譬如在周朴园身上，就体现出了那个社会里的统治势力的某些本质的方面。周朴园可以被认为是那个社会里的统治势力的某一方面的代表人物，对于周朴园的揭露和鞭打，可以说就是对于那个社会里的统治势力的揭露和鞭打。作者通过周萍这一形象的塑造，目的当然也是在于揭露那个社会，鞭打那个社会里的统治势力。但作者显然并不是把周萍直接作为统治势力的代表人物而加以揭露和鞭打的。他是从另一个角度，以另一种方式来实现这一目的的。这一方面显示出作者的艺术表现能力的生动多样和对社会生活的多方面的理解，同时也就使得这一作品的内容更加丰富、更加充实，使得这一作品的思想意义更加广阔、更加深刻了。

　　在作者笔下，周萍是被作为一个由于屈从于当时的统治势力，由于竭力想效忠于这个统治势力，因而变得精神卑下，意志薄弱，无法解开他面对的重重矛盾，终于只能既损害了别人，也葬送了自己这样一个形象来处理的。在周萍身上，我们看到并不缺少一般人的所谓善良、聪明，而且，从他的某些言论和行动看来，他还可能是多少受过一些五四时期的民主思想的洗礼的。譬如，他曾经对繁漪说过，他恨他的父亲，他愿他父亲死，就是犯了灭伦的罪也干。这虽是他在追求繁漪时的一时的热情冲动之言，但也可见他对他父亲的专横、不尊重女性等确也是很不满意的。譬如，当他听到繁漪把四凤称作"一个下等女人"时，他就怒不可遏地爆发说："你胡说！你不配说她下等，你不配！"此外，我们还曾听到有人说过"他待人顶好"的话，这话虽说是出自四凤之口，但恐怕也不能认为四凤只是从个人出发，仅仅因为周萍待自己不错就这么说的。譬如周冲在说到他时，就也称过他是一个很重感情的人。我们知道，这句话从周冲的嘴里说出来，是应该被看作一种很大的赞扬的。而从许多地方看来，周萍也的确并不缺少追求新的、更充实的生活的愿望；尽管他所谓的新的、更充实的生活，不见得就会是值得我们加以肯定的生活。但至少可以看出，他对自己目前所过的这种空虚而丑恶的生活，是很不满的，他还是极想振作起来的。所以，他和那个社会，和他所出身的阶级，还是并不完全协调的。我们也实在想不通，为什么像这样的人就一定不能对四凤有真正的爱情（他能否永远忠实于这一爱情那是另一问题），假使作者写了他有这样的爱情，为什么这种描写就一定得是不真实的？周萍这个人，就他的思想的起点来说，是和周冲、繁漪等人颇为接近的；在他身上，也或多或少地反映出一些五四时期的时代特色来（从这里也可看出作品的现实主义的成就，作者笔下的人物是和他们的时代环境相融合的）。如果他能沿着他最初的方向发展下去的话，他是可以成为一个像周冲或繁漪那样的值得我们同情的人的。然而，他却终于只能使我们用别样的态度来对待他，因为他离开了原来的方向，而走到另外一面去了。

那么，是什么力量使得他从这一个方向转到另一个方向去的呢？促使他发生这种变化的原因何在呢？

我认为这都是一个"怕"字在作祟：对他父亲的怕，对社会舆论的怕，对整个统治阶级的怕！

也许有人要提醒我说："还有对繁漪的怕。"但我并不认为需要作这样的补充。如果说周萍的确也怕繁漪的话，那么，这种怕也是由于对周朴园的怕、对社会舆论的怕、对整个统治势力的怕而来的。离开了这些，他其实是并不怕繁漪的。他假如真怕繁漪，假如他怕的真是繁漪本身，真是繁漪所代表的社会力量的话，他就会以另一种态度来对待他面前的矛盾冲突，他就不会离开我们上面所说的他的思想起点这么远，而我们也要以另一种态度来对待他了。

从表面看来，周萍似乎的确是很怕繁漪的。他对繁漪的怕，甚至还似乎超过了对周朴园的怕。譬如，在第二幕开头的地方，当四凤对他说，她怕有一天周朴园会知道他们间的事，他听了却摇着头深沉地说："可怕的事不在这儿。"他虽然并没有明白说出可怕的事究竟在哪儿，但大家知道，他是指着繁漪说的。他每次和四凤幽会，总是提心吊胆，连四凤都忍不住要叹着气说："总是这样偷偷摸摸的"，"你连叫我都不敢叫"。这当然主要也是为了怕被繁漪知道。在繁漪面前，他更总是低声下气，赔尽小心，这都表明他是如何地惧怕着繁漪。但如果我们进一步思索一下，他究竟怕繁漪什么呢？那么就会明白，他所怕的其实是在彼而不在此的。他难道是怕繁漪责他背盟负心，责他不帮助她跳出周朴园的牢笼吗？难道是怕繁漪吵闹开去，他将被社会当作一个负心汉而加以唾弃吗？显然不是的。

他并不是因为自己对蘩漪有所亏负而惧怕她的①，他所担心的，他所顾虑的，并不是他和蘩漪之间的是非曲直问题，而是他和蘩漪之间的关系本身。他是怕这种关系张扬开去，他将不容于他父亲，不容于社会舆论，不容于整个统治势力。他怕的是这些，而并不是怕蘩漪。他之所以会对蘩漪变心，所以要想中断他和蘩漪之间的关系，正是这种惧怕的心理——首先是对他父亲的惧怕在起作用。

周萍和蘩漪之间的不正当的关系，已经存在了两年以上了，这种关系虽说终是难于长久维持的，但为什么恰恰是在这个时候宣告破裂？这难道能说全是出于偶然吗？显然这是和周朴园的回家直接关联着的。我们想，同一个周萍，在两年多以前，可以当着蘩漪的面说他恨他的父亲，说他愿他父亲死，就是犯了灭伦的罪也干。而现在，当蘩漪向他表明，她已经把她整个的性命、名誉交给他了，她不再是周朴园的妻子了时，他却冷冷地说："如果你以为你不是父亲的妻子，我自己还承认我是我父亲的儿子。"这中间的变化该是多么惊人！蘩漪听到他说这样的话，也不禁一呆："哦，你是你的父亲的儿子。"她也是想不到他居然会说出这样的话来的。那么，使周萍发生这样的变化的原因何在呢？难道真是像周萍自己所说，以前是他年轻，一时冲动，才说出这样糊涂的话，而如今因为长了两岁，就明白过来了吗？倒像是一个人必须满了二十八岁才懂得乱伦关系的不正当，如果他只有二十六岁，那就还不能领会这样高深的道理似的。这谁能相信呢？所以，蘩漪立刻也就明白了，他原来是怕他父亲："——这些日子，你特别不来看我，是怕你的父亲？"我们也

---

① 事实上，他根本很少想到他是亏负了蘩漪的，这只要听听他在蘩漪面前所说过的这样一番话："……我后悔，我认为我生平做错一件大事。我对不起自己，对不起弟弟，更对不起父亲。"就可以明白了。他恰如蘩漪所说的，把他所最对不起的人，"反而轻轻地忘了"。

只能同意蘩漪的说法，此外的确是很难有别的解释的。周萍之那样
急于要离开周公馆到矿上去，也更加证明着这一解释的正确。周朴
园三天以前才从六百里外的矿上回来，照情理上说，父子们已分别
了两年多，正该多团聚团聚，怎么父亲一到家，就急着要请求他调
自己到矿上去工作，而一得他的同意，甚至还来不及等他考虑好究
竟让自己干什么工作，就忙着要动身了呢？这不明明是怕在一起待
久了，他和蘩漪之间的不自然的关系，就会引起他父亲的怀疑而有
被识破的危险吗？①

　　那么，周萍为什么这样怕父亲呢？恐怕谁都会回答说：这自然
是因为他欺骗了父亲，因为他觉得自己对不起父亲。但是，难道我
们真能相信周萍仅仅是从所谓"良心"上去考虑的吗？"良心"又
是什么呢？在周萍身上，真用得着王尔德这句警语了："良心与怯懦
是同一回事。"周萍实质上不过是怯懦罢了。为什么他只想到自己对
不起周朴园，就想不到自己其实是更对不起蘩漪呢？既有今日，何
必当初？能这样随便，这样不负责任吗？譬如蘩漪她就毫不后悔，
她自己做的事她自己负责任。所以拆穿了说，周萍不过是从自私自
利的动机出发，从个人的利害关系上着想，因为不敢与周朴园及其
所代表的社会力量决裂，就不顾自己对蘩漪所负的责任，而卑怯地
背弃了自己的诺言罢了。从这一点上来说，他不愧是周朴园的儿子。
而他的种种悔恨的表现，也像周朴园对侍萍的怀念一样，既是为了
骗别人（对周萍来说，特别是在于骗蘩漪），也是为了骗自己（安慰

---

　　① 自然，他有意和蘩漪疏远，他和蘩漪之间的关系之转趋冷淡，并不是最近几
天来的事，一开头我们就听四凤说过："……这半年多，他跟太太不常说话。"但我们
是不是有理由设想，也许那时已经有过周朴园要从矿上回来的消息呢？至少从周朴园
离家的日子推算起来，那时他要回来的可能性是愈来愈大了，对周萍来说，将与父亲
会面的恐惧，就逐渐成为他面临的现实问题了。

他们自己的"良心"）。父子二人，真有异曲同工之妙！他对四凤，就目前来看，当然不能否认他确是真心爱她的，但从他的自私自利的卑怯的性格看来，谁能担保他不会像周朴园对侍萍那样始乱终弃呢？只要周朴园稍一干预，恐怕他就会立即屈服，而置四凤于不顾了。所以，尽管今天的周萍还不像周朴园那样卑鄙无耻，甚至还有一些足以迷惑人的地方，但归根到底他和周朴园是同一流的人物，假如不死，发展下去，是不见得会比周朴园好到哪里去的。这样的人，当然决不值得我们同情，而只能受到我们的唾弃。

不过，从另一面来看，生长在那样的环境里，受着那样的教养的周萍，他也只能是那样的人。统治阶级总是通过各种各样的（经济的、政治的、伦理的、教育的……）手段，来把自己的子弟纳入他们所设定的轨道，把他们培育成和自己一样的人。一切与他们的利害相抵触的或是不合于他们的阶级口味的东西，他们是都要加以排斥和摧毁的。周冲的一再受到周朴园的斥责，就是一个明证。在地主资产阶级家庭里成长起来的周萍，不管他最初曾有过怎样善良的愿望，不管他到后来还是怎样地渴望着能过一种新的、较有意义的生活，但是长期以来的地主资产阶级的腐朽的生活方式，早把他的一点青年人的朝气和雄心消磨尽了。假如说过去他对他父亲、对那个社会还曾有过某种程度的仇恨和不满的话，如今也早已化为乌有了，他有的就只是尊敬、只是恭顺了。他就从来也没有作过离开他的父亲、背叛那个家庭和社会，去过一种独立的新的生活的打算。因为这在他是不堪设想的。将近三十年来的寄生生活，已经完全把他培养成了一个徒具空形的废物了。统治阶级即使不能把自己的子弟培养成和自己一样穷凶极恶、无所不为的人，至少也要使他们成为一个便于驾驭、听任自己摆布的人物。所以，周萍之终于离开他原来的方向而成为现在这样的人，从这一意义上来说，正是周朴园和他所代表的社会一手造成的。而这多少也是符合于他们自己的愿望的。可见，作者这样来塑造周萍的形象，正是更深一层地来揭露周朴园，揭露那个社会，表明周朴园与他所代表的社会是怎样在摧毁着一切与他们的利益相抵触的东西。怎样在虐杀着一切多少有些生气的、不和他们同流合污的东西。不过，尽管如此，也丝毫不意味着可以因此减轻周萍的责任而对他有所宽贷，他的行为最后仍是要由他自己负责的。

周萍最后是自杀了。对于他的这样的结局，也有许多同志对作者有微辞。认为这不是周萍性格发展的必然结果；认为这样的死对观众没有教育意义，而只能损害了作品的思想性。我想，说周萍的自杀不符合他的性格发展，恐怕是很难令人折服的。从作品中的周萍的为人看来，他既然暂时还并不完全是周朴园式的人物，既然他还不能像周朴园那样心安理得地做坏事，而同时又没有勇气、没有力量选择另外的道路，过别样的生活，那么他除了自杀，还能做什么呢？我们很难设想此外能有什么别的结局，会比让他自杀显得更合理的。至于说这样的死对观众没有教育意义，只能损害作品的思想性，恐怕也是未曾深思的说法。诚然，作者让周萍以自杀来了结他的一生，似乎显得周萍还不是个十恶不赦的人，对他还有些手下留情似的。但其实，如我们前面所说，像周萍这样性格的人，既然除了自杀不会有什么别的路好走，那么作者以自杀作为他的结局，就没有什么留情不留情的问题。即使他真是有所留情的吧，那么，他之所以对周萍留情，正是为了更无情地揭露周朴园和周朴园所代表的社会，揭露他们的丑恶和腐朽，预示他们的必然没落的命运：周萍是周朴园的恭顺的儿子，是竭力想为周朴园及其所代表的社会势力效忠的，但他们自己的培养控驭，却使他失去了一切的意志和能力，只能把他送上死亡之一途；毁了周萍的一生，就无异是毁了他们自己的未来。这怎能说是损害了作品的思想性呢？除非大家不从这方面看，却去同情起周萍来，那当然是要损害作品的思想性的，但这恐怕也不能说是真正体会了作者的用心的。

无可讳言，作者对周萍是具有某种同情的成分的。对他的总的态度，也显得过于温和了些。在这个形象的塑造上，的确也反映出了作者当时思想上的某些局限。但从客观意义上来说，这种局限是不同于反映在周朴园形象塑造上的类似的局限的，我们不应该把它们相提并论，给它们以同样的指责。因为，周萍这一形象的性质和意义是不同于周朴园这一形象的性质和意义的，他们不仅有互相补充的一面（都是腐朽的剥削阶级队伍中的一员），也还有互相对立的一面（在周萍身上还有些与腐朽的剥削阶级不相协调的东西）。从他们的互相补充这一面来说，对周萍的手下留情，曲予原谅，是不适当的，是作者思想上的局限的表现。从他们的互相对立的一面来说，对周萍的手下留情、曲予原谅，却又有利于更无情地、更彻底地揭露和鞭打周朴园，使得这一剧作的思想意义更加丰富，更加深刻。我们既要看到前者，也要看到后者。对于一个评论家来说，我以为，指出后一方面的意义，引导读者和观众多从后一方面去考虑是尤其重要的。

周萍这一形象的确是很复杂的，在这样复杂的一个形象面前，人们是难免要感到困惑的。究竟应该怎样来对待周萍这个人物呢？这确是个很费人踌躇的问题。我虽然已经尽量说出了我的看法，但这些看法是否妥当，殊不敢必，只有期待着大家的指正了。

1961 年 7 月

"夏天里的一个春梦"

——谈周冲

在《雷雨》里，周冲是一个奇异的存在，一个"不调和的谐音"。然而这一个奇异的、不调和的音符的出现，却使得整个乐曲更加起伏跌宕，更加惊心动魄了。

就他在矛盾冲突中、在剧情发展中的作用来说，周冲似乎是所有人物中最无足轻重的一个了。如果单纯从结构的观点来看，即使把这个人物精简了，也不至于对事件的进程有多大的影响，不至于会使剧本的基本面貌有所改变。然而，这个人物却又是断乎少不得的。少了他，不但繁漪和周朴园两个人物的性格，将因缺少了必要的烘托而大为逊色；就是整个剧作的气氛，也必因得不到应有的渲染而顿减其凄厉阴惨之致。这样，给予观众心头的冲击力，也不会有现在这样强烈，现在这样深沉了。

作者说："周冲是这烦躁多事的夏天里一个春梦"，"他是在美的梦里活着的"。像我们这些从旧社会生活过来的人，在孩子时代，谁没有做过周冲式的美梦呢？谁没有尝受过梦境破灭后的悲哀呢？然而，我们的睡眠并不怎样酣甜，入梦也并不太深沉，只要一点略大的声响，一丝意外的惊扰，就会使我们觉醒过来。因而梦醒后的失望、悲哀，也就并不是怎样不能忍受的了。周冲却是整个地生活在美丽的梦想中的人，一般的声响、普通的惊扰，轻易不能使他觉醒。他像作者所说，需要现实的铁锤来一次一次敲醒他的梦。而且，暂时的觉醒虽给了他以刺心的痛楚，却仍不妨碍他继续入梦。可见他的睡意之浓，入梦之深！可见他对现实是如何隔膜！像这样一个对现实彻底隔膜的人，在现实生活里是不存在的。周冲完全是曹禺的充满诗意的幻想的创造。在这个人物身上，寄寓着青年曹禺的最纯真的理想，最深挚的憧憬；寄寓着他对真善美的乌托邦世界的无限的渴望和对丑恶的现实社会的极端憎恶；寄寓着他的欢喜和失望；寄寓着他稚弱多感的灵魂所尝味到的一切愤懑和痛苦。作者正是通过这一人物的创造来表达他对当时社会的最沉痛的控诉和最严正的抗议。所以这一人物的性格，看来尽管是那么简单，似乎是一目了然，极易理解的。其实，在他的心头却有着非一般人所能忍受的负荷。他的灵魂的深度，也不是一般人所能充分地感知和把握的。

在《雷雨》的序文中，作者说起他看过一次《雷雨》的公演，对扮演周冲的演员很感失望。他以为这位演员有些轻视他的角色。但我觉得，在《雷雨》的所有八个人物中，周冲本来就是最难演好的一个，本来就是最难为这一人物找到合适的扮演者的。试看下面这一段对话：

　　周　冲　妈，我要告诉您一件事——不，我要跟您商量商量。

　　周蘩漪　你先说给我听听。

　　周　冲　妈，（神秘地）您不说我么？

　　周蘩漪　不说，你讲吧。

　　周　冲　（高兴地）哦，妈……（迟疑着）不，我不说了。

  周蘩漪 （笑了）为什么？

  周 冲 我，我怕您生气。说了以后，你还是一样地喜欢我么？

  周蘩漪 傻孩子，妈永远是喜欢你的。

  周 冲 真的？

  周蘩漪 真的！

  周 冲 妈，我现在喜欢一个人。

  周蘩漪 （证实了她的疑惧）哦！

  周 冲 （望着蘩漪的凝视的眼睛）妈，您看，您的神气又好像说我不应该似的。

  周蘩漪 （摇头）没有啊，没有，你讲吧。（提起兴会）这个女孩子是谁？

  周 冲 （拦不住的热情）她是世界上最，最——（看一看蘩漪）反正她是我认为最满意的女孩子。

  周冲这里所说的一些话，在任何一个十七岁的演员嘴里说出来，都将显得是不自然的，矫揉造作的。在现实生活中，你到何处去找寻这样一个稚气满满的十七岁的大孩子呢？说他痴憨，他可又是非常敏感。虽然敏感，却仍不脱他的痴憨。这就是周冲的难以模仿的纯真的本色。这还只是一些无关宏旨的琐屑处所。到后面，当他对周朴园的行为表示不满和抗争时，当他向四凤诉说他的如梦的爱情，描画他的碧海晴空、白云孤帆的美丽的幻想时，以及当他忍受着鲁大海的侮慢和凌辱时，乃至最后当他的破碎的春梦被彻底轰毁时，在这许多显示出他的灵魂的最底层，展现他的性格的全部深度的地方，他的语言却仍是那样直率单纯，尽管内心翻滚着惊涛骇浪，经受着难堪的打击，而外表却绝无超越常规的举动：既没有大喊大叫，也没有捶胸顿足。要一个年轻的演员，能把周冲灵魂上所承担的深重的负载，所尝受到的钻心刺骨的痛苦，完满地、恰如其分地表现出来，委实是很困难的。

也许演员可以借助于作者为人物所写的出场介绍吧？也许可以靠作者在出场介绍中所作的提示而把握到理解周冲的心灵的钥匙吧？然而，对于周冲的性格，作者在他的出场介绍中却只说了："他有着一切孩子的空想。"这样短短的，而且是极其笼统的一句。一切还有待于自己的钻研和探索！

周冲虽是周朴园的儿子，却并不是在周朴园的监护和教育下成长的。在他身上，我们完全看不到周朴园的影子。从作品一开始，我们就看到周朴园的言行举止，所作所为，常常引起他的极大的反感。只要他一跟他的父亲在一起，我们就往往可以听到他的不满和抗议的声音。例如，当他听到周朴园说因为鲁大海是罢工代表，已经把他开除了时，他就说："代表罢工的工人并不见得就该开除。"当周朴园逼着繁漪喝药时，他就很不以为然地抗议道："妈不愿意，您何必这样强迫呢？"在周朴园跟鲁大海谈判时，尽管周朴园摆出凛不可犯的神气，空气十分紧张，他还是挺身而出，当面指责周朴园说："这是不公平的。"在第四幕开头，当周朴园的心头正荡漾着一种驱不散的寂寞，遣不开的凄凉，很想和周冲亲近，表示他对儿子的爱抚时，周冲回答他的却是一种使他非常失望、甚至有些难堪的冷淡。一个是竭力的屈就，加意的垂爱，另一个却完全抱着敬鬼神而远之的态度，特别是周冲最后说出："那是我一时糊涂，以后我不会这样说话了。"我们听得出，他对周朴园已经抛弃了幻想，用的是一种近于决绝的口吻了。

在作品中，我们看到，周冲对周朴园确是常常抱着不满的、反对的态度的。那么，他是从什么立场出发来反对周朴园的呢？他又是根据什么思想原则来对周朴园表示不满的呢？无所肯定，也就不能有所否定，一个人总是根据他的正面的理想来否定、排斥他所认为的反面的东西的。那么周冲所信奉的原则究竟是什么呢？他所标榜的理想究竟是什么呢？

在《雷雨》这一作品里，再没有第二个人把他的理想表达得像周冲那样清楚、那样完整的了，他差不多随时随地都在向人诉说着他的理想和愿望（他原是在美梦里活着的！）。一开始他就向繁漪吐露，他之所以爱四凤，是因为：

> 她心地单纯，她懂得活着的快乐，她知道同情，她明白劳动有意义。最好的是，她不是小姐堆里娇生惯养出来的人。

他反对周朴园开除鲁大海，他认为"代表罢工的工人并不见得就该开除"。他说：我以为这些人替自己的一群人努力，我们应当同情的。并且我们这样享福，同他们争饭吃，是不对的。……

他并屡次表示愿意和鲁大海做朋友。在第三幕里，他对四凤说：

> 四凤，你不要为这一点小事来忧愁。世界大得很，你应当读书，你就知道世界上有过许多人跟我们一样地忍受着痛苦，慢慢地苦干，以后又得到快乐。

> 不，你不是个平常的女人，你有力量，你能吃苦，我们都还年轻，我们将来一定在这世界为着人类谋幸福。我恨这不平等的社会，我恨只讲强权的人，我讨厌我的父亲，我们都是被压迫的，我们是一样。

你不要这样说话，现在的世界是不该存在的。我从来没有把你当作我的底下人，你是我的姐姐，我的引路的人，我们的世界不在这儿。

对了，我同你，我们可以飞，飞到一个真真干净、快乐的地方。那里没有争执，没有虚伪，没有不平等……没有……（仰着头，好像眼前就是那么一个所在，忽然）你说好么？

从这些话里，我们可以很清楚地看出，他所信奉的思想准则，他的正面的理想，不是别的，正是资产阶级上升时期所标榜的“自由、平等、博爱”之类的东西。而且，周冲还是在它们的最抽象的意义上来接受它们的。特别是，再经过了一个十七岁的孩子的诗意的夸张，就使它们染上更多的空想社会主义的色彩。不论是对周朴园的否定，对鲁大海的同情，乃至对四凤的爱慕，他都是从这样一个思想准则出发，都是以这样一种理想作他的指针的。他的言论、行动，没有超越这些准则的地方，要想从他的身上找到比这样的理想更高一些的东西是找不到的。

在周冲所生活的年代，处在中国这样一个半封建半殖民地的社会里，像这样的理想，该是多么空虚、无力，多么不顶事啊！所以，不但周朴园要嗤笑他，鲁大海要奚落他，就是四凤也并不相信他的话，知道这不过是他的一些美丽的梦想罢了。

那么，作者曹禺的态度又是怎样呢？从理智一方面来说，当然他是知道这种思想是完全不中用的。在作品中，如我们上面所提到的，他也通过人物相互间的关系，对这种思想作了批判，指出这种思想的不切实际。但是，从感情上来说，我觉得作者对这种思想还不是完全抛弃，甚至还是十分依恋。这原也不足为奇。因为，只有新的才能挤走旧的，只有树立起了新思想，旧思想才不得不离开你。曹禺当时既还并没有树立起比这更高的新的理想，既还没有掌握住先进的、科学的思想准则，当然也就不能完全抛弃这种思想了。所以，在《雷雨》里，曹禺大体上是持着和周冲相类似的思想观点的，大体上是从与周冲相类似的思想观点出发来表达他的爱和恨、肯定与否定，来对当时的黑暗现实进行批判和抨击的。

当然，我们决不能认为周冲的思想，就是曹禺当时的思想，决不能认为周冲对现实的看法，能够完全代表曹禺当时对现实的看法。但周冲却是曹禺的宠儿，曹禺是以他整个的心灵来哺育这一人物的。在这一人物身上，他施予了无限的爱抚，灌注了最大的同情。周冲所向往着和追求着的一些东西，他当然知道不过是一个孩子的天真的梦想罢了。但毕竟，在他看来，这又是多么美丽的一种梦想，多么值得艳羡的一种梦想！他并不因为这种梦想万无实现之望就舍弃了它，倒正是因为它的不能实现而更加倾向于它，更加执着于它了。至于应该怎样从现实出发来制定他的理想，特别是应该怎样为他的理想的实现，而作一些切实有效的斗争，他就很少考虑到；或者说，这还不在他当时的能力范围之内。

有一位批评家（他本人同时也是一位戏剧家），对曹禺笔下的周冲曾发表过如下的意见：

　　……作者写他爱一个女孩子，决不透出他爱的只是自己那点儿憧憬，直到最后要紧关头，才叫他硬生生改口，未免突兀。他和他哥哥爱一个女孩子，我们一直希望他们冲突，结局却用他轻轻一改口，抹掉他在戏里的位置，毫无纠纷发生，未免令

人失望。那么，要他干什么，仅仅就为做一个陪衬吗？……①

　　这是一个很值得讨论的意见，周冲后来的"我好像并不是真爱四凤"的宣告，究竟是一种硬生生的突然的改口呢，还是一种符合他的性格发展的必然的结果？在我看来，是属于后者而非前者的。周冲的这一宣告，骤然听来，自然不免有些出人意料；然而仔细一想，却又是仍在人意中的。他是不是真爱四凤呢？当然是爱的，而且爱得很深。但他是一个耽于梦想的人，他所追求的是彻底的完美。在他心灵里容不得一星不洁，半点残缺。他敏锐地感觉到，当时丑恶的现实氛围，决不是他的爱情成长的理想园地；他的爱情应该是属于别一个世界的。所以，他梦想着在一个冬天的早晨，和四凤俩乘着一只轻得像海燕似的小帆船，在明亮的天空下，在无边的海面上，扬帆疾驶。驶向天边，驶向他理想中的那个没有争执、没有虚伪、没有不平等的天国净土，那个极乐世界。两性之爱，本来是有独占性、排他性的，他却对四凤说就是带着她的意中人一同去也可以的。这是一种多么不同寻常的爱！虽然繁漪在哀求周萍带她离开周公馆时，也说过"日后，甚至于你要把四凤接来——一块儿住，我都可以"的话，但两个人的心情是完全不同的。在繁漪是出于不得已，是无可奈何之中的一种委曲求全的打算。而周冲的，却是一种由衷的热情的表示，他是并不认为这会破坏他的梦的完满性的。周冲所爱的四凤，是个多少被抽象化了的四凤。他所爱的并不是四凤的血肉之躯，而是四凤所代表的一种美的境界，或者，其实还是爱那寄托在四凤身上的他自己的美的憧憬。所以，在他看来，四凤是尽善尽美，莫可名状的；当他要向繁漪描画她时，简直找不出适

---

　　① 《咀华集》，文化生活出版社1936年版，第121页。

当的字眼来形容她,最后他只能说:"反正她是我认为最满意的女孩子。"而他心目中的四凤的意中人,同样也是一个抽象化了的人;同样也是一个爱的化身,美的存在。他不是对四凤这样说吗:"那个人他一定也像你,他一定是个可爱的人。"及至后来,当他发现四凤的意中人,并不是一个抽象的美的化身,而是活生生的具体的人,而且就是周萍时,他的完美的梦想就已变得残缺不全了。而何况,四凤所愿意跟随的,还正是周萍而并不是他,他这个梦就再也做不下去了。"我好像并不是真爱四凤",正是他好梦初醒时,还处在疑信参半、真幻莫辨状态中的朦胧恍惚之言。这时的四凤,已经不再是他想象中的被抽象化了的四凤了,而是一个具体的现实的存在。他的神圣的幻象破灭了。我们难道能希望他为了一个已经破灭了的幻象而与周萍冲突吗?这是不可能的。即使他还爱着四凤吧(而他的确是仍旧爱着四凤的),那么,当他亲眼看到四凤的心已另有所属,而且正准备跟着她的意中人一同出走时,他会起来阻拦他们吗?他会和她的意中人发生冲突吗?即使这个人不是他的哥哥,不是周萍?爱情是不能强迫、不可力夺的,何况强迫、力夺,又是多么违反周冲的做人的原则,多么违反他的一贯的理想!所以,如果我们竟希望他为了争夺四凤的爱而与周萍相冲突,那么,这希望是必然要落空的。这决不是作者突然硬生生地叫周冲改了口,而是周冲本身性格的合乎逻辑的发展。我们之所以会有失望之感,也并不是由于受了作者的欺骗,而是由于我们自己还太不了解周冲。

既然按照周冲的性格,他本来就是不会与周萍冲突的,那么,"要他干什么,仅仅就为做一个陪衬吗?"从戏剧冲突的观点来看,周冲在戏里的地位的确是不顶重要的。周冲在这个戏里的作用,的确主要是属于陪衬、烘托和渲染的方面的。然而,对于艺术来说,难道能够轻视陪衬、烘托和渲染的作用吗?艺术离不开突出刻画,离不开夸张与强调，没有陪衬，不作烘托，不加渲染，怎样取得突出与夸张的效果呢？试想，《雷雨》中要是缺少了周冲这一人物，周朴园的专横与冷酷，蘩漪的火样的激情，怎么能得到充分的表现呢？何况，周冲在《雷雨》中，还不仅是作为一种陪衬，还不仅是起烘托、渲染的作用。他并且还是显示作品的思想性的关键人物，还是《雷雨》这一作品的灵魂的窗眼。通过他，我们可以清楚地看到作品的思想深度，可以看到作者反对什么，拥护什么以及他的力量来自哪里。通过他，我们也更能把握作品中其他人物的性格，更能理解其他人物在作品中的意义和作用。所以，这一人物在作品中的地位，是不应轻视的。不过，我们也得指出，由于这一人物不是处在矛盾纠葛的中心，而只是在冲突的边缘轻轻擦过，尽管作者用他的整个心灵哺育了他，他的血肉还是不顶丰满的。

关于周冲，我们的话已经说得够多了，该是与他告别的时候了。但在离开他以前，让我们把我们对曹禺所塑造的这一人物的看法，简单地总括一下。

曹禺笔下的周冲，是天真、善良，而富于正义感的。他唯一的缺点，就是他的幼稚，就是他对现实的完全的无知。然而这并不是他的罪过，而正是他的不幸，对于这样一位天真未凿的孩子，对于这样一位有着许多虽然是荒谬的，却也是好心的空想的青年，谁能不给予同情，加以爱抚呢？然而，周冲的遭遇又何其悲惨！他从社会所受到的报施又何其残酷！一个幼稚的青年，一个对社会完全隔膜的青年，本来是必然要处处碰壁，必然要受到现实的无情的打击的。而一次次的碰壁、一次次的打击，才能使他对社会的认识逐渐加深，才能使他慢慢地清醒起来、聪明起来。但曹禺通过这一形象所要告诉我们的，并不是一个有着 Quixotic 病的青年，怎样在现实的教训下，逐渐地觉醒起来，成长起来，并不是要告诉我们一个青年应该怎样认清现实，怎样正确地选择他的道路。在《雷雨》中，现实并不是作为周冲的教科书、并不是作为周冲的严酷的导师而出现的，而是作为周冲的对立物、而且是不能两立的对立物而出现的。周冲是生活在梦想中的，他的梦想是这样美好，真是纯洁无瑕、纤尘不染。而现实却是这样丑恶，到处布满着污秽，遍地散发出腥臭。这二者是万难并存的。结果是，丑恶的现实不但摧毁了周冲的美好的梦想，并且还吞噬了周冲的年轻的生命。人们所喜爱的在受虐杀，人们所憎恶的在逞威；无辜遭难，罪人逍遥；美丽永逝，丑恶长存：这是个什么世界呵！曹禺正是通过周冲这一形象来表达他对丑恶的现实的沉痛控诉和严正抗议的。周冲这一形象的意义和力量就在这里。而且也仅仅在这里。如果我们不以此为满足而要向他提出一些更高的要求，那么，我们就只能看到他的弱点，只能看到他的局限性了。

1962 年 5 月 25 日

"不公平的命指使我来的！"

——谈侍萍

在《雷雨》这出悲剧里，身世最悲惨，所受的打击、迫害最深重的，要算侍萍了。因此，她一向也是全剧最惹人同情的一个人物。

人们怎么能不格外同情她呢？

三十年前，当她还只有四凤那么大的年纪时，她就被人残忍地遗弃了，无法忍受的屈辱和伤心，逼得她不得不抱着自己刚生下三天的孩子投河自尽。这遭际真可说是惨绝人寰的。想死可又没死成，她被人救活了。但活下去，在那样一个社会里，又真是谈何容易？更何况她还得拖着一个孩子！这三十年来的生活，真不知她是怎样度过的。其中的辛酸，其中的血泪痛苦，局外人实在是很难想象的，恐怕也是每一个稍有同情心的人所不忍设想的呵！然而，谁又料得到，如今，她已到了垂老之年，前面却还有更其残酷的打击在等着她呢？

这次，她在离家两年以后回来度假，又可以看到她两个心爱的孩子了，心情本来是很愉快的。但一下火车，却就听说她最疼爱的女儿四凤，竟也到公馆去帮人了。这是她一向所不愿意的，而且公馆女主人还传下话来要她去见见，这就不能不在她心头投下一层阴影和引起一点疑虑。但这些不确定的阴影和疑虑，毕竟敌不过现实的和孩子们重逢的喜悦。所以当我们初次见到她时，当她和四凤一同上场时，她的神情还是愉快的。但是忽然，她看到了那些熟识的旧家具，觉察到了那不寻常的夏天关窗的习惯，她的心头就不由得像触电一样地产生了剧烈的震动。原来不确定的阴影和疑虑，这时突然以加倍浓重的气势，朝着起先完全没有想到的方向迅速在心头扩展。等到她发现了那只她自己用了多年的旧衣柜，特别是亲眼看到了她自己三十年前的那张旧相片以后，她就再也支持不住了，她的精神几乎要崩溃了。隔了好一会，她才能呻吟着向苍天喊出了她的冤愤："哦，天底下地方大得很，怎么熬过这几十年，偏偏又把我这个可怜的孩子，放回到他——他的家里？哦，天哪！"

但侍萍毕竟是个坚强的，有着巨大的精神力量的女子，等她稍稍镇定下来以后，就立刻决定要四凤马上跟她回家，她也不准备见那位太太了。然而，就在这个当口，那位太太——繁漪，却自己出现了，她当然也就不能走了。繁漪在同侍萍的谈话中，虽然是很有礼貌、很客气的，话也说得很婉转，很有分寸，但谈话的内容，却决不是侍萍所愿意听的。从繁漪的口中，她知道繁漪自己的儿子——周公馆的二少爷，很喜欢四凤，甚至表示要娶四凤。至于四凤的态度怎样，繁漪虽没有明说，但她那有意暧昧的口气和故作曲折的措词，却分明在向侍萍暗示，四凤在这件事情上似乎是很有心计的。这对于四凤，即使不是恶意的诬蔑，至少也是极不公平的。侍萍听了当然很不舒服。为了保卫自己的孩子，也为了维护一个母亲的被刺痛的自尊心，她用很自信的口气回答繁漪说："我的女儿，我总相信是个懂事，明白大体的孩子。……我信得过，她不会做出什么糊涂事的。"但不管怎么样，通过这次谈话，她更加坚定了立刻要把四凤带走的决心，而且不但是要她离开周公馆，还要把她带到自己的工作地——济南去。她并向蘩漪保证，四凤不会再见着周家的人。这当然正是蘩漪所希望的，正是蘩漪要找侍萍来的目的。因此，尽管她们各有各的用心，但在要带走四凤这一点上，她们的意见是完全一致的。这样，她们要谈的事一下子也就谈妥了。

从侍萍来说，她已经发现她所来到的正是周朴园的公馆时，她是多么想能够就此走开，避免与周朴园见面呵！然而蘩漪的话音刚落，她还没有来得及站起来，周朴园却已经从书房走了进来。接着就出现了周朴园同侍萍见面相认的一场戏。

要让周朴园同侍萍有单独晤对的机会，是很不容易的。而作者不愧是编剧的能手，他高明的技巧实在叫人叹服。他不但把这两个人拉到一块来了，还让他们面对面地交谈起来。而调度安排都极自然，人物的上场下场，情节的穿插发展，都是合情合理，一环扣一环。尽管头绪纷繁，气氛紧张，但写来却是十分从容舒徐，有条不紊，决无匆促忙迫之感。有时，两个人物的谈话正紧张之际，忽然插进一个第三者来，说上一些仿佛是不相干的闲事。而实际上，这个闲事却正为以后剧情的发展埋下了伏笔。例如，蘩漪正在同侍萍谈着四凤的事，说的人是吞吞吐吐，仿佛要说的话很难出口；听的人则是心惊胆战，不知将要听到什么可怕的消息。正在这万分紧张之际，忽然鲁贵跑来了，通知蘩漪说是"老爷催着太太去看病"。他说完了可又并不走开。他当然是想探听一下蘩漪究竟要跟侍萍说些什么，是不是真要辞退四凤。当蘩漪问他还站着干什么时，他只好推说"等太太还有什么事要吩咐"。这样，蘩漪就忽然想起了花园里藤萝架上的电线落到了地上的事，要他叫个电灯匠来收拾一下。不但因鲁贵来而提到的两件事——即老爷在催太太去看病和花园里的电线需要收拾一下——在后面的剧情发展中都要发生作用，就是鲁贵插进来的本身，表面看来似乎是冲淡了当时的紧张气氛，其实它非但丝毫没有缓和这种紧张，反而只是延长了侍萍内心的焦虑，增加了对她的重压，使得她在经过这一跌宕顿挫以后，心情更加紧张了。而文笔也显得张弛相间，错落有致。曹禺自己在《日出》的跋文中，曾不无过谦地说《雷雨》有些“太像戏”了，不免显出斧凿的痕迹。然而我们看到，他的一斧一凿下得却都是地方，都能恰到好处。这里正可见出大匠的手段，正是艺术的成功之处。

侍萍本想竭力避免与周朴园见面，但种种凑巧的机缘，一连串由剧作家精心安排的合情合理的偶然性，却使得她最不愿意见到的场面终于不可避免地出现了。那个三十年前那样残忍地伤害过自己的人，现在就站在自己的面前了，她又亲眼看到了他。本来，在蘩漪走后，她也完全可以随之走开。就是此后也还不缺少可以脱身的机会。但是她却终于并没有走开。这显然是她后来改变了主意。她想，既然已经见面了，那就索性留下来观察一下吧——看看这个人究竟长着怎样的心肝？何况，她也想看一看，至少是探听一下那个被留在周家的儿子的消息呵！

在与周朴园的谈话中间，周朴园忽然一下子就提到了那所谓“梅小姐”的事。他不但称当年的丫头侍萍为小姐，而且说她“很贤惠，也很规矩”。这显然是与事实的客观真相不相符合的，尤其同周朴园自己三十年前的行径更是对不上头。他为什么要这样说呢？他如今心里究竟是怎样想的，是怎样看待当年那件事的？这是侍萍很想知道的。于是她决定把事实的真相摊出来，摊在周朴园的面前，使他在事实的真相面前无法再玩弄自欺欺人的把戏。她告诉周朴园：“我倒认识一个年轻的姑娘姓梅的”，“可是她不是小姐，她也不贤惠，并且听说是不大规矩的”。说自己“不贤惠”，说自己“不大规矩”，这决不是很轻松的事，也并不是一般的自谦之辞，她是带着痛切的悔恨心情说这番话的。她悔恨自己受了欺骗，走错了路。接下去，她索性把三十年前那最残酷的一幕和盘托了出来。她告诉周朴园，你所说的很贤惠、很规矩的梅小姐，其实"她是个下等人，不很守本分的。听说她跟那时周公馆的少爷有点不清白，生了两个儿子。生了第二个，才过三天，忽然周少爷不要她了。大孩子就放在周公馆，刚生的孩子她抱在怀里，在年三十夜里投河死的"。她亲身遭受的这样一件惨绝人寰的事，她却能用那样平静的口气说出来，仿佛完全是旁人的事似的，这要有何等坚强的精神力量才做得到呵！在这一番谈话过程中，周朴园一直是在很专注、很紧张地倾听着，而且显得很痛苦。特别还非常关心地打听着这个"梅小姐"的坟墓在哪里，说是自己跟她有亲戚关系，想把她的坟墓修一修。这都使侍萍感觉到周朴园似乎并不像过去那样冷酷无情，而且还明显地流露出了一些悔恨的感情。这就不免使得像侍萍这样一个善良的、有着浓厚的封建伦理观念的女子又一时犯糊涂，心软起来。此后她的有意暴露自己的身份，虽然包含着对周朴园的进一步试探和谴责的意思，但毋庸讳言，这样做的本身，同时也是一种软弱的表现，而并不是要向这个仇人进行清算和报复的意思。

　　直到周朴园忽然又露出了残忍狠毒的本相，立刻翻转脸来严厉地喝问她"你来干什么?"时，她才重新清醒过来，重新激发起了对周朴园的仇恨心理。她三十年来所受的血泪痛苦，这时一下子就像决了堤坝的激流般奔涌出来了。但即使是在这时，侍萍也不过只是喊出她个人的悲愤，不过只是对周朴园卑鄙凶残的行径进行控诉和斥责而已，并没有想到要对周朴园进行惩罚和报复。至于要想从周朴园那里得到什么好处，要想让周朴园对她三十年来所受的苦难给予补偿等等，那在她头脑里更是连一丁点儿的影子也不曾有过。她在三十年前被赶出周家以后，不管境遇如何悲惨，也从来没有起过要重新找到周家来的念头。当周朴园问她，那位"梅小姐"既然生活那样艰难，"为什么不再找到周家"时，她不是曾用第三者的口吻明白地说出了她自己的意思吗？——"大概她是不愿意吧。"后来，当周朴园重又露出狰狞的面目，责问她是谁指使她来的时，她悲愤地回答说，是"命"，是"不公平的命指使我来的！"在侍萍看来，命运对她真是太不公平了。三十年前自己受了那样的伤害不算，如今自己的女儿却又落到了过去仇人的家里，又做起过去自己所做过的事来；而那个干了如此伤天害理的勾当的仇人，今天却依然是社会上的体面人物，依然过着颐指气使、安富尊荣的生活。这真是什么世道呵?! 在侍萍的这种悲愤的感情的爆发下，周朴园恐怖起来了，他怕侍萍这一闹，会撕破他的道德的面具，会破坏他的家庭的平静的秩序，会危及他的名誉和地位。于是他用十分虔诚的声调诉说自己三十年来对侍萍的深情怀念，而这些倒也并不全是临时编造的，确有一些实际的根据，确有许多具体行动的表示。有一些侍萍也是亲眼看到了的。这就不免又使她受了迷惑，立刻被软化下来了。

在这一场戏里，剧作家通过周朴园和侍萍的一系列的对话，通过他们一连串紧张的内心冲突，把这两个人的性格、这两个人的思想品质，作了最深刻的揭示、最充分的展现。周朴园忽软忽硬，一会儿显得情意缠绵，无限悔恨；一会儿又面目狰狞，凶相毕露。一面立刻慷慨地签署了一张五千块钱的支票给侍萍，一面却又断然宣布要辞退鲁贵和四凤，并且此后永远不许鲁家的人再到周家来。他的虚伪，他的冷酷、专横和残暴，真是刻画得入木三分；这个人一心只想保住家庭的体面，维护自己的尊严，至于别人的死活痛苦，全不在他的心上。在侍萍这一面呢，她一下子忽然又见到了三十年前那样灭绝人性地对待过自己的那个人，要是别人处在这样的场合，很可能会呼天抢地，大吵大闹，把这次见面变成一出闹剧的。但侍萍却不是这样。尽管她的内心激荡着汹涌的波澜，但外表仍能保持平静,即使在提到过去的最揪心的痛楚时,也能不失她沉稳的体态,这该要有多大的精神力量!周朴园居然会怕她是有意找上门来进行敲诈的,甚至会怕她利用鲁贵的关系来进行敲诈,这不过是进一步暴露了周朴园自己的丑恶的灵魂罢了。至于侍萍,是丝毫也没有这样的想法的。当周朴园把一张五千块钱的支票给她时,她立即把它撕毁了。这是何等高贵的骨气,显示了中国劳动妇女的可敬的尊严。她所唯一有求于周朴园的,不过是想看看自己的被强行拆开的亲生儿子而已。然而,这次的母子见面,非但没有给她丝毫安慰,反而只有增加了她的更大的痛苦。她看到了什么呢?她看到的却是这个她那样想见到的儿子竟亲自恶狠狠地打了她另一个儿子两个嘴巴。"这真是一群强盗!"而自己的亲生儿子,竟也成了个无恶不作的强盗。这给予侍萍的心灵上的打击该是多么深重?而所有的观众和读者,面对这一场戏又该是怎样惊心动魄!这四个人,是嫡嫡亲亲的夫妻、父子、兄弟,是一家子的亲骨肉,却完全变成了两种决不相同的人,分隔成了互相敌对的两个阶级、两个阵营。侍萍和大海是那么正直高洁,周朴园和周萍却是那么卑鄙和丑恶。明明是一家人,而他们的思想品质竟是如此天差地别。这是怎么造成的呢?这是阶级对立的社会造成的,是罪恶的剥削制度造成的。作者在这里把这个社会的阶级关系,表现得多么真实、生动,把这个社会制度所造成的罪恶揭露得多么深刻,多么淋漓尽致!这决不是什么宣扬宿命论思想的家庭乱伦悲剧,而是一出有着极其严肃的主题的深刻的社会悲剧。许多人责怪作者过分纠缠在人物的血缘关系上,好像因此而使得作品的思想性有所削弱似的。我觉得这并非确论。相反,我认为,这只有更增加了剧作对人们心灵的冲击力量,更引起人们的深思,对造成这一出如此残酷的悲剧的那个社会,更增加了无法遏抑的痛恨。而且这一系列看似离奇的矛盾纠葛,这一连串异常复杂的血缘关系，又有哪一点是出于情理之外，违反了生活的逻辑，令人无法置信的呢？几十年来，人们对《雷雨》之所以一直保持着热烈的爱好，它在国内外舞台上之所以始终享有崇高的声誉，最主要当然是由于它的生活反映的真实和社会批判的深刻，但同时，显然也是与这个剧作的矛盾冲突的高度集中，人物关系的错综复杂和尖锐紧张有关的。这一点，我觉得是很值得我们的剧作家借鉴的。

同周朴园见面，再一次看到了他的丑恶的灵魂，已经够使侍萍痛苦的了，更使她痛苦的是，她那么渴望一见的别离了将近三十年的亲生儿子，竟当着她的面恶狠狠地动手打起她的另一个儿子来。一个母亲的早已破碎了的心，这时更是在被血淋淋地、一片片地撕裂着，侍萍所遭受的精神上的打击该是多么惨重呵！然而，她哪里知道，还有比这更残酷百倍的打击正在前面等着她哩！

在和繁漪谈过话以后，她就下定决心要把四凤带走了。再同周朴园见过面，又亲眼看到周萍打了鲁大海以后，她就更加坚定了要四凤跟自己一同去济南的意思。这时，有两桩事情在不断地揪扯着她的心，使她万分恐惧，使她一刻也不得安宁。一是怕四凤真跟周家的孩子之间有点什么，一是怕大海为了报仇要对周朴园或周萍动刀动枪。当她听到大海说，他跟周家"这本账是要算清楚的"时，她是多么惊慌，禁不住严厉地高声对大海说："你听着，我从来没这样对你说过话。你要是伤害了周家的人，不管是那里的老爷或者少爷，你只要伤害了他们，我是一辈子也不认你的。"她并且立即逼着大海把手枪交给了她。她会采取这样的态度，而且如此严厉，如此不容争辩，这在大海当然是不能理解的。四凤为着她自己的理由，当然是赞成妈妈的态度的，而且竭力劝说大海听妈妈的话。但妈妈究竟为什么要这样说，他却显然也是并不理解的。后来，还有更惊险的一幕。当周萍正在四凤房里，被忽然回来的大海撞着时，大海正举起了板凳，奔向周萍，就要向周萍打去时，这时，侍萍就用力紧紧地拉着大海的衣襟，并且不顾一切地喊着："大海，你别动，你动，妈就死在你的面前。"这当然也是使大海万分懊恨而又莫名其妙的，只好顿着脚说："妈！您好糊涂！"意思是：对这种人，你的心肠怎么能这样软呵?! 而这也只有侍萍自己心里明白，她有苦也只能往自己肚里吞！

　　在四凤的问题上，她精神上所经历、尝受的焦虑、恐惧和折磨，更是决非一般人所能负载得起的。四凤是她唯一的女儿，也是她最小的孩子，由于自己年轻时候的惨痛的教训，她是不愿让自己的女儿到公馆去帮人的，她曾再三叮咛过鲁贵。而鲁贵却瞒着她把四凤塞进了周公馆。四凤还以为妈所以不愿让自己去帮人是出于爱面子，出于怕人家笑话他们穷。她哪里知道妈的苦衷，哪里知道妈心头的隐痛呵！繁漪同她的谈话，使她知道了周冲对四凤的感情，知道四凤的确是处在一个危险的境地。后来，周冲的来访，加深了她的疑虑。但她所担心的还只是四凤同周冲的关系。还根本没有想到周萍身上去。而且，起先她也只以为那是周冲单方面的事，四凤对他不一定真有什么的。但后来发现四凤并不真是很愿意跟自己到外地去，至少并不愿意立刻就走，她对这儿似乎还有留恋，似乎还有什么事情瞒着自己。这就使她产生了极大的恐慌与不安，要四凤发誓一辈子不见周家的人。像侍萍这样一个温厚慈祥的母亲，竟要用这样严厉的态度一再逼问自己心爱的女儿，在她，这该是多么痛苦的一件事！她对四凤说的下面这番话，真是铁石人听了也要心碎的：

　　鲁侍萍　（落眼泪）可怜的孩子，不是我不相信你，（沉痛地）我是太不相信这个世道上的人了。傻孩子，你不懂，妈的苦多少年是说不出来的，你妈就是在年轻的时候没有人来提醒，——可怜，妈就是一步走错，就步步走错了。孩子，我就生了你这么一个女儿，我的女儿不能再像她妈似的。孩子，你疼我！你要是再骗我，那就是杀了我了，我的苦命的孩子！

"我是太不相信这个世道上的人了。"这句话里包含着侍萍三十年来的多少的辛酸，多少的悲愤和多少的血泪痛苦呵！这个世道上的人为什么会那样靠不住，那样奸诈狠毒、无恶不作呢？根本原因在哪里？这侍萍是并不顶清楚，当然也是说不明白的。她以为她和她的孩子的遭遇竟会这样悲惨、这样不幸，多半是由于她们的命不好，都是不公平的命造成的。而我们，每一个读者和观众，通过她的一连串的无法忍受的遭遇，亲眼看到她尽管受着锥心刺骨的悲痛的煎熬，可又欲诉无门，欲哭无泪，有苦只能往肚里吞的惨象，心头怎么能不感到像是在被撕裂着的痛苦呢？怎么能不万分痛恨那个纵容周朴园之类的人恣意逞凶，听任这样不公平的现象到处存在的万恶的社会呢？（我们当然看得很清楚，侍萍所遭受的一切都是由那个罪恶的社会制度造成的。）一个作品能够具有这样巨大的感染力，能够这样地激动人心，这是艺术上的最大的成功。而这些都是通过社会生活的真实反映，通过生动的艺术形象的力量，而不是通过抽象的说教，通过外加的"思想性"而取得的。

截至侍萍要四凤发誓今后一辈子不再见周家的人之时，侍萍还一直只是怀疑到四凤跟周冲之间可能有一点什么，而根本没有想到真正跟四凤有关系的，竟是周萍，竟是她自己的亲生儿子，事情竟是发生在两个同胞兄妹之间！当她在深更半夜突然被鲁大海叫到四凤的房里，亲眼看到四凤竟跟周萍在一起时，她声音都暗哑了，几乎连一个"天"字都叫不出了。紧紧地扶着门闩，她才能勉强支撑住没有晕倒。她怎么能料得到，在遭受了一连串无法忍受的打击以后，居然还会有这样的灾难降落到她的头上！在她装满了许多迷信思想的头脑想来，“天道”真也实在是太残酷了。但四凤和周萍是一点也不知道他们之间的血缘关系的，他们恳求侍萍让他们一同离开。然而不管他们怎样苦苦哀求，侍萍总是坚决不答应，甚至斩钉截铁地说出了这样的话："凤儿，你听着，我情愿没有你，我不能叫你跟他在一块儿。"听到这样的话，四凤晕过去了。即使如此，要是四凤不把她和周萍之间已经有了三个月的身孕的事说出来，她还是不会答应的。但现在事已如此，她除了答应他们一同走之外，还有什么办法呢？不然就只能眼看着四凤带着她腹中的孩子活活地死在她面前。她在无可奈何之中，只好答应他们走了。但又郑重地叮咛他们："你们这次走，最好越走越远，不要回头。今天离开，你们无论生死，就永远不要见我了。"四凤听到妈竟然说出这样的话来，她心里当然是怎么也忍受不了的。但她哪里知道她的妈在说这番话的时候，心里更是一字一滴血呵！

侍萍虽然同意让四凤跟周萍走了，但是他们终于还是没有走成。因为这时周朴园被繁漪叫了下来，他亲眼看到已经答应过决不再到周家的侍萍母女居然又跟周萍他们在一起，而繁漪又指着侍萍口口声声要周萍当着他父亲的面"给这个妈叩头"。他以为他跟侍萍的关系已经为大家所知道了。他自然也就只有采取承认这一条路了。但是侍萍却连忙加以否认："不，不，您弄错了。"她之不愿承认这种关系，固然也是她本来的一贯态度，但这时之所以要那样竭力加以否认，却主要是为着两个孩子，为着四凤与周萍。她是在拼她的全力保护住他们呵！然而，她已经无能为力了。周朴园公开承认了他跟侍萍的关系，二十年前的一段隐情全揭开了。周萍与四凤原来是同胞兄妹，于是一家人死的死，疯的疯，这出悲剧至此也就完成了。

罗马尼亚有位评论家亚·格拉普里乌同志称赞侍萍是个"有着

异常的道德力量"的女子。这的确不是过誉。看过《雷雨》的演出或者读过这个剧本的人,谁能不为侍萍的善良、纯洁,谁能不为她所葆有的中国劳动妇女的可敬的自尊心所深深感动呢?她的纯朴、高贵的心灵有一种稀有的十分动人的美。人们的精神境界在她的感染下也不禁高扬起来了。对于这样一个可爱可敬的女子,这个社会却用一连串如此残酷、如此惨无人道的暴行来加以凌辱、摧残和折磨,这是个什么社会呵?这样的社会我们难道能够容许它长久存在下去吗?难道能够听任它继续这样残酷地去迫害、摧残善良的人们吗?这当然是不行的。这是每一个人都会情不自禁地得出的共同的结论。这就是《雷雨》这一剧作的强大的思想艺术力量。当然,侍萍这个女子,尽管非常值得同情,却决不是可供仿效的对象。在她头脑里存在着许多迷信落后的东西,她既相信天命、报应之类的宿命论思想,又有浓重的封建伦理观念。即使在和自己有着血海深仇的仇人面前,她也甚至一点不想报复。这些地方都是不值得我们肯定的。特别是今天的一些青年同志,恐怕更会责怪她为什么竟会那样缺乏斗争性。有人可能还会提出这样的责难:我们的劳动人民难道是这样的吗?作者这种写法岂不是歪曲了劳动妇女的形象吗?不错,一般地说,劳动人民都是有较强的斗争性的。哪里有压迫,哪里就有反抗。既然劳动人民在旧社会里是受着反动统治阶级的残酷的压迫剥削,他们当然是要进行反抗,当然是有较强的斗争性的。但生活是复杂的,各人所处的条件也是各种各样的,而反抗斗争的形式当然也不会是千篇一律的,不会都是采取直来直往,甚至挥拳动刀的形式。侍萍并不想对周朴园进行报复,这是确实的。但她还是进行了斗争的。不过她的斗争的方式是克制的,并没有大喊大叫,大吵大闹。她斗争的目的,也仅限于维护自己的尊严和揭露周朴园的残忍和虚伪,而并没有要对周朴园进行惩罚,甚至也并不想当众揭露周朴园的丑恶嘴脸，宣布他过去的罪行。她之所以采取这样的态度，又是与她的性格，与她一贯的为人处世的态度，与她多年来养成的封建伦理观念和宿命论思想分不开的。而所有这些，又都是由她所从小生长的环境，由她所处的那个社会的制度、习俗所造成的。作者这样来写侍萍，不但把侍萍的性格写得合情合理、栩栩如生，十分符合生活的逻辑，十分令人信服，而且也是为了通过侍萍这一形象的塑造，从另一个角度来深刻地揭露那个社会的罪恶、腐朽的本质。因为侍萍的性格之所以会是这样，正是那个社会造成的呵！《雷雨》一共写了八个人物，每一个人物都写得非常深刻、生动，每一个人物都从一个特定的角度，揭露了那个社会的某些方面的本质。尽管由于当时作者的思想水平的限制，他对这个社会的本质认识得还不够全面、深刻；因而这个剧作的思想深度是有局限的，甚至还包含某些消极的因素。但是，由于作者对生活的忠实，由于他的感受的真切和艺术表现能力的高超，这个剧作却为我们提供了当时社会的异常丰富生动的生活内容。对于这些生活内容，作者当时虽然还不一定能作出深刻的理解和正确的分析，但我们今天在有了马克思列宁主义的思想指导以后，却应该可以从里面看到比作者当年所能看到的更多的东西，得出比作者当年所能得出的更接近于生活的本质真实的结论。这一事实也进一步雄辩地向我们证明：严格遵循现实主义的方法，从自己的真切感受出发，真实地反映生活，始终是文艺创作的一个重要原则。

1979 年 5 月 26 日

"那——那天上的雷劈了我"

——谈四凤

　　在《雷雨》初版本的序言中，曹禺曾说，他在《雷雨》中所显示的，只有他所觉得的天地间的"残忍"。他并且说，这种自然的"冷酷"，四凤与周冲的遭际最足以代表。的确，从整个剧情看来，"天地"真大有如老子所说的"以万物为刍狗"的味道。所有的剧中人，都不过是这个"残忍""冷酷"（即老子所谓"不仁"）的"天地"的牺牲品罢了。被拨弄得最厉害的自然是侍萍。三十年前自己所遭受过的一切，三十年后竟又在自己女儿身上重演。更其残酷的是，女儿所爱的竟会是她自己的亲生儿子，女儿的异父哥哥！繁漪的遭遇又何尝不惨，这样一个"心比天高"的女人，竟落入了周朴园的魔掌，受到周家两代人的欺侮。她为了要报复，要作"困兽之斗"，最后竟把自己仅有的一个儿子的年轻的生命也活活地葬送了。

　　这几个人中，侍萍的身世最令人悲愤、不平；繁漪的遭际，也很惹人同情、伤叹；而四凤与周冲的死亡，则尤其使人无限地惋惜与哀痛。所有这些人，尽管我们对待他们的态度会有许多的不同，他们在我们身上所激起的感情也会是各种各样的，但他们的命运，却都深深地打动了我们，都不能不引起我们的深思。事情为什么竟会这样悲惨？难道这真是所谓天地间的"残忍"和"冷酷"吗？然而天地何知！或者这仅仅是出于作者的编造，是他故意利用许多偶然的巧合，凑成这样一出离奇的乱伦悲剧来耸人听闻的吗？然而，作品中所出现的种种复杂曲折的情节，尽管有很多巧合的成分，有很大的偶然性，但又有哪一点是不合乎生活的逻辑、是缺乏必然的基础的呢？它们虽然常常出于我们的意料之外，却又无一不在生活的情理之中。在整个事件的背后，都隐伏着社会的、阶级的根源。从剧中人的错综复杂的关系之中。从一连串的惊心动魄的矛盾冲突之中，都暴露出那个不合理的社会的罪恶。这一出惨绝人寰的悲剧，完全是那个人压迫人、人剥削人的社会制度造成的。在看过这出悲剧以后，人们的愤怒，人们的火样的憎恨之情，决不会冲着无知的苍天或者并不存在的命运去发泄，而是强烈地集中在周朴园以及周朴园所代表的那个社会身上的。

事情难道不是这样的吗？

就拿四凤来说吧。她年轻、美丽，而又是那么善良、纯洁。她非常爱她的妈妈，真心诚意地愿意听妈妈的话，做妈妈的好女儿。但她究竟年轻，渴望着过美好的生活，又一点不懂得社会的险恶。尽管妈妈不愿意自己帮人，但既然周公馆能使她吃得好、穿得好，比家里舒服得多，她也就不惜违背妈妈的意愿，乐意让爸爸把自己送到周公馆来了。结果却在这里碰到了周萍，铸成了这样一个无可挽回的大错。周萍既然并不是个一眼就可看穿的坏人，在他身上不但多少总还应该有一些年轻人所应有的活泼的朝气，而且如我们在评析周萍时所说，他还显然是受过一些五四精神的熏陶的，那么，四凤之竟会爱上周萍（说得恰切些是竟会接受周萍的爱），是并不奇怪，也是无可责备的。她当然知道，由于地位的悬殊，她跟周萍的关系是充满着风险的。但在这类事情上，一点风险又算得什么？它是决阻挡不了两颗年轻的热情的心的接近的。但现在摆在她面前的问题是妈妈就要回来了。这是既使她高兴，又使她感到恐惧的事。她与妈妈已经分别两年多了，她是多么渴望着能早一点见到妈妈呵？但她又实在有点怕同妈妈见面。她简直不能想象，她将怎样面对妈妈那充满爱抚的注视的眼光。——要知道，她已经有了三个月的身孕了！何况她爸爸鲁贵又忽然告诉她说，周公馆的太太——她的女主人繁漪，带信要她妈妈到周公馆来有事面谈。还说，说不定有辞退她的意思。这真是多叫人烦扰和恐惧的事！

同妈妈终于见面了，短暂的久别重逢的喜悦，立即被一连串的不幸事件所粉碎。到这一幕终了时，她连同她的爸爸鲁贵已被周家宣布辞退了。辞退的原因，她只知道是由她的哥哥而起，但实际原因要比这复杂得多。在这之前，繁漪早已把同样的意思通知了她的妈妈，原因也完全与她哥哥无关。而倒是如她爸爸早先所告诉她的那样，纯然是由她自己而起。不管事情的真相究竟怎样，总之她被辞退了，而周萍也在明天一早就要动身到六百里外的矿上去。他们两人的关系看来将就此完结，万难再行继续下去了。周萍要求让他当夜再来见一次面，四凤虽然因为怕被母亲察觉，坚决叫他不要来，最后却还是同意了。因为她还没有放弃要周萍把她带走的希望，她还想作一次最后的恳求。

在周萍到来之前，中间忽然又插进了周冲的来访。侍萍在和繁漪谈过话以后，本来就对四凤有点不大放心。周冲的到来，更引起了侍萍的极大的疑虑与不安，她刚从张大婶家回来，就看到了家门口停着周冲的洋车，接着又看到四凤送周冲出去。鲁大海又告诉她，他回来时看到四凤在跟那个二少爷谈天。她内心真是紧张恐慌极了。在四凤回到屋里后，两人间的一段对话是写得十分扣人心弦的：

鲁四凤　　妈，（不安地）您回来了。

鲁侍萍　　你忙着送周家的少爷，没有顾到看见我。

鲁四凤　　（解释地）二少爷是他母亲叫他来的。

鲁侍萍　　我听见你哥哥说，你们谈了半天了。

鲁四凤　　您说我跟周家二少爷？

鲁侍萍　　嗯，他说了些什么？

鲁四凤　　没有什么！——平平常常的话。

鲁侍萍　　真的？

鲁四凤　　您听哥哥说了些什么话？

鲁侍萍　　（严肃地）凤儿。（盯着四凤。）

鲁四凤　　妈，您怎么啦？

鲁侍萍　　妈是不是顶疼你？

鲁四凤　　您为什么说这些话？

鲁侍萍　　那我求你一件事。

鲁四凤　　妈，您说。

鲁侍萍　　你得告诉我，你跟周家的孩子是怎么回事？

鲁四凤　　哥总是瞎说八道的——他跟您说了什么？

鲁侍萍　　不是，他没说什么，妈要问你！

（远处的雷声。）

　　鲁四凤　　妈，您为什么问这个？我不跟您说过么？一点也
没什么。妈，没什么！

　　四凤送走周冲回来，没想到妈已经在屋里了，不免有一点不安。
但她不愿让妈妈看出她的不安，装着很平常似的招呼了一声："妈，
您回来了。"侍萍早就在怀着激动焦虑的心情等着四凤回来，四凤的

不安当然逃不过妈妈的眼睛。她冷冷地回了一句："你忙着送周家的少爷，没有顾到看见我。"意思是：你一心在周家少爷身上，哪里想得到我这个妈！四凤当然听得出妈话中的刺，觉察到妈对自己的怀疑和不满，连忙解释说："二少爷是他母亲叫他来的。"意思说：他跟我没关系，你不要瞎猜疑。这样的解释当然不能使侍萍放心。她想：这孩子为什么这样急于为自己撇清呢？这反而只有更增加了她的不安。就更逼进一步地说："我听见你哥哥说，你们谈了半天了。"前面鲁大海只是告诉侍萍，他回来时看到四凤在跟周冲谈天。这里她却有意说：已经"谈了半天"。潜台词是：孩子，你不用瞒我了，你跟周家少爷之间究竟是怎么回事，快告诉我吧。在四凤呢，她跟周冲之间的确并没有什么，她本来完全可以泰然处之。但她心里压着周萍的事，生怕妈妈已经知道了，何况妈妈又跟繁漪谈过话，更叫她恐慌，于是不由得了一句："您说我跟周家二少爷？"这本来是无须问得的，刚才来的是周冲，她们一直在谈的也是周冲，就连侍萍所转述的鲁大海的话，说的也是周冲。但因为她自己心里有疙瘩，就不禁发出了这样一个毫无必要的怪问题。要不是作者深入人物的灵魂，洞悉她内心的奥秘，是决写不出这样的台词来的。曹禺的剧作之所以那样耐人寻味，经得起反复的推敲、咀嚼，就在这些地方。而迄至现在为止，侍萍也一直只是猜想四凤跟周冲之间可能有一点什么，而毫未怀疑到她跟周萍之间的关系。因此，四凤的这句奇怪的问话，并未引起她的特别注意，只是进一步追问她周冲究竟跟她说了些什么。而四凤则只是一再重复着说："没有什么"，"他没说什么"，"一点也没什么"。要说她跟周冲之间的关系，那的确是没有什么，一点也没有什么。但现在问的是周冲究竟跟她说了些什么？那就决不是"一点也没什么"，也决不是只是说了一些"平平常常的话"。因为周冲的那些话，实在太不平常了，不平常得甚至四凤都不大能够理解。什么"……在一个冬天的早晨……在无边的海上……有一只轻得像海燕似的小帆船。……斜贴在海面上面飞，飞，向着天边飞。……我们坐在船头，望着前面，前面就是我们的世界。"等等，等等。四凤为什么不把这些告诉妈妈呢？而且周冲还曾明白地向她求过爱，表示愿意帮她上学，要同她结婚。这些侍萍早已从繁漪口中听到过了。而她现在却一句也不提，这不是明明在对妈妈撒谎吗？叫侍萍怎么能不愈听愈起疑，愈听愈着急呢？而四凤也奇怪，就她跟周冲的关系而论，这些完全可以照实讲出来，讲清楚了，真是一点也没有什么。可她就是咬紧牙关，一个字也不提。这又是为什么呢？无非又是为了她跟周萍的事。侍萍现在一再追问的尽管是她跟周冲的事，而她脑子里所想的，所十分恐惧的，却尽是她跟周萍的事。所以她一面回答妈妈说，自己跟周家的孩子一点也没有什么，而一面说着说着，忽然又要向妈妈表白："我不是跟你说过，这两年，我天天晚上——回家的？"要说清楚她跟周冲之间的关系，根本不必牵扯到什么晚上不晚上的问题。这些地方都表明，四凤毕竟是个天真、善良的姑娘，她觉得自己做错了事，不敢对妈妈讲。但这件事又偏偏老是在心里压迫着她，使她的舌尖不由自主地要把它泄漏出去。她既不善于说谎，更不愿意向妈妈说谎。但她又最怕伤妈妈的心。她跟周萍的关系如果让妈妈知道了，妈妈不知道会多么伤心，所以她死也不敢向妈妈承认，就只好用一些谎话来搪塞了。她不知道这些谎话非但不能掩盖她想要掩盖的东西，反倒不自觉地自动把它们透露出来了。因为侍萍跟她谈的明明是周冲的事，而她的这些谎话，却并不是因周冲而发，并不是为了掩饰她跟周冲的关系而说，而都是为着周萍。尽管侍萍当时还完全不知道四凤跟周萍的关系，但四凤并没有向自己说真话这一点是决瞒不过像侍萍这样一个十分疼爱和了解自己的女儿的妈妈的。因此，通过这

一段对话，非但没有能使她放心，反而只有更增加了她的不安。紧
接着，就出现了逼四凤起誓那个场面：

> **鲁侍萍** 凤儿，我要你一辈子不见周家的人！
>
> **鲁四凤** 好，妈！
>
> **鲁侍萍** （沉重地）不，要起誓。
>
> （四凤畏怯地望着侍萍的严厉的脸。）
>
> **鲁四凤** 这何必呢？
>
> **鲁侍萍** （依然严肃地）不，你要说。
>
> **鲁四凤** （跪下）妈，（扑在侍萍身上）我——我说不了。
>
> **鲁侍萍** （眼泪流下来）你是要伤妈的心么？你忘记妈这
> 一生为着你——（回头哭泣。）
>
> **鲁四凤** 妈，我说，我说。
>
> **鲁侍萍** （立起）你就这样跪下说。
>
> **鲁四凤** 妈，我答应您，以后我永远不见周家的人。
>
> （雷声滚过去。）
>
> **鲁侍萍** 天上在打着雷。你要是以后忘了妈的话，见了周
> 家的人呢？
>
> **鲁四凤** （畏怯地）妈，我不会的，我不会的。
>
> **鲁侍萍** 孩子，你要说，你要说。你要是忘了妈的话——
> （外面的雷声。）
>
> **鲁四凤** （不顾一切地）那——那天上的雷劈了我。（扑在
> 侍萍怀里）哦！（雷声轰轰）
>
> **鲁侍萍** （抱着女儿）孩子，我的孩子！

妈要她一辈子不见周家的人，这在她当然是难堪的，做不到的。

但为了让妈妈放心，她也就随口答应了。但想不到妈妈竟还要她起誓。起誓，在当时，特别在像侍萍和四凤这样的人头脑里，是件十分严重的事。这她就不能随随便便地答应了。因此她只得说："这何必呢？"（我不是已经答应过了妈，何必还要起誓呢？）可侍萍一点不让步，非要她起誓不可。她急得只有向妈妈跪下了，难过地扑在妈妈的身上，老老实实地向妈承认："我——我说不了。"侍萍这下完全明白了。她的疑惧证实了：这孩子跟周家的少爷之间确是有事！侍萍是个过来人，她当然懂得四凤的痛苦，要她发这样的誓，是很有点残忍的，但三十年来的惨痛教训，又使她不能不狠一狠心，不管怎样也要把孩子从危险的道路上拉回来。对四凤来说，她跟周萍的关系已经是这样深，要她把他永远丢开，实在是难以做到的。但她又是那样爱她的妈妈，使妈妈伤心又是她怎么也受不了的。所以她一直在这个两难的境地中挣扎着，希望能够既不伤妈妈的心，也不必发那个可怕的誓。但是侍萍出于对女儿的爱，出于一个母亲的严肃的责任心，却一点也不肯放松，非逼着四凤起誓不可。于是四凤就只得不顾一切地发下了那个可怕的誓言："那——那天上的雷劈了我。"说完了就扑在妈妈的怀里哭了起来。而侍萍也难过得只有抱着四凤呻吟着："孩子，我的孩子！"观众们这时坐在剧场里，也不由得紧张得气都喘不过来。台上的两颗心在被撕裂着，台下的千百颗观众的心也同时在被撕裂着。19 世纪英国作家托马斯·德·昆西（Thomas De Quincey）把文学分做知识的文学和力量的文学两大类①。像《雷雨》这样的作品，无疑是属于力量的文学一类的。面对这样的作品，谁还能漠然无动于衷呢？侍萍与四凤是那样善良，可又是

---

① 他最早是在 1823 年写的《给一个青年的信》中提出这一意见的，后来在 1848 年写的关于蒲伯（Pope）的论文中又进一步申述了这一观点。

这样无知。四凤渴望着爱情，渴望着能过幸福的生活，可她还是个涉世未深的孩子，她还一点不懂得社会，不了解人生。侍萍虽是历尽艰辛，饱经沧桑，深知社会和人生的险恶，但她也一点不懂得这社会和人生为什么会这样险恶。为什么周朴园他们做尽了坏事，却仍能这样体面显赫；自己一生受尽了凌辱折磨，今天却还得眼看自己的女儿又面临一个危险的深渊？这一切究竟是为什么？她无法回答。只能怨天"残忍"，怪命"不公平"了。她以为叫女儿发了誓，就可以把女儿从深渊边拉回来，不让她跌下去。她和四凤竟会这样愚昧无知，真使我们万分痛惜、无限懊恨。但这并没有减少我们对她们的同情，而是只有更增加了我们对那个社会和那个社会的代表人物如周朴园之流的痛恨。侍萍和四凤的不幸，是他们造成的；侍萍和四凤的无知，也是他们造成的。要结束侍萍和四凤的不幸生活，要改变她们的无知状态，就只有推翻那个社会，打倒周朴园所代表的剥削阶级才能做到。这就是我们从《雷雨》这一剧作所得出的结论，也就是《雷雨》的作者所要传达给我们的他的强烈的愤懑之情。

四凤后来果然是触电而死，似乎是应验了她所发下的誓言。假如有人因此就责怪作者在宣扬宿命论，宣扬迷信思想，那么我们只能表示遗憾。四凤明明是有意触电自杀，而并不是如誓言所说被雷劈死的。尽管所谓雷劈，实际也是一种触电现象，但作品表现得很清楚，她却确确实实是有意自杀，而并非偶然触电。试看下面这段在她从家里逃出来又见到周萍时对周萍所说的一番话：

> 我糊里糊涂又跑到这儿，走到花园那电线杆底下，我想死了算了。我知道一碰那根电线，就可以什么都忘了。可是，我忽然看见你窗户的灯，我想到你在屋子里。我突然觉得，我不能这样就死，我不能一个人死，我丢不了你。我想我们还是可

以走，只要一块儿离开这儿。

这说明，本来她还不愿这样就死。她丢不下周萍，她想她还可以跟周萍走，跟周萍一块儿离开这儿。而现在忽然发现周萍竟是她自己的哥哥，不但原来所想的一切都成了不可能的了，就是已经发生的关系，对她来说，也成了无法忍受的了。她怎么还能活下去呢？她就自然只能决心去踏早就想过要踏的那条电线了。所以她的死，明明是有意的自杀，而且还并不是出于一时的冲动，而是早已有过这种打算了。那么，我们怎么能认为她真的是被雷劈死的，怎么能认为作者这样写就是在宣扬宿命论、宣扬迷信思想呢？

作者虽然说过，四凤和周冲的遭际，最能显示天地间的冷酷，但他这样说，自然也并不是真的在责怪天地，而不过是强调他的一种愤懑之情罢了。对这两个年轻的生命的无辜死亡，谁又能不特别感到愤慨呢？譬如四凤，她是那样善良、纯洁。她对生活充满着热情，她总是用好意的眼光来看待她周围的一切。她对她父亲鲁贵的所作所为，尽管很看不惯，甚至禁不住要产生一种厌恶的心情，但她还是竭力尽她女儿的本分，尽量尊重他。当她哥哥大海对鲁贵有了一些过火的言论或行动时，她总是以责怪的眼色或口吻来加以阻止。虽然繁漪因为出于妒忌，对她总不免怀有敌意和偏见，但她还是很尊敬繁漪，并真心地同情繁漪。她对周萍的爱也是很真挚的，当鲁大海在她面前说周萍的坏话时，她就立刻热烈地为他辩护。起先，她甚至还不肯相信他真会做出鲁贵所说的"闹鬼"那样的事，后来虽然不能不有几分相信了，但她仍旧对周萍说："你做了什么，我也不怨你的。""我相信你以后永远不会骗我。这我就够了。"对那个天真的大孩子——二少爷周冲，不管他是怎样热烈地爱着她，她还是坦率地拒绝了他的爱，决不肯欺骗他或是假意敷衍他。对她妈妈，她更是爱得那样深，为了妈妈，她甚至愿意割舍她最难以割舍的东西。总之，四凤的确是一个可爱的、十分值得人同情的姑娘。唯其是这样可爱，这样值得同情，她的无辜死亡，才更使人悲痛，更使人憎恨逼死她的那个社会。不过，当然，她毕竟是生长在过去那个时代和社会里的，她虽然出身于劳动人民的家庭，但她并不能够逃出那个时代的风尚习俗和摆脱那个社会的统治阶级所灌输给她的一套思想准则。特别是在周公馆生活的两年多里，耳濡目染，更使她沾染了一些地主阶级、资产阶级的腐朽东西。她对周公馆的奢华生活的欣羡与留恋，她对周家的主人们的过分尊敬和轻信，就是明显的例子。所以当她和她分别了两年的哥哥鲁大海重新见面时，两个人都有点失望地感到对方变了。两个人的这种感觉，应该说都是既真切而又正确的。两个人的确都变了，而且是朝着两个不同的方向在变。而从这种不同的变化中，我们也都可以看到环境的作用，看到社会的阶级的影响。鲁大海当了煤矿工人，生活在工人阶级的队伍里，对资本家对他们的压迫剥削，对当时那个社会的丑恶本质，感受和理解就比较深切。四凤长期生活在地主资本家的公馆里，经常照拂和指引她的又是鲁贵那样的父亲，那个十分爱护自己并具有劳动人民的高贵品质的妈妈，又远在八百里之外。她身上所起的变化，就自然只能叫鲁大海感到失望和不满了。这许多地方都显示出，《雷雨》的现实主义的成就的确是相当高的，作品的这样高的思想艺术成就，不仅要求它的作者必须忠实于生活，并且必须有一个相当进步的立场，否则的话，是决不可能取得的。

我觉得，国内学术界过去也许是受了曹禺自己的一些不很恰切的说法（部分地也是由于曹禺的自我谦虚）的影响，对他当时世界观中的消极的东西看得多了些，而对他所站的进步立场，对他的强烈的民主主义和人道主义的思想感情（从揭露旧社会的角度来说，这种思想感情同当时人民革命的方向在总的倾向上是一致的），对他的作品所起的良好作用，则相对地有所忽略甚至有意加以贬低。这种现象的产生，同时也是与许多人都习惯于脱离当时的现实条件，教条主义地用抽象的政治标准来要求一切作家和一切作品的现象相关联的。但大家又无法抹煞《雷雨》长时期来都受到人民群众的广泛欢迎这一事实，因此，在对这一作品的评论上，就常常出现把世界观和创作方法、思想性和艺术性加以割裂的现象。写作《雷雨》时，曹禺当然还不是个马克思列宁主义者，他的立场与无产阶级的立场之间，还存在着很长的距离。但这决不排斥他的揭露对象，与无产阶级所领导的革命的斗争对象的一致性。这就保证了他能够写出有巨大进步意义的作品来的现实可能性。不承认这一点，就会对他的作品的进步意义估计不足。但从另一面来说，《雷雨》的艺术成就虽然是很高的，但它的高度也决不会超出他当时世界观的水平所能容许的范围，决不会不受他的世界观的制约。因而不看到他世界观的弱点给予他作品的消极影响也是不对的。而过去，在我们的评论界却的确存在着这样两种错误倾向：一种是过分贬低曹禺当时世界观的水平，因而也贬低甚至抹杀他的作品的进步意义；另一种是完全脱离世界观来谈他的作品的艺术成就，仿佛艺术与思想纯然是两回事似的。今天，我觉得应该是到了改变这两种错误倾向的时候了。

1979 年 6 月 12 日

"这本账是要算清楚的"

——谈鲁大海

当周朴园从侍萍口中得知鲁大海竟是他自己的儿子时，不禁又气又恼地冷笑着说："这么说，我自己的骨肉在矿上鼓动罢工，反对我！"这个冷酷成性，以剥削为业的资本家，好像很重骨肉之情似的。但是他忘了，他的这个骨肉，正是被自己在三十年前残忍地丢弃了的。而就在此刻，当他知道站在他面前的就是几十年来他常常想念的当年那个美丽的丫头、他大儿子的母亲侍萍时，他也并没有因为顾念骨肉之情而把她承认、收留下来。可见所谓骨肉之情，在阶级社会里，正同人类的其他感情一样，都得服从于阶级利益，离开了现实的利害关系来奢谈感情，不过是骗人的空话。侍萍头脑里尽管有着很重的封建伦理观念，可是她也清楚地知道鲁大海跟周朴园"完完全全是两样的人"，他是决不会认周朴园做父亲的。而作为工人阶级一员的鲁大海，对周朴园这个资本家也的确只有憎恨。一上来我们就听到他对四凤说："周家的人不是好东西。这两年我在矿上看够了他们做的事。我恨他们。"从周家的阔气的房子，鲁大海看到的是矿上一个个被压死的苦工人——他自己的阶级兄弟的血汗与生命。他们父子两个，各自站在两个相互对立的阵营一边，是决谈不到一块去的。

对于鲁大海，作者写得实在太少，因此我们对他的了解也就很有限。只知道他生下才三天就被他妈妈抱着一同跳河了，但并未死成。到他正式出场时，他已经二十七岁了。这二十七年的生活，他是怎么度过的，我们一无所知。只在他继父鲁贵的不满的数落声中，我们才约略地知道他曾经当过大兵，拉过包月车，干过机器匠，也曾念过书上过学，但据鲁贵的意见是，这些他没有一样是好好地干过的。而当他被荐到周家的矿上以后不久，他就又在那里闹起来，把工头都打了，并且带头闹罢工。如今正作为工人代表，来同煤矿公司董事长周朴园谈判办交涉。总之，从那个社会里的一些人——譬如周朴园、鲁贵等人——的眼光看来，他是个很不安分的人。其实呢，那个社会所给予他的既然只有打击和迫害，那么他当然也就只有用反抗和斗争来回报了。要他在这个社会里安分守己，同这个社会友好相处，那只是妄想，是根本不可能的。但鲁大海却也并不是个蛮不讲理、一味胡闹的人。指责他粗暴、不近人情，我觉得未免有点过分。

就拿对待鲁贵的态度来说吧，他也只有到了忍无可忍的时候，才采取一些过火行动的。第三幕一开始，鲁贵就唠叨个没完，一会儿怪这个，一会儿怨那个，鲁大海都没理他。直到鲁贵把他一肚皮的气都向着侍萍来发泄，指责她"回家一次就出一次事"，甚至冲着她恨恨地责问说："妈的，你不来，我能倒这样的楣?"鲁大海这才放下正在擦着的手枪，正告他说："你要骂我就骂我，别指东说西，欺侮妈好说话。"可鲁贵还是唠叨个没完，继续他对侍萍、其实主要是对鲁大海的数落。说着说着，他忽然觉得自己的腿没处放，还要侍萍把一张小圆凳端过来给他搁脚。这都是很叫鲁大海看不惯，怒火难忍的。鲁贵搁好了脚，唠叨却并没有就此结束。也许是因为侍萍真的顺从地给他拿凳子搁脚,显得他俨然是一家之主,自觉很有威严的缘故吧,这回他索性正面望着鲁大海直接埋怨起他来了:"你心里想想,我这么大年纪,要跟着你饿死。我要是饿死,你是哪一点对得起我?……"大海实在忍不住了,才站起来揍了他一句:"你死就死了,你算老几?"后来鲁贵还穷讲究,要喝好茶。可四凤说"家里连茶叶末也没有"。鲁大海虽然乘机奚落他说:"听见了没有?你就将就将就喝杯开水吧,别这样穷讲究啦。"可他一面还是倒了一杯白开水,放在鲁贵身旁的桌上。作为一个继子,这些地方,总还算是说得过去的。可鲁贵却大摆起威风,大要起无赖来,竟要鲁大海滚开,甚至骂他是"杂种"。侍萍忍不住了,对他说:"你别不要脸,你少说话。"鲁贵却居然反唇相讥,说出这样恶毒的话来:"我不要脸?我没有在家养私孩子,还带着个(指大海)嫁人。"气得侍萍只能又痛又恨地从齿缝里迸出了一个"你!"字。鲁大海这时真是怒不可遏,这才举起他正在擦着的手枪向着鲁贵大喝一声:"我——我打死你这老东西!"其实他仍不过是吓唬吓唬鲁贵,只是要他向侍萍赔罪,要他"说自己错了,以后永远不再乱说话,乱骂人"。我看,他的这些行动,也不见得就是怎样该受非议、责怪的吧。

他对周冲的态度,可能容易使人以为有点不近人情。其实他还是有分寸的,并没有到蛮不讲理的地步。他从车厂子找人回来,忽然看到周冲在和四凤谈天。在这样的时候(已是晚上十点左右了),特别是发生了第二幕里的那些事以后,一个周公馆的少爷居然跑到这里来找他的妹妹(他认为周冲自然是来找四凤的),他心上的不快是不难想象的。特别当周冲要提起他下午在周家挨打的事,更使他勃然动怒,喝令周冲"你少提那桩事"。四凤怪哥哥误会了周冲的好意,对他说"人家是好心好意来安慰我们"的。鲁大海就对周冲说:"少爷,我们用不着你们的安慰,我们生成一副穷骨头,用不着你半夜的时候到这儿来安慰我们。"意思是告诉他，我们穷人不需要你们富人的安慰，尤其不需要你在这样半夜的时候来这里对一个年轻姑娘进行"安慰"。接着他就叫四凤出去，让他单独跟周冲说几句话。四凤出去后，他就对周冲说："我们谈过话，我知道你在你们家里还算是明白点的；不过你记着，以后你要再到这儿来，来——安慰我们，（突然）我就要不客气了。"可见，他对周冲还是有分析的，并不把周家的人一律看待。他对周冲的不满，主要是因为他想同四凤要好而起，他对周冲的态度之所以那样生硬，甚至近于粗暴，主要也是为了保护他的妹妹，也是为了使四凤能免受欺骗。而且，看来他对周冲的天真到有些傻气的特点，也是有所了解的，所以他才不惜耐着性子反复跟周冲说明他不应该到这儿来，不应该来找四凤的道理。即使当他本来想严厉地警告周冲："如果什么时候我再看见你跑到我家里，再同我的妹妹在一起，我一定——"说到这里，他的态度却也会忽然缓和下来，说："好，时候不早了，我们要睡觉了。"只有当周冲提到他父亲、提到周朴园时，他一直强压着的性子才突然爆发出来，大声骂道："你的父亲是个老混蛋！"这些地方都表明他对周冲还是区别对待的。不能认为他的态度就是怎样不近人情。最后，当他知道周冲是奉母亲之命来送钱的时，他才真的冒起火来，他觉得自己受了侮辱。这才粗暴地、真有点不近人情地呵斥他："你给我滚，给我滚蛋！"但他的这些话，其实并不是对周冲而发，而是对着资本家的虚伪，对着资本家的假仁假义而发。那么，他的这种态度，对资产阶级来说，固然有点粗暴；但对无产阶级来说，就应该说是一种很有骨气的表现。从资产阶级看来，确乎未免太不近人情，但从无产阶级看来，难道不正是一种很合人情的举动吗？

　　鲁大海这个形象，写得的确是简单了些，并不成功。但要说他"僵硬，不真实"，是个"可怕的失败"，却也并不切合实际。从上面我们对他在对待鲁贵、对待周冲的态度的分析中，就可以看出作者对这个人物的刻画还是合情合理的，符合生活的逻辑和性格的逻辑的。而且也决不能说他完全不像个工人。就从他对待四凤的态度上，也可以看出他是很有些工人阶级的觉悟的。他在周家的客厅里一见到四凤就对她说："好。妈也快回来了，我看你把周家的活儿辞了，好好回家。"还说"这不是你待的地方"，并且针对四凤对资产阶级的物质生活不无羡慕的特点，告诉她说："凤儿，你不要看这样阔气的房子，哼，这都是矿上压死的苦工人给换来的！"他对四凤是很爱护的，总想保护她，使她不致走上危险的邪道。他清醒地知道，在当时那个社会里，四凤作为一个穷人的孩子，将来只能是给一个工人当老婆：洗衣服，做饭，捡煤渣。至于念书、上学，那不过是"小姐的梦"。可四凤有时就不免在做着这样的梦。这是很使鲁大海不满、并且深感着急的事。这一点，四凤自己也知道，早在第二幕里，她就对周萍说过："我哥哥瞧不起我，说我没有志气。"在第三幕周冲送钱来鲁家的那场戏里，四凤说鲁大海"简直是怪物！"鲁大海则骂四凤是"糊涂虫！"恨她居然会同资本家的少爷搞在一起。当周冲对他说"我想一个人无论怎样，总不会拒绝别人的同情吧"时，他回答说："同情不是你同我的事，也要看看地位才成。"作为一个工人，鲁大海对资本家的残暴，对他们唯利是图、贪得无厌的本性，是认识得很清楚的。他对周朴园有很深的仇恨，对周萍也充满了敌意，认定他作为周朴园的儿子决不会是好东西。后来，当周萍对他说"我以为我们中间误会太多"时，他回答说："误会！我对你没有误会，你就是一个没有血性只顾自己的混蛋。""你是个少爷，你心地混账！你们都是吃饭太容易，有劲儿不知道怎样使，就拿着穷人家的女儿开心，完了事可以不负一点儿责任。"周萍一面向鲁大海竭力表白他是真爱四凤，一面又诉说自己的苦衷，说是他的家庭不允许有这样的事。鲁大海就立即尖锐地揭露他说："所以你就可以一面表示你是真心爱她，跟她做出什么事都可以，一面你还得想着你的家庭，你的爸爸。他们要叫你丢掉她你就能丢掉她，再娶一个门当户对的阔小姐来配你，对不对？"正因为他对资本家的丑恶本质了解深、看得透，所以他的揭露才能这样彻底，语语切中要害。

鲁大海作为罢工代表，同资本家周朴园的谈判很快就失败了，他，连同矿上的广大工人，都给跟他同来的另外三个代表出卖了。矿上已经正式复工，他还一直蒙在鼓里，直到周朴园给他看了矿上来的电报和那三个代表签署的复工合同，他才如梦初醒。接着就以他的痛骂周朴园，大揭周朴园的老底，周萍动手打他结束。他跟周朴园的正面交涉，在场上一共只展开了不到几分钟的时间。作者是不是对劳资纠纷这样的重要场面，写得太少了呢？我觉得并不。因为，劳资纠纷在这出戏里本来就不是主要事件，并不占重要的地位。作者能用寥寥几笔把它勾勒清楚，并且把它在今后剧情发展中的作用充分显示出来，倒应该说是能够抓住要点，用笔十分简洁的。不过，从鲁大海这个形象的塑造来说，当然也就不能不受到限制。不但说不上丰满，留给人的印象也并不是很鲜明的。因为在《雷雨》这出戏里，鲁大海出场的机会并不多，没有多少戏，要把他的性格栩栩如生地充分展现出来，本来也是困难的。也许正因为鲁大海的形象原来就塑造得并不怎样成功，在人们的头脑里并不怎么站得起来，也就不妨在上面做一些修补改削的工作。不像周朴园、周萍等形象，他们的性格刻画得较清楚，已经站立起来了，已经可以说是一个有生命的活的形象了。你要再在他们身上动刀动斧的，就不免会损伤他们的肢体，甚至危及他们的生命。譬如最后一幕里，周朴园当众承认侍萍一场戏，从原来的版本（1936年版和1957年版）看来，周朴园仿佛真像是"天良发现"似的在忏悔过去的罪恶，他的心情似乎确是很真诚、很沉痛的。特别是他以沉重的声调说的下面这番话：

> 萍儿，你原谅我。我一生就做错了这一件事。我万没有想到她今天还在，今天找到这儿。我想这只能说是天命。（向鲁侍萍叹口气）我老了，刚才我叫你走，我很后悔，我预备寄给你两万块钱。现在你既然来了，我想萍儿是孝顺孩子，他会好好地侍奉你。我对不起你的地方，他会补上的。

这是很能迷惑侍萍以及其他在场的人的。我在别处曾指出它将会冲淡读者和观众对周朴园的憎恨，而使整个作品的思想意义受到损害。还曾自作聪明地认为作者应该使周朴园的这些话，成为对周朴园的伪善本质的更深一层的揭露。其实作者自己也早已感觉到了这一点，在1959年9月（我那篇文章的初稿正是在这个时候写的）出的版本中，已删去了这一段话。并且把前面周朴园说“侍萍，我想你也会回来的”那句话时的舞台指示“悔恨地”，改为“冷冷地”。然而结果怎样呢？结果却并不成功。因为周朴园这个形象通过他在前面几场里的一连串的言论行动，已经站立起来了，他已取得了他自己的独立的生命，他有他自己的性格、自己的思想面貌，即便是他的创造者——作者，也不能随便加以改变。作者后来所作的一些修改，跟周朴园原来的性格并不协调，就总使人感到别扭，破坏了周朴园形象的统一。又譬如周萍，从原来的版本看来，他对四凤确是有真感情的，决不是存心玩弄。在1959年9月的版本里，作者似乎竭力想冲淡周萍对四凤的感情，使人觉得周萍对四凤并不是真心相爱。他的办法，主要是通过一些舞台指示的修改来改变台词的含意。但是他的这一目的，也并没有能达到。因为周萍对四凤的态度是贯串全剧的，单单改变一些舞台指示，或者重写个别台词，是决不能改变人们已经形成的印象的，反而只有起到破坏原来形象的完整性的作用。从这里更加可以证明，文艺创作有它自己的必须遵守的规律，决不是可以随心所欲地爱怎么写就怎么写的。

但是对鲁大海这一形象所作的修改，却的确是改得好的。修改主要在两个地方：一是突出了鲁大海要为工人阶级的利益斗争到底的决心；一是去掉了他表示同意让四凤跟周萍走的一些台词。这两点修改，大大加强了鲁大海的形象，使得他更像一个工人阶级了。通过第二点修改，删去了不少足以损害鲁大海形象的台词，同时还使得剧作更加精练了。在作第一点修改时，也几乎并没有费什么笔墨，只在两处稍稍作了些改动。一处是在侍萍跟他谈同周家的纠葛的时候，在侍萍说过："嗯，完了。这一本账算不清楚，报复是完不了的。什么都是天定，妈愿意你多受点苦。"接下去，鲁大海本来是这样说的："那是妈自己，我……"

新本改成："不，没完，这本账是要算清楚的。"这就突出了鲁大海要继续斗争的决心。这跟鲁大海的一贯态度也是一致的。就在这些话的前面，当侍萍说："周家的事算完了，我们姓鲁的永远不提他们了。"鲁大海就沉着有力地说："可是刚才我在周家挨的那巴掌呢？我们在矿上流的血？这能够完么？"一处是当侍萍从张大婶那里回来，鲁大海告诉她，他回来时看到四凤在跟周冲谈天。这以后，原来的版本是这样写的：

鲁大海　妈，我走了。

鲁侍萍　你上哪儿去？

鲁大海　钱完了，我也许拉一晚上车。

鲁侍萍　干什么？用不着，妈这儿有钱，你在家睡。

> **鲁大海** 您留着自己用吧，我走了。（由右门下。）新本改成：
>
> **鲁大海** 妈，万一矿上有人来，叫他们到车厂子找我去。
>
> **鲁侍萍** （诧异地）矿上还有谁找你？
>
> **鲁大海** 一个朋友。妈，今天晚上我不回来了。
>
> **鲁侍萍** 为什么？
>
> **鲁大海** （满怀对母亲深挚的情感，信任地）我也许就要回到矿上去。
>
> **鲁侍萍** （忧惧地）大海，你还去闹什么？
>
> **鲁大海** （安慰着母亲，低声，温和地）我们要闹出个名堂来。妈，不要看他们这么霸道，周家这种人的江山是坐不稳的。
>
> **鲁侍萍** （担心地）孩子啊！你老实点吧，妈的命够苦了。
>
> **鲁大海** 妈，您别再这样劝我了，我们不能认命！我走了，妈，您跟四凤好好谈谈吧。（走出。）

这就大大改变了鲁大海原来的单纯为了找钱而出去拉车的消极做法，而给了他这一次的外出以鲜明的积极意义，并且还把他的行动与矿上的斗争联系了起来。特别是"这本账是要算清楚的"这一句话，是紧接着侍萍的"这一本账算不清楚"而说的，出口既极自然，而且还用这一句话把鲁大海的前后行动贯串了起来，清楚地显示出鲁大海在剧中的贯串动作，就是要代表工人兄弟们跟周朴园算清他们之间的那本账，就是要为了工人阶级的利益而跟资本家斗争到底。当然，我也并不认为这样修改以后，鲁大海这一形象就能站立起来了，就算成功了。人物性格只有通过实际的冲突，通过人物相互间的对应动作，才能有血有肉地显示出来。鲁大海的这些台词，由于未能同戏剧冲突、同他自己的具体行动相结合，就不免流于概念化，在这一人物性格的塑造上，并不能起什么决定的作用。但是它们却的确在原有的基础上加强了这一形象，使得这一形象的思想意义有所提高了。

鲁大海这一形象的塑造并不成功，但他在《雷雨》中的出现，却有突出的意义。他使得这一剧作冲破了家庭纠葛的范围，而更具有当时的时代色彩和社会内容了。在 30 年代初期，在我们的文学作品中，工人阶级的形象并不多见，成功的尤其少。鲁大海的形象摆在同时出现的工人形象的画廊里，也并不怎样寒碜；我甚至要说，还是可以把他放在比较显著的地位的。对曹禺这样一个二十来岁的青年知识分子来说，在当时能够写出这样的工人形象来，应该说是很不容易的了。而且，这也决不是偶然的，决不是毫无因由就能凭空写出来的。曹禺在 1957 年同《文艺报》记者的谈话中，曾具体地介绍了一些有关的情况①。去年 9 月，在王朝闻同志访问他时，他也这样说过："在《雷雨》里我写了一个鲁大海，这是一个工人，当然写得很不像样子、很不成熟，但我是同情这个人，甚至佩服这个人的。"② 大家应该承认，作者要不是深深地同情和佩服这个人，他是决不可能把鲁大海写的像现在这样的。而在 30 年代初期，一个知识分子能够对工人群众怀着这样的感情，的确是可贵的。我决不是想从作家的主观意图上去找寻一些根据，来竭力拔高这个人物，把他说成是个工人阶级形象。不是的，作为一个文学形象来说，他是不能算成功的。但是，历史主义地来看这个形象，无论是把他放在整个现代史上，或是放在《雷雨》这一具体作品中，我们都应该充分

---

① 《曹禺同志谈剧作》，《文艺报》1957 年第 2 期。
② 《曹禺谈〈雷雨〉》，《人民戏剧》1979 年第 3 期。

估计他的成就和积极意义，而在我们过去的评论中，我觉得未免有肯定不足的倾向。

在这出戏结束时，周朴园一家人死的死，疯的疯，傻的傻，只有周朴园还健在，但鲁大海却也走出去了。我们相信，他必将继续他的斗争，总有一天会把他和他的工人兄弟们同资本家之间的那本账算清楚的。

1979 年 7 月

"哼，他忘了他还是个人"

——谈鲁贵

　　人生的有些遇合，有时着实叫人愤慨。每次读《雷雨》，一想到侍萍这样一个善良、纯洁、性气高傲的女子，竟会是鲁贵的妻子，心头就怎么也平静不下来。作者之所以让她跑到八百里外的女子学堂里去当老妈子，我想恐怕也就是因为不愿意看着她同鲁贵这样的男人整天厮守在一起哩。第二幕里，当侍萍由四凤陪着一起在周公馆的客厅里坐下，鲁贵就忙着向她夸耀周家的阔气："这儿公馆什么没有？一到夏天，柠檬水，果子露，西瓜汤，橘子，香蕉，鲜荔枝，你要什么，就有什么。"还埋怨这母女俩到人家公馆来，只知道一个劲儿地谈家常，却不留心观看人家的阔排场，真是一副穷相。接着就要四凤把她这两年做的衣服，添的首饰，拿给她妈看看，让她开开眼。他的鄙俗下贱，实在叫人厌恶。在四凤设法把他支开后，作者这样写：侍萍和四凤见鲁贵走后，都舒展多了。母女二人相对凄然地笑了一笑。读到这里，我总禁不住为这母女二人感到一阵心酸。她们的凄然的笑容寂寞地浮现在我眼前，久久不肯消隐。碰到这样的亲人，真是最无可奈何的事。但是鲁大海，那个同他没有血统关系的他名义上的儿子，对他可就不肯那么客气了。当鲁贵在他面前傲慢地摆出阔当差的架势，斥责他"怎么随随便便跑进来啦?""连一点大公馆的规矩也不懂"，并再三嘱咐他见了老爷要"少说粗话"，然后迈着得意的步伐向书房走去时，鲁大海目送着他的背影，十分鄙夷地摇着头说："哼，他忘了他还是个人。"

要说他忘了自己还是个人，那倒未必。他可正在为要过人的生活而努力着呢! 不过，当然，对于怎样才算个"人"，他有他自己的看法。他认为人活着，无非是为了吃喝玩乐。而要吃喝玩乐，就得有钱。四凤说他"见钱就忘了命"。他自己也说："这世界上⋯⋯只有钱是真的。"为了弄钱，他甚至对自己的亲生女儿都可以进行敲诈勒索。他明知道周萍跟四凤的关系，非但不加阻止，反而竭力纵容，甚至怂恿四凤，就为着自己也可以从中得到好处。他对四凤说："一个当差的女儿，收人家点东西，用人家一点钱，没有什么说不过去的。这不要紧，我都明白。"但当他向四凤讨钱讨不到时，可就变起脸来了。他威胁说："好孩子，你以为我真糊涂，不知道你同那混账大少爷做的事么?"并且一本正经地要管教起四凤来："我是你的爸爸，我就要管你。"可是到后来，当侍萍要把四凤带到济南去，四凤也有跟妈走的意思时，他却又着急起来了，拼命地劝四凤留下，甚至还下流地唱起"花开花谢年年有，人过了个青春不再来! ⋯⋯"这样的曲子来打动她。他还进一步煽动地说："人活着就是两三年好日子，好机会一错过就完了。"

不过，他也并不是真要四凤一门心思地跟周萍好。相反，他倒是怕四凤太痴心了。他知道"周家的人就是那么一回事"，周萍是决不会娶四凤的。他常常提醒四凤，叫她"看开点，别糊涂"，叫她不要做梦，要想想："你是谁? 他是谁? ⋯⋯就凭你没有个好爸爸，人家大少爷会⋯⋯"所以他的意思是，跟周萍只能玩玩，弄点钱，千万不能来真格的。可四凤却对周萍一片痴情，甚至不肯相信他真会跟蘩漪有什么暧昧关系。当鲁贵把他们"闹鬼"的事告诉她时，她反而生气地责怪鲁贵瞎说。四凤的这种痴情态度，是很叫鲁贵懊恼而又看不上眼的，他忍不住不满地摇着头说："你看你，告诉你真话，叫你聪明一点，你倒生气了，唉，你呀！"并且傲然地扫了四凤一眼，在他看来，对这类事情要动什么真感情，那是很傻的。第三幕里，当四凤正在为既想跟妈走、又丢不下周萍而发闷叹气时，他也十分蔑视地说："你看，你这点心思还不浅。"四凤的这种心思，在他看来是完全犯不着，根本不值得的。他告诉四凤："这世界上没有一个人靠得住，只有钱是真的。唉，"使他懊恼的是，"偏偏你同你妈不知道钱的好处。"

在出场介绍中，作者只用寥寥几笔就把鲁贵的性格特征清楚地勾勒了一下："和许多大公馆的仆人一样，他很懂事，尤其是很懂礼节。他有点驼背，似乎永远欠着身子向主人答应着'是'。他常常贪婪地窥视着。"特别懂礼节和老是弓背欠身，可说是旧社会里许多公馆仆人的共同特点。但对鲁贵来说，这不过是他的外部形态和表面现象，不过是他的躯壳，还没有触及他的灵魂，触及他的内心世界。最能说明他的本质的是："他常常贪婪地窥视着。"

从表面看来，鲁贵对他的主人，那真是说不尽地恭敬。他一到周朴园和蘩漪的面前，他的腰就自然而然地弯了下来。见了两位少爷，也总是首先堆上一脸谄笑，他替周朴园传话时，开口闭口不离"老爷吩咐"。蘩漪告诉他，她想见一见侍萍，不过是同她谈谈闲话。他就连忙说："那是太太的恩典。"当四凤准备上楼给蘩漪送药时，他又再三叮咛她："跟太太说一声，说鲁贵惦记着太太的病。"但其实呢，他早就对四凤说过："这家除了老头①，我谁也看不上眼。"

---

① 指周朴园。

后来，在第三幕里，在他的家庭训话中，我们听到，就连他唯一看得起的这个老头，也被他称作老王八蛋了。而且他还夸口说，他要使这个老王八蛋，这个"忘恩负义的东西"，给他跪下磕头。他慷慨激昂地把周朴园一家骂了个痛快："周家的人从上到下就没有一个好东西。我侍候他们这两年，他们那点出息我哪一样不知道？反正有钱的人顶方便，做了坏事，外面比做了好事装得还体面。文明词越用得多，心里头越男盗女娼，王八蛋。……"他确是看透了周朴园一家子，这番话可说是说到点子上，句句切中要害。

但他自己可也并不简单，正如作者所说，随时随地他都在"贪婪地窥视着"，看别人有没有什么把柄落到他手里，可以供他利用。哪怕这个人是他的亲生女儿，只要能弄到钱，他也不肯轻易放过。对周家的人，当然就更不用说了。周萍跟蘩漪"闹鬼"的事，给他撞见了，他跟四凤谈起时，就说："这是你爸爸的造化。"人家搞鬼，竟成了他的造化，而且联系得如此迅速，这真是他的特殊头脑的特殊想法，他的为人也就于此可见了。

在《雷雨》里，凡是当周萍和蘩漪单独在一起的时候，接着上来的总是鲁贵。这说明了鲁贵的善于窥视的特点。第二幕里，蘩漪周萍之间有大段对话，蘩漪想叫周萍留下来，不要到矿上去。周萍的态度却很决绝，谈话不欢而散，最后周萍走开去了。

接下去作者这样写：

> 蘩漪望着周萍出去，流下泪来，忍不住伏在沙发上哭泣。鲁贵偷偷地由中门走进来，看见蘩漪在哭。
>
> **鲁　贵**　（低声）太太！
>
> **周蘩漪**　（站起）你来干什么？
>
> **鲁　贵**　鲁妈来了好半天啦。

周蘩漪　谁？

鲁　贵　我家里的，太太不是说过要我叫她来见么？

周蘩漪　你为什么不早点来告诉我？

鲁　贵　我倒是想着，可是我（低声）刚才瞧见太太跟大少爷说话，所以就没敢惊动您。

周蘩漪　啊，你，你刚才……

鲁　贵　我？我在大客厅伺候老爷见客呢！（故意地不明白）太太有什么事么？

周蘩漪　没什么，那么你叫鲁妈进来吧。

　　这一个场面写得的确是非常传神的。蘩漪在惊慌中仍不失身份；鲁贵十分刁恶，可又很有分寸。用不着搬上舞台，两个人的神情就已跃然纸上。"鲁贵偷偷地由中门走进来"，我们可以想见，他是早已在门外"窥视着"了。等周萍一走开，他就立即走了进来。他也不一定是进来以后才"看见太太在哭"的。很可能是早就掌握了这个情况。他叫"太太"时，尽管故意压低了声音，可蘩漪还是吓了一跳，不由得立即站了起来，责问他："你来干什么？"活画出蘩漪的惊慌失措的神态。当鲁贵告诉她"鲁妈来了好半天啦"，由于她还没有从惊慌中镇定过来，所以虽然是她自己要鲁妈来的，但一时之间竟忘了鲁妈是谁了。等鲁贵告诉她，鲁妈就是"我家里的，太太不是说过要我叫她来见么？"以后，她才逐渐镇定、清醒过来。蘩漪也是个厉害角色，就立即反问了一句："你为什么不早点来告诉我？"她这句话，其实就同越剧《盘夫》中曾荣问严兰贞："请问娘子，你是才只到此，还是到此已久呀？"一个意思。鲁贵在这种地方，决不肯随便放过。他就说："我倒是想着，可是我，"说到这里，又故意压低了声音，显出有点神秘或者说是机密的味道，接着说："刚才瞧见太太跟大少爷说话，所以就没敢惊动您。"那就是告诉蘩漪：你刚才同周萍之间演的那场戏，我已经荣幸地欣赏过了。开始镇定下来的蘩漪，一听此言，就又立即慌乱起来："啊，你，你刚才……"但鲁贵最善于掌握时机、分寸，他知道现在还不是动用他手中的"资本"的时候，只消在蘩漪面前显露一下，让她知道知道就行了。因此，他又故意让蘩漪宽心地说：你问我刚才吗？刚才"我在大客厅伺候老爷见客呢!"他知道蘩漪是明白人，这样已经尽够了。蘩漪自然也就只能心照不宣，局面暂时仍保持着平静，戏也因此才能继续慢慢地演下去，不然就乱了套了。

第四幕里，又是在蘩漪和周萍争吵过，周萍刚下场，鲁贵紧接着就跑了进来：

> 鲁　贵　（弯了弯腰）太太，您好。
>
> 周蘩漪　（略惊）你来做什么？
>
> 鲁　贵　（假笑）给您请安来了。我在门口等了半天。
>
> 周蘩漪　（镇静）哦，你刚才在门口？
>
> 鲁　贵　对了。（诡秘地）我看见大少爷正跟您打架，我——（假笑）我就没敢进来。
>
> 周蘩漪　（沉静地，不为所迫）你来要做什么？
>
> 鲁　贵　（有把握地）我倒是想报告给太太，说大少爷今天晚上喝醉了，跑到我们家里去。现在太太既然是也去了，那我就不必多说了。
>
> 周蘩漪　（嫌恶地）你现在想怎么样？
>
> 鲁　贵　（倨傲地）我想见见老爷。
>
> 周蘩漪　老爷睡觉了，你要见他什么事？
>
> 鲁　贵　没有什么，要是太太愿意办，不找老爷也可

以。——（意在言外地）都看太太怎么办了。

周蘩漪　（半晌，忍下来）你说吧，我也许可以帮你的忙。

鲁　贵　（重复一遍，狡點地）要是太太愿意做主，不叫我见老爷，多麻烦，那就大家都省事了。我们只是求太太还赏饭吃。

周蘩漪　（不高兴地）你，你以为你——（缓缓地）好，那也没有什么。

鲁　贵　（得意地）谢谢太太。（伶俐地）那么就请太太赏个准日子吧。

周蘩漪　那就后天来吧。

鲁　贵　（行礼）谢谢太太恩典！

这一场里，鲁贵的态度、神情，就完全同前面那场不一样了。在前面那场里，鲁贵虽也隐约地露了一点颜色给蘩漪看，但他还决不愿意说破，甚至还有意使事情显得含混。在蘩漪面前，他也仍旧十足是个恭顺的奴仆。这一场却不同了。他一上来就露出一副不怀好意的挑衅的姿态，不但见了蘩漪不像过去那样弓背肃立，只是略略弯了弯腰，仿佛朋友相见似的道了声"您好！"蘩漪问他："你来做什么？"他就令人毛骨悚然地假笑了一下，说是"给您请安来了"，使人听起来就等于是说"要你的好看来了！"他还生怕这意思还表达得不够清楚，又立即加了一句："我在门口等了半天。"那就是告诉蘩漪：你们刚才那场戏我已经仔细地观赏过了，你们的把柄已经完全落在了我的手中。蘩漪也是个很倔强的人，鲁贵既然清楚地露出了他想进行要挟的意思，既是来者不善，她也就索性镇静下来了："哦，你刚才在门口？"她的潜台词是：真的吗？那又怎样呢？鲁贵是因为有真凭实据在手，而且这次他是抱着破釜沉舟、孤注一掷的决心来的，所以也很沉着。他的战略是决心充分显示自己的实力，把文章做足，迫使繁漪就范。因此他并不急于说出他的目的。只证实着繁漪的询问，说是"对了"，我早就在门口了，并且露出秘密的神气说："我看见大少爷正跟您打架，我——"说到这里又露出了那副令人汗毛凛凛的假笑，"我就没敢进来。"明确告诉繁漪：我是亲眼看到了你们刚才那一幕的。这样还嫌不够，他还要表示他不但看到他们的争吵，并且还听到他们争吵的内容。接着就进一步把繁漪自己说的刚才她也到了鲁家的那番话也端了出来。作了这样多部署以后，等到繁漪问他"现在想怎么样"时，他这才最后威胁说："我想见见老爷。"繁漪虽然很嫌恶他那副赤裸裸地进行敲诈的无赖行径，但在经过一番权衡之下，还是只得忍耐下来，答应了他的要求。鲁贵的目的达到了，他的斗争胜利了。

然而，事情的结局却大出鲁贵的意料，他费尽心机争得的胜利，结果却化成了泡影。其实呢，即使事态发展不是像现在这个样子，即使鲁贵真的重新回到了周公馆，又当起他的阔当差来，繁漪最后也是不会饶过他的。不但繁漪，就是周朴园也决容不了他。那个社会毕竟是周朴园们的天下，鲁贵再机灵，再精明，"窥视"的本领再大些，也跳不出周朴园们的掌心。像鲁贵这样的人，是只能依附于他的主子——不是这个主子，就是那个主子，才能分享一点残羹剩炙，以满足他的吃喝玩乐的本能的。而鲁贵也完全安于这种地位，并以能过这样的生活而洋洋自得。在《雷雨》这本戏里，只有两个人跟当时那个社会处得最融洽，那就是周朴园和鲁贵。一个主子，一个奴才，他们在竭力维护着那个社会的秩序。只有这个社会的轮子在循着它的常轨运转的时候，他们的日子才过得最顺利，处境也最圆融自在。而这两个人，也正是作者在剧中所最要狠狠鞭打的人物。从这里，也可看出作者对那个社会的不妥协的立场。不过，比较起来，作者对鲁贵的鞭打，似乎要更坚决、更不留情面些。对周朴园，则有时在某些地方看来，总不免有一些手软，总要给他一些"曲宥"，正像他在《日出》的跋文中谈到潘月亭、李石清时所说过的那样。在《日出》中，我们发现，被鞭打得最凶的也并不是潘月亭，而是王福升。这一现象，也是颇可注意的。鲁贵与王福升，当然是非常卑鄙无耻，极可痛恨的。但打他们，比打周朴园、潘月亭们更加凶狠，更无顾惜，却不能不说是与作者当时的生活和感情、与作者当时的世界观有关了。

鲁贵这一形象，比起鲁大海来要丰满得多，可以说是一个写得比较成功的形象。这不但因为作者在生活中，对这一类人的接触要比鲁大海这样的工人多一些，而且在我们的旧戏舞台上和传统的小说中，本来就不乏这一类刁奴恶仆的典型，可以有所取资、有所借鉴。但鲁贵这个人物，也已经与传统的小说戏曲中的刁奴恶仆的形象很不同了，他已经现代化了，跟当时那个半封建半殖民地的社会形态有着不可分的联系。从这个人物的身上，我们也清晰地可以看到他所生存和依附的那个社会的生动形象。《雷雨》中的八个人物，每一个都深深地打上了当时的时代、社会和阶级的烙印，所以这个剧作，决不是什么神秘主义的观念的产物，而是有着高度艺术成就的现实主义杰作。

1979 年 7 月

缪慈礼赞

一切消逝的，不过是象征。

那不美满的，在这里完成。

不可言喻的，在这里实行。

永恒的女性，引我们上升。

——歌德

A thing of beauty is a joy forever,

——J. Keats

在那烟云缥缈处的奥林匹斯（Olympus）山头，高踞着美丽而多情的女神缪慈（Muse）。她动人的风姿，朝夕荡漾萦依于人类的梦想之海里。当人们一觉醒来，或者在辛勤的工作之余，谁不想乘风高举，去一亲她绰约的芳泽呢？而想来，多情如她，那样遥隔尘寰地独自居息着，该也是难免时有高寒寂寞之感的！

当云淡风轻的午后，四周寂静，你遥望蓝天，心头怅然若有所失。在百无聊赖中点起一支烟来，你的心神便不禁更依驰于女神的左右了。而忽然，那么轻约地，那么飘忽地，你瞥见了她飘动的衣角。她果真也耐不住高处的寂寞，轻盈地走向你来了。这时，你心头的欢欣感激之情，还能用人类的语言来叙说吗？于是，一刹那间，整个世界便像一个灿烂耀眼的万花筒，向你展现着各种迷人的景象：你听到的是鸟的清歌，嗅到的是花的芳香。微风送来了温柔的轻吻，绿波露出了甜蜜的浅笑。流云在向你招手，远山在向你闪眼。呵，这美妙，这神奇，你不禁深深地陶醉了！

对我们这个世界来说，文艺（音乐、美术、文学……）犹如清风明月，犹如鲜花美酒。它能使朽腐化为神奇，使枯淡变为灵妙。它使这尘浊扰攘的世界变得光怪陆离而万分动人心魄了。尤其是文学，在整个艺术的园林里，它不仅是最灿烂的花朵，而且正因为有了它，其他的花卉才也显得格外明媚起来。无论是音乐、美术，或者戏剧、舞蹈，都因为有了文学，它们的内容才愈益丰富，情味才愈益隽永，而其发展变化也才愈益日新月异了。

一片大千世界，就是一座壮丽的舞台，上面不断地献演着各种惊心动魄的戏剧。人们既是演员，同时也是观众。对于演员，文学是一个卓越的导演，它指引演员怎样做一个英雄人物，怎样把一颗伟大的灵魂展现在观众面前。对于观众，文学又是一个高明的评论家，它借给观众以明慧的眼睛，敏锐的耳朵。它教观众把捉住每一个轻巧的动作，每一句睿智的言语和每一声灵妙的音响。不但如此，它并且为人们托展出一个未来的远景，透露给人们以行将献演而尚未揭幕的戏剧的内情。卡莱尔（Thomas Carlyle）说："写作的艺术是人类所发明的一切事物中最神迹性的东西。……有了写作的艺术，人类神迹性的真统御才得开始。"（《英雄与英雄崇拜》而文学就是写作的艺术的极致，人类睿智的华美宝库和壮丽殿堂。）

文学艺术的特异的威力，是历数不尽的。它能为我们创造美，它能使伟大的灵魂永生。它能为我们摄取刹那的灵异。举凡浮云的聚散、树枝的摇曳，以及光影的移行、音波的颤动，它都能为我们巧妙地把捉住。它还能使水面消而复起的泡沫永远存在，湖上轻漾的涟漪永远显现。它能表现花的精致，风的灵幻；它能为我们勾勒温柔静穆的月色，描画象征生命的日光。而主要地它所直接表现的则是人的浓烈的感情和精湛的智慧。每一个有生之灵的人，就是一把精美的小提琴（Violin），每一条纤细的人的经络，就是一根轻巧的琴弦。而文学，就是那伟大的琴师。只要它神奇的手指轻轻地一挥，每一根琴弦便都美妙地跳动起来了。于是你就听到了轻快的鼻息，响亮的笑语，低沉的呜咽，悲慨的号啕以及一切哀乐交织的勾人心魂的潴和之声。在它的弹奏下，沙漠变成了绿洲，地狱变成了天堂，人们也不再是时空限制下的可怜的动物了。

呵，赞美你呀，美丽的文艺女神！我们随时都在热切地期待着你的光临。愿你永远与我们同在！

1945 年

灵魂的怅望

——人类对真善美的思慕

人类的历史，一个艰难而长期的梦！

那位绝代的悲观哲学家叔本华，只用轻轻的一句话，就写尽了人类的苦辛。对着这不幸的真实，谁都禁不住要一阵战栗了。这扰攘尘浊的人间，不真到处是一片腥膻，满耳喧嚣吗？且不说生活的劳瘁，即使作为一个最本分的自然的儿女，我们也得随时遭受着无情的倾轧和恶毒的冷眼。"活着是一个大错误！"叔本华的另一声悲叹，似乎也不是无稽之谈。

然而，不知几千万年了，人类生活着，而且还将一直生活下去。竟是一种什么力量支持着人类去尝受这许多艰难的苦辛呢？面对问题，一切雄辩的理由都要动摇了，一切有着最坚强的生之意志的人都不免搔首踌躇了！那在人类的脑海里闪耀着的，那人类所"辗转反侧，寤寐思服"的不是那三颗光辉灿烂的明星——真、善和美吗？人类对于她们无限地向往，无限地仰慕。人生是疮痍满目、缺陷重重的。然而人们相信，在那遥遥的彼岸矗立着的"真善美"的世界，却是那么辉煌，那么神奇。那里有着人生所缺少的一切珍宝，贮备着人类所梦想的一切欢愉。遥睇着这样一个世界，想象着这样一幅画图,人类几乎忘却生活的艰辛了,只坚忍地剥蚀着他们那些仅有的难得的岁月,想用它们建筑起一座金色的桥梁,好引渡自己到那完美的神圣世界里去!

试看在人类漫长的历史中,不是时时处处都迸发出追求智慧的火花,蕴蓄着崇拜道德的虔敬,闪耀起探索美丽的光芒吗?

有巢氏,燧人氏,伏羲氏,神农氏……这许多太古时代的神圣之王,原始人类所疯狂地崇拜着的巨人,哪一个不是智慧的化身?哪一个不是因为专注地探索着宇宙的奥秘,才能发明那些造福万代的器物和法制的?我们的那位大圣孔丘,他所汲汲以终身的,不是智慧的追求吗?他告诫他的学生们说:"我非生而知之者,好古敏以求之者也。""学如不及,犹恐失之。"而自己到了四十多岁的年纪,还要满怀渴望地叹息着说:"假我数年,五十以学,亦可以无大过矣。"在探索的过程中,他不但忘怀了人生的艰辛,甚且"发愤忘食,乐以忘忧",以至于"不知老之将至"了。而那位印度王子,为了对于智慧的向往,他竟抛弃了王位的尊荣,摆脱了一切人间的束缚,——在他看来,这些都是智慧的孽障——到一株清凉的菩提树下,以空灵澄澈之心去虔诚地祈求那智慧的降临了。另外,像苏格拉底,像孟子,像康德,像一切人类所崇拜的先哲们,哪一个不是毕生致力于智慧的探求的!

至于善的追求,其事例在中外历史上,更是举不胜举。耶稣为了热爱人类,为了赎全人类的罪愆,不惜钉死在十字架上。夏禹为了救芸芸众生之命,十三年之中,辛勤奔走,至于腓无胈,胫无毛,手足胼胝,子产而不字,三过家门而不入,是什么一种力量在驱使他、支持他呢?还不是一点孜孜为善之心!伯夷、叔齐深恐武王伐纣开后世篡弑之端,乱君臣之序,长奸伪之风,始则扣马而谏,终乃耻食周粟,虽饿死于首阳之山而不悔。鲁仲连宁蹈东海以死,义不帝秦。他们那股傻劲，还不是为了想维持天地间的一份正气，好让人们都向着那至善的世界迈进！比干的剖心，伍子胥的伏剑以及屈原的自沉，何一不是为了想臻国家于磐石之固的一点耿耿忠心?! 你可以说他们傻，笑他们愚，但他们那"虽九死其犹未悔"的精神，难道不值得敬仰吗？我们再看摩西，看摩汉默德，看释迦牟尼，他们那种悲天悯人、舍身济世的精神，不都是受了追求道德完善的诚心的驱使吗？

而另一方面，在人类的历史中，美丽可也并不冷落。那著名的希腊与特洛伊之战，不就是为了那位绝代美人海伦吗？中国的诗篇里也说，美人之顾足以倾城倾国。人类对于美丽的渴慕、向往，较之对于智慧、对于道德，只有更其自然，更其热切呢！孔子就说过："吾未见好德如好色者也。"托尔斯泰少时因为貌寝，几至自杀；安徒生也因为生得丑，遂于痛苦之余，称呼自己为丑小鸭。而古希腊人为了身体部分的缺陷而至自戕的那种"宁为玉碎，无为瓦全"的精神，更说明了人类爱美心之殷切。今日更有许多妇女，只要能够得到一个苗条的身材，即使需要她们节食挨饿，甚至带几分病痛，也是万分甘心的。

真、善、美的世界，装饰了人类的梦想，照亮了人类的憧憬，它是人类灵魂深处的一种刻骨铭心的渴念与怅望。它支持着人类披荆斩棘地在困难重重的人生之路上坚忍地向前行进，它是人类生命本根中的最大的奥秘！

1945 年

智慧的迷宫

Make themselves perfect by the worship of beauty.

——Dante

人类常常有一种误解，以为美是不可求而得，不可学而能的。而同时，美又确乎不如知（知识、智慧）容易保存、留传。因此，几千年来，人类都在求知的旗帜下，不避艰苦地向前迈进着。一部人类的生活史，真可以说是一部求知的历史。圣哲们以此相感召，父老们以此相劝勉。为了这感召，为了这劝勉，人们竟至不惜忍受极大的痛苦，忽略了甚或毁损了灵魂所更其强烈地向往着的美。这真是莫大的蠢事！

到了今天，为了人类的愚蠢，也为了人类的怯懦，美是更为人们所忽略，所不敢正视，因而也就离开人间更其遥远了。而人们对于知（知识、智慧）的追求，也已日益陷入了迷途。人类非但没有能够从掌握的知识和智慧中得到满足，得到舒息，反而因此而更加深了他们心灵的痛苦，遭受到比来自大自然的更大的灾害。今天，人们都把知识和智慧当作一种工具，借它来制作一些削弱自己的体力，惑溺自己的心灵的东西。结果便自然地助长了人类自私残忍的天性，使人们都以知识和智慧来互相夸耀，互相攻伐。一天到晚，人们所汲汲皇皇以求的，正如庄子所说，是以"有涯"之生，去逐那"无涯"之如。安静闲适，早已不见于这个世界；世间所有的，只是争竞而已，只是互相残杀而已。这次大战①的祸患之酷烈，不正是人类追求知识和智慧的结果吗？今天人们求知的目的和方法，再要不加以改变的话，我怕这世界，真有回复到野蛮时代的危险。

美是决不会给人以不幸的。无论是美的自然，美的艺术品，或者一个美的人，都只会使人感到欣喜，感到快慰，感到自己如已置身在一个更高超的世界里了一样。美对于人类，实在是一种超升，一种解脱。只有在它的面前，我们才接近了完美的世界，我们才实现了我们的梦想，补偿了我们的缺憾。然而，多么怯懦的人类呵！他不敢正视他的热情，不敢实践他的梦想。他克制着自己，抗拒着自己，他哄骗自己说："美是虚幻的，毫不实用的。它只能使我们迷醉，使我们堕落，决不能使我们幸福！"多么愚蠢的谎话呵！人类的未能臻于完美的世界，不就是因为这种不可宽恕的愚蠢吗？

人类为了追求知识和智慧，却叫重重的教育窒息了自己的心灵；让过度的学习，驱走了本有的智慧。其实，知识应该是用来丰富我们的心灵，而智慧则应该本身就是一种美，一种心灵的美。知识与智慧，应该是帮助我们去理解美、欣赏美，并进而教我们去发现美、创造美的。知道了这一点，我们便也明白了我们应该怎样去追求知识，怎样去对待智慧了。而且，甚至于也可以说，我们便已经得到了知识、得到了智慧了。

需要证据吗？一切艺术品都是！无论是诗也好，画也好，音乐也好，雕塑也好，在它们成为艺术品之前，首先必都是艺术家心中

---

① 指第二次世界大战。

的意象。造成这意象的便是艺术家的知识与智慧，便是艺术家的心灵的美。经过了艺术家的一番陶铸经营，才把它外化为有形的、具象的美。那就是人们所爱好的艺术品。同样的一座山，同样的一条水，为什么在谢灵运、王维、李白的笔下，就显得那样神奇、那样美好呢？在常人的眼中，明明是一出惨绝人寰的悲剧，为什么到了莎士比亚的笔下，就变得那么光怪陆离、那么撼人心魂呢？谁没有听过夜莺的叫唤，而济慈听了却会写出我们梦都没有梦到过的妙绝千古的诗篇来！悲多汶乐曲里的景色，罗丹雕刻里的物象，哪一样不是这世间所有的？在他们的作品出世以前，我们有过同样的感觉吗？我们领会过如此神妙的美吗？没有。为什么？那还不是因为他们有博大的心灵、深湛的智慧，能够窥透万物的底蕴，发现造化的神奇，而我们没有、我们不能？别说艺术的创造，就是艺术的欣赏，你要没有足够的知识、相当的智慧，也是等于瞎子观灯，全然不知道是怎么回事儿。你叫一个目不识丁的文盲去欣赏屈原的《离骚》，固然是笑话；就是叫一个虽然颇有知识却毫无音乐素养的人去听悲多汶的交响乐，那不也是对牛弹琴吗？"一片自然风景，就是一个心灵的境界。"阿弥儿（Amiel）的话，正说明了这个道理。一位英国学者说："艺术家借他们的眼睛给我们去看，借他们的耳朵给我们去听。"但是，你要没有足够的知识、相当的智慧的话，即使他把眼睛和耳朵借给了你，你也不知道从何看起、从何听起呢。由于知识和智慧，我们才更能欣赏美、领略美；也由于知识和智慧，我们才更能发现美、创造美。而只有在美的面前，我们的心灵才得到了舒息，我们的梦想才得到了实现。假使我们知道追求知识和智慧的目的是为了美的话，那我们不就是已经得到了知识、得到了智慧了吗？

1945 年

道德的陷阱

> 诗是最道德的，因为诗是想象的。换言之，美即是善。
>
> ——雪莱

老子说："美言不信，信言不美。"孔子说："巧言令色鲜矣仁。"历来文艺界又有为艺术而艺术，与为人生而艺术的争执。前者标榜着美，后者揭示着善。似乎美与善是不能两全的，是互相冲突的。如果这种见解是正确的话，该是多么悲哀的事！美破坏了善，固然是憾事；善存在的地方，便没有了美，不更令人怅恨吗？试想：如果我们眼前放着两个世界，一个是光辉灿烂，然而蕴藏着虚伪与嫉恨。另一个呢，信、诚和爱，却又是无比枯寂与沉闷。而我们又非得在这二者间选择一个不可。我们该怎么办呢?！

然而，事实是不是真是这样的呢？难道当真美的言辞决不信实，而信实的言辞就不会美吗？这位世故老人的话，是很需要我们仔细推敲的。他的五千余言的《道德经》，不就是一篇音韵铿锵的绝妙美文吗？我们是不是也可以根据他的论断，而说那全是一派荒唐虚诞之言呢？若然的话，恐怕他将立即站起来指斥我们为无知妄说了。其实，他所谓的"美言"之美，只是虚伪而已。虚伪经过一番装扮，确可以令人以为是美的。但以为是美，并非真美；正如乡愿似中庸，却并非真中庸。老子不过也是恶其似是而非者罢了。美是一种高度的和谐，无实的言行，既失却统一性，就决不可能是美的。凡是一句假话，所以能够使你以为美、以为信者，一定是那句话恰好符合你的期望，于是你就以为它美，以为它信了。及至发觉了事实并非如此，你再回想起那句话来，那时那句话在你心上，该是多么虚假，多么丑恶呵！谁说它美呢？同理，巧言令色之所谓巧，所谓令，也不过是似巧似令罢了。如果其言洵巧，其色洵令，则其心也必仁。“一张漂亮的脸蛋，是一份无言的推荐书。”（A beautiful face is a silent commendation,）培根（Francis Bacon）这句话，不正指说着心形在人们眼中是一致的吗？“其根茂者其实遂，其膏沃者其光晔，仁义之人，其言蔼如也。”韩愈这番话，正可作为对孔子之言的一个有力反驳。至于文艺界主张的分歧，我觉得不过是着重点不同而已。为艺术而艺术的，着重于艺术品成立的经过；为人生而艺术的，着重于艺术品存在的理由。真正的艺术家，在创作的过程中，他所一心向往、执意追求的，是他胸中那个完美的艺术境界。作品写成以后，不管他的主张如何，只要他的作品是真正的艺术作品，必同样为人们所爱好，而且也必同样有益于人生。明白了这一点，就可以知道两派的争执实在不必要，并且也是毫无意义的了。

　　善与美，不但不相冲突，而且还可以说，善也是一种美。美是超道德而存在的。你不能说一条秀丽的水道德，说一座险恶的山不道德。但你却可以说耶稣的舍身救世为美，秦桧的卖国求荣为丑。你还可以这样说：凡是道德的行为，必都是美的。申生为了不愿彰君父之恶，不听狐突等的劝告，宁自杀而不怨。临死还期期以国家和对他毫无仁恩的父亲为念。他使猛足对狐突说：“申生有罪，不听伯氏以至于死。申生不敢爱其死。虽然，吾君老矣，国家多难；伯氏不出，奈吾君何？伯氏苟出而图吾君，申生受赐以至于死，虽死何悔？"读到这里，谁能不感动得掉下泪来，叹息着他的伟大，他的美呢？苏武的秉节不回，范滂的从容就义，以及公孙杵臼与程婴的不辞或舍身或舍子以存赵氏之孤，都使我们产生一种像太史公所说的"高山仰止，景行行止；虽不能至，心向往之"般的心情。我们的灵魂好像已被举得高高的，超升到另一个更高级的世界里去了。为什么呢？因为它太崇高了呀！太美了呀！

真善美的统一

人类是一种善于分析的动物，总喜欢把一个完整的事物分拆开来进行研究。近来物理学、化学、生理学、心理学，以至政治学、经济学，哪一样不注重分析？一个元气浑然的世界，正像一座七宝楼台，今天在人类的手里，已被拆散得不成片段了！假使人类能好好地睡一觉，然后醒来，再睁开清明的眸子，重新看一看他们所生活于其中的世界时，他们一定会失悔于他们的鲁莽，惊愕于他们自己的愚蠢的。

真、善、美这三位一体的理想的极致，今天也被人类强行分而为三了。人类把真属之哲学的范畴，善属之伦理学的范畴，而美则属于美学的范畴。如果单是为了研究的方便之故，原是无可厚非的。那么他们也就不应该忘记：江河异流而同趋，百家殊途而同归，万本归原，一切事物的终极，都是一致的。到了纯美的境界，真呀，善呀，就都混而为一了。卡莱尔（Thomas Carlyle）就曾认为诗、哲学、宗教，就是一回事，其对象都是真理。他是用真来统率善和美的。

苏格拉底说："知识就是德行。"左拉说："一个好的词句，也就是一种德行。"在他们二人的眼里,似乎德行又成了人间无上的褒词。然而当你真正面临一个最高的境界时,你就会知道无论是"德行"这个字眼,还是"真理"这个字眼,听起来就会显得多么无力了。

那作为人类理想的天国,灵魂的乐园的艺术殿堂,你不能用"真"或"善"来礼赞它,固然不消说;就是圣人,那人伦的极致,真善美的结晶的圣人,你又何尝可以用真、善二字来包举他的一切的美呢?我们看孔子,他那雍容的风度,傲岸的骨干,实在是人间最瑰丽的奇葩。对于我们凡民,他真如"麒麟之于走兽,凤凰之于飞鸟",如果要你找一个字来形容他那颗伟大崇高的灵魂的话,除了"美",你还能找出第二个字来吗?至于自然——那造化的杰作,你看!这一幅灿烂华严的大千世界,形形色色,多搅人心魂!那欢愉的日景,那如梦的夜月,那温柔的清风,那含笑的幽花;以及那峻崖悬瀑,狂风暴雨,那蔚蓝而无情的天,那神秘而黝黑的夜……这出神入化呵,这不可思议呵,是远超乎"真""善"之上的。我们只能倾倒沉醉于其中,衷心地赞叹着:"啊,美呀,无比的美呀!"

如今让我们再来看看这世界上的所谓"真"、所谓"善"吧,它们已把人类推进了怎样一个深渊了呵!今天人类把争竞残杀叫作"真理",把发明杀人的武器叫作"智慧"。无怪乎叔本华要说"知识的目的,科学的目的,是在消灭人类"了。而今日的所谓"道德"呢,也正如尼采所说,"只是一种扰乱人类生理基础发展的方法"而已。这世上的最勇敢的人,都害怕着自己,他们不敢饲养他们的感情,不敢顺从他们的意志,更不敢实现他们的梦想。好像他自己的感情、自己的意志和自己的梦想,就是他最可怕的敌人一样,不惜想尽方法,制造出许多规则来束缚它们。"真"和"善"在今天已成为一切毒害的源头,各种灾难和不幸的制造所了。

为什么会如此呢？——因为在一个疯狂的时刻，人类竟把真和善离开美而独立了。人类甚至已经忘记了美了！

知识离开了美，就像酒出了气——淡乎寡味了。一个冷冰冰的真理，对人生有什么意义呢？有谁愿意死抱着一块生硬的铁片干啃呢？所以拜伦慨叹着："知识的树，不是人生的树！"我们所乐于接受的真理，有哪一个不是充满着新鲜的香味的？有哪一个不是美丽得像一首玲珑剔透的诗的？尼采说："把我辈哲学家混作艺术家看，最是我辈所感恩无既的！"他是深知真理是不能离开美的。

道德离开了美，就只是一种约束人类的桎梏，一种违反自然的教条。莱勃尼兹说："生存不过是一片大和谐。"而美正是和谐的极致。一种善行，要不是出于自愿，出于心灵的谐和之顷，那便是一种伪善。没有一种真正的善行会不使人感到美的；正像没有一种使人感到矫揉造作的行为，可以被称为善一样。人类最大的责任是在完善地发展自己的天性，要使身心灵肉之间得到高度的谐和。凡是合于这个神圣的目标的，必是道德的行为；反之，就必非道德的。这是一个最简单也是最正确的分辨标准。有了这个标准，你就可以把一切违情悖理、桎梏人性的道德教条，一脚踢得远远的，愉快而健康地过着比古希腊人更美丽的生活了！

美是真、善的精英，真和善只是美的高贵之王的羽盖下的两位贤明的宰佐。我们追求真，追求善，都是为了美化人生；我们得到了美，也就得到真和善了！

1945 年

艺术化人生

科学对我们说:"人生是值得认识的。"而艺术,那位最多情的美丽之神,却更告诉我们说:"人生是值得过活的!"在这灿烂华严的大千世界上,哪一处不有着惊心动魄的美丽场面?只要我们有勇气,只要我们够聪明,那香洌的欢愉之酒,是从不对我们吝啬的。这世上还有比人生更值得投资的企业吗?还有比美丽更值得争取的锦标吗?比起一个美丽的人生来,什么事物还会有更大的价值呢?为了一个美丽的人生,什么代价你还会不愿偿付呢?这世上最可珍贵的艺术品,最值得尽力雕琢的艺术品,就是人生,就是这光怪陆离、灿烂辉煌的人生。我们看谢安,看李白,看歌德,看悲多汶,他们的一生,不就是一首美丽的诗歌吗?珍视你的生命吧!不要把金色的岁月,如露的青春,去谛听那拙劣的谎语,从事于徒劳的挣扎。我们的生命里包藏着一切的神奇,孕育着无限的奥秘,热烈地如醉如痴地生活吧!不要犹豫,不要畏缩,我们要活它一个痛快淋漓!

自然,在一切精美的事物的后面,都隐藏着某种悲剧。你追求着美丽,同时,却也得到了痛苦。当孔子在川上,对着那滚滚不息的流水而发出"逝者如斯夫,不舍昼夜"的清亮如明珠的叹息时,当陈子昂凭登幽州台而脱口吟出"前不见故人，后不见来者，念天地之悠悠，独怆然而涕下"的美丽的诗句时，他们的心头是怀着多么深沉的寂寞的哀感！希腊神话里的水仙之神，临水自鉴，瞩望着自己美丽的影子，也因无限的眷恋，无限的渴慕，而终至憔悴以死。然而为了悟彻一个"宇宙永恒，人生无常"的真理，为了向往于一个美丽的王国，这眷恋，这渴慕，却又是多么温柔，多么迷人！它正是拉芳丹（LaFantaine）所说的"惆怅的心的忧郁的快乐"。不但不叫你畏惮，更会叫你对它发出衷心的感激，产生无限的向往。你甚至愿意把你那难得的生命都交付给它。还有比这种温柔的悲凉、缠绵的忧郁更能使人感到满足、感到淋漓尽致的吗？

"美的追求是生命的真正秘密。"王尔德的这句话荒诞吗？不，一点也不。那为后世人类所赞美歌咏、低回不绝的希腊人的生活，不就是始终以生命的美化为着眼点的吗？希腊人就因为胸中常存着对于完美的追求，和对于欢愉的渴望，所以虽在万分愁惨的境遇中，终不至沦于悲观而变得颓废潦倒、一蹶不振。他们认定生命是一首美丽的诗，里面蕴蓄着无限雄奇壮烈的浓情，激荡着万般惊心动魄的节奏，锦绚明媚，壮丽辉煌，他们流连讽诵，尽情乐享，不禁便烂醉于其中了。然而他们也知道，痛苦是生命的根身，在走向完美之境的过程中，是万万闪避不得的。正像一首美丽的诗，在它生动的妙趣流露之前，诗人雕塑意象，引惹幽情，胸中也真有说不出的矛盾冲突，感愤愁苦，必须不辞劳瘁，继续探寻，等到意境成就，才能领略其中的幽趣而兴会醮畅起来。因此他们对于环境所加于他们的痛苦，非但不存临时苟免的侥幸心理，反更挺起心胸，怡然忍受，激发出沉雄深厚的奇迹，足以点染生命，遂使生命的狂澜，横空展拓，入于美妙的化境，透露醮畅饱满的气息。最后他们乃挟着欢乐的心情，攀登金色的高峰，以艺术的壮怀，来歌咏生命的胜利。

这种精神不很够我们惊叹、向往，起而效法吗？

创造你的生命，像创造一首诗、一支曲或者一幅画吧！你要用最艳丽的辞藻、最激荡的旋律和最新鲜的色彩来勾出你生命的伟大杰作。这搅人心魂的花花世界，要没有千百万欢欣狂醉的灵魂歌舞其上，实在是太可诅咒的煞风景了！

乐享你的生命，像乐享一件精美的艺术品吧！你不要忽略任何一个富于暗示的字眼，不要错过任何一个供人低回的顿挫，也千万别遗漏了任何一条放射欣喜的线条。艺术是人类最值得夸耀的财产，它提高了人类，解放了人类，它引导人类到一个理想的王国、无欲的仙界。它使人类变得高贵、聪明而又神圣。就是因为人类有了艺术，人类才能做世界的主人。世界是我们的，我们要善于经营它，加意装饰它；而最要紧的是要用艺术来美化我们的人生，使我们的世界，格外灿烂，格外神奇、壮观！

1945 年 4 月

论节奏

卡莱尔（Thomas Carlyle）在他那篇精博而雄辩的论但丁与莎士比亚的讲演（The Hero As Poet：Dante，Shakespeare）里，极力强调诗的音乐性之重要。认为节奏的谐妙，是诗之所以为诗的最重要的条件。这虽然有点强调过分，却也是不无道理的。

正如莱勃尼兹（Leibniz）所说："宇宙是一片大和谐。"哪一样事物里，不存在着和谐的节奏呢？无论是一株小草，或是一座大山，它们各自都是一个完美的整体，它们的内心深处，都荡漾着和谐的旋律。"有声的音乐是甜美的"，济慈（Keats）说，"而无声的音乐则更其甜美。"但是世上的大多数人，却只会欣赏有声的音乐，对于那更为甜美的无声音乐，因为不能欣赏，竟硬说那是不存在的了。对于这一些人，大自然将永不泄露它的神奇，永不"公开"它的"秘密"。生命的意义，对于他们将永远是个谜，他们将是空空地来到这个世界，仍空空地离开这个人间！

文学、音乐、舞蹈，不必说了。一幅成功的图画，一件精美的雕塑，当你真正爱好它，真正欣赏它的时候，你会感觉不到它美妙的内在节奏吗？你会不觉得胸怀开展，心神怡荡，不觉得自己在眉飞色舞地和它们的律动振振共鸣吗？

就是人的美，也多半是属于精神的，多半是起于神情的闲豫和举止的合节。一个适度的颦笑，一种从容的步态和手势，都可以使一个人显得分外美。那为后世人所万分向往的魏晋风度，那真率，那洒脱，那光风霁月的襟怀，那雍容逸畅的神宇，又何一不是身心的谐和之发，何一不是灵魂的内在节奏之美呢？我们看《世说新语》里所记载的魏晋人的谈吐，那种清亮英发之音，那种抑扬顿挫之致，再加之以手里的麈拂的挥飞，简直如同欣赏一出美妙的诗剧，怎不给人以飘逸之感，怎不令人悠然神往呢？

不要以为用谈话的艺术来概括魏晋人的风度，是太过粗率而鲁莽的事，"情动于中而形于言"，"言为心声"，语言是生命的旋律的迸发，没有一个人的辞气能够隐藏住他内心深处的感情。孟子说的"诐辞知其所蔽，淫辞知其所陷，邪辞知其所离，遁辞知其所穷"，我们相信那决非他的信口自夸之辞。试看《世说新语》的这一段文字：

> 谢太傅盘桓东山时，与孙兴公诸人汛海戏，风起浪涌，孙、王诸人色并遽，便唱使还。太傅神情方王，吟啸不言。舟人以公貌闲意说，犹去不止。既风转急，浪猛，诸人皆喧动不坐。公徐云："如此，将无归？"众人即承响而回。于是审其量，足以镇安朝野。

这"如此，将无归？"五个字，一直到今天，我们似乎还听到在空中雍容逸豫地激荡着。而谢安那安闲的神态和旷达的襟怀，也就在这五个字里活现出来了。

又如这一段：

> 王濬冲为尚书令，著公服，乘轺车，经黄公酒垆下过。顾谓后车客："吾昔与嵇叔夜、阮嗣宗共酣饮于此垆。竹林之游，亦预其末。自嵇生夭、阮公亡以来，便为时所羁绁。今日视此虽近，邈若山河！"

那种悼惜风流的哀忱，那种追怀往昔的伤感，带给我们一种不可言说的凄楚的美。几乎和孔子的"逝者如斯夫，不舍昼夜"的叹息，同样成了一支绝妙的歌曲。今天人们对于谈话的艺术是可惊诧地不注意了，这真是一件莫大的憾事。它不知道损毁了人间多少的美，而同时在另一方面，今天随处所听到的匆忙而杂乱的言语，不也正显示出这个世界已经沉陷入了一个怎样不安、怎样伧俗的境地了吗?!

魏文帝《典论·论文》说："文以气为主"，自后论文的人，都附和这个说法。《文心雕龙·体性》篇中有：

> 然才有庸俊，气有刚柔……若夫八体屡迁，功以学成；才力居中，肇自血气；气以实志，志以定言；吐纳英华，莫非情性。

更不啻是为它下注脚。但气究竟是什么，却很少有人加以说明。于是有一些人，就以为这是太过玄妙而不可叙说的。其实这所谓气，就是通常所说的气息的意思，换言之就是呼吸的节奏。各人文章风格的不同，正如他们脉搏的差异一样。生命，不但是人的生命，就是宇宙的生命，也都由这息息跳动的脉搏里显示出来。中国古代的哲学家，就是把气作为宇宙的原始的。《周易正义》引《乾凿度》："有太易，有太初，有太始，有太素。太易者，未见气；太初者，气之始；太始者，形之始；太素者，质之始。"他们认为宇宙万物都是同一原质——气——所构成。气有阴阳、轻重和清浊之分，凝集又有疏密，遂化而为形状特殊的万物。所谓"气之轻清而上浮者为天，气之重浊而下沉者为地"。《易·大传》的"精气为物，游魂为变"（魂即是气），也就是这个意思。所以，所谓气就是宇宙的命脉，就是生命的消息；气在的地方，生命就也在。我们察觉了气，也就察觉了生命。就个体言，气遍布于体内各部，深入于每一个细胞，浸透于每一条纤维。自其静而内蕴者言之则为性分，则为质素；自其动而外发者言之，即为脉搏，即为节奏。"文以气为主"虽是说文章以性分、质素为主，但性分和质素，既嫌笼统，又太抽象，视之不可见，触之无所遇。只有节奏，我们不但可以或用耳听，或用目视，还可以用全身心来领会它、应和它。而且，我们捉住了节奏，也就把握了性分，把握了质素了。曹丕接着说："譬诸音乐，曲度虽均，节奏同检，至于引气不齐，巧拙有素，虽在父兄，不能以移子弟。"这里的"气"，更显然既是指的声调、节奏，也是指的性别、质素了。

拿音乐来譬喻文章，比起亚里士多德之以烹调来作譬，要更为确当、更为贴切得多。因为烧菜，各种佐料分量的配合，究竟比较有迹可循；至于文章和音乐，其意象之超妙，节调之灵巧，就幻化莫测，无径可循了。何况文章风致的婀娜，又大半是由于音节的美妙而来呢！《文心雕龙·章句》篇中有：

> 句司数字，待相接以为用；章总一义，须意穷而成体。其控引情理，送迎际会，譬舞容回环，而有缀兆之位；歌声靡曼，而有抗坠之节也。

更完全是拿歌舞来比喻文章，完全是把文章当作音节的美了。

法国象征派诗人瓦莱里（Paul Valery）说："抒情诗是欢呼、感叹、呜咽……的旋律的发展。"其实，岂但抒情诗而已，一切的诗（如果真是诗的话），都是作者内心旋律的发展。卡莱尔说："诗是音乐性的思想，诗人就是能够那样思想的人。"哪一篇诗的美，不表现在它的音乐性上？哪一篇诗，除去了它的音乐性，仍能不失其美妙，仍能被称为诗呢？《诗经》里的："昔我往矣，杨柳依依，今我来思，雨雪霏霏。"假使用口语来述说它的意义，该是多么平淡，多么不足道。《世说新语·文学》篇载：

> 桓宣武命袁彦伯作北征赋，既成，公与时贤共看，咸嗟叹之。时王珣在座，云："恨少一句。得'写'字足韵当佳。"袁即于坐揽笔益云："感不绝于余心，溯流风而独写。"公谓王曰："当今不得不以此事推袁。"

加两句不是为了意思，只是为了音调。刘孝标的注里引有袁宏的赋，加了两句，读起来确比未加前完美得多。姜白石那首《齐天乐》：

> 庾郎先自吟愁赋，凄凄更闻私语。露湿铜铺，苔侵石井，都是曾听伊处。哀音似诉，正思妇无眠，起寻机杼。曲曲屏山，夜凉独自甚情绪？西窗又吹暗雨，为谁频断续，相和砧杵？候馆迎秋，离宫吊月，别有伤心无数。豳诗漫与，笑篱落呼灯，世间儿女。写入琴丝，一声声更苦！

论其意思，只是琐碎，甚至是零乱地用各种象喻指出蟋蟀来，但我们读过之后，却只觉得它的风致缠绵，只觉得心头有一种无以名状的美的战栗。谁说这不是音节的神奇力量呢？所以法国纯诗运动所标榜的：诗应该借它的声音，直接地诉诸我们的感觉和想象之堂奥，而不当间接地用它的意义来叩我们的理解之门。就是说，要用文字来创造音乐，要把诗提到音乐的纯粹的境界。这，在他们看来，应该是文学的一种最高理想。我觉得，恐怕也不能认为是全无道理的。

"音乐性"，卡莱尔说："这里面有多少意义呵！"天地间哪一样事物的美妙，不是属于音乐性的？音乐性是宇宙间的最大神奇，它可以囊括一切的美。而最鲜明、最纯粹的音乐性，就存在于和谐、铿锵的节奏里。因为声音都是从物体的内心深处发出来的，都是物体的内在奥秘的宣泄。《文心雕龙·声律》篇说："夫音律所始，本于人声者也；声含宫商，肇自血气。"《诗序》里也说："情发于声，声成文谓之音。"声音是性情之发，天下没有两个人的声音是完全相同的。每个人的声音都泄露着他自己内在的秘密；其发之也深，其感人也切。所以吴季札观乐而知一国之盛衰，钟子期听琴而识弹者之所志。而我们也仅仅只要听到一种步调，一句话语，甚或只是一声謦咳，就可以断定这是谁来了！

现代英国诗人浩司漫（A. E. Housman）曾经说过这样的话：诗对于人的影响，多半是生理的。这话初听起来也许会觉得新奇，甚至有些突兀，有些叫人迷惑。其实，这只是卡莱尔的一句话的另一种说法而已。卡莱尔说："所有的人的心里，都存有一条诗的血管。……当我们确能欣赏一首诗时，我们大家都是诗人。"诗之动人，主要的是借它的音响与节奏。欣赏一首诗，除非在自己的心头也荡漾起那首诗的旋律；在自己的血管里也跳动起那首诗的节奏，便不能算是真正欣赏了它。而这旋律，这节奏，都是鲜明的生理状态。诗人在创作过程中产生了这种状态，我们则在欣赏的时候。当这种状态存在的时候，我们便也感到了诗人的所感，便也是诗人了。我们读杜工部的诗：

> 风急天高猿啸哀，渚青沙白鸟飞回。无边落木萧萧下，不尽长江滚滚来。
>
> 万里悲秋常作客，百年多病独登台。艰难苦恨繁霜鬓，潦倒新停浊酒杯。

前两句的音调那么高亢，那么激越，好像一张弓拉得紧紧的，使我们也觉得胸廓开张，满怀的悲愤激昂。经过三四两句，就慢慢地放松了；到了后四句，就愈来愈颓唐，愈来愈潦倒，我们的心头又充满了一种牢落抑塞之气了。而刘长卿写道：

> 苍苍竹林寺，杳杳钟声晚。荷笠带斜阳，青山独归远。

则给我们的又完全是一种舒缓而闲适的感觉。这许多不同的感觉，都是整个循环系统所起的变化，都是一种生理状态。

沈约在《宋书·谢灵运传论》里说：

> 若夫敷衽论心，商榷前藻，工拙之数，如有可言。夫五色相宣，八音协畅，由乎玄黄律吕，各适物宜；欲使宫羽相变，低昂互节，若前有浮声，则后须切响。一简之内，音韵尽殊；两句之中，轻重悉异；妙达此旨，始可言文。

这一段话，的确精警绝伦。无怪乎他要说："自灵均以来，多历年代，虽文体稍精，而此秘未睹。"认为是他空前的创作了。其实在他以前，人们并不是不知道音节的重要。司马相如自述作赋的经验，就有过"一宫一商"的话；而"五色相宣，八音协畅"二句，更显明的是从陆机《文赋》里的"暨音声之迭代，若五色之相宣"二句蜕化而来。不过，论文完全归重音律，以及浮声切响的提出，确乎是他的独到之处。他的"四声八病"之说，在中国文学史上正如朱光潜先生所说，是一条"通幽"的"曲径"，那样谨严的格律，那种苛细的避忌，看来似乎逼得人们"山穷水尽疑无路"了，然而尽管愈走愈窄，愈走愈险，渡过这险窄的一关，渐渐地眼前就会豁然开朗，就会导你到一个"柳暗花明又一村"的桃源仙境去了。唐人的近体诗，以及后来的词、曲，都是他四声提出以后的产物。如"澄江静如练"之比"澄江净如练"好，"秋尽江南草未凋"之比"秋尽江南草木凋"好，的确并不在意义而只是在四声的关系上。

但是，我以为中国文学的音节，基于平仄与声韵者少，基于停顿与句子之长短者多。中国文字都是单音缀的，往往二字结成一词，所以四字句特别多。一篇文章里，倘若一连七八句都是四字句，则读起来就嫌呆板。像吴均《与宋（朱）元思书》这一篇清丽绝伦的短札，就因为四字句太多而减色不少。假使能不时插入一二句字数不等的散句进去，一定更显得抑扬顿挫，错落有致；就会更令人喜爱了。《文心雕龙·章句》篇说："若夫笔句无常，而字有条数，四字密而不促，六字格而非缓。或变之以三五，盖应机之权节也。"这实在是精绝之论，六朝文人大概都知道这一点。从当时人的文章里，都可以看得出这种"应机之权节"出来。随便举个例子看看，譬如刘孝标的《追答刘秣陵沼书》：

> 刘侯既重有斯难，值余有天伦之戚，竟未之致也。寻而此

君长逝，化为异物，绪言余论，蕴而莫传。或有自其家得而示余者，余悲其音徽未沫，而其人已亡，青简尚新，而宿草将列；泫然不知涕之无从也。虽隙驷不留，尺波电谢，而秋菊春兰，英华靡绝；故存其梗概，更酬其旨。若使墨翟之言无爽，宣室之谈有征，冀东平之树，望咸阳而西靡，盖山之泉，闻弦歌而赴节。但悬剑空垅，有恨如何?!

就可作为其代表。至于唐宋文章的音节之美，则又大半是由于虚字的运用得宜而来。《文心雕龙·章句》篇说：

夫惟盖故者，发端之首唱；之而于以者，乃札句之旧体；乎哉矣也，亦送末之常科。据事似闲，在用实切。巧者回运，弥缝文体，将令数句之外，得一字之助矣。

所谓"在用实切"的用处，就完全在于调节声气。鲁迅的文章，写得那么生动灵活，而又十分雍容舒徐，在很大的程度上，也与他的善用虚字有关。像欧阳修的《丰乐亭记》中的如下一段：

滁于五代干戈之际，用武之地也。昔太祖皇帝尝以周师破李景兵十五万于清流山下，生擒其将皇甫晖、姚凤于滁东门之外，遂以平滁。修尝考其山川，按其图记，升高以望清流之关，欲求晖、凤就擒之所，而故老皆无在者，盖天下之平久矣。自唐失其政，海内分裂，豪杰并起而争，所在为敌国者，何可胜数？及宋受天命，圣人出而四海一，向之凭恃险阻，铲削消磨，百年之间，漠然徒见山高而水清，欲问其事，而遗老尽矣。

抑扬顿挫，音韵铿锵，读来真是回肠荡气。其节奏之美，就全由虚字之回运得宜而来。中国的诗由四言而五言，而七言，愈变音节愈美，愈有跌宕之致。尤其到了长短句，字数愈是参差错落，音节也愈是低回流连，宛转不尽。这种变迁，也可以说完全是一种音节的变迁。

节奏是文章之美的一个重要构成因素，似乎用不着再去找什么例证了。历来中国文人的非常重视朗读与高吟，就是想从声音之间，去求得文章的气貌与神味的。而我们批评一篇文章，也未始不可以根据它的音响节奏来定其优劣与美丑。克罗立琪（Coleridge）说："你若找到一句字眼能音乐地配置的句子，字眼里有真实的声律与和谐，那么它的意义中，也一定会有渊深精妙的东西。"因为，在这个世界上，灵与肉，意与字，内容与形式，是到处都奇异地不可分离地纠结在一起的！

文章如此，诗歌就更不用说了。我们的新诗，自"五四"前后诞生到现在，已将近三十年了，虽也出现过不少佳作，但总的说来是不怎么令人爱好的。原因何在？诗人们恐怕应该多从音调与节奏方面去考虑、找寻。

1945 年 5 月

形式与内容

　　自从 19 世纪以来，文学上的形式与内容之争，普遍地存在于各国的文坛。一方面揭橥着健全的内容，另一方面标榜着精美的形式，各执一端，争吵不已。在 19 世纪以前，内容论是世界文学史的主流，一致认为文学必须表现一些于国家民族、世道人心有补益的东西。重视形式的形式论者，虽然不能说没有，但那是太稀少的，稀少得几乎要使人忽略了它的存在。例如亚里士多德之孑然孤立于西方的文学批评史上，中国齐梁时期诗文之为历代所诟病。

　　我们试先来看一看内容论的显赫的历史吧。

　　中国一向最看重事物的实用价值。认为文学毋庸置疑是用以载道的。《诗序》里说，先王用诗来"经夫妇，成孝敬，厚人伦，美教化，移风俗"。功用之大如此，内容之非健全不可自不待言。孔子劝人学诗，是因为诗有兴、观、群、怨，多识乎鸟兽草木之名的功用。而"言之无文，行之不远"这两句话的意思，也无非表示文章要有文采的目的，只是在使所言的内容，能够传之久远而已。自此以后，历代文人对于诗文所重视的是其所含的讽喻之义，而非形式的精美。苏东坡称韩愈文起八代之衰，所谓"八代"，就是指魏晋六朝间的一段时期。这一时期，文章特重雕琢，尤其齐梁以后，非常讲究排比的贴切与声调的铿锵，比较忽视了道德的教训，遂为载道派所嗤诋而且之为"衰文"。陈子昂在《与东方左史虬修竹篇序》里说："仆尝暇时观齐梁间诗，彩丽竞繁而兴寄都绝，每以永叹。"所谓兴寄，自然指的是讽喻之义。从韩愈以后，尤其是桐城派，"文以载道"和"言之有物"，就成了文人的金科玉律了。

西方从柏拉图、贺拉斯、卢梭，一直到近代的托尔斯泰，没有一个不是十分重视文学所含的内容的价值的。柏拉图因为荷马在他的史诗里把神和英雄写得同普通人一样无恶不作，一样愚蠢和莽撞，遂大加贬责，认为是不可宽恕的过失。罗马批评家贺拉斯认为文艺的功能第一是教训，其次才是发生快感。卢梭因为文学的不道德的影响而痛诋文学，认为文学是腐蚀自然人的利器。托尔斯泰则更是尽人皆知的一个极端的内容论者。他以原始基督教的教义为文学批评的标准。他在论莎士比亚时，极力攻击莎氏，就是因为他不合教义。他说："莎士比亚的作品……是极低下而不道德的。"在《艺术论》里，他又大骂颓废派。魏尔伦、马拉美、波特莱尔、梅特林克等人，都受到他的攻击。其他如左拉、优思曼、吉百林等，也都不能幸免。

形式论者之能与内容论者分庭抗礼，乃是浪漫派兴起以后的事情。戈谛叶喊出了"为艺术而艺术"的口号，雨果、海涅、丕德、王尔德等人把它发扬光大，进而演变成唯美主义，于是重视形式的论调就风靡一世了。他们认为艺术自有其独立性，它自身就是一种鹄的，不应该把它当作一种工具。一个艺术家如果要关心到美以外的事，也就失其为艺术家了。所以艺术家应该专在形式上作工夫，内容之是否合乎道德，根本用不着过问。左拉说得好："作家写得不好，就是罪大恶极，文学中罪恶一词别无意义。一个写得好的词句，也就是一种德行。"戈谛叶说："艺术就是自由，就是奢侈，就是余裕，就是闲逸中的心灵开展，它不应该受实用的牵绊。如果一落入实际生活，就由诗变为散文，由主人变为奴属，就丧失了它的尊严，它的美了。"

就艺术的立场言，形式论者是无可非议的。坚持文学必须于国家民族、世道人心有裨益的倒不免有点文不对题。文学尽管有影响人的效果，但作者进行创作却并不是专以影响人为目的、为出发点的。各个作者所给人的影响之所以各不相同，乃是因为各人的素养不同，哲学观点不同之故。所以与其要求文学要有健全的内容，倒不如要求作者要有健全的伦理观，或是健全的哲学观更为恰当。因此，一向作为世界文学的主潮的为道德而艺术的内容论者，就艺术论艺术，实在是缺乏存在的根据的。而这一意义下的内容与形式之争，当然也就没有多少价值可言了。

真正有价值的内容与形式之争乃是关于其相互间所存在的关系的一种争执。

历来文学批评家在批评的时候，总喜欢把文学作品分作内容和形式两部分来讲，而且都比较重视内容。譬如文却斯脱（Wendchcster）说："作者把自己所有的思想及情绪移于读者时，一切的方法手段称为文学的形式。"把形式当作内容的手段，并不是他一个人的见解，几乎是历来的一种常识性的解释。陈子昂认为齐梁间的诗，"彩丽竞繁，而兴寄都绝"。他也是把内容和形式分开来讲，而认为应以内容为重的。秦观的一首《水龙吟》的头两句："小楼连苑横空，下窥绣毂雕鞍骤。"苏东坡笑他"十三个字只说得一个人骑马楼前过"。虽是讥其晦涩，但也未尝没有嫌他过事堆砌而内容不称的意思在里头。平时我们也常听到人用"太空洞，没有内容"或是"辞藻甚美，但没有什么意义"之类的话来批评一篇作品。这和"聪明面孔笨肚肠""知人知面不知心"以及"人不可以貌相"等等的谚语，都同样地指说着内容和形式的不一致，并且都表示应该重内容而轻形式。但是，近代却似乎在急剧地朝着相反的方向走。就画来说，则有立体派的想以形式来化除内容；就音乐来说，则多数音乐家都认为音乐的美完全是形式的美，形式之后别无意义。如许曼（Schumann）就是极端反对在音乐里找寻意义的。在文学上，则唯美派、象征派以及前些年在法国所提倡的纯诗（Poesie pure）运动，都是重视形式而忽视内容的。其激烈者甚至反对文学要借所含的意义来感动人。如伯烈蒙就认为诗应该像音乐一样，在未令人明了意义之前，就能用声音来直接地打动读者或听者的心灵。所以诗的重要的成分在声音而不在意义；也就是说，在形式而不在内容。

另外一派则认为形式与内容根本是整一的、不可分的。兰菲儿特（Langfeild）就是这样主张。古尔芒（Remy de Gourmont）在他的《风格问题》里说："要想分别形式与实质，也许是一种错误。……天下决没有无形式的物质。……实质之能够产生形式，正如龟、虾之各能产生它的甲壳的材料。"彭纳脱（Arnold Benett）在同一题目的文章（Question of Style）里也说："一种意思只有某一句话可以表达，你如果稍稍更改你的语句，你的意思也就随着更改了。"这话的正确性，我们可以很容易地从翻译中看出来。从一国语言翻成另一国语言，甚至是从文言翻成白话，即使是最卓越的翻译家，也很难不走样。如果原作是诗，那就简直可以说是根本无法翻译的了。

这几派的争执各有各的理由，你很难判断谁是谁非。因为形式与内容间的关系，正同精神与物质、肉体与灵魂间的关系一样，那是一种极其微妙，极其纠缠复杂，几乎非言意之所能尽的一种关系。哲学上的唯物与唯心之争是永远闹不清的，把精神从物质里分出来固然是一个谜；把精神同物质混同起来也还是一个谜。谁能够明白地指出精神的活动与肉体的活动的确切的分界点呢？在我们的灵魂里藏着肉欲；而我们的肉体也有它的空灵之顷。感官可以使之高雅，智虑也会走向堕落。内容和形式是合一的，但同时却也是可分的。合一的，因为我们接触到一篇作品的形式，自然也就接触到了它的内容；而我们要知道一篇作品的全盘内容，也非接受它的整个形式不可。可分的，不但我们的常识如此相信，唯心派美学的始祖康德也分美为纯粹的和有依赖的两种。后者的内容和形式就是可以分拆的。在我们欣赏一篇文章的时候，我们将怎样辨明孰为形式的美、孰为内容的美呢？在我们创作一篇作品的时候，我们将怎样分别利用形式和内容的功能至其最高度呢？

丕德认为一切艺术都应以逼近音乐为指归。这一目标是高超的，在创作的最高度的火候里，内容和形式也确乎像是光和热一样混化无迹的。但是大部分的作品，恐怕永不会达到这个标准，而这些作品却依旧可能是相当精美的。总计一个人一生中胸头所经历、所产生的美感，有依赖的总要比纯粹的多得多。严格说来，世间没有一种美是绝对无所凭借的。我们是不是应该忽略这许多有依赖的美感呢？是不是应该停止去创作一些可能精美的作品呢？我怕是未必应该。在创作时我们尽可不必、实际上也决不会去考虑形式和内容是否可分或者孰为重要的问题。只要你确是专注的，确是有艺术的才能的，无论是陶冶意趣或是锤炼词句，都可以写出好作品来。古今中外的大文豪，因为苦思警句而得到妙理，或者因为穷研妙理而产生警句的，正不知凡几？因为二者究其实是一而二、二而一的。懂得这个道理，内容与形式的问题也就可以不再来烦扰你了。

1945 年 11 月 15 日

且说说我自己

　　我一向不愿意谈自己。这倒不是因为别的，只是觉得自己实在一无可谈。人既平庸，经历又极简单，如果也一本正经地向人们大谈起自己来，岂不是太可笑了吗？尽管自己所写的文章，曾受到过大规模的批判，但这样的事，过去在我们这里多的是，有什么值得谈的？不过，却就正因为这一点，竟使我顶了一个作家的头衔，居然被列入四川文艺出版社所出的《中国现代作家传略》一书之中。六年前，我曾应该书编者的要求，把自己的主要经历，像流水账似的简单写了一下。现在，编者来信说此书即将重版，希望我能把自己的传略作些补充修订，如能重写那就更好。我把过去写的东西重新看了一下，觉得确乎写得太枯燥乏味了。虽然自己平凡的一生，原本就难于引起人们什么兴趣。但既然要写，就得多少能让人了解到一些你的真实的思想感情，真实的性格。如果只是一些简单经历的交代，使人读起来味同嚼蜡，甚或像咬到涩果子那样难受，那就太对不起编者和读者了。所以这次我几乎全部重新写过，目的无非是希望能使读它的人少皱几次眉头而已，究竟是否能如我之所愿，那就不知道了。

　　我原来的名字叫钱国荣，现在用的是笔名。1919 年 9 月生于江苏武进。父亲早年教过私塾，因此当我一个比我大两岁的哥哥要上学读书的时候，尽管当时镇上早已办起了小学，他却仍把我哥哥送进了邻村他朋友办的一个私塾里去。我当时还小，本不到上学年龄，因为朝夕跟哥哥在一起玩，便也吵着要跟他一起上学，父亲也就答应了。第一天去拜老师的时候，在红毡毯上向老师磕了头，老师很和蔼，还给点心我们吃，觉得很有趣。可是后来，就渐渐地感到太拘束，不如家里自由，就常常想赖学。可父亲在这个问题上很严格，决不容许。先是哄骗，哄骗不成就继之以打，最后还是被强送到老师那里去。记得老师教我和哥哥读的是同一本书——《千字文》。小孩子当然不会懂，老师也并不讲解，每天教一二句，只教我们跟着他念几遍，然后就让我们自己念；到了一定的时候就要我们背诵。每次我都能流利地背出来。我哥哥却常常要打格顿，甚至要老师提示。于是老师夸我聪明，我自己和家里人也都以为我比哥哥聪明。在私塾大概读了有一年多点吧，镇上那个被当地人叫作洋学堂的小学，逐渐得到了人们的信任，我老师的私塾办不下去了，我父亲才把我和哥哥送到镇上的小学去。因为我们已经读过一年多的私塾，可以不必从头读起。当小学里的老师拿我们读过的《千字文》来考我们的时候，我尽管能够"天地玄黄，宇宙洪荒"地背诵如流，但当老师用手遮住上下文，单独指着一个一个的字要我认时，我就几乎一个也不认得了。我哥哥过去虽然常常不能背诵，却每一个字都真正认识。所以考试结果，我哥哥进了二年级，我却只能从一年级读起。记得那时是1927年的下半年，我已经八岁了。

在小学里读了六年，我一向是班上成绩比较好的一个，老师都很喜欢我。特别是五年级时候的一位老师，我还记得他叫王自治，字眺越，是绍兴一带的人，据说是大夏大学毕业的。他对我特别好，教了我一年就离开了。临走时，还特地把他的一部《天雨花》送给了我。并郑重地把我托付给一位同他比较要好的徐老师，要他以后多照看我。升到六年级时，教语文的级任导师谢老师，是新来的，刚从江苏省有名的省立无锡师范学校毕业。一次上作文课，我的卷子他批阅后发下来时，写了这样的批语："从别处抄来，何得掩人耳目？"我很惊诧，去向他说明这是我自己写的，不是抄来的。他非常主观，仍一口咬定我是抄来的。我要他指出是从哪里抄来的，他非常自信地说是从《模范日记》上抄来的。当时这本《模范日记》很流行，我就找了一本拿去要他指给我看是抄的哪一篇。他当然找不到，但还是支支吾吾地不肯爽快承认是他冤枉了我。我小孩子家，受不得这冤屈，就在他的批语后面反批道："批评之权在老师掌握之中，学生何敢乱道？然而……"这还不算，又在要交给老师看的日记中，把这件事写了出来，不指名地说，有一个老师硬把学生自己写的文章说成是抄来的，像这样的老师实在是太没有资格了。而且还标上《胡批》的题目。老师看了，并没有就我所记的内容表示什么意见，只在文后批了"字写大一些"这样几个字。老师是近视眼，但他之所以这样写，也许是为了可以让人理解为他根本没有看过这篇日记吧。事情本来可以到此为止了。不想我的一个正在江苏省立扬州中学高中部读书的表兄，忽然来我家玩，看到了老师的这句批语，并听我说了事情的经过，便怂恿我说："他要你字写大一些，其实你的字已够大了，谁叫他自己是个近视眼呢？你可以反问他：'你看不见吗？'"我当时实在不懂事，又抱着一肚子的委屈和愤懑，就真的照他的话在老师批语后面反批上'你看不见吗？'"这样一句十分无礼的话。这下子这位谢老师就忍无可忍了。第二天上课时，他怒气冲冲地把我叫到他的讲台旁用戒方当众打了我十来个手心。他别的不提，只抓住我的"你看不见吗？"这几个字，说："我今天就打你的'看不见'。"我当时年幼，太不懂道理，实在做得太过分了。

不知道我的谢老师如今是否还在，虽然事情已经过去了五十多年了，而且我当时已经为此挨过打，我仍旧要在这里诚恳地请求他的宽恕。后来，王自治老师临走时拜托他对我多加照看的徐老师知道了我被打的事，特地找我谈了一次话，一面安慰我，一面也责备了我。他说，谢老师最初对你不了解，冤枉了你，后来也有些失悔。但你太不懂事了，怎么可以一再冒犯老师呢？不过，他又说，谢老师还是喜欢你的，你以后要好好听谢老师的话。后来谢老师果然对我很好，我是班上他最喜欢的两个学生之一，跟我很接近。

我爱读小说的习惯，早在小学里就养成了。父亲虽然是个私塾先生，但家里并没有多少藏书。四书五经之类我没有什么兴趣，也读不懂，最能吸引我的自然是小说。不知怎的，我第一部拿到手的竟会是半文不白的《三国演义》。而且我家里的一部还是大本子的木版书，一共有二十本。我1937年就离家去了四川，中经战乱，这书自然早已不在了。我毫无版本知识，也不知道是什么时候的刻本。当时我大约正读小学四年级或五年级，看《三国演义》，自然多半只是似懂非懂。但故事情节是看得懂的，而且很有兴趣。譬如曹操的奸诈、刘备的宽仁、张飞的鲁莽、关公的义气等等，给了我很深的印象。他们的事迹使我深深地受到吸引，并开始知道了有好人和坏人之分，初步建立起一种朴素的正义观点。书中最打动我、最使我敬慕的则是诸葛亮。刘备为了请诸葛亮出山，三顾茅庐那一大段，把诸葛亮不求闻达的高远襟怀，野云孤鹤般的雅人深致，写得形神俱足，气貌毕肖，充满了动人的魅力。在读《三国演义》之前，我完全不知道诸葛亮是何等样人，读过《三国演义》以后，除了他的料事如神的超人智慧以外，给我印象最深的，并不是他所建立的显赫的功业，而是他出山以前的那副散淡的襟怀和那种飘逸的风神。不知为什么，我当时还只是个十一二岁的孩子，我所最敬慕、钦羡的诸葛亮，竟并不是后来成为蜀汉丞相的诸葛亮，而是高卧隆中时的草野隐士的诸葛亮。我在和小朋友一起玩耍时，也常常带着自豪的感情说自己是"山野散人"。这恐怕只能归因于《三国演义》中的这一段写得实在太迷人了吧。后来知道了诸葛亮有"淡泊以明志，宁静以致远"的名言，我心目中最初形成的诸葛亮的形象，就益发鲜明高大起来了。这就种下了我此后遗落世事、淡于名利的癖性。当然，事实上一个人是无法遗落世事，也不可能完全淡于名利的，但总算能够比较超脱一些。因此，在我过去漫长的坎坷岁月中，尽管受到许多不公平的待遇，我也能淡然处之，省却了不少烦恼。《三国演义》还使我能初步读懂一些浅近的文言文，并在写文章时能用"之乎者也"来代替"的了吗呢"。这一点不久就给了我很大的帮助。我小学毕业要上初中了，为了便于照顾，家里自然就让我进了我哥哥已经在读的那所中学。这所学校原来是一所国文专修馆，里面的教师大多是前清秀才之类的旧派人物，他们都不喜欢白话。我哥哥在我考取了该校将要入学就读之前，就用一种半是吓唬我半是自豪的口吻对我说：中学不比小学，作文哪里能用白话，都要写文言了。我听了不免有些紧张。上学后第一次作文，就硬着头皮"之乎者也"地瞎凑了一通，居然顺利通过了，还受到了老师的赞许。这不能不归功于《三国演义》对我的帮助。

　　读过《三国演义》以后，我对小说发生了极大的兴趣。就把家里所有的小说书，一部一部地找出来读。那时也不能分别好坏，自然更不懂得选择，只能碰到什么就读什么。像《七侠五义》《施公案》《彭公案》《说岳全传》《封神演义》《野叟曝言》《金台平妖传》等等，就都是在小学里读的。那些年读过的真正的名著除了《三国演义》以外，就只有一部《水浒传》了。我生长在农村，村里的大人们农闲时常常央我给他们讲故事。我就把从书上看来的故事讲给他们听，他们听得津津有味，我也从中得到了不少乐趣。在初中时代，小说就读得更多了。但主要仍是读中国的旧小说。除章回小说以外，也看了不少笔记小说。如《子不语》《萤窗异草》《阅微草堂笔记》《两般秋雨庵》之类。同时也开始对中国的古典诗词和散文名篇发生了较浓厚的兴趣。较多地读外国的翻译小说是进了高中以后的事。那些书使我大开眼界，在我眼前仿佛出现了一片新的天地，我结识了许多与旧小说中所写的完全不同的人物。他们的思想爱好，他们所生活于其中的社会和风尚习俗，与我一向所熟悉和知道的完全不同。施托姆的《茵梦湖》、洛蒂的《冰岛渔夫》、歌德的《少年维特之烦恼》等书，给了我无限的欢喜和忧伤。特别是屠格涅夫的《罗亭》《贵族之家》等等，引起了我对人生的思考，在我心头激发起对青春、对未来岁月的朦胧的憧憬和充满诗意的幻想。这时，我已开始深深地迷上了文学，迷上了这绚丽多彩、充满魅力的文学了！我此后的终于走上学文学的道路，可以说就是种因于中、小学时代对小说的爱好。

因为家境贫寒，高中我读的是师范。师范学校不但不要交学费，还供膳宿。我考上的又是一所名牌学校——江苏省立无锡师范学校。这所学校的许多老师都是很有学问的，在中学教育界很有名望。因此亲友都为我庆幸，我自己也勤奋地学习着。1937年秋，我刚开始读三年级，9月间开学不久，日本飞机来轰炸，我们学校里也落下了炸弹，虽幸未伤人，但房屋毁坏了不少。警报解除后，师生纷纷逃离学校，战火也日益逼近，学校就此解散。我回到家乡，在母校南夏墅小学当了一段时期的代课教师。后来，昆山、青阳港等地相继失守，常州也岌岌可危。就在南夏墅小学一位年长的老师曹梦梁先生（后来听说他是地下党员，在五台山一带的游击战中牺牲了）的带领下，我们一共十一个人结伴奔向后方。

辗转到了武汉。当时武汉聚集了不少各地涌来的流亡学生，国民党教育部怕这些学生跑到解放区去，就在四川、贵州等地办了几所国立中学，收容原来在各省省立中学读书的学生。我因为是江苏省立无锡师范学校的学生，就被送到设在重庆北碚的国立四川中学师范部继续读书。从1938年初读到那年8月，算是读完了高中的全部课程，取得了毕业资格。接着就参加了抗战期间首次实行的全国各大学的统一招生考试。我报考的是当时正内迁在重庆的国立中央大学的师范学院国文系，侥幸被录取了。中央大学共有七个学院，四十多个系科。师范学院是那一年第一次创立的。读师范学院不但不要交学费，膳、宿费也全免。中央大学虽另有历史悠久、声誉卓著的中文系，但它设在文学院内，不能享受免费待遇（实际上后来那时家在沦陷区的学生也都可以领取贷金，并不需要交钱），所以我报考了师范学院的国文系。这个系因为是新创办的，第一年都是公共必修课，不但没有自己的教师，就连系主任也没有。第二年才请来了伍叔傥先生当系主任。伍先生是五四时期的北京大学毕业生，思想较开明，颇能继承蔡元培先生兼容并包的思想作风。在他主持下，罗致了各方面的人才。先后来校任教的有罗根泽、孙世扬、顾颉刚、乔大壮、朱东润、曹禺、徐訏等先生，老舍也被请来作过讲演。此外还有杨晦、吴组缃、吴世昌等先生，不过他们到时我已经毕业了。

我是1942年毕业的，毕业后教过一年中学。1943年就由伍叔傥先生介绍，去当时也内迁在重庆的国立交通大学教国文。1946年交大迁回上海，我也随校到了上海。1951年华东师范大学成立，即调来华东师大中文系任教，一直到现在。先任讲师，1980年升教授，我在大学任教已经有四十五年了，其间没有担任过助教，也没有担任过副教授。当讲师的时间竟有三十七年之久（在交大的头两年名义是教员，待遇同讲师），这种情况在我国历史上恐怕也是很少有的。

我在学生时代就养成了自由散漫的习惯。四年大学生活，大部分时间是在茶馆里度过的。一本书，一碗茶，就可以消磨半天。有时也打桥牌，下象棋。跟我经常在一起的几个同学也是以自由散漫著称的。不过，他们除了下棋打牌以外，还喜欢演戏、赛球等活动。这些，我就只当捧场的看客，不亲身参加了。我们还用墙报形式办过一种名叫《文艺风景》的纯文艺刊物，曾经出过好几期。我只提供稿子，不管编排、张贴等事。后来还准备办一种已经定名为《海市》的墙报，取"海市蜃楼"之义，我已为它写好了发刊词，但最后这个刊物似乎并未办起来。伍叔傥先生教我们的功课中，有一门叫"各体文习作"，经常要我们练习写作。当时在中央大学，"五四"以后的现代文学是不读的。写作，在文学院的中文系也都是用文言。伍先生却文白不拘，都可以。他出的作文题也十分灵活，很便于写志抒情；有时也可以由学生自己命题。所以同学们都不以作文为苦，而且很愿意听他看过我们的习作以后的评讲。我一向懒散，只爱看书而不喜动笔，自己主动写文章的时候很少。伍先生的"各体文习作"一连开了几年，至少每二周要作文一篇。我在学生时代，也就是在他的督促下，才写了一些文章。当年办《文艺风景》时，我所提供的稿件，就都是来自这些习作。它们虽大都是命题作文的产物，但由于我上面所说的原因，却很可以显出自己的真性情，我自己很喜欢。何况上面还有伍先生写的评语，特别值得珍惜。因此，时间虽已过去了半个世纪，并屡经播迁，"文化大革命"中还多次被抄家，这些文稿却绝大部分仍被保存下来了。如今，虽已纸质发黄，有的还被虫啮鼠咬，但有时偶然翻到，仍不免怦然心动。即使本来在忙着别的事，一拿到手，就会立即悄然凝神，展卷重读。于是数十年前旧事，恍然如在目前。一时思绪万千，此中情味，实在难以言宣。我自己虽然很喜欢这些文章，当时却很少想到要向报刊投稿。除了因偶然的机缘发表过极少的几篇外，其余都没有发表过。新中国成立以后则因为文中的思想感情与时代气氛不合，就更想不到要发表它们了。也许它们是愿意永远陪伴我，并随我一同长眠于地下的吧。

喜欢看书而不喜欢写文章，这恐怕是很多人都相同的。但在我，这种不喜欢写文章，甚至怕写文章的心理，已经成了一种牢不可破的习惯，我对这个习惯的忠诚，真可以说是数十年如一日。要没有强大的外力的推动，我这个习惯是很难破除的。1957年《论"文学是人学"》的写作是这个习惯被外力冲破的一个例子，后来所写的其他文章，可以说也都是在外界的催逼下写出来的。

我想，我之所以被人知道，无非是因为我写了《论"文学是人学"》并受到了批判。大家比较感兴趣并愿有所了解的，恐怕也是与《论"文学是人学"》有关的事。虽然我已先后两次在别的文章中谈过这方面的情况，这里不妨再讲一讲。

这已经是三十年以前的事了。1957年3月华东师范大学召开了一次大规模的学术讨论会，全国各地许多兄弟院校都推派了代表来参加。校、系各级领导在此之前早就为召开这次会议作了多方面的准备，并多次郑重地向教师们发出号召，要他们提交论文。我在各方面的一再动员和敦促下，遂勉力于那年的2月初写成了《论"文学是人学"》一文。现在回想起来，如果不是在那时刚宣布不久的"双百方针"的精神的鼓舞下，如果没有当时那种活泼的学术空气的推动，单凭一般的号召和动员，我也不一定会写。即使写，文章的面貌，恐怕也将大大的不同了。后来，许多批判我的人都在这个写作的时机问题上大做文章，尽管他们不免有用政治批判来代替学术争论的偏向，却也不是全无道理的。何况，在当时那种形势下，他们这样做也是很自然的事。

在学校举行的那次讨论会上，许多与会者都对我的论文提出了不少批评意见，几乎没有人表示同意我的观点，只有一个毕业班的学生（他就是陈伯海同志）最后站出来为我辩护了几句。在学术问题上，总免不了会有不同的意见。受批评，遭反对，也是常有的事。但看到自己的观点竟如此地得不到支持，却也不免有点懊丧。

讨论会后不久，《文艺月报》（即《上海文学》的前身）的一位编辑，由校内一同事陪同来访，我不知道他访问的目的是否与这篇文章有关。在谈话中，我这位同事向他提起我有这样一篇论文。我随即告诉他们我这篇论文已在讨论会上受到了许多人的批评。也许是出于通常的礼貌关系吧，他要我把文章给他看看，我就给了他一份打印稿。没过几天，这个杂志的另一位编辑跑来找我，说那篇文章他们编辑部理论组的同志看过了，并且经过讨论，认为它"既不是教条主义的，也不是修正主义的"（这是他的原话。我不知道这话究竟是否真是编辑部的意见，或者仅仅是他个人的一种随口而出的说法？）编辑部准备发表，要我再仔细校阅一遍后尽快给他们寄去。我也就依言照办了。本来，一个稍有自知之明的人，或者一个处世比较谨慎的人，在讨论会上听了那么多批评意见以后，是不会轻率地同意把文章公开发表的。个别同志知道《文艺月报》将要发表这篇文章后，就警告我说："别是钓鱼呵！"但我既缺少自知之明，又一向不甚懂得处世要谨慎的道理。何况，我还满以为自己的意见并不错，正希望能有更多的人来评断。能够公开发表，当然是很欢迎的。至于"钓鱼"之说，我决不相信学术界会有这等事，因此，甚至对这样说的人很有些反感。

后来，《文艺月报》正式刊出了这篇文章，出版日期是 1957 年的 5 月 5 日。就在这同一天，《文汇报》在《学术动态》栏里特地发了一则消息介绍了这篇文章，并冠以"一篇见解新鲜的文学论文"的标题。校内同事见了，有的为我高兴，有的则认为这是为了引起人们的注意，号召大家起来批判。实际上，5 月 5 日这一天，《文艺月报》还没有送到读者手中，书店里也并无出售，《文汇报》这则消息的来源以及作此报道的背景究竟如何，是难免要引起人们的猜测的。但我自己对此也一无所知。因此，对周围的人的种种不同反应，只能一概抱着将信将疑，姑妄听之的态度。我也知道，文章发表后免不了会受到很多的批评和指责的，但根据"双百方针"，我也完全可以进一步申述观点，为自己辩护，并提出反批评。真理总是愈辩愈明，最后服从真理就是了。本着这样的认识，所以我对《文汇报》的报道中不符我原意的地方（如说我"否定了文学反映现实的理论"）也不想急于更正，认为尽可留到以后的答辩文章中再加以说明。谁知事情的发展，完全出于我的意料之外，反右运动扩大化的偏向愈演愈烈，对我的批判也逐渐从学术转向政治，我已没有机会进行申辩了。

对于《文艺月报》竟会发表我这篇文章，当时也有种种传说。有的说发表的目的就是为了批判；有的说是因为想展开一些讨论。在此文受到公开批判以后，一位同事告诉我，他参加了一个会议，姚文元在这个会上公开说是他竭力主张发表这篇文章的。因为他认为这是一篇典型的修正主义文章，公开发表出来，就是为了便于让大家来批判。这一说法，在"四人帮"粉碎以前一直是广泛流传，并为人们所普遍接受的。但"四人帮"粉碎以后，我却又听到了另外一种说法，说是姚文元当时是真心赞成发表这篇文章的，但后来政治形势变了，他就又转过来，以批判我的急先锋的姿态出现了。

我不知这两种说法究竟哪一种更可靠。尽管前一种说法是当时就有的，而且是有人亲自听到姚文元本人在一个会上公开讲的，似乎不容怀疑。但后一种说法，却也并非全然不可信。因为不但持这种说法的人是当时《文艺月报》理论组的一个成员，而且像姚文元那样的人，一会儿这样，一会儿那样，是完全可能的。尤其是在当时那种政治形势下，翻手为云，覆手为雨之类的事情，真是司空见惯，毫不足怪的。就像《文汇报》那则消息，当初有些人就认定那是为了要对我进行批判而预先发出的信号。等到《文汇报》被指责是代表资产阶级方向以后，这些人又把这则消息说成是对我的吹捧，并以此作为我的文章思想反动的一个证据了。

大约是在那年的八九月间，即文章发表的三四个月之后吧，上海文艺界曾由叶以群同志主持召开过一个小型座谈会。针对我这篇文章作了初步批判。那时《文艺月报》大概已经接连发表过好几篇批判文章了，记得那天上海文艺出版社的代表曾在会上说，他们准备把有关文章汇编成集公开出版，这就是后来大家看到的《〈论"文学是人学"〉批判集》（第一集）了。以群同志虽然不赞成我文章的观点，但他是坚持把它作为学术问题来处理的。当会上有同志在发言中说到我的某些观点与胡风很相类似这样的话时，以群同志连忙叮嘱各报记者在报道中不要提这句话，说这太可怕了。第二天《解放日报》在头版右上角以醒目地位报道这次座谈会的情况时，措词也是极平允的。事情虽然已经过去了三十年，我对以群同志这句话和《解放日报》记者黎家健同志的实事求是的报道，却始终记得。

在那一段时期以及以后相当长的年月里，全国各地的报刊上经常有批判我的文章发表，这些文章对我都是程度不同地有所启发，有所帮助的。虽然在态度上不免有点剑拔弩张，个别措词也或失之尖刻，但在当时那种气氛下，这些都是很自然而正常的，不这样倒觉得可怪了。在华东师范大学内部的批判中，过火的现象当然要突出一些，但批判者大都是一些青年学生，他们年轻，对当时"左"的路线下所宣扬的一套东西，深信不疑。他们是抱着满腔热情来进行反对资产阶级右派，反对修正主义的斗争的。今天，大家一起来回顾这段历史，相信各自都是能够从中吸取自己应有的教训的。

最后，关于那篇文章的题目，还得交代几句。我原来在题目上是既未加引号，也没有"论"字的，就叫作：文学是人学。我虽然知道高尔基有把文学叫作"人学"的意思，却未见他说过"文学是人学"这样的话。所以在我长达三万五千字的文章中，也通篇看不到曾经出现过高尔基说"文学是人学"这样的说法，引号也只打在"人学"上，从来没有打在"文学是人学"上过。那么，后来题目怎么会变成《论"文学是人学"》的呢？那是因为接受了许杰先生的意见而改的。许杰先生是当时华东师大中文系主任，我的文章写成后第一个就是给他看的。他看后很鼓励了我一番，并建议我为了使标题更能吸引人，不如索性改为《论"文学是人学"》。我虽然并没有看到高尔基曾经明确说过"文学是人学"的话，但认为他显然是有这样的意思的；而且我的文章主要就是为他的这一意见作一些阐释和发挥，把题目写成《论"文学是人学"》，不但更醒目，立论的根据也更明确了。因此就接受许先生的意见照改了。这几年来，报刊上常见有把"文学是人学"作为高尔基的原话来引用的，这很可能是受了我的文章的题目的影响，我是不能辞其咎的。我曾想写文章说明，并准备在《论"文学是人学"》重印时，把题目改成《论文学是"人学"》。但继而一想，文学是人学这一观点已经流传开了，并已为文艺界的许多同志所接受，而且，正像我在《论"文学是人学"》一文中所说，这一意见"也并不是高尔基一个人的新发明，过去许许多多的哲人，许许多多的文学大师，都曾表示过类似的意见。"那么，只要不把这句话当作高尔基的原话，而只作为过去许多哲人，许多文学大师们（其中也包括高尔基）的意见的概括，我想也并无不可。因此，我就决定不去修改这个题目了。

《论"文学是人学"》的批判，从1957年下半年开始，大约到1958年的下半年渐渐地停下来了。上海文艺出版社的《批判集》出了第一集以后，也没有再出第二集。1959年是我国建国十周年大庆，华东师大各级领导又号召和动员教师提供科研论文了。我虽然受到批判，但未划为右派，自然也是号召和动员的对象。于是我又写了《〈雷雨〉人物片论》（后改名《〈雷雨〉人物谈》）一文，写成后交了一份给教研组，另外抄了一份寄给《上海文艺》。教研组认为我的观点有问题，《上海文艺》也决定不予发表。系里并召开了一次名为讨论实是批判的会议，还请了校外的同行来参加；会上几乎又是一致认为我的文章美化周朴园和繁漪，宣扬人性论，是《论"文学是人学"》一文中的反动观点的具体运用，受到了相当严厉的批判。接着是1960年，文艺界的形势又严峻起来。上海作协举行19世纪欧洲资产阶级文学讨论会，我当时并不是作协会员，会议却特地通过学校指名邀请我参加，学校在我第一次赴会时还特地派车子送我前去。我本来不想发言，会议主持者却一再打招呼，希望我谈谈。我不便固辞，又听到一些同志在会上对19世纪欧洲资产阶级文学否定过多，特别对巴尔扎克、托尔斯泰等人的批判过于粗暴，于是忍不住讲了几句，这下就被抓住不放。这个"讨论会"断断续续开了七七四十九天，从批判资产阶级文学，转到批判资产阶级文艺思想，主要对象是我和蒋孔阳同志。罗稷南同志也被捎带着批了一下。与此同时，华东师大内部也召开了对我的批判会，开过几次以后准备结束了，领导一定要我谈谈自己的感想。我一面对大家的帮助表示感谢，一面也稍稍申述了一下自己的观点，作了一些辩护。于是就又受到了更大规模的更加严厉的批判。会后不久，我十二指肠溃疡大出血，住进了医院。这样，大约到了1961年将结束时，学术界气氛又缓和下来了。我一直不肯相信我的《〈雷雨〉人物片论》会是毒草，这时就另外写了几句附记，把它改名《〈雷雨〉人物谈》寄给了《文学评论》。在该刊1962年第一期上发表后，反映不错，来约稿的很多。于是我又写了周冲和周萍两篇。周冲一篇写得早，发表了。周萍一篇写好后，正逢系里要开讨论会，经过教研组的讨论，又被认为观点有问题，我就没有再向外寄。与此同时，我还写了《管窥蠡测——人物创造探秘》一文，寄给了《文艺报》。《文艺报》编者立即来信表示要用，并要我以后多为他们写稿。不久，党的八届十中全会公报发表，强调阶级斗争要年年讲、月月讲、天天讲，我在《文学评论》上发表的《〈雷雨〉人物谈》，又立即受到了批判。这样，《文学评论》约我为他们写的《曹禺戏剧语言艺术的成就》一文，也就不能发表了。寄给《文艺报》的那篇，也许因为有言在先吧，拖到1963年的3月，总算还是发表了。形势如此，我就自然只能搁笔了。自那以后，学术空气一年比一年严峻，不久就来了"文化大革命"。十年浩劫，许多人被逼含冤死去，我总算幸存下来了。"四人帮"粉碎以后的开头几年，像我这样的人，仍是被另眼相看的。直到十一届三中全会后，才算真正得到了解放。但这时，我已经年近花甲，虽然很想改变过去懒散的习惯，勉竭愚钝，为我们的文艺园地贡献自己的绵薄，但精力毕竟大不如前，而社会活动和培养研究生的任务又日益加重，因此，多少年来，除了负责主编过几种大学文科教材，和一种正在进行中的国家"七五"期间重点科研项目《中国新文学社团流派丛书》以外，就只写过为数极有限的几篇文章，实在愧对这个新时代，深感歉疚。这几年间，我出版的著作（不包括负责主编的）有《〈雷雨〉人物谈》（上海文艺出版社）、《论"文学是人学"》（人民文学出版社）和《文学的魅力》（山东文艺出版社）等三本。

1988 年 1 月 2 日

钱谷融学术年谱

1919 年—1926 年（出生到八岁）

原名钱国荣，笔名钱谷融。1919 年 9 月 28 日生于江苏省常州市武进县南夏墅镇。父亲钱镜海，早年教过私塾，共养育子女五人，钱谷融排行第三。幼时曾随兄入私塾读书一年有余。

1927 年—1935 年夏（八岁到十六岁）

1927 年 2 月，入武进县立南夏墅小学一年级。1932 年 7 月完成小学阶段学习。8 月入学江苏武进私立潜化初级中学（前身是国文专修馆）念初中。至 1935 年夏天完成初中课业。

1935 年秋—1938 年夏（十六岁到十九岁）

1935 年 8 月入学江苏省立无锡师范学校，念高中。

1936 年 12 月 8 日写就《给苦闷的青年》一文，署名"无锡省立师范谷融"，次年 1 月 5 日在《读书青年》第 2 卷第 1 期上发表。又有杂文题为《为谁读书？》发表在《学校新闻》第 63 期上，署名"江苏省立无锡师范谷融"。7 月抗日战争爆发。9 月，日本人轰炸了学校，师生皆散。先生回到常州，在南夏墅小学做了两个月的代课教师。不久，昆山沦陷。11月到次年3月，在南夏墅小学教师曹孟梁的带领下，先生与其他多名同学一路逃难，由武进经安徽、江西、湖北，后辗转到四川。

1938年3月至7月，就读于国立四川中学师范部（被国民党政府安排到重庆北碚），完成了高中的全部课程，取得了毕业资格。

1938年秋—1942年夏（十九岁到二十三岁）

1938年9月至11月，在重庆市战时民众补习教育推行委员会兼职督导员，并参加了抗战期间首次实行的全国各大学的统一招生考试。12月，入学国立中央大学国文系。

1939年升二年级。时任国立中央大学校长的罗家伦请来伍叔傥担任国文系系主任。先生在校期间与伍叔傥私交甚密，深受其"任情适性而行"品格的影响。在教学上，伍叔傥开设的写作课程"各体文习作"对先生早期写作影响较大。

先生大学期间曾和同学一起以墙报形式办过几期纯文艺刊物《文艺风景》。

1942年秋（二十三岁）

7月，大学毕业。8月，入重庆市市立中学教书，教授高二、初三的国文科目一年。

1943年秋—1950年（二十四岁到三十一岁）

1943年秋，受伍叔傥举荐，先生辞去中学教师一职，到当时地处重庆九龙坡的国立交通大学任教，教授大学基本国文和二年级国文。1946年（二十七岁）5月交大迁回上海，先生随校到了上海。7

月，先生职称从教员转讲师。1947 年（二十八岁）元旦与杨霞华结婚。

1951 年—1956 年（三十二岁到三十七岁）

1951 年 10 月 16 日华东师范大学成立，先生调入中文系任教，担任讲师，讲授国文及现代文选、现代理论文选、现代理论文习作等课程。

1957 年（三十八岁）

年初，"双百"方针提出后不久，华东师范大学筹办全国性、大规模的学术讨论会。2 月初，先生写就三万五千字论文《文学是人学》，并受到时任中文系系主任许杰的鼓励，接受其意见改名为《论"文学是人学"》。当年 3 月该文提交到讨论会上，受到各方批评。讨论会后不久，《文艺月报》（即《上海文学》的前身）于 1957 年第五期，即 5 月 5 日刊出，题名为《论"文学是人学"（关于现实主义问题的讨论）》。同日，《文汇报》在《学术动态》栏目特地发了一则消息介绍这篇文章，并冠以"一篇见解新鲜的文学论文"的标题。

1958 年（三十九岁）

由于反右运动的扩大化偏向，对先生所撰《论"文学是人学"》一文的批判逐渐从学术转向政治。4 月，相关批判文章汇编成《〈论"文学是人学"〉批判集》（第一集），由新文艺出版社出版。

1959 年（四十岁）

时值新中国成立十周年，华东师大筹备学术研讨会，号召教师提供论文。先生提交论文《〈雷雨〉人物片论》（1962 年发表时改名

《〈雷雨〉人物谈》）一文，谈周朴园和繁漪。文章先后送交华东师大中文系和《上海文艺》。该文被认为是《论"文学是人学"》一文中的反动观点的具体运用，受到了相当严厉的批判，《上海文艺》决定不予发表。为此，华东师大中文系专门召开了一次名为讨论、为批判的会议，对文章进行了批判。

1960 年—1961 年（四十一岁到四十二岁）

1960 年初，针对所谓修正主义文艺思潮的批判之风日盛。4 月，上海市作家协会举行 19 世纪欧洲资产阶级文学讨论会，会议以阶级斗争的立场和方式，对 19 世纪欧洲资产阶级文学作了否定式批判，后又转到批判资产阶级文艺思想上，把先生和蒋孔阳作为重点批判对象，此会断断续续开了四十九天，在此期间，华东师大内部也专门召开了几次针对先生的批判会。临结束之际，由于先生在感言中为自己的观点作了辩护，又受到了更大规模、更为严厉的批判。会后不久，先生十二指肠溃疡大出血，住进医院。

在此期间，先生所撰论著皆不得发表。

1962 年（四十三岁）

上半年，文艺界的气氛稍缓，先生得以发表文章数篇。

为辨正学术立场，先生在饱受批判的《〈雷雨〉人物片论》一文中增加了几句附记，并改名《〈雷雨〉人物谈》，刊于当年《文学评论》第 1 期。由于反响不错，又相继写了周冲和周萍的研究文章两篇。《"夏天里的一个春梦"——谈〈雷雨〉中的周冲》写作时间较早，发表于《文艺红旗》第 7—8 期。

1963 年—1977 年（四十四岁到五十八岁）

"文化大革命"中，先生频繁被游行、批斗，被戴上"老牌修正主义者""反动学术权威"和"漏网右派"三项高帽。

1978 年（五十九岁）

"文革"过后，先生的问题逐渐得到解决。

1979 年（六十岁）

3 月 16 日至 23 日，《文艺报》在向阳招待所（今崇文门饭店）召开"文艺理论批评工作座谈会"，指名请先生参加并发言。首先为先生恢复了名誉。

同年，先生与许杰合招第一届中国现当代文学专业硕士研究生，被录取者有戴光中、许子东、王晓明、戴翊、柯平凭、曹惠民六人。

10 月 30 日至 11 月 16 日，中国文学艺术工作者第四次全国代表大会在北京召开，先生首次当选为代表参会。11 月，参加中国作家协会召开的第三次会员代表大会，参与"文革"后新的领导机构即第三届理事会的选举。

一批文章得以陆续发表：

《关于〈雷雨〉的命运观念问题——答胡炳光同志》，刊于《戏剧艺术》1979 年第 1 期；

《生活之树常青——从四人帮的破坏谈文艺与生活的关系》，刊于《语文教学通讯》1979 年第 1 期；

《曹禺戏剧语言艺术的成就》，刊于《社会科学战线》1979 年第 2 期；

《曹禺和他的剧作》，刊于《上海师范大学学报（哲学社会科学版）》1979 年第 3 期；

《来信摘登》，刊于《上海师范大学学报（哲学社会科学版）》

1979 年第 4 期;

《简谈陈白露》,刊于《语文教学通讯》1979 年第 5 期;

《文艺创作的生命与动力》,刊于《文艺报》1979 年第 6 期;

《〈雷雨〉人物谈——四凤、鲁大海、鲁贵》,刊于《文学评论》1979 年第 6 期;

《"不公平的命指使我来的!"——谈〈雷雨〉中的侍萍》,刊于《思想战线》1979 年第 6 期;

《〈木木〉与典型化问题》,刊于《上海文学》1979 年第 11 期。

1980 年(六十一岁)

10 月,出版第一本著作《〈雷雨〉人物谈》(上海文艺出版社),印 6000 册。

同年,先生破格从讲师直接晋升为教授。至此,先生已担任讲师长达 38 年之久。

1981 年—1989 年(六十二岁到七十岁)

1981 年 5 月 25 日,赴天津参加"鲁迅改革国民性思想学术讨论会"。同时受邀到天津师范大学作学术报告。

1982 年春,出席上海市政协第六届全会。8 月,受中国社会科学院文学研究所鲁迅研究室和中国鲁迅研究会邀请,赴烟台"全国鲁迅研究讲习班"授课。

1983 年 9 月,上海市高等教育局、中国教育工会上海市委员会授予先生从事教育工作三十年荣誉证书。9 月,赴委内瑞拉首都加拉加斯,参加国际笔会第 46 届大会。参加中国作家代表团赴墨西哥和美国访问。作为上海市高校代表之一,赴日本访问,并在关西大学、大阪市立大学、东京日本大东文化大学等校作学术讲演。11 月,受聘为全国高等教育自考指导委员会中文专业委员会委员。

1984 年 12 月,《〈雷雨〉人物谈》被评为上海市高等学校哲学社会科学研究一九七六——一九八二年优秀成果二等奖。1986 年 9 月,再获上海市(1979—1985 年)哲学社会科学优秀著作奖。

1985 年 4 月受聘为中国作协上海分会首届"上海市文学作品奖"评委会委员。

1986 年 1 月受聘为上海市哲学社会科学优秀成果评审组评审员。11 月受聘为上海市委宣传部特邀研究员。11 月 6 日,出任华东师范大学文学研究所所长。

1986 年、1987 年连续两年获得学校优秀教学奖。

1987 年 9 月,上海市文学艺术界联合会授予先生在文学艺术教育岗位上作出贡献荣誉证书。12 月,受邀到巢湖师范专科学校召开教材会议。12 月,民盟上海市委授予先生长期从事盟务工作积极分子称号。

1988 年 2 月受聘为上海市社会科学院文学研究所特约研究员。4 月,出席中国人民政治协商会议上海市第七届委员会。5 月,获得上海市人民政府颁发的 1987 年度上海市劳动模范荣誉称号。8 月—12 月受聘为国家教委高等教育自考统编教材《中国现代文学史》主审稿人。同年,赴港参加香港大学亚洲研究中心主办的"中国现当代文学研讨会"。

1989 年 11 月,获得国家教委颁发的 1989 年普通高等学校优秀教学成果国家级优秀奖。

发表的单篇文章:

《论托尔斯泰创作的具体性》,刊于《文艺理论研究》1981 年第 1 期。

《关于〈论"文学是人学"〉——三点说明》,刊于《新文学论丛》1981 年第 1 期。

《谈文艺批评问题（一九八一年四月二十六日在现代文学思潮、流派问题讨论会上的发言）》，刊于《文艺理论研究》1981 年第 4 期。

《纪念鲁迅话研究》，刊于《鲁迅研究》1981 年第 5 期。

《鲁迅和他的小说》，刊于《工人创作》1981 年第 10 期。

《鲁迅〈秋夜〉讲析》，刊于《语文教学通讯》1981 年第 11 期。

《鲁迅〈秋夜〉讲析（续）》，刊于《语文教学通讯》1981 年第 12 期。

《祥林嫂是怎么死的？——论〈祝福〉的思想锋芒》，刊于《华东师范大学学报（哲学社会科学版)》1981 年增刊。

《对〈对文学中人与现实关系问题的一点意见〉的意见》，刊于《文艺研究》1982 年第 1 期。

《艺术的魅力——在一个会上的发言》，刊于《上海文学》1982 年第 6 期。

《开展百家争鸣，促进文艺创作——本报“问题小说”座谈纪要（二)》，刊于《文学报》1982 年 1 月 14 日。

《评论家应该首先是读者》，刊于《解放日报》1983 年 9 月 13 日。

《鲁迅的小说》，刊于《天津师专学报》1983 年 3 期。

《〈论“文学是人学”〉发表的前前后后》，刊于《书林》1983 年第 3 期。

《读高尔基与茨威格的文艺书简》，刊于《读书》1983 年第 7 期。

《〈郁达夫新论〉序》，刊于《读书》1983 年第 8 期。

《关于旅游文学》，刊于《文汇月刊》1983 年第 9 期。

《说东坡中秋词——〈水调歌头〉》，刊于《艺谭》1984 年第 4 期。

《要有"事外远致"》，刊于《文汇月刊》1984 年第 7 期。

《重视对创作心理的研究》，刊于《文汇报》1985 年 3 月 25 日。

《面向文学，面向未来——近年来上海文学批评之一瞥》，刊于《文汇报》1985 年 7 月 23 日。

《读〈晌午〉》，刊于《名作欣赏》1985 年第 4 期。

《〈虬龙爪〉讨论会：我读〈虬龙爪〉》，刊于《小说界》1985 年第 6 期。

《华东师大一九八四年攻读硕士学位研究生入学试题专业：中国现代文学》，刊于《中国现代文学研究丛刊》1985 年第 1 期。

《如何更好地发挥文学的社会作用》，刊于《中国现代文学研究丛刊》1985 年第 1 期。

《梳理新文学的真实发展线索——〈中国新文学社团流派丛书〉序》，刊于《中国现代文学研究丛刊》1985 年第 4 期。

《维护创作自由，必须坚决反"左"》，刊于《上海文学》1985 年第 3 期。

《关于艺术性问题——兼评"有意味的形式"》，刊于《文艺理论研究》1986 年第 1 期。

《与自学青年谈读书》，刊于《中文自学指导》1986 年第 7 期。

《对一种文学评论的评论》，刊于《文艺报》1987 年 9 月 26 日。

《〈自我·个性·创造〉序》，刊于《文艺理论研究》1987 年第 5 期。

《〈中国现代文学大辞典〉序》（第一作者贾植芳），刊于《新文学史料》1987 年第 4 期。

《当代文学散思》，刊于《上海文学》1988 年第 1 期。

《我更爱古典主义作品——答友人关于我的文学观》，刊于《文艺报》1989 年 4 月 8 日。

《人道主义的苦难历程》，刊于《文汇报》1989 年 5 月 9 日。

《希望看到更多的力作》，刊于《人民日报》1989 年 1 月 17 日。

《个性·启蒙·政治——关于中国新文学的对话》，刊于《社会科学家》1989 年第 1 期。

《四十年来文艺理论的反思：从什么是文学说起》，刊于《文艺理论研究》1989 年第 2 期。

《且说说我自己》，刊于《收获》1989 年第 1 期。

《个性·启蒙·政治——关于中国新文学的对话》，刊于《社会科学家》1989 年第 1 期。

《多重变奏：文学与政治，人道与阶级——关于中国现当代文学的对话》，刊于《江淮论坛》1989 年第 3 期。

《论"探索小说"——中国新时期文学的一个侧面》，刊于《社会科学辑刊》1989 年第 1 期。

《争鸣三境界》，刊于《文艺争鸣》1989 年第 1 期。

《中国现当代文学与人道主义》，刊于《时代与思潮》1989 年第 2 期。

出版的专著：

《论"文学是人学"》，人民文学出版社 1980 年 10 月版。

《文学的魅力》，山东文艺出版社 1986 年 8 月版。

出版的编著：

主编《中华现代文选》，上海教育出版社 1985 年 1 月版。

主编国家"七五"期间重点科研项目"中国新文学社团、流派丛书"，华东师范大学出版社。含《现实主义的初潮——文学研究会作品选》1986 年 6 月版；《爱的歌声——湖畔诗社作品选》1986 年 5

月版；《新文学的先驱——〈新青年〉〈新潮〉及其他作品选》1985年 10 月版。

主编《当代作家国外游记选》，上海文艺出版社 1986 年 12 月版。

与吴宏聪联名主编《中国现代文学作品选读》，华东师范大学出版社 1987 年 6 月版。

与鲁枢元联名主编《文艺心理学教程》，华东师范大学出版社 1987 年 12 月版。

主编《中国现代文学史指要》，华东师范大学出版社 1988 年 4 月版。

主编《中国现代文学精解》，上海文艺出版社 1988 年 8 月版。

1990 年—1999 年（七十一岁到八十岁）

1990 年 4 月，受聘为安徽大学《文艺学简明教程》主审。6 月，受聘为安徽省张恨水研究会顾问。

1991 年 10 月，获得国务院政府特殊津贴。12 月，在第二届上海市大学生课外学术科技作品竞赛活动中，获得上海市科技协会等颁发的优秀指导奖。

1992 年 1 月，受聘为"上海长中篇小说优秀作品大奖"（1990—1991）评委。6 月，受聘为上海市教育局《文艺研究》教材编写组顾问。

1993 年 6 月，受聘为辞海编辑委员会编委。12 月，受聘为《大学语文〈专科〉教材及大纲》主审。

1995 年 5 月，受聘为中国云南大学中文系客座教授。12 月，获得国家教委颁发的全国高等学校人文社会科学研究优秀成果奖一等奖。

1996 年 7 月，获得全国高等教育自考指导委员会颁发的"为自学考试事业的发展作出重大贡献奖"荣誉证书。12 月，参加中国作家协会第五届第一次全委会，当选名誉委员。

1997 年 9 月 29 日，退休并免去华东师范大学文学研究所所长一职。

1998 年，获华东师范大学中国语言文学系终身成就奖。

1999 年 5 月受聘为沈阳出版社《20 世纪中国文艺图文志》顾问。6 月当选为中国文艺理论学会第四届理事会名誉会长。

发表的单篇论文：

《忆王瑶先生》，刊于《文学报》1990 年 1 月 18 日。

《谈〈伤逝〉》，刊于《鲁迅研究月刊》1991 年第 6 期。

《论文学鉴赏——读林家英〈诗海拾贝续集〉》，刊于《社科纵横》1991 年第 6 期。

《序〈20 世纪中国小说的文化精神〉》，刊于《小说评论》1991 年第 6 期。

《治学与写作》，刊于《文艺理论研究》1991 年第 3 期。

《小说与"闲书"》，刊于《文艺理论研究》1992 年第 3 期。

《纯真的爱心　清新的文字——尤今其人其作》，刊于《当代作家评论》1993 年第 1 期。

《郭沫若的才能为何未能充分发挥》，刊于《名作欣赏》1993 年第 3 期。

《郭老的才能为何未能充分发挥——在纪念郭沫若一百周年诞辰国际学术研讨会上的发言》，刊于《文艺理论研究》1993 年第 1 期。

《散文两篇》，刊于《作家》1994 年第 1 期。

《读黄海澄著〈艺术价值论〉》，刊于《文艺理论研究》1994 年第 1 期。

《要审视作家的创作心理：〈鲁迅创作心理论〉序》，刊于《小说评论》1994 年第 4 期。

《鲁迅创作研究的新成果》，刊于《南通师范学院学报（哲学社会科学版)》1994 年第 1 期。

《一次富于独创性的探索：读〈鲁迅创作心理论〉》，刊于《文艺报》1994 年 5 月 28 日。

《论节奏》，刊于《文艺理论研究》1994 年第 6 期。

《评委的发言》，刊于《小说界》1994 年第 4 期，署名徐中玉、钱谷融等。

《性情之作——〈南京姑娘〉序》，刊于《上海文学》1994 年第 4 期。

《关于李鹏翥著〈濠江文谭〉》，刊于《文艺报》1995 年 8 月 4 日。

《往事不如烟：往日四题》，刊于《芙蓉》1995 年第 1 期。

《蜻蜓》，刊于《星火》1995 年第 1 期。

《朴实无华　自然醇厚——谈夏丏尊的〈白马湖之冬〉》，刊于《名作欣赏》1995 年第 2 期。

《真诚、自由、散淡——散文漫谈》，刊于《文艺理论研究》1995 年第 2 期。

《钟声》，刊于《广西文学》1995 年第 2 期。

《谈戴望舒——〈戴诗解读〉序》，刊于《文艺理论研究》1995 年第 3 期。

《灯下：外两章》，刊于《芙蓉》1995 年第 5 期。

《作家要有一颗博大的心》（第二作者王雪瑛），刊于《文艺理论研究》1996 年第 4 期。

《对我影响较大的一本书》，刊于《中国图书评论》1996 年第

1 期。

《谈张爱玲》，刊于《读书》1996 年第 6 期。

《关于戴厚英》，刊于《当代作家评论》1997 年第 1 期。

《〈世纪的回响〉丛书序》，刊于《人民日报》1997 年 6 月 7 日。

《〈雁峰书话〉序》，刊于《楚雄师范学院学报》1997 年第 12 期。

《文艺问题随想》，刊于《文艺理论研究》1998 年第 2 期。

《上海，我还是喜欢的》，刊于《小说界》1998 年第 6 期。

《关于无边的人道主义》，刊于《粤海风》1998 年第 2 期。

《曹禺先生追思》，刊于《随笔》1998 年第 5 期。

《谈谈我对研究生的培养》，刊于《教学与教材研究》1998 年第 3 期。

《反思白话文运动》，刊于《文汇报》1999 年 4 月 10 日。

《论文艺批评的魅力——关于文艺问题的问答》（第二作者殷国明），刊于《上海社会科学院学术季刊》1999 年第 4 期。

《我的母亲》，刊于《作家》1999 年第 8 期。

出版的专著：

《艺术·人·真诚——钱谷融论文自选集》，华东师范大学出版社 1995 年 4 月版，印 3000 册。

出版的编著：

主编《中国当代文选》，上海教育出版社 1992 年 11 月版。

主编"近人书话系列"，浙江人民出版社。含《刘师培书话》（1998 年 11 月版）、《郁达夫书话》（1999 年 1 月版）、《周越然书话》（1999 年 3 月版）、《王国维书话》（1999 年 3 月版）、《林琴南书话》（1999 年 3 月版）。

2000 年—2009 年（八十一岁到九十岁）

2001 年 12 月，获得《新民晚报》专刊部、上海达安企业发展有限公司《〈雷雨〉人物谈》颁发的"我的第一本书"征文大赛一等奖。

2004 年 10 月，受聘为华东师范大学中国现代文学资料与研究中心学术委员会顾问（2004—2006）。

2007 年 11 月 21 日，出席上海市作家协会第八次会员大会。

2008 年 10 月，获得上海市哲学社会科学优秀成果评奖委员会颁发的上海市第九届哲学社会科学优秀成果（2006—2007）学术贡献奖。

2009 年 4 月，向上海市普陀区文化局捐赠《我希望……》等 10 种手稿及《闲斋书简》等 4 册书，被"上海当代作家手稿作品收藏展示馆"永久收藏。6 月 20 日，出席华东师范大学中文系主办的"期刊与当代中国文学研究"学术研讨会

发表的单篇论文：

《有感于〈山川灵秀〉》，刊于《文汇读书周报》2000 年 2 月 5 日。

《〈论"文学是人学"〉发表的前前后后》（第二作者殷国明），刊于《中国文艺家》2000 年第 1 期。

《形式与内容》，刊于《文艺理论研究》2000 年第 2 期。

《我的希望》，刊于《学术月刊》2000 年第 1 期。

《怀念"五四"》，刊于《世纪》2000 年第 6 期。

《有感于当教师》，刊于《人民日报》2000 年 12 月 15 日。

《令人憧憬和痴迷的艺术境界——关于〈雷雨〉欣赏答问录》，刊于《文艺理论研究》2001 年第 5 期。

《我的中学时代》，刊于《新文学史料》2001 年第 1 期。

《不必羞愧的缪斯女神——我看通俗文学》，刊于《中国现代文学研究丛刊》2001 年第 2 期。

《关于艺术性问题：有意味的形式？情感的形式？》，刊于《常熟高专学报》2001 年第 1 期。

《新世纪与青年学子论学》，刊于《扬州大学学报（人文社会科学版）》2001 年第 5 期。

《〈江南味道〉序》，刊于《书屋》2001 年第 9 期。

《关于艺术的具体性》，刊于《中文自学指导》2001 年第 1 期。

《钱钟书与现代西学》，刊于《当代作家评论》2002 年第 1 期。

《人·正直·真诚》，刊于《文艺争鸣》2002 年第 1 期。

《我的大学时代》，刊于《新文学史料》2002 年第 3 期。

《雾》，刊于《语文教学与研究》2002 年第 22 期。

《读季进〈钱钟书与现代西学〉》，刊于《文学评论》2003 年第 1 期。

《与青年学子谈读书》，刊于《文艺理论研究》2003 年第 2 期。

《以简代文——致李岭同志的一封信》，刊于《文艺理论研究》2003 年第 4 期。

《〈文学心理学〉修订版前言》，刊于《黄河科技大学学报》2004 年第 1 期。

《一个"追梦人"的絮语》，刊于《人民日报》海外版，2004 年 3 月 15 日。

《与〈论"文学是人学"〉有关的事》，刊于《上海文学》2004 年第 4 期。

《我的祝贺》，刊于《上海鲁迅研究》2005 年第 1 期。

《诗意与世长存》，刊于《上海文艺界》2005 年第 1 期。

《我的初中年代》，刊于《中学生阅读（初中版）》2005 年第

4 期。

《桥——代我的人生观》，刊于《语文新圃》2006 年第 4 期。

《文学漫谈》，刊于《上海文学》2007 年第 8 期。

《关于〈"夏天里的一个春梦"——谈周冲〉》，刊于《语文学习》2007 年第 4 期。

《碧萝湖公园》，刊于《上海文艺界》2008 年第 4 期。

出版的专著：

《中国当代大学者对话录：钱谷融卷》，钱谷融、殷国明著，中国文联出版社 2000 年 2 月版。

《散淡人生》，倪文尖编，上海教育出版社 2001 年 3 月版。

《闲斋书简》，华东师范大学出版社 2004 年 2 月版。

《当代文艺问题十讲》，复旦大学出版社 2004 年 5 月版。

《钱谷融论文学》，华东师范大学出版社 2008 年 5 月版。

《闲斋忆旧》，罗银胜编选，上海人民出版社 2008 年 6 月版。

《钱谷融论学三种》，河南大学出版社 2008 年 5 月版。

《钱谷融文论选》，上海文艺出版社 2009 年 9 月版。

出版的编著：

《文学心理学》，钱谷融、鲁枢元主编，华东师范大学出版社 2003 年 8 月版。

2010 年—2017 年（九十一岁至九十九岁）

2010 年 9 月 12 日至 13 日，出席"当下文艺理论热点"学术研讨会暨《文艺理论研究》创刊三十周年纪念座谈会并致辞。

2012 年 9 月 19 日，作为颁奖嘉宾出席第二届光荣与力量——感动上海年度十大人物颁奖典礼。12 月 8 日至 9 日，作为现代文学研究会顾问，在福州福建师范大学参加中国现代文学研究会第十一届理事会第二次会议。

2013 年 5 月 25 日出席华师大夏雨诗社复社活动。9 月 27 日，出席上海作协第九次会员大会。10 月 25 日，出席钱谷融先生学术思想研讨会。

2014 年 12 月，获第六届"上海文学艺术奖"终身成就奖。

2016 年 11 月，先生乘京沪高铁赴京，参加中国作协第九届全国代表大会。

发表的单篇论文：

《〈伍叔傥集〉序》（原文写于 2010 年 9 月 10 日），刊于《现代中文学刊》2010 年第 5 期。

《我校六十大庆感言》，刊于《中文自修》2011 年第 6 期。

《可靠的良伴》，刊于《读书文摘》2011 年第 9 期。

《给我影响最大的一本书》，刊于《语文教学与研究》2011 年第 33 期。

《难忘伍叔傥师》，刊于《中华读书报》2011 年 9 月 7 日 07 版。

《回忆贾植芳》，刊于《现代中文学刊》2011 年第 2 期（原文出自 2009 年 1 月 14 日王京芳笔录）。

《序〈胡适的文学思想〉》，刊于《东吴学术》2013 年第 1 期。

《思想与情感的力量》，刊于《文汇报》2013 年 11 月 5 日。

《美的追求》，刊于《新民晚报》2014 年 10 月 29 日。

《〈胡适·鲁迅·莫言：自由思想与新文学传统〉序》，刊于《东吴学术》2015 年第 4 期。

《文学是人学，艺术也是人生——序鲁枢元新版〈创作心理研究〉》，刊于《文汇报》2016 年 7 月 18 日。

《台湾文学研究的新创获》，刊于《世界华文文学论坛》2016 年第 2 期。原文写于 2014 年 12 月 28 日。

出版的专著：

《钱谷融文集》，上海人民出版社 2013 年 11 月版。含《文论卷：文学是人学》、《散文、译文卷：灵魂的怅望》、《对话卷：有情的思维》、《书信卷：闲斋书简录》四卷。

《闲斋外集》，华东师范大学出版社 2015 年 10 月版。

出版的编著：

《世界文学名著赏析》，钱谷融、刘洪涛主编，中国人民大学出版社 2012 年 4 月版。

中国现代文艺学大家文库

《中国文论的民族特色——徐中玉文艺学文选》

《论"文学是人学"——钱谷融文艺论文选》

《清园谈艺录——王元化文艺学文选》

《现代性与当代文学理论——钱中文文艺学文选》

《中国诗学的春天——李衍柱文艺学文选》

《文学的真谛——王元骧文艺学文选》

《在历史与当代交集点上——陈伯海文艺学文选》

《文艺学宏观阐释——陆贵山文艺学文选》

《与西方文论的平等对话和争鸣——孙绍振文艺学文选》

《走向文化诗学——童庆炳文艺学文选》